Sabine Gronover
Wölfe im Münsterland

Bisher von der Autorin bei *KBV* erschienen:

Wölfe im Münsterland
Edles Geblüt
Die Rotte
Falkenmord
Maxipark

Sabine Gronover, geboren 1969 in Hamm-Heessen, studierte Diplom-Pädagogik und Kunsttherapie an der WW Universität Münster und arbeitet als Therapeutin an der LWL-Klinik Münster sowie auf einer Palliativstation und im Hospiz. Sie lebt mit ihrer Familie und einigen Tieren auf dem Land in Mersch-Drensteinfurt.

Mit *Maxipark* ist bereits der fünfte Teil ihrer Münsterland-Krimireihe bei KBV erschienen.

www.sabinegronover.de

SABINE GRONOVER

WÖLFE IM MÜNSTERLAND

1. Auflage 2018
2. Auflage 2024

© KBV Verlags- und Mediengesellschaft mbH, Hillesheim
www.kbv-verlag.de
E-Mail: info@kbv-verlag.de
Telefon: 0 65 93 - 998 96-0
Umschlaggestaltung: Ralf Kramp
unter Verwendung von: © dfriend150 und © AnnaReinert
www.fotolia.de
Lektorat: Volker Maria Neumann, Köln
Druck: Druckhaus Nord GmbH, Bremen
Printed in Germany
ISBN 978-3-95441-430-7 (Taschenbuch)
ISBN 978-3-95441-440-6 (E-Book)

Für meine Patenkinder
Carla, Justus und Marius.

1. KAPITEL

Eine Reifenpanne zwang Bernhard Ziegel an diesem späten Abend im Oktober auf dem Weg von der Gaststätte *Heiringhoff* bis zu seinem Haus in der Ortschaft Sünninghausen zum Anhalten. Wenn er trotz des platten Vorderreifens die zwei Kilometer bis nach Hause gefahren wäre, hätte er einen teuren Felgenschaden riskiert. Also stieg er fluchend aus, öffnete den Kofferraum und die Klappe für das Reserverad und nahm den Wagenheber heraus.

Der Mann machte sich missmutig ans Werk. Auf die Hilfe der ortsansässigen Polizei wollte er lieber verzichten, drei Bier und zwei Korn würden beim Pusten keinen guten Eindruck machen.

Als er sich bückte, um den Wagenheber anzusetzen, nahm er eine Bewegung wahr. Hinter ihm, keine vier Meter entfernt auf dem Feld stand ein Hund, ein Schäferhund. Bernhard Ziegel stand sofort wieder auf, denn seinen Rücken hielt man einem fremden Hund besser nicht entgegen. Das Tier besaß weder ein Halsband, noch sonst eine Markierung und war viel zu weit vom Ort entfernt, um nur alleine Gassi zu gehen. Nach einigen Sekunden, in denen sich die beiden, Mensch und Tier, angestarrt hatten, fuhr Bernhard Ziegel der richtige Gedanke durch den Kopf: die schmalen, hohen Läufe, die hellen Augen und das dreieckige Gesicht mit dem weißen Fell an den Wangen. Unverkennbar. Solche Bilder gingen derzeit zuhauf durchs Netz oder liefen im Fernsehen. Deutschland war wieder Wolfsland. Aber Ziegler mochte kaum glauben, dass er hier in Oelde, einem beschaulichen Städtchen im Kreis Warendorf mitten in Nordrhein-Westfalen, einem echten Wolf gegenüberstand.

Das Tier machte einen Schritt nach vorne, nur einen. Dann blieb es wieder stehen. Wenn Ziegler jetzt schnell ins Auto sprang, würde er dem Wolf etwas beibringen: Menschen haben Angst vor dir, sie sind schwächer. Kurz dachte er an den Waldkindergarten, der sich in Oelde befand. Das würde einen Aufschrei bei den besorgten Eltern geben, den konnte man bestimmt bis Berlin hören. Unverhofft schwang er den Wagenheber über den Kopf, drohte dem Tier und rief laut: »Mach dich vom Acker, lauf, alter Junge.«

Der Wolf zuckte kurz, guckte dann noch mal würdevoll in seine Richtung und lief tatsächlich übers Feld davon.

Der Reifenwechsel dauerte lange, denn Ziegler stand immer wieder auf, blickte um sich und horchte ins Dunkel. Mittlerweile war es nach zwölf Uhr. Er nahm sich vor, am nächsten Morgen früher aufzustehen und das Notwendige zu veranlassen. Die Schafzüchter mussten gewarnt werden, auch die Pferdezüchter mit ihren Fohlen auf den Weiden. Der Kreis Warendorf war *die* Pferderegion Nordrhein-Westfalens. Bernhard Ziegler war mächtig aufgeregt, als er in sein Auto stieg und zügig nach Hause fuhr.

Doch er war am nächsten Morgen nicht früh genug, um als Erster über die Entdeckung eines Wolfes in der Gegend zu berichten. Als Ziegler bei der Polizei anrief, war es kurz nach halb acht Uhr. Der Beamte am anderen Ende der Leitung beantwortete seinen Bericht mit folgender Gegenrede: »Ja, Sie haben recht. Wir haben einen Wolf mitten in Oelde. Er hat heute Nacht die Ziege von Mirela Schulze Brinkhoff gerissen. Alle sind entsetzt. Der Hof ist ja nicht einmal besonders einsam.«

Den Hof Schulze Brinkhoff kannte fast jeder in Oelde-Sünninghausen. Die Familie besaß einen gut gehenden Hofladen mit viel heimischen Gemüsesorten und Fleischprodukten. Zum Hof gehörten auch Rindervieh, Hühner und Pferde. Die Brinkhoffs könnten froh sein, dass der Wolf nur die alte Ziege gerissen habe, meinte der Beamte. Zumindest wirtschaftlich gesehen hätte es schlimmer kommen können. Allerdings werde das Raubtier bestimmt wiederkommen, nachdem es das üppige Angebot gesichtet habe, meinte der Polizist.

Ziegler konnte ihn förmlich grinsen hören.

Schon im Laufe des Vormittags lief im Warendorfer Radio eine Menge Tamtam zum Thema »ein Wolf in unserer Straße«. Besorgte Mütter, begeisterte Tierfreunde und angespannte Politiker meldeten sich zu Wort und heizten eine lebhafte Diskussion an. Man konnte den Eindruck gewinnen, Oelde und Umgebung würden in Kürze in den Krieg eintreten. Gedanklich taten das sicher ein paar

Bürger, denen das Märchen von Rotkäppchen und dem bösen Wolf gar zu real durch den Kopf geisterte.

Die meisten Eltern verlangten rigorose Sicherheitsmaßnahmen für den Waldkindergarten, der sich am Rande des Bergeler Waldes befand. Andernfalls würden ihre Kinder dort nicht mehr spielen dürfen. Die müssten dann in den städtischen Kindergarten. Wunderbar, dachte Bürgermeister Tillmann. Jeder wusste, dass vor den städtischen Kindergärten hektische Eltern ihre Sprösslinge ablieferten, um anschließend mit siebzig Sachen davonzurasen. Gegen die Gefahren des Stadtverkehrs war der Wolf eine Gans, dachte Tillmann und legte den Telefonhörer nun neben das Gerät. Er war es bereits jetzt am frühen Mittag leid, sich anhören zu müssen, welche Maßnahmen man nun initiieren müsse. Wenn es nach ihm ginge, sollten die Bauern und Schafzüchter sich zeitnah bessere Zäune bauen, die Mehrkosten konnten sie gerne der Kommune einreichen. Aber dann musste das Jammern aufhören.

Oelde hatte es zum ersten Mal in die Schlagzeilen geschafft. Wer kümmerte sich denn sonst um ein solches Örtchen im Warendorfer Kreis? Jetzt hieß es: »Oh, Oelde, das liegt doch ganz bei uns in der Nähe. Wahnsinn, ein Wolf!« Man musste doch auch mal das Gute an der Sache sehen.

Tillmann konnte sich nicht vorstellen, dass nun ein Wolf Kinder aus dem Waldkindergarten verschleppen würde. Sein erster Vorschlag, der Kindergarten könne sich doch einen Hütehund anschaffen, der im Fall der Fälle anschlagen würde, rief blankes Entsetzen bei seinen Mitarbeitern hervor. Ein Hütehund? Ein richtig großer, echter Hund? Und wenn der dann aus einer Laune heraus ein Kind anfallen würde? Ja, das hatte er wohl nicht zu Ende gedacht. Also die Kinder einzäunen? Auch keine schlechte Idee, fand der Bürgermeister. So manch Fünfjähriger konnte eine Plage für den Wald sein. Diesen Gedanken hatte Tillman aber nicht laut ausgesprochen. So weit entfernt lagen die nächsten Bürgermeisterwahlen ja nicht.

Frau Schulze Brinkhoff senior war noch immer den Tränen nahe, als der Polizist Dirk Kemper mit einer Zoologin zusammen den Tatort begutachtete. Das zum Teil ausgeweidete Tier würde ins Chemische und Veterinäruntersuchungsamt Münsterland-Emscher-Lippe kommen. Dort würde man genau sagen können, ob es ein Wolf oder ein Hund gewesen war, der die Ziege gerissen hatte. Die Zoologin guckte sich die Spuren an, maß den Abstand zwischen den gut sichtbaren Pfotenabdrücken und war sich schnell sicher: Das war ein Wolf, wahrscheinlich ein jüngerer, ein bis eineinhalb Jahre alt.

Dirk Kemper versuchte mit einer Engelsgeduld, ein informatives Gespräch mit der alten Frau Schulze Brinkhoff zu führen.

Hatte jemand in der Nacht etwas gehört? Wo genau hatte sich die Ziege aufgehalten, und hatte sie nicht gemeckert? Aber die Bäuerin geriet immer wieder ins Stocken, tupfte sich die eine oder andere Träne weg und schwieg schließlich ganz. Am Ende war seine Packung Tempotücher leer, und er wusste nur, dass die Ziege tagtäglich lauten Krawall gemacht hatte. Keiner hatte ihr Geschrei noch ernst genommen.

Und diesem Tier weinte man nun hinterher? Krokodilstränen. Dirk Kemper fand einen echten Wolf toll. Eine Ziege war eine Ziege. Deshalb wurde das Verhör allmählich sehr ermüdend. Die ältere Frau wollte nun einmal nicht mit ihm reden.

Zur Hilfe eilte ihm gerade die Dame des Hauses, die Ehefrau des führenden Hofbauern. Als Bäuerin bezeichnete man sie selten. Sie war groß, schlank und lief meistens in adretten Reithosen herum. Sie war nicht eben schön, aber eine charismatische Frau mit dunklen Haaren und einer wohlgeratenen Nase.

»Mutter, nun ist es aber gut. Unsere Ziege war sechzehn Jahre alt. Ich mache mir mehr Sorgen um das Wohlergehen des Wolfes, wenn er sie gefressen hat.«

Sie wandte sich an den jungen Polizisten. »Wir haben zwei Ziegen, aber die andere ist noch sehr jung, und wir schließen sie abends immer in den Kuhstall ein. Hera, die alte Ziege, ließ sich nicht mehr einschließen, die machte ein Heidentheater, daher durfte sie im Hof herumlaufen. Sie war dann immer mit einer Kette angebunden, damit sie nachts keinen Blödsinn machte. Meine Schwiegermutter hat sie aufgezogen und ... hm, auf ihre Art geliebt.«

Die Schwiegermutter sagte nun kein Wort mehr, sondern zupfte an ihrem Tuch herum. So richtig wohl fühlte sie sich in der Gegenwart der jüngeren Frau anscheinend nicht, aber sie saß aufrecht und herrschaftlich auf der Bank im Hof, ein dickes Wolltuch lag um ihre Schultern.

Die Ziege festgebunden, der Hof frei zugänglich – für den Wolf war dieses Abendessen leichte Beute gewesen.

»Sie müssen davon ausgehen, dass der Wolf noch einmal auftaucht«, sagte Dirk Kemper. »Sind die anderen Tiere sicherer untergebracht?«

Frau Schulze Brinkhoff junior lächelte schräg. »Wir sind nicht sehr erfahren im Umgang mit Raubtieren, nicht wahr? Wir alle in Deutschland nicht. Für die Fohlen könnte es gefährlich werden. Ich habe keine Ahnung, wann ein Zaun oder Hof wolfsicher ist. Sie? Wir werden heute Nacht wohl aufpassen müssen. Doch wir stehen morgen immerhin groß in der Zeitung.«

Die Dame machte sich offenbar keine allzu großen Sorgen. Eher schien sie die Geschichte als gute Unterhaltung anzusehen. Die Presse hatte nicht lange auf sich warten lassen. Vor allem die blutigen Reste der Ziege waren für die Journalisten ein begehrtes Fotomotiv.

Dirk Kemper blickte zum wiederholten Male um sich. Das hier war ein stattlicher Hof und der Wolf eine gute Werbekampagne. Frau Schulze Brinkhoff ahnte das Geschäft hinter der gerissenen Ziege. Nun würden bestimmt auch Leute von außerhalb den Hofladen besuchen, sich verstohlen umschauen und daran denken, dass er hier vor kurzer Zeit hergeschlichen war – der Wolf.

»Wir müssen eine neue Ziege kaufen. Eine Ziege darf nicht alleine sein. Du wirst dich noch wundern, Karin, bei einem Todesfall bleibt es meist nicht.«

Die alte Frau Schulze Brinkhoff hatte sich nun erhoben und blickte beide mit blauen, aber rot geränderten Augen an.

»Ich sage Eike, dass er eine neue Ziege kaufen muss. Oder wollt ihr den kleinen Jimmy als Köder benutzen?«

Ihr letzter Blick war beinahe drohend, fand Kemper. Er blickte der Bäuerin hinterher, die ihn mit ihrem schweren Leinenkleid, der Schürze und dem weißen, mit kohlschwarzen Haaren durchzogenem Haardutt tatsächlich an die Großmutter aus dem bekannten Wolfsmärchen erinnerte.

»Meine Schwiegermutter traut mir eine Menge zu. Aber ich kann nun mal nicht um eine alte Ziege trauern, die immer alle Blumen weggefressen hat. Schauen Sie sich um, hier ist nirgends ein Beet oder ein Blumentopf zu finden. Das Mistvieh hat alles zerpflückt.«

Dafür gab es ein paar Skulpturen aus Metall. Frau Schulze Brinkhoff folgte dem Blick des Polizisten und lachte: »An den Dingern konnte sich die Ziege allenfalls selbst verletzen, aber die bekam sie nicht kaputt. Ich habe sie selbst geschweißt.«

»Warum haben Sie auf einem derartig großen Anwesen keinen Hund?«

»Ich wurde als Kind schlimm gebissen und habe seitdem wirklich schreckliche Angst vor Hunden. Hinzu kommt noch, dass ich sie nicht ausstehen kann. Mein Mann hätte sehr gerne einen Hund, und ich muss es ihm hoch anrechnen, dass er mir zuliebe verzichtet. Sollte er in der Zukunft doch mal mit einem solchen Tier auftauchen, weiß ich, dass er mich loswerden will.« Sie lächelte nicht, sondern stand auf und verabschiedete sich.

In dem Moment klingelte sein Diensthandy.

Der Tag stehe im Zeichen des Wolfes, hieß es aus der Leitstelle, er solle sofort und schnellstens zum Waldkindergarten fahren. Ein Kind behaupte, es hätte gerade einen Wolf gesehen. Die Kleine veranstalte einen wahren Budenzauber auf dem Gelände des Kindergartens.

Die sollten im Kindergarten das Radio auslassen. War doch klar, dass die Kleinen die Berichte aufschnappten, dachte Dirk Kemper und machte sich zügig auf den Weg.

»Das war's dann wohl mit Wolfsvorkommen in Oelde«, fügte er laut seinen Gedanken hinzu, als er den Tumult, der von dem sonst harmlosen Waldkindergarten ausging, schon von Weitem hörte. Jedes Tier wechselte wahrscheinlich gerade das Revier.

Kinder liefen durcheinander und riefen laut: »Wer hat Angst vorm bösen Wolf?«

Eine Kindergärtnerin telefonierte hinter einer Holzhütte, die andere beruhigte eine zänkische Mutter.

»Es war ein Schäferhund, Sie können Jutta getrost hierlassen. Nein, wir machen keine Außenaktivität mehr, sondern bleiben hier in der Nähe der Hütten. Ich verspreche es Ihnen.«

Sichtlich genervt drehte sich die Erzieherin um, nachdem sie gewartet hatte, dass die besorgte Mutter auch tatsächlich zu ihrem Auto lief.

Dirk Kemper stellte sich vor und fragte gleich, ob er das Gespräch richtig eingeschätzt habe. »Es war also ein Schäferhund, den das Kind gesehen hat?«

Die blonde Frau nickte und rückte ihr Halstuch zurecht.

»Ja, definitiv, kurze Zeit später tauchte ein Mann hier auf und fragte nach seinem Hund. Er habe kurz nicht aufgepasst, und das Tier habe sich wohl auf die Fährte eines Kaninchens begeben.«

»Hm, also meiner Meinung nach kann so ein wildernder Hund je nach Rasse gefährlicher für ein Kind sein als ein Wolf. Haben Sie öfter Probleme mit freilaufenden Hunden?«

Sie zögerte. »Geht so, hier im Wald gilt eine Leinenpflicht, da vorne beginnt ja das Naturschutzgebiet. Die meisten halten sich daran. Aber wenn hier nun tatsächlich Wölfe umherstromern, werden die Eltern unruhig werden. Entschuldigung, dass wir Sie unnötig bemüht haben.«

Der Polizist blickte auf die bunten Hütten, die Schutz an Regentagen boten. Er sagte: »Da ich schon mal hier bin, können wir ja mal Prophylaxe betreiben und über Zäune nachdenken.«

Statt das Angebot dankbar anzunehmen, runzelte die Kindergärtnerin nun die Stirn und fragte: »Sie wollen die Kinder einzäunen? Wir sind ein Waldkindergarten, damit die Kinder sich frei entfalten können.«

»Also lassen Sie mal die Kirche im Dorf. Es gibt doch hier sicher auch Regeln, oder marschieren die Kinder alleine in den Wald, wann immer ihnen danach ist, ein Eichhörnchen zu verfolgen oder einen Fuchs auf Tollwut zu untersuchen? Man kann durchaus Türchen in die Zäune machen und bei Bedarf diese offen stehen lassen. Ihre Waldspaziergänge können Sie ruhig weiter machen. Da wird sich schon kein Wolf anschleichen und ein Geißlein, Entschuldigung, ein Kind klauen. Aber durch einen Zaun erreichen Sie grundsätzlich mehr Sicherheit.«

An ihrem Gesichtsausdruck merkte er, dass er die Dame eher gereizt hatte, als sie zur Kooperation zu bewegen. An sich kam er bei Frauen gut an. Er war nicht klein, besaß eine muskulöse, sportliche Figur und trug seine blonden Haare gerne etwas jugendlich länger. Seine Nase war ein bisschen zu groß, aber das machte der schön geschwungene Mund wieder wett.

Die Erzieherin schien das alles nicht zu sehen, eventuell war ihre Wahrnehmung auf Drei- bis Fünfjährige getrimmt. Sie antwortete knapp: »Warten wir ab, was die Eltern für ihre Kinder möchten. Tim, jetzt ist es genug mit diesem Lied. Ihr verschreckt ja alle süßen Tierbabys.«

Sie drehte sich um und ließ Dirk Kemper einfach stehen. Kein Problem, er rief seine Dienststelle an und durfte zur Wache zurückfahren. Nicht ahnend, dass die Vertreter des Kindergartens schon sehr bald den sichersten Zaun in ganz NRW haben wollten.

»Wir sprechen nun mit dem Schafzüchter Peter Heiden, der seine kleine Herde in der Nähe von Sünninghausen weiden lässt. Ein Wolf ist in der Nähe, eine Ziege ist ihm bereits zum Opfer gefallen. Ist das nur der Anfang? Wie geht es nun weiter, und wie schützen Sie persönlich Ihre Tiere?« Man hörte dem Radiomoderator an, was für eine Freude er an dem Thema hatte.

Zwischen deutlichen Hintergrundgeräuschen war jetzt eine andere Stimme zu hören. »Aus den Bundesländern, in denen der Wolf schon länger beheimatet ist, wissen wir, dass ein wirksamer Schutz für die Schafe schwer zu erreichen ist. Immer wieder werden Schafe und Lämmer gerissen. Elektrozäune oder sehr hohe, feste Zäune zu bauen, das bedeutet für uns einen enormen Zeitaufwand zusätzlich. Ich lasse meine Schafe ja auf unterschiedlichen Wiesen grasen. Ich kann doch nicht jedes Mal loslegen, als gelte es einen Hochsicherheitstrakt zu errichten.«

»Wie sieht es mit speziell ausgebildeten Hütehunden aus?«, fragte der Moderator weiter.

»Wissen Sie, was so ein guter Hund kostet? Sie bekommen vielleicht ein bisschen Zuschuss, aber so ein Tier kostet auch im Unterhalt eine ganze Menge. Wenn NABU und all die anderen verblendeten Tierschützer, ja und sogar die Regierung Wölfe im Land haben wollen, wird es eben bald keine Schafe mehr geben. Und apropos Hütehunde. Ein Kanadier hat es selbst erlebt. Ein Wolf freundete sich erst mit den zwei Hütehunden an, die eine Schafherde bewachten, und dann kam er jede Nacht und nutzte diese joviale Bekanntschaft schamlos aus. Die Hunde schauten sehr entspannt zu, wie der Wolf ein Schaf nach dem anderen riss. Blut ist eben doch dicker als Wasser.«

»Es ist aber Fakt, dass gerissene Schafe, die eingezäunt waren, finanziell ersetzt werden, oder? Könnte Ihre Berufsgruppe da nicht entspannter sein?«

Der Schafhirte lachte kalt auf. »Sie meinen, wir züchten nun unsere Tiere als Leckerbissen für die Wölfe? Keine schlechte Idee. Mal sehen, wie viele Horden an getöteten Schafen der Staat bezahlt, bis er genug vom Wolf hat.«

»Herr Heiden, wir danken Ihnen für das Gespräch. Als Nächstes haben wir einen Mann am Apparat, der behauptet, seinen Neffen durch einen Wolfsangriff verloren zu haben. Und zwar in Deutschland! Bleiben Sie dran, werte Hörer.«

Dirk Kemper hörte aufmerksam zu, während er die Strecke zum Revier zurücklegte. Es folgte Musik von Coldplay, und beinahe hätte er das Thema vergessen, so entspannt hatte er mitgesummt.

»Ein siebenjähriger Junge stirbt mitten in Deutschland durch einen Wolfsangriff. Hören Sie die unglaubliche Geschichte eines Angehörigen.«

Weiterschaltung, eine andere Stimme aus dem Hintergrund: »Es war im August 1977, als ein Polizist beobachtete, wie ein Mann mitten in Bremens Innenstadt mit einem Silberwolf an der Leine daherspazierte. Er forderte ihn auf, den Wolf wegzubringen. Wenige Tage später wurde der Wolf zusammen mit einem Pyrenäenwolf in Transportkisten zu einem Tierpark in Osterholz-Schambeck gebracht. Auf dem Weg dorthin konnte der Pyrenäenwolf jedoch entwischen und tötete kurze Zeit später einen siebenjährigen Jungen mit sieben Bissen. Der Junge spielte gerade mit seinem Freund am Waldrand, als der Wolf sich auf ihn stürzte. Zu Tode gebissen! Wissen Sie, was das für ein Schock für die Eltern war? Ich will es klar sagen: Weg mit den Wölfen aus unserer Stadt und aus unserem Land. Unsere Kinder sollten uns mehr wert sein als ein bisschen Abenteuerromantik.«

Kemper war beim Revier in der Stadt angekommen und schaltete den Wagen aus.

Nele Brabender stand vor dem Wolfsgehege im Tierpark Hamm. Diese Tiere würden zunehmend mehr Aufmerksamkeit bekommen, da war sich die Zoologin sicher. Je mehr Wolfssichtungen es in NRW gab, desto größer wurde das Interesse der Besucher für dieses Tier. Man stand vor dem Gehege, beobachtete die Größe und Anmut des Tieres und stellte sich vor, wie ein Zusammentreffen in freier Wildbahn wohl verlaufen würde. Auf jeden Fall kurz, da war sich die Kuratorin des Zoos sicher. Der Wolf ging dem Menschen normalerweise aus dem Weg. Ins Beuteschema passte ein Mensch sicher nicht.

Nele Brabender freute sich, dass sich Isegrim neuen Raum erschloss. Aber sie hatte auch Sorge um ihn. Hoffentlich enttäuschten die Menschen ihn nicht wieder. Es gab kaum ein Wildtier, das so diffamiert worden war wie der Wolf. Nun war er also in Oelde aufgetaucht und hatte gleich einen Raubzug gestartet. Eine Hausziege war von ihm gerissen worden.

Sie sah das graue Weibchen an, das vor ihr stand und ins Gebüsch starrte, als erwartete sie jemanden. Flüchtig betrachtet, konnte man sie für einen Schäferhund halten, doch Wölfe waren hochbeiniger und ihre Schnauze war etwas länger. Die Wölfin blickte sich noch einmal zu der Zoologin um, bevor sie tiefer ins Gehege verschwand.

Eike Schulze Brinkhoff reckte seine steifen Glieder. Er hatte nachts immer wieder nach dem Rechten gesehen und war entsprechend gerädert. Seine Frau Karin hatte dies ab fünf Uhr morgens für ihn übernommen, damit er noch zwei Stunden ruhen konnte. Sie war bereits aufgestanden, wie er feststellte. Sie hatten getrennte Schlafzimmer. Der insgesamt unruhige Schlaf von Eike hatten seiner Frau auf Dauer zugesetzt. Während er zwar oft aufwachte, aber genauso schnell wieder einschlief, lag Karin dann ewig wach. Nun musste er wenigstens nicht mehr Rücksicht nehmen und konnte spät abends noch ein Buch lesen. Eike Schulze Brinkhoff verzichtete für einen guten Agententhriller gerne auf mehr Schlaf.

Heute Nacht war der Hof unbehelligt geblieben, anscheinend hatte auch Karin in den frühen Morgenstunden nichts bemerkt, was auf die Anwesenheit eines Wolfes hindeutete. Sie wäre sonst beim ersten Anzeichen, dass ihr Mann wach war, zu ihm gelaufen. Karin musste immer alles sofort erzählen. Ob ein Fohlen geboren worden war oder ein Pferd lahmte oder seine Mutter sie geärgert hatte. Sie stürzte dann sogar ins Bad und erzählte davon, während er unter der Dusche stand oder noch unpässlicher unterwegs war.

Heute Morgen fand er seine Frau nirgends. Nicht in den Ställen, nicht im Keller oder beim Frühstückmachen. Ihr dunkelblauer Audi stand in der Scheune. Er rief sie draußen auf dem Hof, er rief sie in den Ställen und stieg sogar die Kellertreppe hinab. Keine Spur von Karin.

Seine Mutter stand immer spät auf, da brauchte er gar nicht erst zu fragen, Sohnemann Max war bereits unterwegs zur Schule. Also nahm er sich einen Becher Kaffee und ging noch mal nach draußen. Weit konnte seine Frau nicht sein. Auf den Weiden war alles in Ordnung, einige Fohlen lagen noch auf der Wiese und dösten bei den ersten Sonnenstrahlen beruhigt neben ihren Müttern, die grasten. Das Wetter war recht mild. Doch ein Fohlen lag abseits. Konnte das wahr sein? Schnell zählte er seinen kostbaren Nachwuchs durch und kam auf vier Fohlen. Das bedeutete, das Bündel da auf der Wiese konnte kein Fohlen sein.

Die Ziege. Vielleicht war sie aus dem Stall ausgebrochen und hatte sich zu den Pferden gesellt. Ziegen konnten gut mit Pferden. Sie waren optimale Gesellschafter für Pferde, die allein gehalten wurden.

Doch je weiter er mit langen Schritten die Weide überquerte und dabei mehr als ein neugieriges Fohlen wegscheuchen musste, desto klarer erkannte er das dunkle Haar seiner Frau. Sie lag etwas verrenkt dort, und er bekam eine schreckliche Angst, dass sie von einem Pferdetritt ernsthaft verletzt worden war. Wenn die Stuten Fohlen hatten, konnte sie schon mal überraschend aggressiv reagieren. Doch seine Frau war erfahren und arbeitete seit zig Jahren mit den großen Tieren.

Die letzten Meter rannte der Landwirt, den Becher mit dem Kaffee hatte er bereits achtlos fallen gelassen.

Alles Weitere war entsetzlich. Sie lag in einer Blutlache, ihr weißes Poloshirt war beinahe komplett damit eingefärbt. Einige Grashalme leuchteten rot in der Sonne, und ihre rechte Hand steckte tief im Boden, als hätte sie sich an ihrer Heimaterde festhalten wollen.

Er war kein Narr, so sehr er seine Frau auch liebte. Karin war tot, und sie zu bewegen, was sein erster Impuls war, würde nur wichtige Spuren vernichten. Er ließ sich neben sie ins Gras fallen, streckte eine Hand aus, um ihr Gesicht zu berühren, aber da war so viel Blut, und so strich er nur zärtlich über den Rücken der rechten Hand. Sie war kalt. Ein Schrei entfuhr ihm, und dann kamen die Tränen, tropften auf seine Hände und auf ihre. Die Kehle war zerfetzt, Fleisch hing heraus, und ihr

Anblick erinnerte zumindest an dieser Stelle an die gerissene Ziege. Der Wolf war also zurückgekehrt, dachte Eike Schulze Brinkhoff, und ein ungeheurer Hass machte sich in ihm breit.

Es waren drei Leute, die sich eine Stunde später auf den Weg über die Weide machten: Dirk Kemper, der Polizist, Nele Brabender, die Zoologin, die bereits die Ziege untersucht hatte, und Kommissar Schmitt vom Morddezernat.

Im Hintergrund warteten zwei Männer eines Bestattungsunternehmens darauf, dass sie den Leichnam mitnehmen konnten. Zwischendurch sah man sie tuscheln. Eine Leiche, die eventuell von einem Raubtier tödlich verletzt und übel zugerichtet worden war, das war ein recht außergewöhnlicher Einsatz. Da hatte man etwas beim Stammtisch zu berichten.

Kommissar Schmitt hielt sich dicht an Dirk Kemper, dennoch kam ihm eine große Stute sehr nahe. Das Tier war neugierig, schnupperte an seinen Hosentaschen, ob er etwas Leckeres dabeihatte. Schmitt drehte sich mehrfach um die eigene Achse und fürchtete sich. Pferde hatten schon sehr oft Menschen zu Tode getrampelt oder sie abgeworfen, und im schlimmsten Fall brach man sich dabei das Genick. Schmitt hatte Angst vor jedem Tier, das größer als ein Beagle war. Er war auch nicht der richtige Mann, um sich das Opfer eines gefräßigen Wolfs anzusehen oder gar nach diesem Tier zu fahnden, fand er.

»Alles in Ordnung, Herr Schmitt?« Kemper blickte den Kommissar an und machte sich sichtlich Sorgen wegen dessen blassem Gesicht. »Die Pferde tun Ihnen schon nichts, einfach weitergehen, stur an ihnen vorbeigucken. Schauen Sie nur, die haben mehr Angst vor uns als umgekehrt.« Kemper klatschte laut in die Hände, die er in Richtung der neugierigen Stute gestreckt hatte.

Erschrocken drehte sich das kräftige Tier um und trat nach hinten aus. Nur um Haaresbreite verfehlte es dabei seinen Brustkorb. Dann lief es ein paar Meter davon, blieb stehen und schnaubte.

Jetzt war auch der junge Polizist etwas blass geworden. »Dumme Ziege«, murmelte er und schritt schneller aus.

»Ich fühle mich nicht so, als hätten Sie mir gerade geholfen oder hätten besonders viel Ahnung von den Tieren.« Kommissar Schmitt rief hinter ihm her und beeilte sich, den Jüngeren einzuholen. Frau Brabender hatte sich schon zu Beginn viel langsamer über die Wiese bewegt und streichelte das eine oder andere kecke Fohlen. Jetzt lachte sie herzhaft.

Beim Anblick der toten Karin Schulze Brinkhoff verging allen dreien das Lachen.

Die Zoologin kniete sich neben die Tote, fotografierte die Wunde und untersuchte das umliegende Gras. Tiefe Abdrücke gab es hier nicht, das Wetter war zu trocken gewesen. »Wir müssen Speichelproben aus der Wunde nehmen. Ich kann mir ein solches Verhalten nicht erklären. Ein Wolf handelt nicht so.« Sie runzelte die Stirn und blickte um sich.

»Ich glaube auch nicht, dass ein Wolf versucht hat, durch diesen elektrischen Weidezaun zu kommen.«

»Vielleicht ist sie angefallen worden und hat sich schwer verletzt auf die Weide retten können, bevor der Wolf sie auffressen konnte.« Das war eine sehr unglückliche Formulierung, und Schmitt machte ein verlegenes Gesicht. Aber letztendlich taten Wölfe genau das. Fressen.

Nele Brabender schüttelte energisch den Kopf. »Der Wolf müsste sich schon extrem bedroht gefühlt haben, um so etwas zu tun. Es ging hier doch nicht um einen schmackhaften Bissen. Lassen Sie Rotkäppchen mal ruhen. Ich glaube, wir haben es hier mit einem Mord zu tun. Da will jemand dem Wolf etwas anhängen.«

Kemper nickte zustimmend, Schmitt zeigte nur demonstrativ auf die zerfetzte Kehle des Opfers und hob die Augenbrauen selbstgefällig an. Immerhin hatten sie da ja wohl ein Opfer mit Bissspuren vor sich liegen, dachte er, das konnte auch die klügste Zoologin nicht wegdiskutieren.

Nachdem Frau Brabender Gewebeproben an verschiedenen Stellen des verletzten Halses genommen hatte, durften die Bestatter die Leiche in die Gerichtsmedizin bringen. Kemper schloss sich ihnen an, es war eine offizielle Untersuchung, und man dufte keine zivilen Personen mit der Leiche alleine lassen. Der Polizist würde mitfahren.

Im Hof saß der Bauer Eike Schulze Brinkhoff auf einem Stuhl und hielt ein schweres Jagdgewehr in den Händen. Sein Gesicht war hassverzerrt, und er rief der kleinen Personengruppe wild zu: »Dem werde ich es zeigen, diesem Isegrim. Meine Frau anzufallen und sich hier zu bedienen, als wäre es sein Wildgatter. Ich mache ihn kalt, und wenn ich drei Tage hier sitzen muss.« Er wischte sich seine tropfende Nase am Hemdsärmel ab und stierte provokant vor sich hin. Seine blonden, kurzen Haare standen in alle Richtungen ab, und sein Gesicht wies hektische, rote Flecken auf. Schulze Brinkhoff war plötzlich ein anderer Mensch geworden.

»In diesem Zustand sollte der Mann besser kein Gewehr in der Hand haben. Ich nehme an, es ist geladen«, äußerte Nele Brabender und folgte dem Lauf der Flinte, der eindeutig in ihre Richtung zielte. Bestimmt unbeabsichtigt, aber es zeigte die Unzurechnungsfähigkeit des Mannes, der soeben auf brutalste Weise Witwer geworden war.

So viel Angst Schmitt vor Tieren hatte, so unerschrocken war er im Umgang mit schwierigen Menschen. Er ging ohne viel Aufhebens auf den Bauern zu und nahm die Waffe einfach an sich, bevor Eike Schulze Brinkhoff darüber nachdenken konnte, wie ihm geschah.

Schmitt sprach beruhigend auf den Mann ein: »Wir helfen Ihnen doch, keine Sorge, wir helfen Ihnen, aber in Ihrer Verfassung könnten Sie einen anderen lieben Menschen verletzen. Das will niemand, nicht wahr. Ihr Sohn braucht Sie doch jetzt.«

Der Mann blickte erschrocken auf. »Oh, mein Gott, Max. Er weiß es ja noch gar nicht. Er ist in der Schule. Ich muss ihn holen.«

Die Zoologin guckte skeptisch herüber und wollte etwas sagen, aber Schmitt hob energisch den Arm und hielt sie davon ab.

»Gute Idee, sprechen Sie in Ruhe mit Ihrem Sohn. Soll ich Ihnen jemanden mitschicken, einen Seelsorger?

Es hilft ein wenig, gemeinsam finden Sie die richtigen Worte.«

»Ja, ja, ich fahre gleich los«, nickte Schulze Brinkhoff und stand auf, um die Autoschlüssel zu holen.

»Wollen Sie ihn etwa Auto fahren lassen?«, fragte die Zoologin. »Da hätten Sie ihm ja gleich besser das Gewehr lassen können.«

Schmitt erklärte: »Der Mann braucht eine Aufgabe, das ist ein Macher, das sieht man doch. Der dreht uns durch, wenn wir ihn aufs Sofa schicken. Er wird langsam fahren, um sich vorzubereiten. Der rast schon nicht einfach so zur Schule. Und auf dem Rückweg wird der Seelsorger dabei sein.« Er zückte sein Handy und gab eine entsprechende Botschaft an seine Sekretärin weiter.

»Aber ...«

»Sie sind hier, um die tierischen Fragen zu klären, richtig? Da werde ich Ihnen auch nicht reinreden, versprochen.«

Die Zoologin war ein bisschen eingeschnappt, das zeigte ihr Gesichtsausdruck, doch als plötzlich die ältere Frau Schulze Brinkhoff in einer Kleidung aus dem letzten Jahrhundert herbeikam, mit langem Rock und bunter Schürze darüber, schluckte sie den Zorn hinunter und grüßte freundlich.

Frau Schulze Brinkhoff senior nickte kurz und sagte: »Gestern noch habe ich alle gewarnt. Ein Wolf gibt sich nicht mit einer toten Ziege zufrieden, und er kommt nicht alleine. Die wirklich gefährlichen Wölfe folgen erst noch.«

»Wir wissen noch nicht genau, ob der Wolf Ihre Schwiegertochter getötet hat, wir müssen erst ...«

Sie wurde schon wieder unterbrochen. Die Bäuerin schlug ihren Stock, den sie als Gehhilfe in der rechten Hand trug, feste auf den Boden und sagte barsch: »Wölfe gibt es in allen möglichen Verkleidungen. Ich konnte meine Schwiegertochter nur mäßig leiden, ich hatte zwei, drei andere Kandidatinnen für meinen Jungen im Auge. Aber das hat sie nicht verdient, das weiß ich.«

»Was wissen Sie über Wölfe, Frau Schulze Brinkhoff?«, fragte Herr Schmitt und machte einen Schritt in ihre Richtung. »Es leben doch schon seit fast hundertfünfzig Jahren keine Wölfe mehr hier.«

Die Frau blickte ihm in die Augen, stahlblau waren diese und hellwach. »Ich komme gebürtig aus Rumänien, aus Siebenbürgen, wenn Ihnen das noch was sagt. Und dort in den südlichen Karpaten leben Bären, Luchse und Wölfe. In den harten Wintermonaten haben alle Hunger. Die Tiere wie die Menschen. Alle kämpfen um Fleisch und vor allem um die Schafe. Haben Sie mal einen Wolf erlebt, der sich in ein Schaf verbissen hat und seinen Nachwuchs dringend ernähren muss? Der ist todesmutig und verzweifelt genug, sich jedem Hütehund und jedem Bauern entgegenzustellen. Man kann es ihm nicht verdenken.«

»Aber so einen Wolf meinen Sie gar nicht, habe ich recht?«

Sie widmete sich nun ihrem Stock und bohrte ihn in den Schotter. »Wölfe locken andere Wölfe an. Sie werden schon sehen.«

»Haben Sie eine Ahnung, ob Ihre Schwiegertochter Feinde hatte?«, fragte der Kommissar weiter.

»Kennen Sie einen Menschen, der schön und erfolgreich ist und keine Feinde hat?«

Schmitt erwiderte diplomatisch: »Eventuell müsste man den Begriff Feind definieren. Neider gibt es wegen allem Möglichen. Sollte die jüngere Frau Schulze Brinkhoff ermordet worden sein, würden Ihnen dann Namen einfallen?«

»Nein.« Mehr sagte die Alte nicht. Sie hob ihren Stock an und sagte im Weitergehen: »Ich werde mir jetzt die Karin noch einmal anschauen.«

»Das sollten Sie besser nicht ...« Auch dieser Satz der Zoologin blieb heute unbeendet. Sie unterbrach sich selbst und sah der Bäuerin nur hilflos nach. Dann sagte sie: »In einem hat sie recht. Dieser Wolf in Oelde zieht die Henkerswölfe an. Viele Bürger werden jetzt ausrasten und mit Stöcken nachts auf die Straße gehen. Habe ich alles schon erlebt. Denken Sie nur an den Fall Kurti aus Niedersachsen.«

»Ich kenne keinen Fall Kurti.« Schmitt putzte sich geräuschvoll die Nase und äugte zu einer Ziege, die frei im Hof herumlief.

Nele Brabender klärte ihn auf: »Kurti war ein Problemwolf, weil er keine Angst mehr vor Menschen hatte und sich bis auf wenige Meter einigen Spaziergängern genähert hat. Als er dann auch noch einen Hund gebissen hat, war sein Todesurteil gesprochen. Das lassen Sie sich mal auf der Zunge zergehen. Wie viele Hunde in Deutschland beißen sich gegenseitig? Hä? Aber einen Wolf, der nur einen Eindringling warnen wollte, verurteilt man zum Tode. Keine Angst vor den Menschen heißt doch nicht, dass man sie gleich fressen will. Das, was hier in Deutschland gerade stattfindet, nennt man das Rotkäppchen-Syndrom.«

»Die Gebrüder Grimm wären begeistert von ihrem Einfluss, aber ich bin der falsche Gesprächspartner, ich habe vor fast allen Tieren Angst.«

»Warum?«

»Ich bin als Kind mal in einem Zoo verloren gegangen. Bis man mich wiedergefunden hatte, war es schon dunkel geworden. Ich irrte umher und traf immer nur auf Tiere. Und die ganze Zeit über hatte ich das Märchen vom Rotkäppchen vor Augen und was passieren konnte, wenn man vom Weg abkam. Ich dachte damals, die lassen nachts immer die Tiere frei. Können Sie sich meine Angst vorstellen?«

Frau Brabender wusste nicht, ob er sie verulken wollte, und schwieg.

Schmitt hatte sich ein paar Notizen gemacht und schloss nun sein Notizbuch. »Ich kümmere mich jetzt um die Proben. Sobald ich etwas weiß, melde ich mich bei Ihnen.«

Dann stieg die Zoologin mit dem blonden Pferdeschwanz in ihren knallgrünen Smart und fuhr davon. Ob sie sich über die anfangs so interessante Ablenkung in ihrem Job noch freuen konnte?

»Tim, hör sofort auf, du kannst doch Susi nicht mit Sand bewerfen.

»Aber sie ist blöd. Wirklich.«

Susanne Mertens stöhnte. Fünf Kinder befanden sich noch in ihrer Obhut. Alle anderen fünfzehn waren abgeholt worden, seit man die tote Karin Schulze Brinkhoff gefunden hatte. Morgen würde der Waldkindergarten bestimmt gar nicht erst aufmachen, nahm Susanne an. Es wurde noch diskutiert, ob es einen hohen Zaun geben sollte, der Kindergarten geschlossen werden würde oder ob man für einige Zeit in ein Gemeindehaus umzog. Eigentlich hing das weitere Vorgehen von einer Autopsie der Spuren an der Leiche ab, aber für viele Bürger stand bereits fest, dass ein Wolf eine Bürgerin zerfleischt hatte. Sie ließen sich die brutalsten Begriffe regelrecht auf der Zunge zergehen: Zerfleischt, zerfetzt, gerissen, gefressen, die Kehle herausgebissen. Kein Vokabular für die Kleinen, fand Susanne und hatte energisch das Radio ausgestellt. Sie starrte heute mit einem anderen Gefühl in den Wald. Da schlich ein Raubtier herum. Sie fand das spannend, und sie hoffte inständig, dass man keinen Wolfsspeichel in den Wunden der armen Großgrundbesitzerin finden würde. Susanne selbst glaubte an einen frei laufenden Kampfhund, der Karin Schulze Brinkhoff erwischt hatte, nicht an einen Wolf. Es gab in Oelde solche Hunde, genau konnte sie die jeweiligen Rassen nicht unterscheiden, aber unwohl fühlte sie sich immer, wenn sie an einem Riesenköter vorbeiging. Gut erzogen mochten das alles tolle Hunde sein, aber wusste sie, ob der jeweilige Hund gut erzogen war? Ein schlecht erzogener Chiwawa war höchstens eine Lachnummer, aber ein durchgeknallter Dobermann?

Jedenfalls passte ein so kräftiger, tödlicher Biss in die Kehle doch wohl mehr zu einem gestörten Hund als zu einem scheuen Wolf. Sie hoffte darauf, dass man sich für einen sicheren Zaun entschied und der Waldkindergarten normal weitermachen durfte. Für viele Eltern reichte der Gedanke an Wölfe in der Umgebung, um bei ihren

Kindern die Gummistiefel durch einen Joystick zu ersetzen. Freie Entfaltung und Naturverbundenheit ja, aber bitte nur mit der Sicherheit einer Gummizelle. Sie war alleine hier, die Kollegin hatte sie nach Hause geschickt, denn auf fünf Kinder konnte sie sehr gut alleine aufpassen.

»Susie, Susie, da hinten ist etwas im Gebüsch und beobachtet uns.«

Moritz rannte zu ihr hin und schmiss seinen zarten Körper an ihre Beine, umklammerte sie so, dass es ihr unangenehm wurde.

»Moritz, wir sind im Wald, jedes Kaninchen und jedes Reh hier hat dich schon einmal gesehen.«

»Und wenn es der Wolf ist?«

»Na, ist doch super, wenn der auf unseren Kindergarten aufpasst und die gefräßigen Riesenkaninchen vertreibt.« Und damit kitzelte sie ihn am Bauch, dass er wieder lachte.

Kurz darauf hörte auch sie ein Rascheln. Es war nicht das hektische Geräusch, das Vögel von sich gaben, wenn sie im Unterholz umhersprangen. Dieses Rascheln war ruhig und langsam. Jemand oder etwas bewegte sich keine fünfzehn Meter von ihrer kleinen Gruppe entfernt im Gebüsch.

Der Waldkindergarten war nur wenige Schritte von einem ausgebauten Feldweg entfernt. Man musste ja mit Autos hier herankommen können. Sie befanden sich hier am Rande des Waldes und besaßen vier einfache Hütten. Darin waren zwei Gruppenräume untergebracht, sanitäre Anlagen und eine kleine Küche. In einer noch kleineren Hütte waren Spiel- und Sportgeräte gelagert.

Susanne stand ein wenig starr und blickte in Richtung Wald. Wolf hin oder her, dort konnte auch ein verwirrter, verängstigter und aggressiver Hund stecken. Immerhin hatte etwas Tierisches eine Frau übel zugerichtet.

Sie bewegte sich langsam in Richtung der Hütten und rief die Kinder leise zu sich. Molly befand sich am weitesten weg und bewegte einen Stock hin und her, wobei sie eine Gruppe von Käfern untersuchte. Das kleine Mädchen war total vertieft in die Erforschung kleiner Krabbeltiere und hockte am Boden.

»Ich habe Angst«, sagte Moritz und hielt ihre Hand noch fester.

»Dann geh schon mal mit den anderen Kindern in die Hütte, wir machen uns einen leckeren Kakao und singen gleich ganz laut, okay? Geht schon, ich gucke mal, was Molly da gefunden hat.«

Mühsam machte sie sich von der Hand des Jungen los und schob ihn in die richtige Richtung. Dann drehte Susanne sich um und ging zu Molly, ohne das Gebüsch am Waldrand aus den Augen zu lassen. »Molly, kommst du auch mit uns rein?«

»Der eine Käfer rennt immer überall gegen. Ob der wohl schlechte Augen hat. Guck doch mal, Susie.«

Und dann trat ein Tier aus dem Dickicht und starrte auf das Kind.

Bürgermeister Tillmann hatte heute zum ersten Mal seine Sekretärin angeschrien. Das hatte er noch nie gemacht, und sie hatte es auch heute nicht verdient. Das wusste sie, das wusste er. Doch zig Anrufe von Presse und Co. machten aus ihm allmählich ein Nervenbündel. Seine Bürger fühlten sich nicht mehr sicher, und die Presse tat alles dafür, diese Angst noch zu schüren. Na klar, bluttriefende Opfer und wilde Tiere gaben tolle Geschichten her. Als ihm Frau Hering dann mitgeteilt hatte, dass draußen eine Delegation von Jägern stehe, bewaffnet, wie sie spöttisch hinzugefügt hatte, stieg sein Puls spürbar.

»Die wollen noch heute eine Sondergenehmigung, damit sie den Wolf erschießen können, Herr Tillmann.«

Und dann hatte er sie angefahren, sie kenne doch wohl die Gesetzgebung und müsse in ihrem Job auch mal mit einer Horde wild gewordener Jäger fertigwerden. Bewaffnet oder nicht.

Frau Hering war vielleicht zu sehr in ihren Namen hineingewachsen. Sie war etwa 1,60 Meter groß und so dünn wie ein Schulmädchen vor der Pubertät. Im Grunde genommen brauchte einer der Jäger nur laut niesen, dann müsste sie sich festhalten.

Er hörte sie dennoch mit fester Stimme zu den Jägern sagen: »Das wird heute und hier nicht entschieden. Sie gehen jetzt alle nach Hause und warten, dass die Dinge den richtigen Weg gehen. Sollte einer von Ihnen auf eigene Faust mit seinem Gewehr oder anderen Waffen losziehen, ist er seinen Jagdschein bis zum jüngsten Gericht los! Fritz, grüß deine Frau von mir und sag ihr, sie soll deine Waffe oder noch besser dich einschließen.«

1,60 Meter Mut und Durchsetzungskraft, Tillmann würde ihr heute noch einen Strauß Blumen kaufen und sich entschuldigen.

Morgen früh würde es eine Sondersitzung im Rat geben. Am dringlichsten musste nun eine Entscheidung für den Waldkindergarten gefällt werden.

Der Bürgermeister fürchtete eine Panik seitens der Eltern. Diese glaubten schnell, dass ihre Kinder nun, wie im Märchen, von einem Wolf verschleppt würden. Tillmann hatte wenig Lust, dass ihm diese Wolfsgeschichte um die Ohren flog. Er musste sich als Bürgermeister natürlich an das Gesetz halten und das sah vor, dass der Wolf einen ganz besonderen Schutz in Deutschland genoss. Und zwar durch verschiedene Gesetze.

Das Washingtoner Artenschutzabkommen so wie die Berner Konventionen schützten den Wolf international und Deutschland hatte beide Abkommen bestätigt.

Die sogenannte Fauna-Flora-Habitat-Richtlinie schützte den Wolf ebenfalls ganz besonders und verpflichtete Deutschland, dafür Sorge zu tragen, dass Wölfe langfristig einen lebensfähigen Bestand aufbauen konnten.

Und schließlich waren die Wölfe im gesamten Bundesgebiet durch den Paragraphen 44 des Bundesnaturschutzes streng behütet. Alle Gesetze zusammen bescherten dem Wolf den höchsten denkbaren Schutzstatus. Darüber hatte er Frau Hering noch einmal ausführlich informiert. Und an diese Gesetze hatten sich auch seine Bürger zu halten. Wo stand denn geschrieben, dass das Leben in der Natur immer einem betreuten Spaziergang durch einen Kurpark ähneln musste? Jogger wurden schon mal von einem Bussard angegriffen, Spaziergänger stolperten im Wald über Schlingpflanzen oder rannten gegen Bäume, und auch eine harmlose Schnecke konnte einem zum Verhängnis werden, wenn man darauf ausrutschte.

Willkommen im Leben.

Frau Schulze Brinkhoff senior kochte bereits das dritte Gericht an diesem frühen Abend, um ihren Enkel zum Essen zu bewegen. Spaghetti, Apfelpfannkuchen und nun hatte sie sogar Tiefkühlpommes in den Ofen geschoben. Eine Speise, die sie zutiefst verabscheute. Eine Kartoffel häckselte man nicht klein und frittierte sie in schlechtem Öl, damit ihre wertvollen Vitamine verloren gingen, fand sie. Was für ein sinnloser Aufwand, wenn die Knolle doch so, wie sie aus der Erde kam, perfekt war.

Die Schale mit Pommes und einer roten Masse an Ketchup reichte sie Max, der vor dem Fernseher saß und geistesabwesend durch das Programm zappte. Immer wieder kamen ihm die Tränen wegen des grausamen Verlustes seiner Mutter. Er tat der alten Frau zutiefst leid, Mütter sollten unantastbar bleiben. Was man den Kindern damit antat, war herzzerreißend.

»Heute Morgen, ganz früh, hat ein Hund gebellt. Oder bellen Wölfe auch?«, fragte Moritz und biss ein kleines Stück einer kleinen Pommes ab.

»Ich glaube schon, dass sie es können, aber sie tun es nur höchst selten. Du wirst einen Hund gehört haben. Wie nah war das Bellen?«

»Total nahe. Ich habe gedacht, ein Jogger oder Spaziergänger mit seinem Hund läuft hier vorbei.«

»Aber einen Menschen hast du nicht gesehen, Moritz?«

Seine Oma setzte sich schwerfällig neben ihn und griff geistesabwesend nach einer von ihr so verpönten Pommes.

»Oma, ich lag im Bett, ich bin nicht aufgestanden. Ich habe nicht einmal an den Wolf gedacht.« Er steckte ein weiteres kleines Stück Pommes in den Mund. »Oma, habe ich den Mörder von Ma gehört?«

Sie strich ihm über den zerzausten Kopf. »Ich weiß es nicht, mein Junge. Nun iss etwas.«

Moritz wühlte wieder in der Schale. An den Fingern hatte er Ketchup. Sie schimpfte heute nicht. Sie konnte sich gar nicht vorstellen, je wieder mit diesem gequälten Kind zu schimpfen. Ein Hundebellen im Morgengrauen nahm sie ernst. Viele Personen hatten gewusst, dass Karin große Angst vor Hunden hatte. Auch wenn sie immer so cool tat, sie wurde beim Anblick eines großen Hundes sehr schnell sehr hilflos. Und Raubtiere konnten große Angst riechen. Es signalisierte ihnen, dass sie ein Beutetier vor sich hatten.

Ihre Ziege hatte ein Wolf gerissen, da war sich die alte Bäuerin zu hundert Prozent sicher. Da brauchte die neunmalkluge Zoologin gar nicht viel untersuchen. Aber Karin? Wenn ein Mensch dahintersteckte, musste man sich fragen, wer von dem Tod ihrer Schwiegertochter profitierte. Oder wer sie so sehr gehasst hatte. Ihr Sohn sicher nicht. Ohne Karin müsste er jemanden zusätzlich einstellen. Außerdem hatte der Trottel sie geliebt. Wie konnte man ein eiskaltes Händchen in Reithosen lieben? Diese Dinger hatte sie ja ständig getragen. Kochen konnte sie nicht, aber sie konnte einen lupenreinen Springparcours absolvieren. Karin hatte tatsächlich im Reiterdress im Hofladen gestanden und Bioprodukte verkauft. Stillos, aber praktisch, wie sie selbst immer lächelnd zugegeben hatte. Natürlich hatte Karin gewusst, dass ihr Reiterhosen verdammt gut standen.

Als die junge Bäuerin Mirela aus Rumänien nach Deutschland gekommen war, da war auch sie noch eine sehr schöne Frau gewesen. Rabenschwarze Haare und blaue Augen, ein Schneewittchentyp aus Siebenbürgen. Das hatte viele Männer fasziniert, aber der Großgrundbesitzer mit dem merkwürdigen Doppelnamen hatte das Rennen gemacht. Wegen der vielen Tiere? Oder wegen des großen Besitzes? Diese Fragen hatte Mirela sich als junge Ehefrau häufiger gestellt. Später nicht mehr, da hatte sie gewusst, dass sie ihren Mann liebte.

Doch Wölfe, Luchse, Bären und die von Wald umgebenen Berge vermisste sie heute mehr denn je. Zum Sterben wollte sie immer dorthin zurückkehren. Aber das ging jetzt nicht mehr. Weder das Sterben noch die Rückkehr nach Rumänien, genauer nach Transsylvanien. Sie wurde hier gebraucht.

Zurück zur Frage: Wer profitierte von Karins Tod? Vielleicht war es zu früh, diese Frage zu stellen. Weil ein durchgeknallter Hund sie getötet hatte. Zufall. Zur falschen Zeit am falschen Ort. Und idiotisch. In Transsylvanien hielt kein Mensch Wache, ohne eine adäquate Waffe bei sich zu tragen.

Sobald ihr Sohn morgen unterwegs war und Max in der Schule lernte, würde sie die Sachen ihrer Schwiegertochter unter die Lupe nehmen. Es machte ihr keinen Spaß, im Privatleben anderer herumzuwühlen, aber so ein brutaler Todesfall musste geklärt werden. Sonst vergiftete er die übrig gebliebenen Familienmitglieder. Nein, erst würde sie die Ergebnisse abwarten.

Susanne Mertens war jetzt drei Meter von dem Kind entfernt, der Wolf etwa zehn Meter. Molly blickte noch immer gebannt auf ihren Käfer und sah sehr klein aus, wie sie da am Boden kauerte. Susanne stockte der

Atem. Sie durfte nun nicht in Panik geraten, und Molly durfte es auch nicht. Sie stellte sich auf die Zehenspitze, um größer zu werden, breitet die Arme aus und machte einen Schritt auf den Wolf und auf das Kind zu. Das Tier bewegte sich nicht, sondern beobachtete sie beide aus erstaunlich hellen Augen. Sie ging weiter, wohl wissend, dass sie auf jeden Fall verhindern musste, dass Molly den Wolf bemerkte. Schreiend und fliehend würde sie den Jagdinstinkt eines jeden Hundes reizen. Sie konnte nicht sehen, ob die anderen Kinder ihre Anweisung befolgt hatten und in der Hütte verschwunden waren, doch sie rechnete jeden Moment mit einem Schrei. Nichts tat sich. Und dann war sie bei Molly, packte sie und sagte beim Hochwirbeln. »Jetzt habe ich einen Riesenkäfer gefangen und bringe ihn in die Hütte.«

All das geschah in Sekundenbruchteilen, doch als sie aufblickte, war der Wolf verschwunden. Bestimmt beobachtete er sie noch, also wandte sie ihm nicht den Rücken zu, sondern lief rückwärts zu den Hütten, die kleine Molly wie einen Käfer haltend, die Beine nach oben. Das Mädchen quiekte vergnügt. Laut genug, um mehreren Wölfen das Fürchten zu lehren.

Später, als sie alle warmen Kakao tranken und darauf warteten, dass der Feierabend die restlichen Eltern zum Kindergarten trieb, dachte sie nach. Der Wolf hatte sich keinen Augenblick lang feindlich verhalten. Bei der ersten Bewegung war er verschwunden. Na gut, bei der zweiten Bewegung, als sie das Kind hochgehoben hatte. Wahrscheinlich war er einfach überrascht von ihrer Anwesenheit mitten in seinem Wald.

Ein Bauzaun war notwendig, das wusste sie nun. Aber sie wollte den Wolf nicht in Schwierigkeiten bringen. Die hatte er ohnehin schon. Sie würde es also genauso erzählen: Beim Spielen hätten sie einen Wolf regelrecht überrascht, der sich darauf sofort verzogen habe. Nein, er sei ihr nicht neugierig oder distanzlos vorgekommen. Im Gegenteil.

Plötzlich stellte sich bei der Kindergärtnerin Susanne Mertens ein kurzes Glücksgefühl ein, wie ein schnell vorüberziehender Duft. Dieser stolze Blick aus den Wolfsaugen!

2. KAPITEL

Während für den Waldkindergarten der Entschluss gefasst worden war, einen hohen Bauzaun zu errichten, wartete man im Präsidium fieberhaft auf die Ergebnisse der Speichelproben, die man dem Opfer entnommen hatte. Der tödliche Angriff auf Frau Schulze Brinkhoff lag nun zwei Tage zurück.

Hier war man sich einig: Alle hofften, dass es kein Wolf gewesen war, denn sonst würde wohl jeder Wolf im Umkreis zum Abschuss freigegeben werden.

Als das Ergebnis schließlich vorlag, herrschte betretenes Schweigen.

In der Probe hatten sich sowohl Spuren eines Wolfs als auch eines Rottweilers befunden. Es waren ein paar Wolfshaare sichergestellt worden, keine Speichelproben. Wer hatte denn nun die Frau getötet?

»Da sind jetzt mehrere Szenarien möglich«, erklärte die Zoologin Frau Brabender und nahm gerne den angebotenen Kaffee entgegen, auch wenn er nach verbrannter Bohne roch und sicher zu stark für ihren Geschmack war.

»Ein Hund könnte die Frau angefallen und schwer verletzt oder tot liegen gelassen haben. Der Wolf riecht den Blutgeruch, wittert schwache, verletzte Beute und greift zu. Jedes Hausschwein handelt so, wenn jemand tot in den Trog stürzt.

Umgekehrt ist es für mich weniger logisch: Der Wolf greift zuerst an und dann kommt ein Hund und macht weiter. Warum sollte er das tun? Natürlich gibt es immer wieder tödliche Angriffe von Hunden auf einzelne Personen, aber fast immer geht dem ein falsches Verhalten des Menschen voraus. Was zu keiner der beiden Szenarien passt, ist die Tatsache, dass Frau Schulze Brinkhoff nicht geschrien hat. Genau das tut man aber, wenn man derartig angefallen wird, oder? Die Weide war wolfsicher, das habe ich mir angeguckt. Wie ist die Frau also dorthin gekommen? Nur Menschen können Tore öffnen und vor allem wieder verschließen.«

Dirk Kemper wandte fasziniert ein: »Glauben Sie, ein Mensch war beteiligt? Dann reden wir von Mord. Sie könnte sich doch auch schwer verletzt auf die Weide geschleppt haben und ist dann erst gestorben.«

»Ohne zu schreien? Um Hilfe zu rufen?« Nele Brabender machte ein skeptisches Gesicht. »Und mit dieser tödlichen Fleischwunde? Was sagt denn der Gerichtsmediziner? Zu welchem Ergebnis ist er gekommen?«

Ein Kollege machte ein betretenes Gesicht und sagte: »Der hat erst heute Morgen angefangen. Für ihn lag der Fall zunächst klar, Tod durch Hunde- oder Wolfsbiss. Er hatte noch zwei andere Leichen im Keller.«

Das sollte kein Scherz sein, aber alle lächelten.

Dirk Kemper gab zu bedenken: »Dann sollten wir die Presse erst informieren, wenn alle Ergebnisse vorliegen. Andernfalls könnte es eine Hetzjagd auf alle Rottweiler und Wölfe der Umgebung geben. Apropos, nichtsdestotrotz werden wir die gemeldeten Rottweiler in unserem Ort und deren Besitzer überprüfen müssen.«

Und das taten er und sein Kollege dann auch nach dem Mittagessen. Rottweiler standen auf der Liste der gefährlichen Hunde, und diese Tatsache erhöhte die Hundesteuer ganz massiv. Waren es für einen üblichen Haushund derzeit 58,00 Euro, so betrug die Steuer für einen als gefährlich eingestuften Hund 450,00 Euro. Dies führte, wie erwünscht, zu einem starken Rückgang der Haltung von Rottweilern. Wenn der Besitzer allerdings einen Wesenstest mit dem Hund durchführte und der Hund diesen bestand, so wurde er von der hohen Hundesteuer befreite. Bei Hunderassen mit der Gefährdungsziffer 2 war dies möglich.

Es gab in der Umgebung sieben Rottweiler, die einen Wesenstest erfolgreich bestanden hatten, und sechs Besitzer, die eine so hohe Steuer für ihre Hunde in Kauf nahmen. Vier Rottweiler liefen als Wachhunde auf Firmengeländen herum und waren zu diesem Zwecke ebenfalls von der hohen Steuer befreit, mussten aber sehr sicher untergebracht sein. Eine Dunkelziffer an nicht gemeldeten Hunden gab es natürlich auch.

Zunächst fragten sie in den Firmen nach deren Hunden und untersuchten die dortigen Zäune. Der zuständige Wachmann der ersten Firma, die sie aufsuchten, versicherte, dass keiner der Hunde das Gelände je verlassen habe. Wie denn auch? Zwei sehr beeindruckende Höllenhunde, wie Kemper fand, schlichen wachsam am Zaun entlang. Kraftpakete mit einer gnadenlosen Aufgabe: zupacken, wenn jemand nachts das Gelände betrat. Tagsüber waren die beiden Hunde in einem großen Außenzwinger untergebracht. Alles machte einen sauberen und gepflegten Eindruck. Dennoch baten die Beamten um eine Speichelprobe, die sie ohne Probleme ausgehändigt bekamen. Die Hunde waren zutraulich und artig, wenn der Wachmann sie zu sich rief.

Auch in der zweiten Firma fanden sie keinen mörderischen Verdächtigen. Einer der Rottweiler war zwei Monate zuvor gestorben und durch eine Dogge ersetzt worden, der andere Rottweiler war träge und alt. Er sabberte ohnehin viel, sodass auch diese Speichelprobe genommen war.

Nun kamen die Privatleute an die Reihe.

Die erste Adresse zeigte ein spießiges Reihenhaus mit einem großen Schild im Vorgarten, auf dem stand: *Vorsicht bissiger Hund.*

Der kleine Garten war eingezäunt, für Kempers Geschmack allerdings etwas niedrig – ein knurrender, großer Rottweiler kam ganz plötzlich angeschossen. Wenn der Hund wüsste, dass er springen konnte, war er auf der anderen Seite, da war Kemper sich sicher. Er würde den Hund bestimmt nicht provozieren, aber den Besitzer darauf hinweisen.

Die Tür öffnete sich schon beim ersten Bellen, und ein kräftiger Mann mit Seitenscheitel und Strickjacke trat heraus. Er trug tatsächlich noch Filzpantoffeln an den Füßen, wie Kemper belustigt feststellte. Mit barscher Stimme brachte er seinen Hund zum Schweigen. Fast genauso barsch fragte er die beiden Beamten nach deren Anliegen.

Dirk Kemper erklärte, worum es ging, und zeigte auf den Hund.

»Das ist ja nun kein besonders hoher Zaun für ein solches Kraftpaket, oder? Können Sie ausschließen, dass Ihr Hund in den letzten Tagen mal abgehauen ist?«

»Das haben wir gelernt, glauben Sie mir. Barko hat bei jedem Sprung einen Stromschlag bekommen, der würde nicht mal mehr über den kleinsten Zaun springen, das können Sie mir glauben.«

»Können wir eine Speichelprobe von Ihrem Hund bekommen?« Kemper guckte zu dem Rottweiler, der sie missmutig beobachtete. Er wollte diesem Hund nicht zu nahe kommen. Im Vorjahr war der Besitzer angezeigt worden, weil der Hund den Nachbarsjungen gebissen hatte, als der die Zeitung rumgebracht hatte. Der Hund war von innen gegen die Türklinke gesprungen, hatte die Haustür geöffnet und den Jungen derartig in die Hand gebissen, dass sie im Krankenhaus behandelt werden musste.

Damit konfrontierte Kemper nun den Besitzer.

»Diese alte Kamelle. Daran reißen Sie sich jetzt auf, ja? Dreihundert Euro Schmerzensgeld habe ich dem Jungen freiwillig bezahlt, das können Sie mir glauben. Dabei war er doch selbst schuld, wenn er sich so ungeschickt an der Haustür herumtrieb. Zeitung rein und weg dauert wohl kaum ein paar Minuten. Da wurde mein Hund zurecht misstrauisch. Hören Sie mir auf damit. Haben Sie eine Ahnung, wie viele Einbrüche es hier in der Siedlung schon gab? Schlimm genug, dass man sich nur noch mit einem Rottweiler schützen kann.«

Mit diesen Worten öffnete er das Tor zum Garten und befahl seinem Hund, Platz zu machen. Das Wattestäbchen, das er von Dirks Kollegen in Empfang nahm, hielt er nun in der rechten Hand. Mit der linken fasste er den Hund im Nacken und schob das Stäbchen zwischen die Lefzen.

Nie im Leben würde Kemper so auf Tuchfühlung zu einem Rottweiler gehen, da hatte er Vorurteile und Hasenfüße.

Plötzlich schnappte der Hund zu, und der Besitzer sprang wütend auf, trat seinem Hund in die Rippen und schnauzte ihn laut an. Der Rottweiler schien die Behandlung zu kennen, er legte sich hin und ergab sich, aber der Blick, den er seinem Herrchen zuwarf, war böse. Die Beziehung der beiden war eine Zeitbombe. Sobald der Besitzer eine Schwäche zeigte, würde der Hund sich wahrscheinlich für Stromstöße und Tritte revanchieren, dachte Dirk Kemper besorgt. Grundsätzlich war er misstrauisch, wenn ihm jemand drei Mal versicherte, dass man ihm glauben könne.

»Besonders vertrauenerweckend finde ich Ihren Hund nicht.« Kemper nahm die Speichelprobe mit bedenklichem Gesichtsausdruck an sich.

»Das geht Sie gar nichts an. Der Hund kann Uniformen nicht leiden, das macht ihm Angst. Und mir auch.«

»Der Zaun muss höher gesetzt werden. Sie besitzen einen Hund der Kategorie zwei einer Liste bedenklicher Hunderassen und sind für die Sicherheit Ihrer Nachbarn verantwortlich. Ich werde das persönlich kontrollieren. Falls diese DNA-Probe Ihren Hund überführt, hören Sie ohnehin von uns.«

Tierquäler konnte er nicht leiden und dabei war es egal, ob kleine Welpen oder unsympathische Rüden misshandelt wurden.

Der nächste Besitzer war eine Frau, die so tat, als wäre ihr Rottweiler ein niedlicher Schmusekamerad. Allerdings gehörte ihr Exemplar eindeutig zu den sympathischeren Hunden. Schwanzwedelnd, aber mit Abstand beobachtete er die Beamten, als sie die Etagenwohnung betraten.

»Felix ist ein ganz lieber Kerl«, erzählte die Frau mit den blauen Babyaugen und klimperte nervös mit ihren langen Wimpern. Sie hielt eine Hand vor den Bauch, als wäre sie schwanger.

Dirk Kemper hatte ihr erklärt, warum sie bei ihr waren.

Er fragte jetzt: »Warum machen Sie keinen Wesenstest mit Ihrem Hund? Unter Umständen sparen Sie eine Menge Steuern.«

Sie lächelte ganz zart. »Nein, bloß nicht. Dann glaubt doch keiner mehr, dass er mich beschützt. Ich habe meinen Nachbarn sogar erzählt, Felix sei bei diesem Test durchgefallen. Seit ich den Hund habe, behandeln mich diese Halbstarken hier im Dorf wesentlich besser. Da traut sich keiner mehr, mir blöde hinterherzupfeifen.«

Felix setzte sich neben sie und wedelte mit dem Schwanz, als würde er jedes Wort verstehen.

Hier wurde der Hund als Waffe eingesetzt, aber so charmant und artig, dass die Beamten lächeln mussten. Selbst als dem Hund eine Speichelprobe entnommen wurde, wedelte er und leckte seiner Herrin zärtlich die Hand ab. Dann lief er zu Kemper und schob seinen Kopf zwischen dessen Beine. Das war gar kein gutes Gefühl, fand der Beamte.

»Sie können ihn ruhig streicheln, sieht ja hier keiner.«

Der Rottweiler fühlte sich gut an und war völlig entspannt. Für einen Moment konnte Kemper sogar vergessen, dass er einen verdächtigen Rottweiler streichelte, der mit einem Biss seine Hand unbrauchbar machen konnte.

»Könnte es sein, dass Ihr Felix mal weggelaufen ist?«

»Nein, ausgeschlossen. Er weicht mir nicht von der Seite.«

Kemper dachte daran, wie schwierig das für einen eventuellen Freund sein müsse, und er fragte sie danach.

»Oh, ja, das ist ein echtes Problem. Rottweiler sind sehr eifersüchtig. Aber wenn ich ein Date habe, bleibt er natürlich allein zu Hause. Doch aus der Wohnung kommt er nicht weg. Ich schließe immer alles ab.«

Kemper glaubte ihr, und sie klapperten die nächsten Besitzer ab. Alle versicherten ihnen, dass kein Hund weggelaufen sein könne. Ausgeschlossen, absurd, eine Frechheit. So die Reaktionen der Befragten.

Die Speichelproben bekamen sie von allen Besitzern, einem Hund musste dafür aber ein Maulkorb angelegt werden. Sehr sympathisch, fand Kemper, der nicht verhindern konnte, dass er bei jedem Hund zunächst dessen Gebiss und die Kehle der unglücklichen Frau Schulze Brinkhoff vor sich sah.

Er befürchtete allerdings, dass es sich bei dem verantwortlichen Rottweiler um ein nicht gemeldetes Tier handelte.

Frau Schulze Brinkhoff saß ihrem Sohn gegenüber und beobachtete missmutig, wie er in seinem Kuchenstück herumstocherte, ähnlich wie ihr Enkel Max am Abend zuvor beim Essen.

Er hatte seine Frau ehrlich geliebt, und auch wenn seine Mutter einige schlimme Streitereien zwischen den Ehepartnern mitbekommen hatte, so hatten die beiden doch immer in die gleiche Richtung geschaut. Ein häufiger Streitpunkt war der Junge gewesen, Max. Karin hatte gewollt, dass er Reiten lernte und sich insgesamt mehr für die Angelegenheiten des Hofes interessierte. Max dagegen konnte Pferde nicht leiden, wollte unbedingt einen Hund haben und interessierte sich für Autos. Wenn in der Nacht ein Auto in der Nähe vorbeifuhr, konnte der Junge das Motorengeräusch auf wenige Modelle einschränken. Die ältere Bäuerin fand eine Familientradition schön und wichtig, aber sie sollte keinen Menschen unglücklich machen. Wenn man Max den Hof aufzwang oder ihn gar vorher zu einer Lehre bei einem anderen Großgrundbesitzer schicken würde, wäre ihr Enkel kreuzunglücklich. Ja, bei seinem Temperament würde er sich schlichtweg weigern. Sein sensibler Vater hatte mehr Verständnis dafür, als Mirela es gedacht hätte. Er zwang dem vierzehnjährigen Jungen nichts auf.

»Jetzt iss halt den Kuchen, Eike. Zum Denken braucht man Zucker.«

»Wie lange brauchen die für eine Obduktion? Ich wünschte, wir hätten den Wolf schon zur Strecke gebracht. Jeder Tag, den der länger um meinen Hof schleicht, vergrößert meine Wut.«

»Der Wolf war es nicht. Meine Ziege hat er getötet, ja. Denk nach. Wenn ein Wolf dich anfällt, dann schreist du, mein Junge. Ich habe es selbst mal erlebt. Das ist ein Brüllen und Heulen, da willst du dir die Ohren zuhalten vor lauter Entsetzen.«

Eike blickte sie entgeistert an. »Wann hat dich ein Wolf angefallen?«

»Nicht mich, hör zu. Es war damals in meiner Heimat. Wir hatten einen schlimmen und sehr langen Winter. Alle hatten Hunger, und die Wölfe waren gezwungen, in den Siedlungen nach Nahrung zu suchen. Sie kamen auf den Hof unseres Nachbarn. Drei magere Wölfe hatten sich zwei ebenso magere Hühner geholt und wollten damit abhauen. Der Bauer sah sie, nahm seine Schippe und haute zu. Einer der Wölfe jaulte auf und ließ das Huhn fallen. Blitzschnell drehte er sich um und fiel unseren Nachbarn an, der die Schippe hielt, er biss ihn in den Arm und zwar mehrmals. Das war ein Gebrüll. Der zweite Wolf drehte sich ebenfalls um und biss dem Mann ins Bein. Der Bauer hatte gedacht, dass die Wölfe Angst bekommen und die Flucht ergreifen würden, was sie normalerweise auch taten. Aber sie waren irre vor Hunger, verzweifelt, und nun kam da einer im letzten Augenblick und wollte ihnen die Beute streitig machen.«

»Und dann?« Eike hörte fasziniert zu. Er hatte in all den Jahren beinahe vergessen, dass seine Mutter aus einer wilden Gegend kam.

»Nun, es kamen ihm natürlich mehrere Männer zur Hilfe, und gemeinsam konnten sie die drei Wölfe vertreiben. Ein Huhn haben sie mitgenommen, das andere lag tot am Boden. Der verletzte Bauer hatte ein paar tiefe Fleischwunden, aber das war nichts, was nicht heilen konnte. Leider ging der Mann aber zu spät zum Arzt und starb an einer Wundinfektion. Ein Wolf tötet extrem selten einen Menschen und ganz sicher nicht mit einem lautlos geführten Biss, der sofort tödlich ist.«

Mirela Schulze Brinkhoff griff nach ihrem Kaffeelöffel und nahm sich ein Stück vom Kuchenteller ihres Sohnes.

»Also, ich frage dich noch mal, warum hat Max das Bellen eines Hundes gehört, nicht aber den Schmerzensschrei deiner Frau?«

Die Erklärung für diese Frage lieferte endlich ein Angestellter der Gerichtsmedizin. Er stellte den Fall noch mal komplett auf den Kopf, als er dem ermittelnden Kommissar Schmitt folgende Auskunft gab: »Die Frau war bewusstlos, bevor sie die tödlichen Bisse erhalten hat. Sie hat einen heftigen Schlag auf den Hinterkopf bekommen. Eventuell wäre sogar der allein schon tödlich gewesen.« Also hatten sie es mit einem Mord zu tun. Kein Tier schlägt vor dem Zubeißen sein Opfer mit einer Keule bewusstlos.

Diese Information erreichte auch den Bürgermeister. Tillmann atmete auf, zum Glück war nicht der Wolf der Mörder der Frau. Von Glück konnte natürlich keine Rede sein, denn er hatte ja trotzdem eine tote Bürgerin, und er schämte sich sogleich für die Erleichterung, die er beim Eintreffen der Nachricht empfunden hatte. Dass die Ergebnisse der Untersuchung und deren Veröffentlichung den Fall weitaus komplizierter machten als gedacht, erfuhr er schnell. Es hagelte weiter Kritik und Vorwürfe, und schneller, als er denken konnte, hatte er eine Petition auf dem Schreibtisch. Darin bat man eindringlich um die Erlaubnis, den Wolf entnehmen zu lassen. Das war Fachjargon und hieß töten lassen. Auch eine leblos am Boden liegende Frau, verletzt oder tot, dürfe ein Wolf nicht anrühren.

Die Gesetze schützten den Wolf überall in Deutschland, nicht nur da, wo Platz war. Auch ein Wolf, der einen Supermarkt streifte oder sich bei einem Autohändler auf dem Parkplatz ein schattiges Plätzchen gönnte, befand sich unter strengstem Naturschutz.

Und dennoch gab es die unverbesserlichen Jäger, die einfach drauflosschossen und sich unbeliebter Konkurrenten bei der Hatz nach Rehwild und Kaninchen illegal entledigten. Fast immer führten diese Abschüsse zu Trauer und Entsetzen, aber fast immer auch zu viel zu milden Urteilen.

Je mehr Tillmann sich mit dem Thema Wolf auseinandersetzte, desto mehr schenkte er diesen Tieren sein Herz. Eine solche Sympathie konnte ihn teuer zu stehen kommen, eventuell war er dann die längste Zeit Bürgermeister gewesen.

Besonders die Geschichte einer tapferen Wölfin in der Region Tuchheim in Sachsen-Anhalt hatte ihn beeindruckt.

Ein Wolfspaar hatte sich mit fünf Welpen dort angesiedelt, als der versorgende Vater auf der Jagd nach Nahrung für seine Familie hinterrücks erschossen wurde. Damit war das Überleben der Wolfswelpen mehr als ungewiss. Selbst bei zwei versorgenden Elternteilen überlebten häufig nur die Hälfte der Jungen. Doch diese Wolfsmutter schaffte es mit erstaunlicher Energie, alle fünf Welpen aufzuziehen. Diese Geschichte bekam insofern noch ein Happy End, da einige Zeit später ein neuer Wolfsrüde in diese Gegend kam und die tapfere Witwe für sich gewinnen konnte.

In der Lausitz gab es seit 17 Jahren Wölfe, und außer diesen illegalen brutalen Abschüssen war es zu keinem unangenehmen Zwischenfall gekommen. Tillmanns Bürger taten dagegen so, als könnten Märchen Realität werden. Irgendwann würden dann auch wieder rothaarige Frauen in Gefahr geraten. Himmel, so allmählich wurde er wütend und ungerecht, bemerkte er an sich selbst.

In seinem Stadtrat befanden sich zwei Jäger und eine Pädagogin, die beim Jugendamt arbeitete. Die Meinung der drei kannte er. Aber er hatte auch Felizitas, eine Anwältin und Tierschützerin und die grüne Stimme im Rat. Sie besaß eine Menge gesunden Menschenverstand und die Fähigkeit, andere zu überzeugen. Heute Nachmittag wurde erwartet, dass der Bürgermeister sich am Waldkindergarten sehen ließe. Dann würde ein Journalist ein schönes Foto schießen, wie Tillmann persönlich den Bauzaun begutachtete, der nun den Kindern der Stadt Schutz gewähren sollte. Vor was noch mal genau?

Am Morgen hatte er einen interessanten Anruf erhalten, in dem die Kindergärtnerin Susanne Mertens von einer Wolfsbegegnung erzählt hatte. Demnach hatte sich das Tier zu keiner Zeit auffällig oder distanzlos verhalten. Selbst als ein Kind klein und zierlich in unmittelbarer Nähe am Boden gehockt hatte, war der Wolf nicht nähergekommen. Er fand auch das Verhalten der Kindergärtnerin vorbildlich und verantwortungsbewusst und hatte ihr das auch so gesagt.

»Und wenn der Wolf nur satt gewesen war? Vielleicht wird er ein anderes Mal zupacken. Kannst du das ausschließen?«

Das fragte seine Frau ihn, als er sich gerade für den Besuch beim Kindergarten umzog. Ein bisschen legerer, Jeans und ein sportliches Sakko.

»Deshalb nehme ich dich so ungern zu öffentlichen Veranstaltungen mit. Deine Aussprüche schaden noch meiner politischen Einstellung. Nein, ein gesunder Wolf tut so etwas nicht.«

»Aber wir könnten auch kranke Wölfe im Revier haben.« Sie machte eine Handbewegung, die wohl eine Art Wahnsinn anzeigen sollte, und ergänzte: »Normal finde ich den Tod von Karin nicht. Ich war ja dort oft einkaufen. So eine hübsche und nette Frau.«

Zu seiner Frau waren viele Leute nett, sie war eben die Gattin des Bürgermeisters, dachte Tillmann. In so einer Stadt wie Oelde bedeutete das den Menschen noch etwas, und hier im Stadtteil Sünninghausen kannte jeder jeden. Sünninghausen besaß etwa 1250 Einwohner. Die Tillmanns wohnten in einem schönen, großen Haus in der Nähe der alten St. Vitus Kirche.

»Sie hat ab und an Kolumnen geschrieben für das Wochenblatt. Echt witzig. Meistens. Ich habe nicht immer alles verstanden.«

Ja, das glaubte Tillmann nun wieder sehr gerne. Seine Frau war einfach gestrickt, aber lieb und zärtlich.

»Meinst du, jemand war sauer auf sie, weil er in einer Kolumne schlecht beschrieben worden war?«, fragte er

Er blickte seine Frau an. Ihre braunen Haare hatte sie keck hochgesteckt und die dunklen, etwas weit auseinander stehenden Augen besaßen dichte, lange Wimpern. Das ließ sie jünger aussehen. Vor allem, wenn sie sie, wie jetzt, weit aufriss.

Er antwortete selbst: »So etwas sollte kaum ausreichen, um eine Person brutal umzubringen, oder?«

»Vielleicht ist sie fremd gegangen. Entweder wird man aus Leidenschaft umgebracht oder weil man zu viel weiß. Manchmal ist noch Geld ein Grund, aber seltener. Das kannst du in jedem Krimi sehen.«

Sie nickte wissend und zupfte an seinem Kragen herum. Das tat sie gerne.

»Kann ich mitkommen? Ich wollte mir schon immer mal den Waldkindergarten ansehen. Hätten wir bei unserem Hannes so eine Möglichkeit gehabt, wäre er vielleicht nicht so viele Risiken eingegangen..«

Der Bürgermeister wusste, dass es ein Fehler war, aber er konnte einfach nicht nein sagen.

»Wehe, du hetzt die Kinder oder die Presse gegen die Wölfe auf. Lass dir von den Kindern ihre Projekte zeigen, sonst nichts, versprich mir das.«

Der Bauzaun war so gut wie aufgebaut, hässlich aber wirksam. Die meisten Kinder durften den Kindergarten wieder besuchen, und der Alltag war zurückgekehrt.

Bürgermeister Tillmann konnte sich ein Schmunzeln nicht verkneifen, als er so von außen auf die Kinderschar im Inneren des umzäunten Gebietes blickte. Wie im Zoo, dachte er. *Vorsicht Kinder, nicht mit Schokolade füttern und keinen Finger durchs Gitter strecken.* Wer wurde hier vor wem geschützt?

Wie gewünscht, nahm er dann kurze Zeit später zwei Kinder an die Hand und stellte sich innerhalb des Zaunes in Position.

»Wenn Sie den Artikel zum Foto schreiben, lege ich Wert auf den Hinweis, dass es zunehmend auch frei herumlaufende Hunde hier gegeben hat und wir so einfach ein sicheres Gefühl haben. Keine Wolfshetze, Sie haben in den letzten Tagen schon genug angerichtet«, ermahnte er die Frau von der Zeitung.

Der kleine Junge rechts an seiner Hand war ein ganz Schlauer. Eventuell hätte Tillmann die Worte leiser sprechen sollen.

»Herr Bürgermeister, ich habe aber den Wolf gestern gesehen. Hier bei uns, da vorne. Er hat die Molly beobachtet. Molly spielt immer mit Käfern. Fressen Wölfe Käfer oder wollte er die Molly fressen?«

Zum Glück hatte die Pressefrau diese Bemerkung nicht mehr gehört, sondern machte bereits Fotos von den Hütten.

Tillmann beugte sich zu dem Jungen hinunter: »Er war aber doch nur ganz kurz da, der Wolf, oder?«

»Er hat die Molly ganz lange beobachtet, bis Susie, unsere Kindergärtnerin, die Molly schnell hochgehoben hat und in die Hütte gebracht hat. Vor Susie haben alle Angst, sie kann Karate.«

Tillmann war beunruhigt und ließ sich mal die Susie zeigen. Das war offensichtlich die Frau, mit der er telefoniert hatte.

Frau Mertens schüttelte zögernd den Kopf. »Nein, der Wolf war nur kurz zu sehen. Er ist sofort abgehauen. Wissen Sie, für Kinder ist eine Sekunde manchmal eine Stunde und eine Stunde vergeht wie Sekunden. Es muss ihn sehr beeindruckt haben.«

Seine Frau war mittlerweile umringt von Kindern. Sie war begeistert von den Möglichkeiten, die den Kindern dort im Wald geboten wurden, sie genoss den Besuch.

»Du, Karsten«, sagte sie hinterher zu ihrem Gatten, »ein kleines Mädchen hat mir erzählt, dass die Schwiegermutter von Karin Schulze Brinkhoff aus Transsylvanien kommt und so etwas wie eine Hexe sei. Eventuell hat sie das Blut der armen Karin getrunken. Also selbst die Kleinen haben schon eine blutrünstige Phantasie. Aber aus Rumänien kommt die alte Dame wirklich. Hast du das gewusst? Da denkt man immer gleich an Dracula und eisige Schneestürme. Und an Wölfe!« Sie zog ihre dünne, bunte Jacke enger um sich.

Kommissar Schmitt legte sein Mobilteil auf den Tisch und dachte nach. Dann rief er den Polizisten Kemper zu sich. Schmitt mochte die Zusammenarbeit mit dem sympathischen jungen Kollegen. Auch wenn Dirk Kemper nicht immer die richtigen Worte fand, so hatten die beiden sich zusammengerauft. Kemper lächelte zwar mitunter über die Allüren des Kommissars, dennoch schätzte er dessen Erfahrungen sehr. Schmitt teilte ihm mit:

»Frau Brabender hat mich soeben kontaktiert und interessante Neuigkeiten verbreitet. Sie hat die DNA des

Wolfes, der die Ziege gerissen hat, mit der Haarprobe verglichen, die man bei unserem Opfer entnommen hat, und dabei stellte sich Folgendes heraus.« Er zog seine Schuhbänder stramm und ließ sich Zeit.

Kemper war ungeduldig und warf ein: »Es ist das gleiche Tier, nehme ich an.«

»Nein, ist es nicht. Der eine Wolf hat sich nur des Ziegenmordes schuldig gemacht, was ich persönlich für ein recht normales Verhalten halte. Wir haben aber einen zweiten Wolf, dessen Haare auf irgendeine Art mit der Kehle von Karin Schulze Brinkhoff in Berührung gekommen sind. Wenn ich nun mal kurz meine Theorie erläutern darf. Unser wahrer Mörder ist zu hundert Prozent menschlich. Er schlägt die Frau nieder und schickt dann seinen Rottweiler los, den Rest zu veranstalten, damit es so aussieht, als hätte der Wolf vom Vortag hier gewildert. Die Wolfshaare hat er sich wahrscheinlich irgendwo beschafft und in die Wunde gelegt. Entweder hasst dieser Mensch die Wölfe und will, dass sie alle abgeknallt werden, oder er hasste Frau Schulze Brinkhoff und wollte mit seinem Mord Aufmerksamkeit erhaschen. Im ersten Fall wäre der Täter naiv, immerhin untersuchen wir sehr genau, woran jemand zu Tode gekommen ist. Im zweiten Fall ist er ein Exzentriker – und in beiden Fällen ist er sehr gefährlich.«

Schmitt blickte dem jungen Polizisten ins Gesicht und vergewisserte sich, dass der Mann ihm folgen konnte. Das konnte Kemper sogar gut, und er war immer faszinierter von dem Fall.

Der Kommissar fuhr fort: »In beiden Fällen bin ich nicht der geeignete Mann für die Ermittlungen, denn sobald derartig große Tiere auftauchen, bin ich wie gelähmt und somit untauglich.«

»Aber Sie haben doch schon so vielversprechend begonnen, und auf dem Hof zwischen den großen Pferden haben Sie sich wirklich, äh, tapfer gehalten.«

»Ich musste danach meine Therapeutin kontaktieren. Ich möchte nie wieder über eine solche Weide gehen müssen. Apropos große Tiere: Was hat denn die Befragung der Rottweiler-Besitzer ergeben?«

»Noch nichts. Es sind noch nicht alle Proben gesichtet, aber ich glaube nicht daran, dass unser Täter, also der Hund, unter den angemeldeten Tieren zu finden ist. Wir müssen nach einem Motiv suchen. Ich möchte mir nicht ausmalen, dass diese arme Frau nur ein Bauernopfer war, weil sie zur falschen Zeit am falschen Ort war. Wenn es aber jemand gezielt auf Frau Schulze Brinkhoff abgesehen hat, dann gibt es einen Grund dafür. Den müssen wir finden.«

»Gute alte Ermittlungsarbeit und weniger Wolfshetze, meinen Sie also? Ich bin da ganz bei Ihnen.«

Gute alte Ermittlungsarbeit, dachte Schmitt, wann hatten sie es hier zuletzt mit Mord zu tun gehabt? Dealen und Einbruchserien, das waren die großen Herausforderungen der hiesigen Polizei.

Doch dann erinnerte er sich an einen Mord in Oelde. Ein Klempner hatte seine Frau mit einer Sektflasche brutal erschlagen, nachdem er mit ihr zuvor zwei Flaschen gemeinsam geleert hatte. Schwer verletzt ließ er sie liegen und filmte ihren Tod. Die Kommentare im Film zeigten einen zutiefst emotional gestörten Ehemann, der seine Worte vor allem an den 29-jährigen

Sohn Marko gerichtet hatte. Laut Gutachter habe ein explosives Gemisch aus Hilflosigkeit, Wut und Verzweiflung zu der Tat geführt.

Aber das war vor der Zeit des jungen Polizisten gewesen.

»Sollten wir nicht dringend die Ergebnisse der DNA-Untersuchung veröffentlichen, sozusagen als beruhigendes Pendant zu den Wolfshetzen der vergangenen Tage?«, riss Kemper ihn aus seinen Gedanken.

Schmitt erwiderte: »Wir haben aber immer noch eine Wolfsspur an der Kehle des Opfers und einen wahrscheinlich durchgeknallten Rottweiler. Es könnte auch das Gegenteil eintreten, wenn wir den Bürgern jetzt mitteilen, dass mehr als ein Tier hier sein Unwesen treibt, oder? Möglicherweise sollte man mal für ein paar Tage das Wort Wolf in der Zeitung gänzlich meiden. Wir werden jetzt zum Hof des Opfers fahren, ich brauche frische Leberwurst und ein paar Tomaten. Haben Sie schon mal ein Leberwurstbrot mit Tomaten belegt gegessen? Es ist eine fulminante Kombination.«

Kemper glaubte nicht daran, dass der Hofladen geöffnet hatte, aber weit gefehlt. Hinter dem Tresen stand ein junges Mädchen mit verheulten Augen und einer krummen Haltung. Neben ihr die alte Bäuerin. Vieles war Frischware im Laden, eine Schließung aufgrund des Todesfalles unverantwortlich, so erklärte es ihnen Frau Schulze Brinkhoff, die angesichts des Unglücks zu ungeahnter Vitalität gelangte. Sie lehnte fast lässig auf ihrem Stock und blickte ihnen aus wachen Augen entgegen. Vor ihrer Brust baumelte eine Lesebrille, und in der Hand hielt sie eine Tasche mit Wechselgeld, das sie nun der jungen Verkäuferin übergab. Der Verkaufsraum war gut besucht, alle Leute blickten verstohlen zu den Polizisten herüber. Einkaufen da, wo gerade eine Frau auf bizarr brutale Art gestorben war, das brachte Adrenalin ins eigene Blut.

»Können wir uns einen Moment ungestört unterhalten?«, fragte Kommissar Schmitt sie.

»Ja, lassen Sie uns in meine Wohnung gehen.« Sie drehte sich um und ging davon aus, dass die beiden Männer ihr folgten.

Als sie ihre Wohnungstür öffnete, die nicht abgeschlossen war, stürmte etwas aus der Tür und umsprang sie begeistert. Kemper war überrascht, hier einen großen Münsterländer zu sehen, wenngleich einen sehr jungen.

Noch ehe jemand etwas sagen konnte, stürzte Schmitt an der alten Dame vorbei, eilte durch die Tür und knallte sie der eigenen Besitzerin vor der Nase zu.

Verdutzt wich Frau Schulze Brinkhoff zurück und blickte den jungen Polizisten streng an. Eine graue Haarsträhne hatte der Luftzug ihr ins Gesicht geweht. Der Welpe schmiegte sich an ihr Bein. »Was wird das hier? Haben Sie einen Hausdurchsuchungsbefehl? Was ist denn das für ein Benehmen?«

Kemper unterdrückte ein Lachen, jetzt war sicher nicht der richtige Moment dafür. Das laute Lachen würde er sich für seine Kollegen aufsparen, wenn er denen vom tapferen Chefermittler Schmitt erzählte. Hausfriedensbruch aufgrund eines freudig erregten Hundes, eines Hundewelpen.

»Entschuldigung, das missverstehen Sie. Mein Kollege hat eine ausgeprägte Angst vor Tieren. Er hat sich nur erschrocken. Herr Schmitt, ist alles in Ordnung? Das ist ein harmloser Welpe, der freut sich doch nur.«

Hinter der Tür hörte man ihn sagen: »Ist er noch da?«

Frau Schulze Brinkhoff fasste den Münsterländer am Halsband und machte ihn an einer Leine fest, die an der Hauswand lose herabhing.

»Er ist angeleint, nun lassen Sie mich in meine Wohnung, Sie Angsthase.«

Herr Schmitt öffnete peinlich berührt die Tür und entschuldigte sich mit einer Verbeugung. »Die eigene Phantasie verursacht oft die schlimmsten Ängste«, sagte er.

»Ja, vor allem, wenn ein Wolf umgeht. Er stand schon immer für alles Böse in einer Gemeinschaft.« Sie schüttelte immer noch empört den Kopf.

Im Inneren war es etwas dunkel, aber gemütlich. Alte Möbel wechselten sich mit bunten Arrangements ab. Auf dem Tisch stand ein gigantischer Blumenstrauß. In der Küche befand sich ein Hundekörbchen, das jetzt noch ein paar Nummern zu groß für den Welpen war. Die Einrichtung der Küchengeräte kam Schmitt erstaunlich modern vor. So thronte sogar ein Kaffeevollautomat neben den Herdplatten.

Kemper setzte sich auf eine Holzbank und fragte etwas erstaunt: »Wo haben Sie denn so schnell einen Hund her?«

»Er ist ein Geschenk. Mein Enkel hat sich seit Jahren einen Hund gewünscht, ich denke, der Welpe tut ihm gut. Als Wachhund taugt er natürlich noch nicht. Gibt es neue Erkenntnisse? Meine Schwiegertochter ist nicht einfach von einem Tier getötet worden, habe ich recht?«

Schmitt stand der Schweiß auf der Stirn, aber sein Gesicht bekam wieder Farbe. »Ja, wir wissen nun, dass Ihre Schwiegertochter von einem Menschen umgebracht wurde, wenngleich mit ungewöhnlichen Mitteln.« Er räusperte sich.

»Das bedeutet, wir müssen nach einem Motiv suchen«, fügte Kemper hinzu.

Plötzlich lächelte die alte Frau ganz sanft und sagte: »Und da suchen Sie die Schwiegermutter auf. Glauben Sie, ich hätte ein Motiv?«

»Haben Sie?« Kommissar Schmitt kam wieder in Form.

»Ich habe Karin gemocht und hatte großen Respekt vor ihrer Arbeit, aber wir waren beileibe nicht immer einer Meinung. Einen Wolf oder Hund hätte ich niemals auf sie gehetzt, ab und an eventuelle meine Ziege, die hat Karin genug geärgert.«

Sie setzte sich auf einen gepolsterten Küchenstuhl und streckte das rechte Bein aus. Kemper sah, dass es steif war. Er fragte sie:

»Sie haben so einen netten, weichen Akzent, den man von den Westfalen nicht kennt. Wenn ich da nur an das harte Plattdeutsch denke. Seit wann leben Sie schon hier im Kreis Warendorf?«

»Ich bin mit neunzehn Jahren aus Transsylvanien hierhergekommen, auf der Suche nach Arbeit. Warendorf sei eine Pferdestadt, hieß es bei uns, deshalb wollte ich hierher.«

Dann hatte sie ja alles richtig gemacht, dachte Kemper. Sie hatte sich einen reichen Pferdebauern geangelt.

Er betrachtete Frau Schulze Brinkhoff verstohlen. Alte Menschen waren auch mal jung gewesen, das vergaß einer wie er schnell. Und diese ältere Dame hatte bestimmt Eindruck gemacht. Sie war groß und hielt sich sehr gerade, trotz des Handicaps. Sie besaß eine wunderbar aristokratische Nase und hohe Wangenknochen, und zwischen ihrem grauen Dutt blitzten tiefschwarze Haare auf. Wahrscheinlich war es die recht altertümliche Kleidung, die sie älter wirken ließ. Kemper schätzte die Frau auf Mitte sechzig, höchstens. Und damit lag er beinahe richtig, sie war achtundsechzig. Sie hatte eine interessante Art, Menschen anzuschauen. Den Kopf neigte sie dann ganz leicht zur Seite, und ihr Blick war interessiert, tief, als sähe sie mehr als das Gesicht des Gegenübers.

Kommissar Schmitt ergriff erneut das Wort. »Wenn Sie nun mal ein wenig in die Breite denken, fällt Ihnen da jemand ein, der eine Rechnung mit Ihrer Schwiegertochter offen haben könnte? Oder gab es Neider, Konkurrenten, einen Liebhaber?«

Die Bäuerin guckte nun Schmitt an, ohne mit der Wimper zu zucken, doch ihr ging eine Menge durch den Kopf. Schmitt blickte ruhig zurück. Menschen konnten ihn schwerlich nervös machen. Es sei denn, sie gingen auf allen Vieren und knurrten vor sich hin. Damit war hier nicht zu rechnen.

»Nein, nichts von dem kann ich ausschließen, aber wissen tue ich kaum etwas«, sagte sie schließlich und senkte den Blick als Erste.

»Was war sie für ein Mensch, Ihre Schwiegertochter? Schüchtern, lebhaft, kokett, bestimmend?«

»Karin wusste immer genau, was sie nicht wollte, und das hatten andere dann zu respektieren.« Frau Schulze Brinkhoff schaute kurz zum Hundekorb hinüber, und als hätte er das geahnt, bellte und jaulte der Welpe draußen ein paar Mal. Er wurde an seiner Leine ungeduldig.

»Schwieriger war es für sie, eigene Bedürfnisse zu erkennen. Sie war ein suchender Mensch, immer in Bewegung, konnte schlecht alleine sein, und sie brauchte Beschäftigung. Die Pferdezucht und das Reiten gaben ihr daher viel.«

Sie überlegte kurz und hob fragend die Schultern.

»Wer weiß, vielleicht hat sie bei ihrer ständigen Suche mal etwas entdeckt, was sie nicht finden durfte.«

Kemper dachte unwillkürlich an sein erstes Zusammentreffen mit der Bäuerin. Sie hatte ihre Schwiegertochter gewarnt, dass es meist nicht bei einem Todesfall bleibe, wenn ein Wolf auftauche. Er gab sich einen Ruck und fragte sie danach.

»Ich habe dabei nicht an den Tod von Karin gedacht. Natürlich habe ich das nicht! Aber ein Wolf sorgt immer für Unruhe. Er schürt Ängste, und ängstliche Menschen können gefährlich werden.«

Sie lächelte entschuldigend: »In Rumänien geht es noch immer sehr abergläubisch zu. Es gibt vor allem auf dem Land Menschen, die an Werwölfe oder Vampire glauben. Ich habe selbst erlebt, wie Männer, die man für Werwölfe hielt, mit Brot und Milch versorgt wurden. Denn diese Nahrungsmittel besänftigen angeblich Werwölfe, sodass sie sich nicht in reißende Bestien verwandeln. Noch immer werden heimlich Leichen ausgegraben, um zu schauen, ob sie nicht Vampire sind.«

Sie machte eine Pause und dachte nach. Viele Bilder tauchten auf. Dann schob sie sich eine Haarsträhne hinter das Ohr und erzählte sehr leise weiter: »In unserem Dorf wurde ein sogenannter Wolfsmensch geboren, ein Baby mit einer enormen Behaarung. Es sah aus wie ein Affenbaby mit menschlichem Gesicht. Können Sie sich den Schock einer Mutter vorstellen, die mit Legenden und Geschichten über Werwölfe, Trolle und Vampiren groß geworden ist? Sie hat sich vor ihrem eigenen Baby gefürchtet und konnte es nicht an ihre Brust legen. Das Kind ist seelisch verkümmert und dann verhungert.« Tiefe Traurigkeit überzog das Gesicht der Bäuerin, als sie sich an die schlimme Sache erinnerte.

Auch Kemper war berührt. Hypertrichose war eine überaus seltene Erkrankung, die erblich war. Im Mittelalter wurden diese sogenannten Haarmenschen auf Bühnen herumgereicht und traten als Attraktionen im Zirkus auf. Man ging davon aus, dass der Mythos des Werwolfs von dieser Erkrankung herrührte. In einer abergläubischen Gegend konnte die Geburt eines solchen Kindes schon mal Entsetzen hervorrufen. Aber warum erzählte ihnen die alte Frau das alles?

Schmitt griff das Thema Rumänien auf. »Erzählen Sie doch mal genau, was Sie nach Deutschland geführt hat. Sind Sie ganz alleine nach Warendorf gekommen? Haben Sie noch Verwandte dort, mit denen Sie Kontakt halten?«

»Wenig. Sind alle verstorben. Glauben Sie, dass der Wolf aus Transsylvanien herübergekommen ist? Tausende von Kilometern?«

Es sollte wohl spöttisch klingen, doch Kemper bemerkte, dass Frau Schulze Brinkhoff ängstlich dreinschaute. Als hätte dieser Satz eine Erinnerung geweckt. Außerdem hatte sie nur den letzten Teil der Fragen beantwortet. Kemper hakte nach: »Warum sind Sie ganz alleine nach Deutschland gekommen?«

»Ich bin nicht alleine gekommen, sondern mit meiner Mutter. Als mein Vater starb und das Geld immer knapper wurde, sind wir hierhergekommen, zum Arbeiten. Meine Mutter fing in einem Gasthof an, und ich machte eine Lehre bei einem Fotografen. Ich lernte meinen Mann bei der Arbeit kennen, ich fotografierte eine Hochzeit, auf der er als Gast geladen war.«

Diese Geschichte passte so wenig zum Aussehen der alten Dame, dass beide Männer die Stirn runzelten.

Schmitt fasste zusammen. »Sie haben also keine Idee, in welche Richtung wir forschen können, um den grässlichen Mord aufzuklären? Sie haben hier viele Besucher. Ist davon einer mal zudringlich geworden? Gab es Dispute um die Pferde? Irgendetwas?«

Frau Schulze Brinkhoff hob einen Zeigefinger und überlegte kurz, dann sagte sie: »Es gab letztes Jahr Ärger mit einem Angestellten, einem Pferdewirt. Karin hat ihn schließlich rausgeschmissen.«

»Aha. Worum ging es?« Kommissar Schmitt hielt es endlich für lohnenswert, sein Notizbuch herauszuholen. Es war ein kleines Buch mit einem Nilpferdfoto auf dem Cover.

»Sein Umgang mit den Pferden war ihr zu grob. Er schlug sie mitunter, und er hatte seine eigene Vorstellung vom Training. Als er dann meinen Enkel Max eines Tages auch noch laut anschrie, ich weiß nicht mehr warum, reichte es Karin, und recht hatte sie damit.« Die Bäuerin nickte bestärkend.

»Haben Sie von dem Mann Ärger bekommen? Und kann ich seinen Namen bekommen?«

»Er heißt Klaus Drechsler und wohnt in der Nähe. Er ist oft mit dem Fahrrad gekommen. Das ist so ein Cowboy-Typ. Aber ich wüsste nicht, dass er nach der Kündigung noch mal hier aufgetaucht ist. Er vertrat die Meinung, dass Frauen die Pferde eh alle verhätscheln.«

Frau Schulze Brinkhoff guckte nun wiederholt aus dem Küchenfenster und hielt ungeduldig Ausschau.

»Erwarten Sie Besuch?«, fragte Herr Schmitt

»Nein, mein Enkel müsste jetzt aus der Schule kommen. Nach einem solchen Unglück wird man nervös. Entschuldigung, ich möchte ihm jetzt etwas zu essen vorbereiten. Seit dem Tod seiner Mutter isst er so gut wie gar nichts. Aber er wollte unbedingt zur Schule gehen.«

»Wann können wir Ihren Sohn sprechen?«

»Wenn Sie wollen, jetzt. Er müsste im Pferdestall sein, eine Stute fohlt heute.«

Nachdem Kemper den Kommissar sicher an dem niedlichen Hundewelpen vorbeigeführt hatte, stand die nächste Hürde im Weg.

»Ich wäre Ihnen dankbar, wenn Sie Herrn Schulze Brinkhoff nach draußen bitten«, sagte Schmitt und blickte auf den großen Kopf einer Stute, die diesen aus einem Fenster herausstreckte. Weiche Nüstern, eine weiße Blässe und lang bewimperte, sanfte Augen.

Dirk Kemper konnte es nicht fassen.

»Die Pferde sind eingeschlossen in den Boxen.«

Schmitt schaute ihn an, als müsste er den Wahrheitsgehalt der Worte abschätzen. Dann nickte er kurz, und sie betraten die breite Stallgasse. Es roch nach Leder und warmen Pferden, und es war so viel Platz, dass der Kommissar mit genügend Abstand an den neugierigen Tierköpfen vorbeigehen konnte. Es gab in erster Linie große, braune Pferde und ein schwarzes mit einer Blesse. Mädchenschwarm Black Beauty, dachte Dirk Kemper und streichelte dem Tier die Nase. Sie alle waren neugierig und streckten die Köpfe durch das Gitter, doch der tapfere Kommissar zuckte nur einmal zusammen, als ein Pferd kräftig gegen seine Boxentür trat.

Den Bauern fanden sie ganz am Ende innerhalb einer Box, in der eine Stute schwitzend stand. Sie atmete schwer.

Die beiden Männer grüßten vorsichtig, damit sich weder das Tier noch der Mann erschreckten.

»Oh, Sie sind es. Die Stute fohlt bald. Da hat sich sonst meine Frau drum gekümmert. Hier bei den Tieren hat sie sich immer wohlgefühlt. Mit denen hatte sie stets Geduld, mehr als mit Max oder mit mir.« Er lächelte wehmütig. »Ich müsste jetzt eigentlich auf dem Feld sein. Ich werde dringend jemanden für die Pferde einstellen müssen. So ist das. Ich muss jetzt einen fremden Menschen dafür einstellen, die Arbeit meiner geliebten Frau zu übernehmen. Das ist bitter. Sie ist oft die ganze Nacht bei einer fohlenden Stute geblieben. Hat im Stall gesessen, mit einer Decke und einer Thermoskanne. Das macht kein Angestellter der Welt für unsere Tiere.«

Er wischte sich schnell über die Augen und trat dann aus der Box heraus. »Gibt es etwas Neues?«

Schmitt tupfte sich mit einem lilafarbenen Taschentuch die Stirn ab und kam zur Sache: »Nach dem neusten Stand der Ermittlungen ist Ihre Frau erst niedergeschlagen und dann durch Bisse getötet worden. Sie hat einen so heftigen Schlag erhalten, dass sie sicher nichts davon mitbekommen hat. Allerdings gehen wir nun von einem gezielten Mord aus und sind auf der Suche nach einem Motiv.« Ein heftiges Schnauben ließ ihn zusammenzucken, und Kemper übernahm, erzählte, was sie über den Pferdewirt Klaus Drechsler erfahren hatten. »Ist er ein möglicher Verdächtiger?«, schloss Kemper den Bericht.

Für den armen Witwer waren sie gerade zu schnell vorgeprescht. Eike Schulze Brinkhoff lehnte an der Stalltür und murmelte: »Ermordet? Meine Karin? Ermordet? Wer tut denn so etwas?«

Die letzten Worte des Polizisten hatte er schon nicht mehr aufgenommen. Er war nass geschwitzt, rot im Gesicht, und Kemper wollte lieber nicht wissen, wie sehr sein Blutdruck gerade in die Höhe geschossen war. Schnell schaute er sich nach einem Wasseranschluss und einem Lappen oder noch besser einem Gefäß um. In einer Nische fand er einen alten, abgestellten Kaffeebecher, den er draußen vor der Tür an einem Wasserschlauch durchspülte. Mit dem gefüllten Becher trat er wieder zu dem Landwirt und reichte ihm das kalte Wasser. Nicht auszudenken, wenn ihnen der große Bursche hier der Länge nach hinknallte, auf den Steinboden des Stalles.

Eike Schulze Brinkhoff trank und beruhigte sich. Nach fünf Minuten wiederholte der Polizist vorsichtig die Frage nach Klaus Drechsler. Der Landwirt war sich sicher und schüttelte jetzt den Kopf.

»Nein, nein, der kann es nicht gewesen sein.« Er erklärte: »Klaus war ein Cowboy und fasste Mensch und Tier ab und an zu hart an. Aber ein heimlicher Mord im Dunklen ... nein, das ist ganz undenkbar. Er würde hier am helllichten Tage auftauchen und mich zu einer Schlägerei herausfordern oder Karin die Meinung sagen. Klaus handelt immer frontal. Ich habe einem Pferd mal Bandagen angelegt, bevor es ins Gelände reiten sollte. Kurz vor dem Ausritt kam Drechsler zu mir, baute sich vor mir auf und sagte. ›Damit Sie es wissen, Chef. Ich habe die Bandagen wieder abgemacht und die kommen auch im Gelände nicht an die Fesseln dieser hibbeligen Stute. Jede Bandage kann sich lösen, jede. Und was glauben Sie, wenn so ein Pferd erst durchgeht und sich dann im vollen Galopp vertritt. Wenn Sie Glück haben, sind Sie dann nur gelähmt und nicht tot.‹«

Plötzlich ging ein nachdenklicher Blick über sein Gesicht, und er fügte hinzu: »Ich werde Klaus wieder einstellen. Dem muss ich nichts lange erklären – und nachtragend ist er sicher auch nicht.«

»Haben Sie einen anderen Verdacht? Hatte Ihre Frau mit jemandem Probleme? Hatten Sie Geheimnisse voreinander?« Schmitt unterbrach die lauten Gedanken von Herrn Schulze Brinkhoff.

Kemper wäre es lieber, wenn sein Chef nicht immer mehrere Fragen auf einmal stellte. Woher hatte er nur diese ungeschickte Verhörtechnik, fragte er sich.

Der Bauer kratzte sich am Hinterkopf und dachte noch immer nach. Schließlich antwortete er auf eine der Fragen. »Geheimnisse? Keine Ahnung, dann wären es ja keine. Aber eigentlich konnte Karin Dinge schlecht für sich behalten.«

Er kratzte sich wieder und grinste dann dümmlich, als er meinte: »Karin hatte mal eine Affäre mit einer anderen Frau, das war sehr merkwürdig.«

Im Hause der kleinen Hanna gab es Streit. Hanna hatte im Kindergarten ein Mädchen geschubst und mit Sand beworfen. Kein Kapitalverbrechen, fand Hannas Mutter, aber sie hatte ihre Tochter dennoch ermahnt und sie für eine Weile auf ihr Zimmer geschickt. Hanna fühlte sich zu Unrecht bestraft, immerhin hatte sie sich nur verteidigt. Das kleine Mädchen mit den vielen lustigen Sommersprossen im Gesicht fand ihre Eltern gemein, vor allem seitdem das neue Baby da war. So gemein, dass sie ihnen einen Schrecken einjagen wollte.

Sie steckte ihren großen Stoffmarienkäfer in einen kleinen Pappkoffer, legte noch ein Buch dazu und eine kleine Taschenlampe und fühlte sich großartig, als sie ihn mit wichtigem Gesicht verschloss.

Die würden sich wundern, dachte sie. Hanna wollte wie Rotkäppchen nun in den Wald laufen, und wenn ein böser Wolf sie fressen würde, waren Mama und Papa selber schuld. Es bestand eine gewisse Chance, wie eine Märchenheldin zu enden, denn nun gab es hier Wölfe – und eine Hexe aus einem fremden Land. Das hatte Hanna alles an diesem Morgen im Kindergarten aufgeschnappt. Die Schwiegermutter der toten Frau war eine Hexe. Und sie, Hanna Meier, würde nun in den großen Wald gehen und sich dort verstecken. Sie hoffte sehr, dass ihre Eltern so richtig Angst um sie bekamen. Wenn das Mädchen gewusst hätte, was sie erwartet, wäre sie artig in ihrem Zimmer geblieben.

Sicherheitshalber packte Hanna ein paar Murmeln ein, damit würde sie den Weg markieren. Aber es gab da die leise Befürchtung, dass die ja noch das Baby hatten. Bestimmt war ihnen der neue Bruder lieber, oder sie hatten wegen ihm gar keine Zeit, sie suchen zu gehen. Eine halbe Stunde später befand sie sich schon recht weit entfernt und stellte sich vor, wie ihre Mutter bereits nach ihr rief und rief.

Hanna verteilte ein paar Murmeln auf dem Weg, damit sie wusste, wo sie abgebogen war. An sich kannte sie den Wald gut, immerhin befand sich ihr Kindergarten hier, und sie wohnte ganz in der Nähe. Viele Wege war sie schon gegangen. Da, der kleine Pfad führte in eine Sackgasse, das wusste sie genau. An seinem Ende befanden sich Brombeersträucher. Aber die Kinder durften nicht davon essen, wegen der Füchse. So ganz hatte Hanna das nicht verstanden. Weil die Füchse davon aßen, durften sie selber es nicht. Es gab doch genug Früchte, sie würden den Füchsen ja auch Beeren überlassen. Erwachsene waren in vielen Dingen sehr unpraktisch, fand das Mädchen und schritt weiter voran.

Die Murmeln verteilte sie eigentlich nur, weil sie sich dabei wie in einem Märchen fühlte. Hanna war tapfer und klug wie die Gretel, die ihren Bruder Hans gerettet hatte.

Wenige Meter weiter stank es mit einem Male ganz bestialisch. Ein bisschen wie die Biomülltonne, wenn sie im Sommer die Grillreste hineingeworfen hatten. Viele Fliegen schwirrten hier herum, und als ein paar Krähen aufgeschreckt vor ihr herflatterten, bekam sie zum ersten Mal etwas Angst. Wenn sie mit der Kindergartengruppe hier war, war es längst nicht so still und einsam. Der Gestank wurde immer schlimmer, und Hanna stakste vorsichtig weiter, blickte links und rechts und schrie plötzlich, dass es nur so durch den Wald hallte. Kleine Mädchen konnten sehr laut schreien.

Als nichts weiter passierte und keine Bestie sie anfiel oder gar auffraß, machte sie die Augen auf und nahm auch die Hände aus dem Gesicht. Zu ihren Füßen lag der Wolf, die Lefzen hochgezogen, sodass man die furchterregenden Zähne sehen konnte. Spitz und groß und zahlreich. Aber er rührte sich nicht mehr, das dunkle Fell war blutig und die Pfoten lagen schlaff im Laub. Sie würde heute also nicht von einem Wolf verschlungen werden. Ob das die Hexe getan hatte? Weil doch der Wolf ein Familienmitglied getötet hatte?

Hanna wollte nun doch lieber wieder nach Hause gehen. Die Vorstellung, dass eventuell eine Hexe hier durch den Wald streifte, behagte ihr immer weniger, und so hielt sie ihren Pappkoffer noch etwas fester in der Hand und rannte los. Nach den Murmeln brauchte sie gar nicht zu gucken, sie war ja nur zwei Mal abgebogen. In der Nähe ihres Zuhauses hörte sie dann die Stimmen. Sie riefen nach ihr. Haaaannaa! Haannaaa!

Und als ihre Mutter sie mit Tränen in den Augen in den Arm nahm, wusste Hanna, dass sie nicht mehr in den Wald gehen musste. Sie musste einfach nur zu ihrer Mutter in den Arm, wenn es Probleme gab. Dann war alles gut, richtig gut.

»Der tote Wolf war ein toter Rottweiler, und ich gehe jede Wette ein, dass wir bei ihm unsere Täter-DNA finden.«

Kemper stand im Büro des Kommissars und hielt seinen Bericht in den Händen. Er hatte schon ziemliches Herzflattern bekommen, als er mit einem Kollegen zusammen in den Wald gefahren war, um einen toten Wolf einzusammeln. In den letzten Tagen sammelten sie ja tatsächlich ständig irgendwelche Spuren ein, die dann ins Labor mussten.

Ein Gefühl aus Mitleid, Wehmut und Neugierde hatten Kemper zum Tatort getrieben, und es war echte Erleichterung gewesen, als sie nur einen toten Hund gefunden hatten. Das Tier konnte einem natürlich auch leid tun, sehr sogar. Allen Anzeichen nach war der Rottweiler mit einem Messerstich in die Kehle getötet worden. In diesem merkwürdigen Fall hatten sie es mit einem Täter zu tun, der eine unangenehme Brutalität zeigte. Er hatte den Hund wahrscheinlich loswerden wollen, weil gezielt nach einem Rottweiler gesucht wurde.

Nun waren sie auf Hinweise aus der Bevölkerung angewiesen. Jeder Hundebesitzer hatte seine üblichen Spazierwege und wurde dabei gesehen. Eventuell wusste ein aufmerksamer Nachbar über ein solches Tier Bescheid. Kemper verstand nicht ganz, warum der Besitzer den Kadaver im Wald hatte liegen lassen. Er musste doch damit rechnen, dass dieser entdeckt werden würde. Aber zunächst mussten sie natürlich abwarten, ob die DNA überhaupt mit den Spuren am Hals der armen Karin Schulze Brinkhoff zusammenpasste.

3. KAPITEL

In Sünninghausen war es 04:11 Uhr. Die Nacht war still und klar, und es war ganz sicher kein Wolfsgeheul, das die alte Witwe Ilse Bertram geweckt hatte. Mit dem Instinkt allein lebender Leute spürte sie die Bedrohung, die ein Geräusch aus der unteren Etage hervorrief. Jemand hatte die Tür zum Wohnzimmer geöffnet. Die knarrte. Schon immer hatte diese Tür geknarrt, egal wie viel Öl man bereits auf die Scharniere geschmiert hatte. Sogar das Parkett hatte dabei Schaden genommen. Ilse Bertram war eine allein lebende Frau, seit fünf Jahren verwitwet, was ihr, ehrlich betrachtet, mehr Freiheiten als Kummer bereitet hatte. Sie besaß als Gesellschaft einen Wellensittich, dessen Käfig in der Küche hing. Wenn also unten eine Tür knarrte, dann war jemand im Haus, der dort nicht hingehörte!

Ihr schlug das alte Herz bis zum Halse, jetzt war eine tief sitzende Angst tatsächlich Realität geworden. Sie wurde überfallen und ausgeraubt. Ihr Schlafzimmer konnte sie leider nicht abschließen – es war ein altes Haus, die Schlüssel waren größtenteils verloren. Ilse Bertram griff zum Telefon, das sie immer mit ans Bett nahm. Es konnte ja sein, dass man gebrechlicher aufwachte, als man am Abend zuvor eingeschlafen war. In ihrem Alter kam das öfter vor.

Sie lauschte entsetzt, zum Telefonieren reichte die Zeit nicht mehr. Es waren bereits Schritte auf der Holztreppe nach oben zu hören. Leise und lauernd. Sie wusste, dass sie sich nun schlafend stellen musste. Einbrecher wollten nicht gesehen werden. Das war ihr oberstes Ziel. Rein ins Haus, zusammenklauen, was leicht mitzunehmen war, und schnell wieder raus. Das wusste jeder. Deshalb kamen Einbrecher auch meistens am Tag, wenn die Bewohner nicht anwesend waren. Freitagvormittags ging sie immer zum Friseur, immer um die gleiche Zeit. Was waren das denn für Dilettanten, dass sie so eine Regelmäßigkeit nicht herausgefunden hatten? Die hätten dann eine Stunde Zeit gehabt, das Meißner Porzellan, den Schmuck und die Silberlöffel einzupacken. Dann müsste sie jetzt nicht im Bett liegen und darüber nachdenken, wie man sich schlafend stellte, wenn die Angst einem das große Zittern bescherte. Denn eins wurde ihr gerade in aller Deutlichkeit klar: Sie wollte noch nicht sterben. Sie würde in zwei Wochen verreisen, einen alten Freund treffen, auf den sie sich sehr freute. Ihr Leben machte seit viereinhalb Jahren richtig Spaß, und auch wenn sie nun dreiundsiebzig Jahre alt war, war sie noch lange nicht fertig.

Noch vor zehn Jahren hätten der alten Dame Einbrecher nicht so viel ausgemacht. In der Zeit war sie extrem unglücklich gewesen. Ihr Mann hatte sich im Alter immer mehr zu einem nörgelnden Tyrannen entwickelt. Aber derzeit fühlte sie sich gut. Sie geriet mehr und mehr in Panik, als sie Stufe für Stufe ein Knarren hörte. Ein unbändiger Drang, laut zu schreien, machte sich breit. Es gab Angst, die war so groß, dass sie laut wurde.

Ilse Bertram stopfte sich die Bettdecke vor den Mund und versuchte, die Augen zu schließen. Bislang hatte sie in die Dunkelheit gestarrt. Gerade rechtzeitig, denn leise drückte ein Mann die Türklinke herunter. Sie zwang sich, ruhig zu atmen und die Augen geschlossen zu lassen. Der Einbrecher sollte nicht nervös werden, weil sie aufwachte.

Doch es ging einfach nicht. Ihr ganzer Körper bebte wie Espenlaub. Hätte sie gestern nur eine Schlaftablette genommen, dann hätte sie von all dem gar nichts mitbekommen. Aber so war das; wenn es einem gut ging, brauchte man keine Einschlafhilfe.

Der Strahl einer Taschenlampe streifte ihr Gesicht, und sie schrie. Sie konnte nicht anders, sie bekam keine Luft mehr. Sie schrie und schrie, während noch jemand die Treppe hochrannte.

Er rief aus dem Flur in fremder Sprache: »*Ce sa intamplat?*«

Der Mann im Zimmer hatte blonde Haare, die ihm fransig ins Gesicht hingen. Die Augen waren dunkel, und sein kräftiger Körper war zum Sprung bereit, als er antwortete: »*Doar o femeie bătrână!*« Dann sagte er das Gleiche noch mal auf Deutsch, aber mit starkem Akzent: »Nur eine alte Frau. Sie hat mich gesehen. Sei still!«

Der Mann starrte sie abschätzend und ein wenig hektisch an, während sie weiterschrie, und blickte sich dann suchend im Raum um. Er musste die alte Dame zum Schweigen bringen. Doch womit? Plötzlich trat der

Mann ganz nahe an das Bett und holte aus. Aus dem Augenwinkel sah Ilse Bertram die Madonnenfigur, die ihre Eltern ihr zur Hochzeit geschenkt hatten. Über vierzig Jahre später wurde sie zum Werkzeug gegen die Tochter.

Oelde stand Kopf. Drei Einbrüche in einer Nacht und alle nach dem gleichen Muster, sodass man von einer organisierten Bande ausgehen konnte. Dieser Verdacht erhärtete sich insofern, dass man einen Verdächtigen gefasst hatte. Der Mann war nicht schnell genug zum Fluchtauto gekommen, und man hatte ihn verhaftet, als er sich in die nächsten Büsche schlagen wollte. Ein dicker Stein war ihm zum Verhängnis geworden, er stürzte heftig.

Die Einbrecher hatten um drei Uhr nachts nicht mit einem so schnellen Erscheinen der Polizei gerechnet. Ein Nachbar war durch seinen unruhigen Schlaf geweckt worden, hatte die verräterischen Taschenlampen im Nachbarhaus gesehen und sofort bei der Polizei angerufen. Erst das Quietschen der Reifen hatte die Strolche dann flottgemacht. So flott, dass sie entkommen konnten. Sünninghausen nannte sich auch das Golddorf, das hatten ein paar Strolche wohl wörtlich genommen.

Bislang wussten sie, dass der festgenommene Eindringling ein rumänischer Staatsbürger war. Eine rumänische Einbrecherbande, das würde wieder böses Blut entfachen. Als wenn man lieber von den eigenen Landsleuten beraubt werden würde, dachte Dirk Kemper. Er würde diese Einbruchserie leider an Kollegen abgeben müssen, denn er und Kommissar Schmitt konzentrierten sich ja auf den Mordfall.

Doch es sollte noch schlimmer kommen. Gegen Mittag meldete sich ein älteres Ehepaar und äußerte sich besorgt zum Zustand ihrer Nachbarin. Die Rollläden seien dicht und weder auf das Telefonschellen noch auf die Türglocke hätte die alte Dame bislang reagiert. Verreisen würde sie doch erst in zwei Wochen, behauptete die Nachbarin und drängte, dass jemand fachmännisch die Tür öffnete. Nein, sie besäßen keinen Schlüssel, natürlich nicht, dann wären sie ja bereits selbst nachschauen gegangen. Also wirklich, ein wenig müsste man in dem Job doch mitdenken.

Das Ehepaar war besorgt genug, um persönlich bei der Polizei vorbeizuschauen. Immerhin lagen ihre Häuser in dem Gebiet, in dem es diese schrecklichen Einbrüche gegeben hatte.

Dirk Kemper wollte das Ehepaar soeben an die Kollegen verweisen, als Kommissar Schmitt aus seinem Büro auftauchte und verkündete: »Ich und mein Kollege hier, wir begleiten Sie. Nennen Sie uns bitte die genaue Adresse, dann treffen wir uns beim Haus von Frau ...?«

»Bertram, Ilse Bertram.«

Im Auto teilte Herr Schmitt unverblümt mit: »Ich habe mitunter so einen sechsten Sinn, und irgendetwas sagt mir gerade, dass es Frau Bertram ganz und gar nicht gut geht. Ist Ihnen aufgefallen, dass die Einbrüche alle in der Nähe des Hofes Schulze Brinkhoff passiert sind? So viele Verbrechen innerhalb des bescheidenen Örtchens Sünninghausen machen mich maximal misstrauisch. Ich will nicht unken, aber wir haben nun bereits zwei Rumänen, die in die Fälle verwickelt sind.«

»Zwei?«, fragte Kemper unüberlegt.

»Die alte Bäuerin kommt aus Rumänien, etwa vergessen? Auch wenn das schon ein paar Jährchen zurückliegt.«

»Hat die Dame Haustiere?« Schmitt stand mit einem Dietrich vor der Haustür, nachdem sie geschellt und gerufen hatten.

»Einen Wellensittich. Ich füttere ihn immer, wenn Frau Bertram verreist ist.«

Kemper blickte Herrn Schmitt erwartungsvoll an, und der regte sich auf. »Na, was glauben Sie wohl? Dass ich mich auch vor kleinen Vögeln im Käfig fürchte? Nun kommen Sie schon.«

Die Haustür sprang auf, und die Nachbarin schritt sofort hinter den Männern hinein.

»Oh nein«, hielt Kemper sie auf. »Das hier könnte ein Tatort sein, und ich kann Sie auf keinen Fall hereinlassen. Sie müssen draußen warten. Das Schlafzimmer ist oben?«

Sie nickte beleidigt. Da holte man Hilfe und durfte dann nicht dabei sein, dachte sie.

Dennoch gingen die beiden Beamten erst Raum für Raum durch, und sie sahen schnell, dass hier unten heute noch niemand gewesen war. Die Rollläden waren verschlossen, ein Handtuch hing über dem Korb des Wellensittichs, und in der Küche lag noch die Zeitung von gestern. Kein beruhigendes Zeichen. Spuren von einem Einbruch waren auf den ersten Blick aber auch nicht zu sehen. Ob die Dame ihre Vitrinen vollgepackt hatte oder nicht, wussten sie schließlich nicht. Ein paar Teile standen jedenfalls noch darin herum.

Die Stufen nach oben knarrten ein wenig, aber auch oben herrschte die gleiche Ordnung und Sauberkeit wie unten. Auf ihr Rufen hin meldete sich niemand. Es gab ein Badezimmer, ein Bügelzimmer und einen dritten geschlossenen Raum.

Beim Öffnen dieser Tür wurden ihre Befürchtungen brutale Realität.

Die Bewohnerin des Hauses lag mit eingeschlagenem Schädel auf dem Kissen, der Körper noch unter der Bettdecke. Das Gesicht war durch den Schlag stellenweise blutig verformt, und die Tatwaffe hatte jemand achtlos auf den Fußboden geworden. Es war die Madonnenfigur. Nach Fingerabdrücken brauchte man hier kaum zu suchen, wusste der Kommissar, denn Einbrecher trugen nahezu immer Handschuhe. Das wusste auch der naivste Anfänger in der Branche.

Schmitt trug weiße Latexhandschuhe und hob die Figur nun auf. Ein sanft lächelndes Gesicht blickte den beiden Beamten entgegen, geschnitzt und bemalt, um Trost und Freude zu schenken. Was für eine schreckliche Entfremdung. Jetzt hatte die Madonna Blutspuren am Gewand und Hautpartikel an dem wunderschön blau gestalteten Umhang.

»Warum haben sie diese arme, hilflose Frau umgebracht? Bei allen anderen Einbrüchen in dieser Nacht sind die Opfer mit dem Schrecken davongekommen. Sie lag doch im Bett und hat die Täter nicht etwa mit einem Besenstiel in der Küche bedroht.« Kemper schüttelte betroffen den Kopf.

Kommissar Schmitt hatte sein Handy in der Hand und informierte den Staatsanwalt sowie die Beamten von der Spurensicherung. Erst nach den Gesprächen reagierte er auf die Frage. »Lust auf Gewalt? Oder die Frau hatte die

Einbrecher aus welchen Gründen auch immer gesehen. Vielleicht hat sie laut geschrien, und einer der Täter ist durchgedreht. Eventuell sollte sie auch nur bewusstlos geschlagen werden, und jemand hat seine eigenen Kräfte unterschätzt. Ich habe nicht vor, mich in die Täter zu versetzen, ihre Taten zu verstehen und eventuell dann auch noch ein Therapieprogramm zu erarbeiten. Ich will diese Schweine nur überführen und verhaften.«

»Okay, ich wollte nur …«

Schmitt streckte seinen Finger vor und setzte hinzu: »Ihre Frage ist natürlich dennoch berechtigt. Denn die Frage nach dem Motiv bringt uns den Tätern näher. Und der kleine Rumäne kann sich jetzt auf etwas gefasst machen.«

Als klein würde Kemper den verhafteten Rumänen nicht bezeichnen, ihm war er sogar groß und kräftig vorgekommen. Und düster mit diesen dunklen Augen und dem kantigen Kinn. Aber er schien nicht der Klügste zu sein, er erweckte eher den Eindruck eines phlegmatischen Mannes. Zu faul oder zu unbeholfen, um selbst zu denken.

Laut seiner Papiere kam er aus Transsylvanien und somit aus der alten Heimat der Frau Schulze Brinkhoff. Diese Dame würden sie noch einmal kontaktieren müssen. Kemper konnte sich nicht vorstellen, dass der Mann alleine aus den Wäldern Rumäniens nach Deutschland gekommen war. Das roch hier alles nach organisierter Kriminalität, und ihm kam ein unangenehmer Gedanke. Hatte Mirela Schulze Brinkhoff das alles geahnt, als sie am Tage vor dem Mord erst prophezeit hatte: Bei einem Todesfall bleibt es nicht? Der nächste Todesfall hatte ja auch leider nicht auf sich warten lassen: Ihre Schwiegertochter wurde ermordet. Und so hatte die Bäuerin undurchsichtig hinzugefügt: Die wirklich gefährlichen Wölfe folgen erst noch.

Waren das jetzt die gefährlichen Wölfe aus ihrer alten Heimat?, fragte sich der junge Polizist. Eine organisierte Verbrecherbande aus Rumänien? Mit einer überraschenden Brutalität? Aber woher sollte die alte Frau davon gewusst haben?

»Geben wir den Fall nun an die Kollegen ab, die mit den Einbrüchen beschäftigt sind?« Kemper war sich über das weitere Vorgehen nicht sicher. Zumindest er war nicht ausdrücklich der Mordkommission unterstellt.

Kommissar Schmitt guckte ihn erstaunt an. »Das Erschlagen eines Menschen mit einer Madonnenstatue zählt für mich ohne jeden Zweifel zu den Kapitalverbrechen. Da bin ich wenig kompromissbereit. Selbst wenn das Erschlagen mit einem weniger symbolträchtigen Gegenstand geschehen wäre. Und die Mordkommission leite ich, ob mit oder ohne Tierphobien. Ja, ich weiß sehr wohl, dass sich einige über persönliche Schwächen lustig machen.«

Er starrte den betroffenen, jungen Kollegen hochmütig an und ergänzte: »Dennoch möchte ich, dass Sie mich bei meiner Arbeit weiter unterstützen. Besser einen intoleranten Deppen als einen unfähigen Deppen.«

Kemper war klug genug, sich nicht mit Entschuldigungsfloskeln oder anderen unnötigen Beteuerungen aufzuhalten, sondern nickte ernsthaft. »Sehr gerne. Wo machen wir weiter?«

»Bei dem Rumänen. Und wir müssen eine Crew zusammenstellen, es gibt zu viele Dinge gleichzeitig zu erledigen. Die Aufgaben dürfen Sie dann verteilen.«

Mirela Schulze Brinkhoff und ihr Sohn fuhren auf den Parkplatz vom Marktkauf, dem großen Supermarkt in Oelde. Dort setzte Eike seine Mutter ab und fuhr weiter zur Bank. Mirela konnte nicht Auto fahren. Ein steifes Knie machte das Bein zu einem Brett, das nun einmal nicht mit einem Bremspedal kooperierte.

Das Schieben eines Einkaufswagens war die zweite Hürde. Unhandlich, schwerfällig und für einen Großeinkauf meist zu klein, fand sie, und schob missmutig den Wagen. Wenn man die Bananen irgendwann auf das Band an der Kasse stellte, waren sie von diversen anderen Einkaufsartikeln mehrfach angerempelt worden und sahen entsprechend aus.

Und zwischen Waschmitteln und Zahnpasta sah sie dann auch noch ein Gespenst.

Es huschte durch die Gänge, hatte ein Sixpack Bier unter dem Arm, griff sich noch schnell eine Packung Rasierklingen und rannte dann fast zur Kasse. Mirela blickte hinter der Erscheinung her und wartete, dass die Realität zurückkehrte und sie sicher sein konnte, dass die Erinnerungen ihr einen Streich gespielt hatten. Doch der Mann zahlte an der Kasse wie andere auch, und keiner griff oder ging durch ihn hindurch. Diesen Mann konnte es so aber gar nicht geben, wusste Mirela. Es war eine Erinnerung aus ihrer Jugendzeit und damit ein Mann, der heute über siebzig Jahre alt sein müsste. Die Person mit dem Bier unterm Arm war aber höchstens fünfunddreißig Jahre alt. Er trug die langen, schwarzen Haare zu einem Zopf im Nacken gebunden und besaß ein schmales Oberlippenbärtchen. Wie damals, vor über vierzig Jahren.

Fahrig geworden erledigte sie den Rest der Einkäufe und hoffte, dass ihr Sohn auf dem Parkplatz bereitstand. Eike musste auch noch für die Getränke sorgen. Erst als sie zehn Minuten später vom Parkplatz fuhren, kam der älteren Frau ein Gedanke, eine Erklärung, die so viel näher lag als alles andere. Sie hatte den Sohn gesehen, den Sohn des Mannes, den sie so gut gekannt und später gefürchtet hatte wie keinen zweiten. Nicht sie war nun im Alter nach Rumänien zurückgekehrt, sondern Rumänien kam zu ihr. Das Heimatland schickte seine Wölfe. Denn das war Breda immer gewesen, ein Wolf. Aber Breda war heute ein älterer Herr. An Zufälle glaubte Mirela keine Minute. Sie hatte ihn klar und deutlich gesehen und ahnte, dass es Bredas Sohn war. Und der war nicht zu einem Urlaub nach Oelde gekommen.

Zu Hause angekommen räumte sie ein und auf und ließ sich keinen Moment der Ruhe. Aber es nutzte nichts. Irgendwann zwang sie ihr Bein zur Pause. Also führte sie ein paar Ferngespräche, um sich die Nachfolge bestätigen zu lassen. Ja, Breda lebte noch in dem alten Dorf, und er hatte einen Sohn.

Breda. Heute war der Name Spott und Hohn, denn Breda hieß übersetzt *Geliebter der Nacht*. Sie schlug die Hände vor das Gesicht und weinte.

Den Hammer Tierpark gab es seit etwa achtzig Jahren, und er hatte sich aus dem sogenannten Südenstadtpark entwickelt, was man dem kleinen Zoo ansah. Der Rundgang zu den Tieren glich einem schönen Spaziergang im Park mit vielen Pflanzen und alten Bäumen. Der Tierpark hatte sich für die Zukunft vorgenommen, mehr heimische Haustiere aufzunehmen und dem Besucher die eigene Tierwelt vor der Haustür näherzubringen. Eine Idee, die Nele sehr begrüßte und unterstützte. Dazu gehörten auch die Wölfe, wie sie fand. Wie heimisch sie hier noch wurden, blieb allerdings abzuwarten.

Nele Brabender saß in ihrem Büro und starrte auf den Bildschirm, auf dem die Ergebnisse und Erkenntnisse zu lesen waren, die es zu den DNA-Spuren der Wölfe in Oelde gab. Sie vergaß dabei zu blinzeln, und ihre Augen brannten. Sie arbeitete gerne hier, und sie liebte die Tiere, aber wie viele Zoologen sah sie auch immer wieder die Grenzen der artgerechten Haltung. Und wenn gerade die Wölfe in Zukunft wieder vermehrt ohne Zäune mit den Bürgern nebeneinander leben konnten, wäre das eine Freude für sie.

In Oelde begann das ganze Abenteuer mit Problemen. Der Wolf, der in Sünninghausen eine Ziege gerissen hatte, stammte aus einem Wolfsrudel in Niedersachsen, genauer gesagt aus Vechta. In Vechta hatte es im Oktober 2015 einen ziemlichen Ärger mit einer Wölfin gegeben, der eine Menge Schafsrisse vorgeworfen wurden. Die Schäfer dort waren wütend und forderten das »Entnehmen« dieser Wölfin. Sie warfen dem zuständigen Minister Fahrlässigkeit vor. Die meisten gesichteten Wölfe in Deutschland konnte man mittlerweile durch ihre DNA bestimmten Rudeln zuordnen. Wo waren sie hergekommen, und aus welchem Rudel waren sie schließlich abgewandert? Diese Fragen waren für die Forscher wichtig, um die Wanderungen, das Verhalten und das Ansiedeln der Wölfe in neuen Gebieten besser verstehen zu können.

Die DNA-Spur, die man am Hals von Karin Schulze Brinkhoff anhand der Haare entziffert hatte, gehörte zu keinem registrierten, frei lebenden Wolfsrudel. Nele Brabender wunderte sich eigentlich nicht. Denn das sprach für ihre Theorie, dass der Täter sich lediglich ein paar Wolfshaare beschafft hatte, die er dann am Tatort zurückgelassen hatte. Eventuell handelte es sich aber um einen Wolf aus Gefangenschaft, der nun ausgesetzt worden war. Es gab immer wieder Gerüchte, dass Wölfe ausgesetzt wurden, sei es um sie auszuwildern oder um die Wölfe in einer bestimmten Gegend heimisch werden zu lassen. Dagegen sprachen ein paar Fakten, die das Auswildern von Wölfen sehr schwer bis unmöglich machten. Einen wilden Wolf von einer in eine andere Gegend umzusiedeln, scheiterte meist an dem Versuch, einen Wolf zu fangen. Selbst Wolfsexperten aus Nordamerika gelang dies nur sehr selten. Einen Wolf auszusetzen, der in Gefangenschaft groß geworden war, hatte auch wenig Sinn. Er hatte das Jagen ja gar nicht erlernt. Und er hatte kaum Scheu vor den Menschen, was zu erheblichen Problemen führen könnte. Meist wurden solche ausgesetzten Wölfe erschossen.

Hatte jemand einen Wolf in Oelde ausgesetzt, illegal und heimlich? Konnte es sein, dass dieser Wolf dann einfach neugierig geworden war, was da auf der Weide der Schulze Brinkhoffs los war? Das fragte sich die junge Zoologin immer wieder.

Man konnte einen Hund so trainieren, dass er auf Kommando auf Menschen losging und sie auch tötete. Da brauchte man nur mal einen Blick in die Geschichte der Sklaverei zu werfen. In Amerika hatten die Sklavenhändler und auch einige Plantagenbesitzer Hunde besessen, die auf das Jagen und Töten von schwarzen Menschen gedrillt worden waren.

Einen Wolf in diese Richtung zu erziehen, das war für die Zoologin undenkbar. So weit ließ sich kein wildes Tier abrichten.

Tierpfleger Markus, dem sie ihre Gedanken gerade mitteilte, gab zu bedenken: »Ich bin kein Wolfsexperte, aber stammen unsere Hunde nicht von diesem edlen Tier ab? Irgendwer hat doch mal angefangen, einen Wolf zu zähmen, Nachwuchs zu züchten und ...« Er unterbrach sich, als er das Kopfschütteln seiner Chefin sah.

»Unwahrscheinlich, dass es so abgelaufen ist. Die Menschen wurden sesshaft, und der Wolf war ihr Nachbar. Ich kenne die Theorie. Doch mittlerweile gibt es Erkenntnisse, dass es unter den Wölfen Tiere gegeben haben muss, die anders waren. Sie besaßen einen wenig ausgeprägten Jagdinstinkt und eine gewisse Trägheit, und sie hielten sich lieber in der Nähe der Siedlungen auf, denn dort gab es Essensreste. Diese Tiere ernährten sich also zunehmend von den Abfällen und hielten sich zwangsläufig in der direkten Umgebung der Menschen auf. Diese Abart der Wölfe waren wahrscheinlich die Vorfahren unserer heutigen Hunderassen, denn sie waren viel leichter zu zähmen und befanden sich in einer gewissen Abhängigkeit zum Menschen.«

»Mit dieser Theorie wäre die alte Frage beantwortet, ob der Mensch die Nähe zum Wolf gesucht hatte oder umgekehrt. Das ist ein echt krasser Fall, den ihr da in Oelde habt. Wenn ich mir vorstelle, ich versuche mit einem unserer Wölfe an der Leine zu einer toten oder bewusstlosen Frau zu gehen, und sage zu ihm: Fass mal zu! Ich glaube, ich käme ja nicht einmal zwei Schritte weit aus dem Gehege. Wer könnte einen so zahmen Wolf besitzen?«

»Ja, das ist Nonsens. So wird es sicher nicht gewesen sein. Aber es gibt Menschen, die einen Wolf zumindest so gefügig machen konnten, dass er an der Leine ging. Ich denke, mehr ist nicht möglich. Es ist doch sehr unwahrscheinlich, dass zwei verschiedene Wölfe nacheinander nachts auf demselben Hof erscheinen und auf ihre Art ihre brutalen Spuren hinterlassen, oder? Ich glaube, die gerissene Ziege hat den Mörder erst auf die Idee gebracht. Die ermordete Frau war bekannt für ihre Hundephobie, lief aber zwischen den großen Pferden herum, als wären es Lämmer. Schon verrückt.« Dabei dachte sie an den merkwürdigen Kommissar. Vor allen größeren Tieren Angst zu haben, fand sie konsequenter und nachvollziehbar.

Markus blickte sie ungläubig an. Er bewunderte seine Chefin, aber der Fall in Oelde führte zu wilden Spekulationen. »Du meinst, jemand schlägt die Frau nieder und lässt seinen Rottweiler den Rest machen? Und dann, so als gespielten Witz hinterlässt er die Wolfshaare? Oh Mann, die haben in Oelde dann aber einen echt kranken Geist herumlaufen.«

Nele Brabender nickte und fragte nachdenklich. »Wo gibt es einigermaßen zahme Wölfe? In Wildparks. Im

Zoo. Oder aus privaten geheimen Haltungen. Aber sollen wir nun die DNA der Tiere in allen bekannten Wolfsgehegen überprüfen, um dann alle Tierpfleger unter Verdacht zu stellen?«

»Ich bin ein Tierpfleger und tatsächlich für unsere Wölfe zuständig, aber ich war es nicht. Das wäre mir zu viel Aufwand mit einem zu hohen Risiko.«

Nele Brabender grinste ihn breit an. »Genau – und dieser Punkt zeigt uns, dass wir es mit einem überheblichen, von sich selbst überzeugten Täter zu tun haben. Einem, der dabei nicht an Aufwand und Risiko denkt, sondern an Befriedigung.«

»Zoologin und nebenbei Profilerin. Chefin, ich bin es kaum würdig, für dich zu arbeiten. Aber da ich nun einmal so weit gekommen bin, werde ich jetzt fleißig meine Runde durch den Tierpark ziehen. Die Bestien verlangen nach Blut und Fleisch, und manche wollen Gemüse haben.«

Das beschauliche Städtchen Oelde verwandelte sich mit rapider Geschwindigkeit in einen Unglücksort. Zumindest Bürgermeister Tillmann sah das so. Die zweite tote Frau innerhalb weniger Tage, ein erschlagener Rottweiler und zig Einbrüche. Und da die Presse so nett war, aus einem verhafteten Rumänen gleich eine ganze Einbrecherbande zu machen, deren Mitglieder ausnahmslos aus Rumänien kamen, konnten seine Bürger ihr aktuelles Feindbild erweitern. Alle Wölfe und alle Rumänen hatten es also plötzlich auf die Einwohner von Oelde abgesehen und mussten daher bestraft werden. Der Wolf erhielt das Todesurteil, die Rumänen sollte die Verbannung in die Karpaten treffen. An diesem Vormittag hatte Tillmann erfahren, dass ein Junge mit rumänischer Abstammung in der Schule verprügelt worden war, weil sein Vater ganz sicher bei den Einbrüchen dabei gewesen wäre.

Der rumänische Mann, den man bei einem der Einbrüche verhaftet hatte, behauptete steif und fest, seine Gruppe hätte nur dieses eine Haus aufgesucht. Sein Deutsch war leidlich, aber gut genug, um keinen Zweifel daran zu lassen, dass es seiner Meinung nach erstens die »Kanaken« seien, die sich dieselbe Nacht für ihren schändlichen, brutalen Raubzug ausgesucht hatten, und zweitens er auf keinen Fall einen Kollegen verraten werde. Sie könnten ihn ruhig foltern und demütigen, das kenne er von den rumänischen Beamten gut genug. Kein Wort würden sie über die Komplizen erfahren.

Verbrecherehre, dachte Tillmann kopfschüttelnd. Da ging nichts drüber. Da der Rumäne gerade in Deutschland, speziell in Oelde, angeblich Urlaub machte, bewohnte er ein Hotel ohne erkennbare Kontakte. Er war in dem Hotel gerade der einzige Ausländer. Man fuhr vielleicht mal mit dem Fahrrad durch Oelde, aber man machte dort keinen Urlaub. Tillmann wohnte wirklich gerne in seinem westfälischen Städtchen, das immerhin so viel grünes Land aufweisen konnte, dass sich Wölfe davon angezogen fühlten. Aber Oelde besaß weder einen nennenswerten See noch lag es gar in Meeresnähe. Derartige Attribute brauchte es aber schon, um Urlaubsregion zu werden. Es war eine Geschäftsreise mit dubiosem Hintergrund, die der rumänische Tourist gebucht hatte. Jetzt sogar mit Überraschungsübernachtung.

Tillmann fiel ein, dass man den Mann nach Kontakten im Dorf befragt hatte, und der Mann hatte erst den Kopf geschüttelt und dann gegrinst: »Eine aus unserem Dorf wohnt schon seit über vierzig Jahren hier. Sie ist eine Hexe. Es war gut, dass sie damals wegging.«

Der Bürgermeister dachte an das, was seine Frau im Waldkindergarten aufgeschnappt hatte. Die Mutter der ermordeten Frau sei eine Hexe.

»So ein sturer Hund! Wenn der nicht aufpasst, hängen wir ihm den Mord an der alten Frau Bertram an. Vielleicht war er es auch.« Dirk Kemper war ehrlich empört über das bockige Verhalten des inhaftierten Rumänen.

Kommissar Schmitt half mit seinem Kommentar wenig: »Wenn wir Pech haben, können wir ihm nur den einen Einbruch nachweisen, bei dem er geschnappt worden ist. Wir wissen nicht, wo die Beute ist oder wer seine Komplizen sind. Die Bande ging recht geschickt vor, als sie sich unterschiedliche Unterkünfte gemietet hat. Mittlerweile dürften die anderen schon über alle Berge sein.«

»Berge haben wir hier nun weiß Gott nicht«, schimpfte Kemper weiter. »Ich habe alle Hotels der nahen und fernen Umgebung abgefragt. Aber versuchen Sie mal, einem höflichen Hotelier beizubringen, was Sie wissen wollen. Wie sehen Rumänen üblicherweise aus, he? Und die Namen. Selbst wenn ich eine Liste der Hotelgäste habe, hilft mir das nicht. In Siebenbürgen gibt es eine Menge Leute mit deutschen Namen.«

»Das Hotel Mühlenkamp, in dem unser Häftling gewohnt hat, ist nicht gerade billig, wenn man dort einige Nächte wohnt, und es liegt schön zentral. Der Handel mit geraubten Dingen scheint lukrativ zu sein«, überlegte der Kommissar laut.

»Was machen wir jetzt mit ihm?«

»Wir setzen ihm einen Peilsender ein, lassen ihn frei und warten ab, dass er uns zu den anderen führt.«

Kemper ließ sich nicht foppen. »Sehr witzig. Was sagen Sie denn zu der Verbindung zum Hof Schulze Brinkhoff?«

Der Kommissar verzog das füllige Gesicht mit dem Schnurrbart. Eine gewisse Ähnlichkeit zu Hercule Poirot fiel auf.

»Sie meinen, weil der Einbrecher die Hexe kennt? Komisch, neulich hat sie schon mal jemand so genannt, ich weiß nicht mehr, wo und wer. Eventuell sollte ich vor der alten Dame mehr Angst haben als vor ihrer Ziege.« Jetzt lächelte er sogar mal, der Herr Schmitt, was Kemper zum ersten Mal sah.

»Was Menschen angeht, stört es Sie ja nicht einmal, wenn sie bis an die Zähne bewaffnet vor Ihnen stehen. Da werden Sie ein paar Beschwörungen einer Hexe doch nicht nervös machen.«

»Nein, aber sie hat einen Hund.« Der Kommissar blätterte in seinen Unterlage,n und Kemper griff nach der Tageszeitung.

Der erschlagene Rottweiler, der im hiesigen Waldgebiet gefunden worden war, war eventuell der gesuchte Hund, der an dem Mord der Bäuerin in Sünninghausen beteiligt gewesen sein sollte. Die Tageszeitung war so freundlich zu beschreiben, dass man bei dem Kadaver Bissspuren anderer Tiere gefunden hatte. *Hat auch hier der Wolf Spuren seiner Brutalität hinterlassen?*, fragte das Zeitungsblatt reißerisch. *Hat der Besitzer des Hundes diesen eventuell nur erstochen, weil der Rottweiler so schwer verletzt worden war? Von einem früheren Artgenossen, der ihn nicht im Revier geduldet hat?*

»Natürlich weist ein Kadaver mitten im Wald Bissspuren auf. Schließlich gibt es eine Menge hungriger Tiere in der freien Wildbahn. Selbst so ein possierlicher Igel frisst Fleisch.« Kemper schmiss kopfschüttelnd die Tageszeitung von sich.

Jetzt blickte sein Chef ihn sinnend an und sagte unverhofft: »Wissen Sie, wer mir fast noch mehr Angst einjagt als ein großes Tier?«

»Idiotische Journalisten?«

»Quatsch, über so etwas sollten Sie sich nicht ärgern. Das ist Energieverschwendung. Nein, ich meinte lesbische Frauen. Sie sind mir unheimlich.«

»Lesbische Frauen? Ach so, Sie spielen auf das Verhältnis von Karin Schulze Brinkhoff mit einer anderen Frau an. Ist die Dame schon befragt worden? Wer kümmert sich darum?«

»Wir machen das. Jetzt. Sie reden, und ich schreibe mit.«

Selin Braun war eine Frau Anfang vierzig, und sie besaß ein interessantes Äußeres. Sie war mittelgroß, hatte fast schwarze Augen und sehr dunkle Haare, etwa kinnlang und wuschelig. Ihre Haut besaß einen eher dunklen Teint, und sie schien türkischer Abstammung zu sein. Kemper war sich sicher, dass ausgesprochen viele Männer ihr hinterherstarren würden, und er schaute begeistert auf ihren olivfarbenen Ausschnitt, der durch eine weiße Tunika ganz wunderbar betont wurde.

»Sie lächelte schief und sagte beim Öffnen der Haustür: »Die Polizei, das ging schneller, als ich dachte. Woher wissen Sie es?«

»Woher wissen wir was? Guten Tag erst mal.«

Sie nickte flüchtig und erwiderte: »Woher wissen Sie von meinem Verhältnis mit Karin?«

»Von ihrem Mann.«

Plötzlich lachte sie laut und beinahe fröhlich. Wäre da nicht der traurige Ausdruck in ihren Augen gewesen. »Der Großgrundbesitzer persönlich? Er muss sehr verzweifelt sein.«

Kemper hatte keine Ahnung, wohin das Gespräch sie führen würde, und mit einem Blick auf den Kommissar stellte er fest, dass der nicht einmal wusste, wo er hinschauen sollte.

»Kommen Sie schon herein.«

Orientalische Teppiche und westfälische Tischdecken, bemerkte der junge Polizist. Keine Mischung, die ein Raumausstatter empfehlen würde.

»Entschuldigung, haben Sie Tiere?«, fragte Herr Schmitt zögerlich und blickte nervös um sich.

»Zum Beispiel einen Rottweiler oder einen zahmen Wolf?«

»Nein, nein, so habe ich das nicht gemeint.«

Kemper sprang zu Hilfe: »Mein Kollege kann die meisten Tiere nicht so gut um sich haben.«

Sie lächelte und irrte sich: »Ah, eine Tierhaarallergie, verstehe. Dann gehen wir auf die Terrasse, ich habe zwei Katzen, zwei wunderschöne Kartäuser. Ist zwar ein bisschen kalt, aber wir können ja Decken mit rausnehmen.«

Kemper schluckte, Kartäuser waren außerordentlich große Katzen, die würden seinem Chef nicht gefallen. »Oh bitte, keine Umstände, schließen Sie nur bitte die Tür, damit die Tiere nicht hereinkommen können. Dann wird es schon gehen.«

Kemper musste grinsen, und die Dame des Hauses schloss achselzuckend die Wohnzimmertür, wobei sie sich bückte und tatsächlich ein blaugraues Wesen hinausschieben musste.

»Setzen Sie sich auf den Stuhl dort, da sind keine Haare darauf.«

Sie schob dem Kommissar einen einfachen Holzstuhl zu, während der junge Polizist und sie selbst sich auf eine bequeme Couch niederließen. Darauf hätte der Kommissar auch lieber gesessen, aber er ließ die Tierhaarallergie im Raum stehen.

Frau Braun erklärte den Männern: »Karins Mann, der Eike, hat uns anfangs nicht so recht ernst genommen. Ein Verhältnis unter Frauen lag außerhalb seiner Vorstellungskraft, und es schien ihm eine ganze Zeit lang egal zu sein, ob wir miteinander shoppen gingen oder ins Bett.«

Sie lächelte und setzte sich kokett ins Sofa, während Herr Schmitt tatsächlich zusammenzuckte. Kemper war der Mann allmählich peinlich mit seinen Allüren. Er selbst wollte Frauen wie Selin Braun lieber beeindrucken – den meisten Männern ging das ähnlich.

Beide Männer blickten sie erwartungsvoll an, und Frau Braun erzählte offen weiter. »Das ist gar nicht so abwegig. Viele Ehefrauen denken ähnlich und lassen sich auf etwas Neues mit einer Frau ein. Sexualität ohne Risiko, so richtig ist das doch gar kein Fremdgehen. Sie können mir glauben, die Angebote sind selbst in Oelde üppig für mich.«

Hier wurde der Kommissar wach und zückte den Kugelschreiber. »Könnte es sein, dass Sie beide einer ehemaligen oder aktuellen, äh, Geliebten auf die Füße getreten sind? Gab es eifersüchtige Ehefrauen oder gar einen Mann?«

»Oh ja, es gibt da einen Herrn Braun, der in schönem Drei-Monatsrhythmus vor meiner Haustür herumhängt und mich mit leidenschaftlicher Bierfahne bittet, zu ihm zurückzukehren. Es ist der Mann, von dem ich diesen wunderbar farbigen Namen erhalten habe: kackbraun, ödbraun, nazibraun – schöne Assoziationen gibt es da.«

»Vollständiger Name und die Adresse, wenn möglich.«

Jetzt lachte sie wieder und hob beide Hände verneinend in die Höhe. »Axel hat doch nicht die Karin umgebracht. Zumal Karin und ich schon seit drei Monaten nichts mehr miteinander hatten. Das ergibt doch nun gar keinen Sinn. Eike war es ebenfalls nicht, der hat seine Karin wirklich geliebt. Deshalb habe ich sie auch zu ihm zurückgeschickt.«

»Ach, und das hat so einfach funktioniert?«

»Ja sicher. Für Karin war ich nur ein nettes Experiment, mal etwas anderes. Wir mochten uns, auch danach noch, aber mehr war da nicht.«

Sie lehnte sich zurück, die Beine auf die Couch hochgezogen und verschränkte die Arme vor der Brust. »Die Mutter von Eike, diese Frau aus den Karpaten, die ist mir allerdings unheimlich. Sie blickt einen an, als würde sie nicht nur in die Seele schauen, nein, so als räume sie dort auch noch auf. Gruselig. Danach hat man zu nichts mehr Lust, was Spaß macht.« Sie schüttelte ihre dunklen Haare.

»So«, sagte Herr Schmitt und fuhr mit der Frage fort: »Haben Sie eine Idee, wer Ihrer Freundin so etwas angetan hat?«

»Ich denke, es war jemand, der von ihrer Hundephobie wusste. Oder aber sie hat einen Einbrecher überrascht, wurde niedergeschlagen – und der Rest war einfach Pech. Immerhin gab es doch in der Gegend um Sünninghausen jede Menge Einbrüche. Alle nur ein paar Nächte später, nicht wahr?«

Die beiden Polizisten schwiegen. Diesen Zusammenhang hatten sie so noch nicht gesehen. Das musste man doch erst mal langsam gedanklich durchgehen, fand Kemper.

Selin Braun betrachtete das Schweigen ihrer Besucher und ergänzte altklug: »Eventuell hat Karin mal einen Mann verärgert, hat mit ihm geflirtet und ihn dann abserviert. So etwas konnte sie durchaus. Auf den Hof kam viel Laufkundschaft. Durch die Pferde und durch den Hofladen.«

Sie wedelte mit der Hand, als hätte sie zu viel gesagt. »Damit meine ich nicht, dass sie ihren Mann regelmäßig betrogen hat, das hat sie ganz sicher nicht. Ich bin mir fast sicher, unsere Bettgeschichte war die einzige.«

Bei dem Wort Bettgeschichte blinzelte Kommissar Schmitt. »Aber konkrete Namen haben Sie nicht für uns?«

Der Kommissar schaffte es noch immer nicht, der Dame des Hauses direkt ins Gesicht zu blicken und die Dame des Hauses bemerkte das durchaus. Mehr noch, es schien sie zu amüsieren.

Plötzlich hielt Frau Braun inne und rieb sich in entzückender Weise die Nase.

»Mir fällt etwas ein. Karin hatte einen entsetzlichen Streit mit einer anderen Dressurreiterin aus Warendorf. Die beiden sind erbitterte Konkurrentinnen und hassen sich wie zwei Waschweiber, die um das sauberste Laken eifern. Diese Frau aus Warendorf hat Karin neulich Betrug vorgeworfen. Sie hätte ihr Pferd gedopt, doch es gab keine Kontrolle und keinen Grund dies zu glauben. Karin würde niemals für einen Sieg den Ruf des Hofes aufs Spiel setzen. Aber, wie gesagt, diese Mädels konnten nicht gut miteinander.«

Kemper fragte schnell: »Und der Name dieser Reiterin? Wissen Sie den auch?«

»Nein, die Reiterei interessiert mich nicht besonders, der Vorname war Birgit oder Britta. Fragen Sie ihren Mann, der wird es wissen.«

Die beiden Männer verabschiedeten sich kurze Zeit später, und auf der Fahrt zum Hof Schulze Brinkhoff sagte der Kommissar: »Der Zusammenhang mit den Einbrüchen klingt gar nicht so verkehrt, aber mein Instinkt sagt mir, dass es ein geplanter Mord an Karin Schulze Brinkhoff war. Es fehlte nichts, es gab keine Spuren von einem gewaltsamen Eindringen in irgendeines der Gebäude, nicht einmal der Hofladen zeigte Spuren.«

Auf dem Hof Schulze Brinkhoff angekommen trafen sie den Besitzer sofort an und fragten ihn nach der Reiterkollegin seiner Frau.

»Birte Steiner? Im Leben nicht. Sie ist eine etwas schwierige, verwöhnte Frau, aber keine Mörderin, die so vorgehen würde. Ich kann mir ja noch vorstellen, dass sie aus lauter Wut meine Frau über den Haufen reiten würde, aber nachts mit einem Rottweiler und einem Wolf hier aufzutauchen ist purer Blödsinn.« Die Meinung des Bauern stand fest.

»Sie könnte jemanden beauftragt haben«, schlug Kemper vor.

Das Gesicht von Eike Schulze Brinkhoff blieb skeptisch. »Sie ist zu blöd dazu, glauben Sie mir. Wenn die mit ihrem Pferd hier durch die Gegend reitet, fällt mir immer die natürliche Intelligenz der Tiere auf.«

»Nun gut, wir werden dennoch mal die Kontaktdaten der Dame notieren. Ist Ihre Mutter zu Hause?«

»Nein, leider nein. Sie ist bei ihrem Hausarzt, ihr Knie macht ihr gerade sehr zu schaffen.«

»Was für ein Handicap hat Ihre Mutter am Knie?«, wollte Herr Schmitt wissen.«

Der Großbauer blickte ihn aus blauen Augen an und kratzte sich am Hinterkopf. Nicht, weil es dort juckte, bestimmt nicht, sondern weil ihm die Antwort peinlich war.

»Tja, ehrlich gesprochen, weiß ich das gar nicht. Das Bein ist halt steif, das Gelenk kaputt, schon lange. Sehr lange.«

»Und Sie haben Ihre Mutter nie …?«

»Gefragt? Sicher habe ich sie gefragt. Schon als kleiner Junge wollte ich wissen, warum andere Mütter beim Sackhüpfen am Schulfesttag mitmachten. Oder warum sie mich nicht zum Schwimmbad fahren konnte. Sie hat es aber nie erzählt, die Frau Mama.«

Sein Zorn darüber war kurz spürbar. Er kickte einen winzig kleinen Stein mit dem Schuh weg und blickte beide Beamte offen an. »Eventuell haben Sie ja mehr Glück. Wenn Sie mit Ihrem Beamtenausweis wedeln oder ihr gar die Handschellen zeigen.« Jetzt blickte er wieder traurig und fragte: »Sind Sie schon weitergekommen? Haben Sie eine Ahnung, was mit meiner Frau passiert ist? Wer kann sie denn nur so gehasst haben?«

Herr Schmitt blieb unangenehm mit seinen Fragen. »Außer einem Verhältnis mit Frau Selin Braun, gab es da noch andere Kontakte?«

Herr Schulze Brinkhoff zuckte, als gäbe es da einen plötzlichen Stachel im Fleisch, und er erklärte langsam. »Ich glaube nicht. Karin hat mir von der Geschichte erzählt und glaubhaft geschworen, dass es nie einen anderen Mann gegeben hat oder gar weitere, äh, Experimente.«

Kemper tat der große Mann leid. Es war sicher nicht einfach, den beiden Männern gegenüber über die Allüren seiner Frau zu sprechen.

»Haben Sie schon mal verdächtige Personen um Ihren Hof schleichen sehen? Wir ermitteln ja nun auch wegen Einbruchs mit Todesfolge, wie Sie sicher schon gehört haben. Einer der Täter kommt aus Rumänien.« Kemper wollte mit dieser Frage keineswegs einen Verdacht gegen die Mutter äußern, doch leider bekam der Bauer da doch etwas in den falschen Hals.

»Meine Mutter hat schon seit zig Jahren keinen Kontakt mehr zu ihrer Heimat. So klein, dass jeder Rumäne jeden Rumänen kennt, ist das Land nicht.«

Herrn Schmitt war nichts unangenehm. »Ja, aber der Täter, den wir in flagranti erwischt haben, kennt ihre Mutter. Er komme aus demselben Dorf, wie er sagt.«

Jetzt wurde der bislang rotgesichtige Mann blass.
»Wie alt ist er denn? Das kann ich kaum glauben.«
»Er ist Mitte vierzig«
»Na, sehen Sie. Meine Mutter hat er kaum kennen können. Sie lebt seit über vierzig Jahren hier. Sie sollten lieber mal herausfinden, warum er so etwas behauptet.«

»Die Frage war berechtigt«, sagte Kemper später zu seinem Chef, als sie zurück ins Revier fuhren.

»Warum erwähnt dieser Einbrecher eine Frau aus seinem Dorf, die lange weg war, als er dort aufwuchs?«

Herr Schmitt nickte und fuhr viel zu schnell durch eine Kurve. Er erwiderte mit spöttischem Unterton: »Wenn die Dame in ihrer Heimat als außergewöhnliche Hexe galt, hat man den Kindern vielleicht viel von ihr erzählt. Und wenn sie nicht gestorben ist, dann lebt sie noch glücklich in Oelde in Westfalen. Das rumänische Volk ist noch immer sehr abergläubisch und erzählt sich viele Geschichten, in denen es von Hexen, Werwölfen und Vampiren wimmelt.«

Mit achtzig Sachen raste der Kommissar ins Dorf hinein und bremste abrupt, als einige Schulkinder mit ihren Ranzen die Straße entlangkamen. Bei seinem Schwung konnte Schmitt ruhig mal einen scharf gezüchteten Dobermann streicheln, das schien Kemper ungefährlicher zu sein als seine Art und Weise, ein Auto zu führen.

Auf dem Revier angekommen, erfuhren sie, dass der festgenommene Rumäne nicht der Mörder von Ilse Bertram gewesen sein konnte. Die alte Frau war in den frühen Morgenstunden erschlagen worden, zu dem Zeitpunkt hatte man den Einbrecher aber bereits in Gewahrsam.

»Dann waren es seine Komplizen«, meinte Kemper. Eigentlich unvorstellbar, dass die einen Kameraden an die Polizei verlieren und dann dreist weiterrauben und sogar morden.«

»Oder gerade darum, die Nerven lagen blank. Vielleicht mussten die Aufträge dringend ausgeführt werden. Hinter solchen Einbrecherbanden stecken oft machtvolle Köpfe.« Herr Schmitt baute sich mitten im Büro auf und erzählte weiter: »Stellen Sie sich vor, Sie sind gerade der Polizei entkommen, ein Kollege hat es nicht geschafft. Sie wissen nicht sicher, ob der redet und Sie verpfeift. Sie müssen noch weitere Brüche in der Nacht schaffen. Und dann wacht auch noch bei einem anderen Einbruch die Besitzerin des Hauses auf, sieht Sie und schreit ganz fürchterlich. Ich finde es nachvollziehbar, dass dann einer die Nerven verliert und zuschlägt. Die Tatsache, dass die Dame mit einem Gegenstand aus ihrem Schlafzimmer umgebracht worden ist, zeigt doch, dass es im Affekt geschehen ist. Unser Rumäne hier kann uns dankbar sein, dass er in diesen Fall von Raubmord nicht hineingezogen wird. Sein Alibi könnte besser nicht sein.« Herr Schmitt hatte, während er sprach, tatsächlich die Hände auf den Rücken gelegt und mit den Fußspitzen gewippt, ganz wie Hercule Poirot. Jetzt drehte er sich auf dem Absatz um und wandte sich zur Tür. »Ich werde unseren verhinderten Einbrecher noch mal nach der Hexe befragen.«

Irgendetwas stimmte an der Theorie von Schmitt nicht, dachte Kemper. Vier Einbrüche in einer Nacht. Welche Bande legte ein solches Tempo vor? Es gab nur eine Erklärung: die Bande musste sich getrennt haben, und sie hatten parallel agiert. Leider weigerte sich der inhaftierte Rumäne, der Casian Barbu hieß, über die Anzahl seiner Komplizen zu reden, über Auftraggeber oder andere Details. Bei der Verhaftung von Barbu hatten sie nur ein Auto davonfahren hören, mit quietschenden Reifen, aber leider ohne Chance, eine Automarke zu erkennen, geschweige denn das Nummernschild. Casian Barbu, allein der Name klang durch und durch nach Spitzbube, fand der Polizist. Vielleicht sollte man ihm deutlicher vor Augen führen, wie sehr seine Komplizen ihn im Stich gelassen hatten. Waren einfach davongefahren, als er hingefallen war.

Kurz entschlossen folgte Kemper dem Kommissar. Als er in dem kleinen, spartanisch eingerichteten Raum ankam, in dem die Verhöre abgehalten wurden, saß Schmitt noch alleine am Tisch und wartete, dass ihm der Gefangene gebracht wurde. Ein leichter Trommelwirbel auf der Tischplatte begleitete sein Warten.

»Darf ich dabei sein und auch ein paar Fragen stellen?«

Schmitt zog die Stirn kraus, der Trommelwirbel wurde stärker, dann lag die Hand flach auf dem Tisch. Der junge Spund wollte ihm doch wohl keine Konkurrenz machen. »Na gut, aber erst, wenn ich fertig bin.«

Der Rumäne war ein Mann, der in den Augen des jungen Polizisten zu viele Haare hatte. Aus dem Hemd ragte eine schwarze Wolle, ein dunkler Schnurrbart saß im Gesicht und die Augenbrauen wirkten wie Balken über den schwarzen Augen, die nun recht grimmig dreinblickten. Am Kopf saßen ebenfalls schwarze, struppige Haare, die tief in die Stirn wuchsen. Was für eine düstere Gestalt. Dazu passten die athletische Haltung und die Muskeln, die sich unter dem Hemd an Brust und Armen deutlich abzeichneten. Sprungbereit stand er im Raum. Ein Gorilla in der falschen Umgebung. Ob diese dunklen Rumänen die Wölfe aus den Karpaten mitgebracht hatten? Der Gedanke kam Kemper spontan, aber er ließ ihn die ganze Zeit während des Gesprächs nicht mehr los.

Schmitt hatte das Mikro eingeschaltet und fragte als Erstes: »Wollen Sie uns nun endlich sagen, wer Sie bei dem Einbruch begleitet hat? Es wird sich auf jeden Fall positiv auf Ihr Strafmaß auswirken.«

Spontan ergänzte Kemper: »Immerhin haben Ihre Komplizen Sie jämmerlich im Stich gelassen.«

Er erntete dafür einen strafenden Blick des Kommissars, der aber gleichzeitig auch zustimmend mit dem Kopf nickte. Casian Barbu zeigte keinerlei Reaktion. An dieser Stelle würden sie nicht weiterkommen. Doch als Schmitt ihn nach der Hexe aus Rumänien befragte, wurde der Mann munter.

»Meine Mutter hat mir von ihr erzählt. Sie war wunderschön, verdrehte dem ganzen Dorf die Augen, aber sie war eine Hexe. Eines Tages musste sie fliehen und ist nach Deutschland gegangen. Meine Mutter war mit dieser Frau eine Zeit lang befreundet, doch dann wurde die immer merkwürdiger.«

»Was meinen Sie damit? Warum nannte man sie Hexe? Und warum musste sie fliehen?«

»Sie konnte jeden Mann dazu bringen, sich in sie zu verlieben. Es war eine Art Liebeszauber, den sie anwandte. Aber nicht nur das. Sie konnte Menschen in Werwölfe verwandeln.«

Kemper hatte seine Gesichtszüge nicht im Griff und verdrehte die Augen, wofür er erneut einen strafenden Blick seines Vorgesetzten erhielt.

»Sie glauben doch in Rumänien nicht tatsächlich an solche Wesen wie Werwölfe, oder?«

Der Rumäne machte sich steif und verschränkte die Arme vor der Brust. »Meine Mutter hat so ein Wolfswesen gesehen. Mit eigenen Augen. Es war noch sehr klein, aber ganz sicher halb Wolf und halb Mensch.«

»Sind Sie wegen Mirela Schulze Brinkhoff hier in dieser Stadt? Hat sie etwas mit den Einbrüchen zu tun? Und warum musste sie aus Rumänien fliehen?«, wiederholte der Kommissar.

»Nein. Ich habe die Frau noch nie gesehen, und ich möchte es auch nicht. Es gab wohl irgendeinen Todesfall, und diese Mirela ist abgehauen.« Der Mann machte ein paar fahrige Gesten in der Luft, der Gedanke daran war ihm unangenehm.

Schmitt beugte sich ein wenig in die Richtung des Rumänen vor. Zwischen ihnen befand sich zwar der quadratische Tisch, aber der Blick des Kommissars bohrte sich in die schwarzen Augen des Rumänen, und er kam ihm sehr nahe. Er sagte: »Sie kommen nach Deutschland, um eine Serie von Einbrüchen zu begehen, und landen ausgerechnet in der Stadt, in der eine alte Bekannte Ihrer Mutter wohnt? Glauben Sie, wir Deutsche sind vom Krautfressen bescheuert geworden?«

Casian Barbu zuckte mit den breiten Schultern. »Ich habe den Ort nicht ausgesucht. Außerdem habe ich nur den einen Einbruch begangen.«

In dem Moment klingelte Schmitts Handy, und er ging dran. Seine Augenbrauen hoben sich, während er zuhörte, dann ging ein teuflisches Grinsen über sein Gesicht. Er steckte das Handy mit dem knappen Wort »Danke« wieder zurück in die Hosentasche. »Ich habe gerade die Information erhalten, dass Sie in Rumänien auch schon wegen Diebstahl und Einbruch im Gefängnis gewesen sind.«

»Ich hatte Hunger. In Rumänien sind viele Menschen sehr arm.«

»Die Sache mit dem Hunger muss sich ja schnell erledigt haben, hier in Oelde bewohnen Sie immerhin ein recht teures Hotel. In Rumänien hatten Sie einen Komplizen namens Marcu Tudor. Wenn ich nach diesem Namen nun in allen Hotels der Umgebung fahnden lasse, werde ich ihn dann finden? Was meinen Sie?«

Kemper staunte nicht schlecht. Der Kommissar war gut.

Der Rumäne aber auch. Er zuckte mit keiner Wimper und blieb völlig gelassen, als er behauptete: »Marcu hat geheiratet und lebt in einem kleinen Dorf in den Karpaten als Schmied. Seine Frau passt höllisch auf, dass er keine krummen Sachen mehr macht.«

»Ja, das sollte man meinen. Aber auch der Einfluss eines Eheweibes ist begrenzt. Wir werden sehen.«

Kemper unterbreitete dem Rumänen zum Schluss noch seine Theorie, wonach sich die Bande getrennt habe und die Einbrüche aufgeteilt worden seien.

Doch Barbu antwortete darauf nur läppisch: »Die anderen Einbrüche haben die Kanaken oder die Polen durchgeführt. Sie tun ja so, als wären wir eine organisierte Truppe gewesen.« Dann wurde er ernsthafter. »Ich bin bei unserem ersten Coup erwischt worden, Sie glauben doch nicht, dass mein Komplize dann einfach weitermacht und noch mehr Pech heraufbeschwört. Der hat sich danach verkrochen und ist mit Sicherheit über alle Berge. Pech für Sie, dass er die Beute dabeihat.«

»Das ist Pech für Sie, wenn Sie nicht reden wollen. Dann sitzen Sie für eine Beute im Knast, mit der Ihr Kollege es sich gut gehen lässt.« In dem herrschaftlichen Haus hatten die Einbrecher einige teure Schmuckgegenstände, Bargeld und Silber mitgehen lassen.

»Es wirkt sich dagegen strafmildernd aus, wenn Sie uns sagen, wer der andere ist und wo wir ihn finden. Helfen Sie uns, die Beute wiederzubekommen, und es soll Ihr Schaden nicht sein.« Schmitt war aufgestanden und machte deutlich, dass der Rumäne wieder in seine Zelle geführt werden könnte, falls er nicht reden wollte.

Das wollte er leider noch immer nicht.

Es dauerte keine zwei Stunden, da hatten sie einen Marcu Tudor als Gast in einer Pension ausfindig gemacht. Leider hatte er am Abend zuvor noch ausgecheckt. Der Pensionswirt bestätigte, dass Marcu Tudor ein Auto besessen habe. Eine Täterbeschreibung von ihm erhielten sie von den rumänischen Behörden, und so wurde er zur Fahndung ausgerufen. Damit hatten sie aller Wahrscheinlichkeit nach zwei der Einbrecher erfasst.

»Es ist wohl sehr unhöflich, wenn ich Frau Mirela Schulze Brinkhoff zum Revier bitte, damit wir sie hier befragen können, oder? Sie könnten sie ja abholen.«

Herr Schmitt stellte diese Frage, als sie beide mit einem Butterbrot und einem Kaffee eine kleine Pause machten.

Kemper kaute, schluckte und antwortete harmlos: »Ach, da können wir schneller eben hinfahren.«

»Ja, aber ... egal.« Schmitt seufzte tief, steckte sein leeres Butterbrotpapier in den Mülleimer und erhob sich.

»Denken Sie doch nur an die leckeren Geschichten aus dem Hofladen, nicht an die Tiere. Ich nehme gerne ein Glas hausgemachte Leberwurst mit.« Der junge Polizist fuhr sich gut gelaunt durch den Haarschopf und schnappte sich den Autoschlüssel eines Dienstwagens. Doch Schmitt schüttelte den Kopf und zeigte auf seinen Schlüssel. Er wollte fahren. Super, dachte Kemper. Eventuell hatte er danach keine Lust mehr auf Leberwurst.

Eike Schulze Brinkhoff öffnete die Tür des Pferdeanhängers und löste den Strick, mit dem er eine junge Ziege festgebunden hatte, während seine Mutter ihm dabei zusah. Die Ziege sträubte sich, als er sie aus dem Anhänger zog. Mirela wollte lieber nicht darüber nachdenken, wie sinnvoll die Anschaffung einer Ziege sei, wenn hier ein hungriger Wolf durch die Gegend streifte.

In Sünninghausen gab es ein paar elegante Einfamilienhäuser, einen Sportplatz und eine alte Kirche. Ansonsten lag der Ort inmitten von Feldern etwa fünf Kilometer von Oelde weg. In der Nähe lag das Naturschutzgebiet Bergeler Wald. Ein Wolf konnte sich tagsüber gut verbergen, trotz der Spaziergänger. Ihr Sohn würde die beiden Ziegen eben sicher im Stall unterbringen müssen. Jetzt, zu Beginn des Winters schlossen sie die großen zweiflügeligen Scheunentüren abends ohnehin. Eine einfache Stalltür bot nicht genügend Höhe für einen hungrigen Wolf. Einige Fohlen hier im Stall waren eine Menge Geld wert.

»Da hast du deine zweite Ziege, Mutter. Aber wohl ist mir bei dem Gedanken nicht. Karin ist tot, und wir schaffen einen Welpen und eine zweite Ziege an, als könnten wir sie damit ersetzen.« Eike Schulze Brinkhoff trat gegen das Rad des Anhängers.

»Das ist Blödsinn, und das weißt du auch. Der Welpe hilft dem Jungen höchstens bei der Trauer. Max lässt uns gerade nicht an sich heran, aber den Hund schon.« Die ältere Frau nahm ihm den Strick ab und streichelte die weiß-braun gescheckte Ziege. Diese beruhigte sich sofort und suchte nach ein paar Grashalmen zwischen den Pflastersteinen auf dem Hof.

Ihr Sohn lehnte sich nun an dem hohen Rad des Anhängers an, verschränkte die Arme und meinte: »Ich versteh es einfach nicht. Jemand hat meine Frau erschlagen. Da gibt es eine Person, die wollte ihren Tod. Das geht einfach nicht in meinen Kopf. Was kann sie denn nur angestellt haben? Weißt du etwas, Mutter? Du musst es mir sagen.« Und trotzig fügte er hinzu: »Die Polizei hat nach deinem Knie gefragt und ich, dein Sohn, konnte dazu nichts sagen. Du lässt mich in meinem Alter noch immer wie einen Deppen dastehen.« Mirela streichelte weiter die Ziege und blinzelte. Jetzt war nun wirklich nicht der richtige Zeitpunkt. Eikes Frau war quasi erschlagen worden, da wollte sie ihm nicht erzählen, dass sie selbst einmal schlimme Schläge hatte einstecken müssen. Damals, als sie eine junge Frau gewesen war. Kurz bevor sie nach Deutschland aufgebrochen war. Sie könnte ihrem Sohn etwas von einem Unfall berichten, ihm irgendeine Geschichte auftischen, doch Mirela log nicht. Sie ließ nur Dinge weg, erzählte sie einfach nicht, wenn sie nicht wollte. Aber Ausflüchte erfinden, sich in eine Lüge retten, das tat sie nie. *Du sollst nicht falsches Zeugnis ablegen wider deinen Nächsten*, so stand es im Alten Testament. Und sie hatte bereits gegen eines der zehn Gebote verstoßen, sich versündigt. Dabei sollte es bleiben. Mirela wusste von einigen Vorkommnissen auf dem Hof, von dem ihr gutmütiger Sohn keine Ahnung hatte. Neulich noch hatte sie eines der Aushilfsmädchen dabei erwischt, wie sie eine Bioschokolade aus dem Laden heimlich eingesteckt hatte. Sie hatte nichts gesagt, aber Nachforschungen angestellt und erfahren, dass dieses Mädchen die Schokolade für eine alte Frau im Seniorenheim geklaut hatte. Dasselbe Mädchen fragte auch oft nach dem Gemüse, das nicht verkauft worden war. Sie brachte dieses Gemüse stets zu einem alten Mann, der alleine in einer armseligen Wohnung am Rande des Dorfes wohnte. Mirela hatte kein Wort über die Schokolade verlauten lassen, aber sie steckte dem Mädchen nach Feierabend so manches Mal eine Süßigkeit zu. Damit sie nicht klauen musste. Mirela hatte sich über die Frau im Heim erkundigt. Sie hatte ihre Familie überlebt und war alt, einsam und arm. Sie bekam so gut wie nie Besuch und war in sich gekehrt. Wenn man sich aber mal zu ihr setzte, bekamen ihre alten Augen einen klaren Glanz, und sie erzählte von den Zeiten, als sie in einer Konditorei in Berlin gearbeitet hatte, die erste Adresse in der Stadt, hatte sie geäußert. Gute Schokolade liebte sie. Mirela wusste auch, dass der Hufschmied die Tierärztin verehrte und sie sogar einmal heimlich mit seinem Handy fotografiert hatte, als sie beide zusammen auf dem Hof zu tun gehabt hatten. Das kam öfter vor, denn die Ärztin vertraute dem Rat des Schmieds, wenn es um Hufprobleme ging. Von der Schwärmerei des Mannes ahnte sie allerdings nichts. Und natürlich wusste die alte Frau auch mehr über ihre verstorbene Schwiegertochter als der eigene Ehemann. Nichts von alledem wollte sie ihm erzählen, schon gar nicht jetzt. Als Mutter musste sie ihn schonen. Nun blickte er sie erwartungsvoll an. Er hatte ihr schließlich gleich mehrere Fragen gestellt.

Zu Hilfe kam Mirela plötzlich ein dunkler Wagen, der viel zu schnell auf den Hof raste. Verdammter Idiot, hier liefen Pferde und Personen herum! Auch Eike runzelte missmutig den Kopf, doch als er den Kommissar mit dessen jungem Begleiter sah, vergaß er jede Ermahnung. »Haben Sie Neuigkeiten?«

Dirk Kemper beobachtete, wie sein Chef vorsichtig aus dem Auto stieg und mit umsichtigem Blick grüßte, da er sah, dass die Ziege erstens recht klein war und zweitens an einem Strick geführt wurde.

Schmitt sagte: »Wir haben ja, wie Sie wissen, eine weitere erschlagene Frau, und dieser Fall könnte den Mord an Ihrer Frau nun in einem anderen Licht erscheinen lassen.«

»Wie meinen Sie das?«

»Der Einbrecher, den wir gefasst haben, behauptet, Sie, Frau Schulze Brinkhoff, zu kennen. Indirekt. Seine Mutter sei mit Ihnen befreundet gewesen.«

Kemper beobachtete, wie das Gesicht von Eikes Mutter erst kreidebleich wurde und sich dann wieder mit einem zarten Rot färbte. Für einen Moment lag Angst in ihren Zügen.

»Wie heißt er?«, fragte die Bäuerin.

»Casian Barbu. Er kommt angeblich aus Ihrem Dorf in Transsylvanien.«

»Ich kannte eine Mariana Barbu, aber das ist lange her, und der Name Barbu ist in Rumänien vergleichbar mit Müller oder Meier in Deutschland.« Schmitt blickte auf die Ziege in ihrer Hand und dann auf Eike Schulze Brinkhoff, der tief in Gedanken zu sein schien. Wenn seine Frau Opfer eines überraschten Einbrechers geworden war, brauchte er sich keine Gedanken mehr über eine persönliche Fehde zu machen. Vielleicht war es leichter, mit einer solchen Erklärung zu leben, als dass jemand sehr gezielt die Ehefrau umgebracht hatte. Schulze Brinkhoff hatte einiges zu überdenken, und Schmitt schlug vor: »Frau Schulze Brinkhoff, können Sie die Ziege nun in den Stall bringen, damit wir uns irgendwo alleine mit Ihnen unterhalten können?«

Das hielt auch Kemper für eine gute Idee, denn er ahnte, dass Mutter und Sohnemann einige Geheimnisse voreinander hatten.

Die ältere Frau nickte nur sparsam und drückte das Seil ihrem Sohn in die Hand. »Wir gehen zu mir«, sagte sie und schritt voran, den Kopf majestätisch erhoben, der altmodische Rock wehte um ihre Beine. Als sie an ihrer Haustür angekommen waren, eine alte Holztür, vor deren kleinem Fenster eine altmodische Gardine hing, drehte sie sich um und fragte an den Kommissar gewandt: »Kriegen Sie das heute hin mit dem kleinen Hund?«

»Er war recht klein und harmlos, oder?« Schmitt versuchte ein Lächeln, das in den Mundwinkeln ein bisschen schräg geriet, aber er lief nicht weg, als der kleine Kerl abwechselnd an ihren Hosenbeinen herumsprang.

Der Fall würde den Chef noch zum Tiertrainer machen, dachte Kemper und betrat die dunkle Wohnung.

»Frau Schulze Brinkhoff, wissen Sie, dass Sie in Ihrer Heimat als Hexe gelten? Noch immer, nach so langer Zeit?« Schmitt kam sofort zur Sache.

»Wenn Sie in Transsylvanien viel Milch trinken oder gerne nachts draußen sind, gelten Sie schon als Werwolf. Sieht jemand in Ihrem Garten eine große Fledermaus, hat er Angst davor, Sie könnten ein Vampir sein. Ich gebe nichts auf dieses Gerede.« Sie streckte ihr Bein aus und legte es auf einen Schemel.

Kemper beobachtete dies und fragte: »Warum erzählen Sie Ihrem Sohn nicht, was mit Ihrem Knie passiert ist?«

»Weil das nur mich und meinen Hausarzt etwas angeht.«

»Das ist in Ihrer Heimat passiert, nicht wahr?«

Jetzt wurde die Dame zornig. »Denken Sie etwa, weil man jemanden für eine Hexe hält, prügelt man dort einfach munter drauflos?«

Der junge Polizist wich zurück. »Natürlich nicht. Ich habe an einen Autounfall gedacht, doch nicht an Prügel.« Allerdings machte ihn dieser Gedankensprung der Frau misstrauisch. Eventuell war Frau Schulze Brinkhoff senior mal ein Opfer übelster Gewaltanwendung geworden. Er dachte an den ängstlichen Ausdruck im Gesicht, als er einen Mann aus ihrer Heimat erwähnt hatte. Erst als sie den Namen gehört hatte, war wieder Farbe ins Gesicht gekommen. Kemper vermutete, dass es da einen Mann aus Siebenbürgen gab, den sie deutlich mehr fürchtete. Spontan fragte er sie nach dem Komplizen und war enttäuscht über ihre Reaktion. »Kennen Sie einen Marcu Tudor?«

»Nein, der Name sagt mir gar nichts.« Er glaubte ihr. Schmitt hakte weiter nach. »Warum sind Sie wirklich aus der Heimat weg?«

Sie zwinkerte ein paar Mal mit den Augen, dachte nach, blieb aber bei ihrer alten Version: »Ich bin mit meiner Mutter nach dem Tod meines Vaters nach Deutschland gegangen, weil wir uns hier eine bessere Zukunft versprachen. Da gibt es kein Geheimnis.«

Beim Abschied fragte sie die Männer: »Glauben Sie wirklich, dass Karin umgebracht worden ist, weil sie einen Einbrecher überrascht hat? Und dann kamen danach ein Hund und ein Wolf vorbei und erledigten den Rest?« In ihrer Stimme klang spöttischer Unglaube.

»Zumindest den Schlag auf den Hinterkopf könnte sie von einem Einbrecher erhalten haben«, äußerte Herr Schmitt vorsichtig und blickte nach draußen auf den Hof, als erwartete er ein durchgehendes Pferd aus jeder Richtung.

»Das ist doch Unsinn.«

Schmitt drehte sich wieder zu der Frau um: »Wenn Sie irgendetwas wissen, was einen Mord an Ihrer Schwiegertochter erklären könnte, sollten Sie uns das sagen.«

»Natürlich«, murmelte sie und schloss die Tür hinter ihnen. Bevor Schmitt den Motor des Autos startete, drehte er sich zu seinem Beifahrer um: »Ich erkenne Angst recht gut, wenn ich sie sehe, und diese alte Lady hat Angst. Etwas in ihrem Blick hat sich verändert, seit unserem letzten Besuch.«

Kemper stimmte ihm zu. »Ich glaube, sie hat Angst vor einem ganz bestimmten Rumänen. Es war weder Casian Barbu noch Marcu Tudor, auf den sie reagiert hat. Ich tippe auf drei oder vier Einbrecher, alle wahrscheinlich Rumänen, davon haben wir zwei identifiziert und einen dritten Namen könnten wir bestimmt von Frau Schulze Brinkhoff erfahren, wenn sie denn mit uns darüber reden würde.«

4. KAPITEL

Dem Polizeipräsidium in Herzebrock-Clarholz näherte sich gegen Mittag eine ältere Dame in adretter Kleidung und mit auffallend schicken Schuhen. Ihr Name war Mechthild Becker, sie war keine regelmäßige Besucherin eines Polizeipräsidiums. Auch heute hatte sie eigentlich nur einen Einkauf geplant. Doch sie hatte dabei eine Geldbörse gefunden, alle Papiere waren noch darin sowie ein paar Zehn-Euro-Scheine. Mechthild Becker wollte lieber keinen direkten Kontakt zu einem fremden Mann aufnehmen und brachte die Börse nun zur nächsten Polizeistation. Sie besaß eine kleine Pension mit drei Zimmern in Herzebrock-Clarholz und hatte daher täglich mit fremden Gästen zu tun, aber das war etwas anderes, fand sie. Sie wollte auch nicht, dass ihr Name genannt wurde oder sie für eine selbstverständliche Geste Finderlohn erhielt. Frau Becker erklärte lediglich, wo sie das Portemonnaie gefunden habe und schaute sich danach noch kurz die aktuellen Fahndungsfotos an. Aus Zeitvertreib. Und weil sie gerne wissen wollte, wie Verbrecher aussehen. Dabei waren das wahrscheinlich gar nicht alles Verbrecher, die da auf dem Plakat zu sehen waren. Manche wurden ja auch als Zeugen gesucht.

Überrascht starrte sie dann auf ein Foto, auf dem sie ihren neuen Gast aus der Pension erkannte. Er wurde offenbar auch gesucht. Ihr Gast war ein netter, gutaussehender Kerl mit einem herrlichen Akzent. Er sei Italiener, hatte er ihr erzählt. Unter dem Foto stand aber, er sei rumänischer Staatsbürger. Der Name passte, Marcu Tudor. So hatte er sich auch bei ihr angemeldet. Was lag denn hier bloß für ein Missverständnis vor? Der Mann hatte sogar im Voraus bezahlt. Wenn er nun tatsächlich gesucht wurde, was stimmte mit ihm nicht? Wurde er vielleicht als Zeuge gesucht? Schade, wenn er nun plötzlich nach Hause zurückmusste, ob das nun Rumänien oder Italien war, müsste sie ihm das Geld zurückzahlen. Aber wie war das, wenn er verhaftet wurde? Sozusagen auf Staatskosten in einer Unterkunft schlief? Dann wäre das doch sicher etwas anderes, und sie könnte das Geld vielleicht behalten.

Kurz entschlossen drehte sie sich so abrupt um, dass ihr der Mantel über die Schulter rutschte und den Blick freigab auf ein marinefarbiges Shirt. Mechthild Becker war ein wenig üppig geworden, aber ihre Bewegungen zeigten dennoch eine gewisse Eleganz. Das kam von ihrer Ausbildung. Sie hatte mal eine Tanzschule geleitet. Sie schob den Mantel zurück und sprach den Beamten an, der am Schreibtisch saß und eine Akte durchblätterte. Dabei trank er Kaffee aus einer bunten Kindertasse. »Hören Sie, dieser Mann ist bei mir in der Pension zu Gast. Aber er ist Italiener und nicht Rumäne.«

Der Beamte sah auf, und da Mechthild Becker mit dem Zeigefinger wahllos in Richtung Plakat zeigte, stand er interessiert auf. »Ein Mann, den wir suchen, befindet sich in Ihrer Pension? Wer ist es?«

Sie ging zur Wand und tippte mit dem Finger drei Mal auf das Gesicht von Marcu Tudor. »Der ist es. Aber finden Sie nicht, dass der Name italienisch klingt, Marcu?«

»Kleinen Moment, bleiben Sie bitte hier, ich muss das überprüfen.« Er tippte einiges in seinen Rechner und las sich durch, was an Informationen zur Verfügung gestellt wurde. Dann lachte er kurz. »Das ist ganz sicher ein Rumäne. Oder glauben Sie, ein Italiener fährt nach Transsylvanien, um dort in Häuser einzubrechen?«

»Wieso einbrechen? Wird er deshalb gesucht?«

»Warum er aktuell gesucht wird, darf ich Ihnen nicht sagen, aber in seiner Heimat saß er wegen Einbruchs im Gefängnis.«

Langsam führte sie eine Hand zum Mund und riss die Augen auf. Es dauerte einen Moment, bis sich seine entscheidende Schlussfolgerung aus dem, was der Beamte gerade gesagt hatte, vollumfänglich in ihrem Bewusstsein angemeldet hatte: Der konnte ja jetzt ihre ganze Wohnung leer räumen! Dabei hatte der junge Mann einen stillen, eher melancholischen Eindruck gemacht. Das war kein Draufgänger.

»Bleiben Sie bitte noch hier, ich muss mit der zuständigen Dienststelle in Oelde telefonieren.« Das tat er dann auch, aber im hinteren Teil des Büros und so, dass Mechthild Becker nichts davon mitbekam. Dafür schob sich ein junger, schlaksiger Polizist nach vorne, um aufzupassen, dass sie nicht einfach die Wache verließ.

Nichts lag der Dame ferner. Sie würde sich doch nicht in die Höhle eines rumänischen Einbrechers begeben, auch wenn es streng genommen ihre eigene Höhle war. Der würde ihr an der Nasenspitze ansehen, dass sie ihn verraten hatte. Nein, sie würde nur mit Polizeischutz nach Hause fahren. Die Einkäufe würden warten müssen.

Eine halbe Stunde musste sie dann ausharren. Sie bekam einen Tee angeboten und wurde sehr höflich behandelt. Schließlich blickte sie einem älteren Herrn mit deutlichem Hüftspeck und einem jüngeren, blonden Mann mit athletischer Figur entgegen. Schmitt und Kemper waren so schnell wie möglich in das Nachbarörtchen gefahren und sprachen nun erst mit dem Personal der Wache. Danach stellten sie Frau Becker eine Menge Fragen auf einmal. Wie der Rumäne sich ihr gegenüber verhalten habe. Ob er ihr Fragen gestellt habe. Ob er Besuch erhalten habe während seines Aufenthaltes. Welche Kleidung er trage. Wann und wie lange er sein Zimmer verlassen habe. Ob er häufig telefoniere.

Ihr schwirrte der Kopf. Auf solche Dinge achtete sie doch nicht bei ihren Gästen. Schließlich stampfte sie mit dem Fuß auf und schimpfte: »Nun fahren Sie halt hin und fragen Sie den Mann doch selbst. Ich werde dafür bezahlt, dass ich ihm ein bequemes Bett und ein anständiges Frühstück liefere.«

»Das machen wir. Wir fahren jetzt gemeinsam zu Ihrer Pension.«

Mit mehreren Dienstwagen fuhren sie dann zu ihrer bescheidenen Pension, die nur wenige Kilometer entfernt lag. Das Haus, ein altes Fachwerkhaus, machte auf die Beamten einen sympathischen Eindruck. Vor dem Haus gab es zwei Buchsbaumbüsche und eine gemütliche Bank. Die blau-weißen Gardinen in den Fenstern vermittelten eine freundliche Atmosphäre, und ein Schild zeigte an, dass noch zwei Zimmer frei waren. Das Haus von Frau Becker tauchte auf keiner Internetseite auf, nur im Telefonbuch. Für sie war es ein kleiner Zeitvertreib und ein nützliches Taschengeld zuzüglich zur Rente. Im Winter standen leider schon mal alle drei Zimmer leer, aber im Frühjahr und Sommer beherbergte sie oft Fahrradfahrer. Einen Einbrecher hatte sie wahrscheinlich noch nie bei sich wohnen gehabt. Und ein ganz klein wenig genoss Mechthild Becker gerade den Rummel. Sie hatte beim Kartenspiel nun einiges zu erzählen.

Das Haus wurde von Beamten umstellt. Der Kommissar und sein jüngerer Begleiter ließen sich von Mechthild Becker das Zimmer zeigen, nachdem diese bestätigt hatte, dass das Auto des Gesuchten im Hof stehe. Bevor die beiden Männer anklopften, baten sie die Frau, sich in ihre Wohnung zu begeben. Enttäuscht schritt sie den Flur entlang, auf dem ein dünner, gemusterter Teppich jeden Schritt dämpfte. Sie ging aber nur bis zur nächsten Ecke und lauschte. Das Gespräch wollte sie sich nicht entgehen lassen. Eventuell wurde er ja auch sofort verhaftet.

Und plötzlich ging alles sehr schnell. Man hörte das laute Klopfen an die Tür, dann wurde diese aufgerissen. Den Überraschungsmoment nutzend, rannte Marcu Tudor unverhofft aus seinem Zimmer, schlug mit einer großen Tasche nach den Beamten und kam auf Frau Becker zugestürmt. Abrupt stoppte er seinen Lauf, als er seine Wirtin erkannte, und fasste nach ihrer Schulter. Ehe sie sich versah, hatte sie einen rumänischen Einbrecher am Hals, eine Waffe an der Schläfe und zwei extrem zornige westfälische Beamte im Flur vor sich stehen. Vom Zuschauer zur tragischen Hauptfigur in wenigen Sekunden, dachte Mechthild Becker und starrte ergriffen auf das Muster ihres Teppichs. Blaue und graue Rauten, durchzogen mit einem roten Faden, der ihr nie so aufgefallen war. Sie hatte immer gedacht, der Teppich wäre grau-blau. Eventuell würde ja gleich noch mehr Rot dazukommen. Dann würden ihre Freundinnen beim Kartenspiel auch viel Gesprächsstoff haben, nur leider ohne sie. Gestern noch hatten sie sich über den Wolf in der Gegend das Maul zerrissen. Und über die tote Bäuerin. Oelde lag ja nicht weit weg von Herzebrock-Clarholz. Sie selbst hatte sich über die Anwesenheit des Wolfes gefreut, aber ihre drei Freundinnen hatten sich geschüttelt und erklärt, dass sie nie wieder neue Schuhe in Oelde kaufen würden. Als wenn Isegrim durch die kleine Fußgängerzone von Oelde laufen würde, um ein paar alte Damen anzuknabbern.

Bei dem Gedanken, dass die arme Bäuerin ja nicht Bissspuren eines Wolfes besessen hatte, sondern in erster Linie brutal niedergeschlagen worden war, lag die Frage nicht weit, ob sie, Mechthild Becker, nicht etwa den Täter beherbergt hatte. Und ihr fiel unglücklicherweise ein, dass auch noch eine weitere Frau von einem Einbrecher erschlagen worden war. Jetzt hörte das Abenteuer auf, und sie bat leise: »Bitte helfen Sie mir doch.«

Der Kommissar blieb relativ gelassen, während der junge Polizist mit der Hand mehrfach zuckte, als wollte er seinerseits zur Waffe greifen. Schmitt äußerte: »Herr Tudor, bislang habe ich Sie nur nach Ihrem Alibi in der Nacht von Montag auf Dienstag und von Donnerstag auf Freitag fragen wollen. Doch nun muss ich annehmen, dass wir auf der richtigen Spur sind.«

Der Rumäne lachte laut auf, es dröhnte in Mechthilds Ohren. »Sie kommen mit vier Einsatzfahrzeugen her, umstellen das Haus dieser Frau, nur um mich nach meinem Alibi zu fragen? Sie haben Ihr Urteil doch bereits gefällt.«

»Haben wir recht?«

»Ich werde jetzt unversehrt zu meinem Auto gehen und abfahren. Das Weib lasse ich am Ortsausgang frei.« Er machte drei Schritte rückwärts und zog seine Wirtin mit sich. Unter Protest. »Ich fahre nirgends mit Ihnen hin«, äußerte sie tapfer, während ihre Augenlider flatterten. Der Rumäne blieb unbeeindruckt und zerrte sie weiter mit sich. Die beiden Beamten folgten dem ungleichen Paar in gebührendem Abstand. Kurz bevor sie am Auto angelangt waren, ließ Frau Becker sich einfach fallen. So, als würde sie eine Ohnmacht bekommen. Sie blieb liegen, da konnte Marcu Tudor zerren und reißen, wie er wollte. Da er mit der Waffe noch immer auf den Kopf der Frau zielte, wagte keiner den Zugriff. Von seinem Auto war er nur eine Armlänge entfernt. Und so wagte Tudor den Sprung hinein. Doch sobald er mit seiner Waffe keine unmittelbare Gefahr mehr für Frau Becker war, schossen mehrere Beamte in die Reifen und ein Weiterkommen war aussichtslos. Kurz sah es so aus, als würde der Mann, in die Enge getrieben, wild um sich schießen. Doch Marcu Tudor warf seine Waffe schließlich aus dem Fenster seines Autos. Er gab auf. Der zweite Einbrecher einer rumänischen Bande war gefasst.

Er würde hoffentlich mehr reden als sein Komplize Casian Barbu, dachte Kommissar Schmitt, als sie aus dem Örtchen Herzebrock-Clarholz herausfuhren. Frau Becker war gleich nach der Verhaftung aufgestanden und hatte mit ihrer Vorstellung gezeigt, wozu Frauen aus der Nachkriegsgeneration in der Lage waren. Natürlich hatte sie sich erst selbst in die gefährliche Lage gebracht, da sie den Anweisungen des Kommissars nicht gefolgt war. Aber man hatte es ihr zu verdanken, dass nun ein weiterer Einbrecher dingfest gemacht worden war. Im Auto wurden Wertgegenstände aus zwei Wohnungseinbrüchen sichergestellt. Ein Teil der Beute gehörte zu dem Haus, in dessen Nähe man Casian Barbu festgenommen hatte. So waren zwei Einbrüche aufgeklärt und zwei Täter gefasst. Die Beraubten würden sich über die gute Polizeiarbeit freuen. Den Totschlag an Ilse Bertram, sowie die beiden anderen Einbrüche konnten sie dem Festgenommenen nicht nachweisen. Es musste noch mindestens zwei weitere Komplizen geben, da waren sich Schmitt und Kemper einig. Worin sie sich nicht einig waren, das war die Meinung zu großen Hunden im Allgemeinen und Rottweilern im Speziellen. Die Laboruntersuchung hatte ergeben, dass der erschlagene Rottweiler, den das kleine Mädchen im Wald entdeckt hatte, tatsächlich zu den Spuren passte, die man am Hals der armen Karin Schulze Brinkhoff gefunden hatte.

»Diese Hunde sind potentielle Killermaschinen. Die gehören doch nicht in eine Kleinstadt.« Schmitt tupfte sich den Schweiß von der Stirn. Es war an diesem Tag unnatürlich warm für November, und im Büro stand die Heizungsluft. Er öffnete ein Fenster. Sie hatten gerade eine Teamsitzung beendet, in der einige Aufgaben zum Mordfall und zu den Einbrüchen verteilt worden waren. Eine Zusammenarbeit mit den rumänischen Behörden stand an, und die Spurensicherung suchte noch nach Hinweisen in den betroffenen Wohnungen. Handschuhe trugen alle Einbrecher, aber mitunter verloren sie ein Haar, hinterließen Fußabdrücke oder Stofffetzen.

In den Medien schienen die Rumänen die Aufmerksamkeit auf sich und vom Wolf abgelenkt zu haben. Entweder war Isegrim nur auf der Durchreise gewesen oder er ernährte sich vom heimischen Wild, statt sich Vieh von den Bauern zu klauen. Bislang gab es keine weiteren blutigen Vorkommnisse.

Tillmann saß vor seinem riesigen Schreibtisch und sah die Post durch, die Frau Hering ihm schon Stunden zuvor dorthin gelegt hatte. Auch ein Bürgermeister bekam viele Rechnungen. Darüber hinaus gab es Anträge, Ausschreibungen, Schmähbriefe und Werbebriefe. Nichts, was ihn an diesem Freitagmorgen reizte. Er wollte sich auf ein Wochenende mit seiner Frau freuen. Und als hätte seine Britta diesen Wunsch geahnt, stand sie nach einem kurzen Klopfen mit erhitztem Gesicht in seinem Büro. Sie trug ein grasgrünes Kleid mit roter Borde, das ihr ausgezeichnet stand. Ein paar Strähnen ihres braunen Haares hatten sich aus der Haarspange gelöst, und ihr Mund mit dem rosafarbenen Lippenstift lächelte ihn stolz an. Sie wedelte mit ein paar Zeitschriften.

»Schau, Karsten, ich habe einige davon wiedergefunden. Sie lagen in einer Schublade vom Wohnzimmerschrank, vergraben unter meinem Strickzeug vom letzten Winter. Mit dem Pullover bin ich ja irgendwie nicht recht weitergekommen.«

Tillmans Gesicht war ein einziges Fragezeichen. Es fehlte nicht viel und die Spitzen seines Schnurrbartes hätten sich nach oben gereckt. Die dunkelbraunen Augen blickten sie verdutzt an. »Wieso freust du dich über ein paar Zeitschriften mit uralten Nachrichten?« Es kam öfter vor, dass er seine Frau nicht verstand.

»Weil hier drin die Kolumnen von Karin Schulze Brinkhoff zu lesen sind. Ich habe dir doch erzählt, dass sie ab und an für eine Zeitschrift geschrieben hat und dabei recht bissig sein konnte. In einem Artikel hat sie sehr scharf einen hiesigen Mastbetrieb verurteilt. Lies nur mal.« Britta legte ihre Handtasche ab und suchte das richtige Heft heraus, wobei ihr erst einmal alle Zeitschriften auf den Boden knallten. Sie bückte sich und stieß beim Hochkommen an die Kante seines wuchtigen Schreibtisches. »Autsch verdammt, nun hilf mir doch mal, Karsten.« Sie rieb sich vorsichtig den Hinterkopf, um die Frisur nicht zu verwüsten, und blickte ihren Mann vorwurfsvoll an. Dann knallte sie ihm die Hefte auf den Tisch und blätterte eins davon durch. »Hier, das ist der Artikel. Lies. Eventuell hat sich Frau Schulze Brinkhoff in der Region Feinde gemacht.«

Tillmann griff sich die Zeitschrift und überflog einen Artikel, der die ketzerische Überschrift trug: *An diesem Steak klebt großes Leid.* In dem Text ging die Ermordete hart mit einem Schweinemastbauern ins Gericht. Mit spitzer Feder beschrieb sie, welche Persönlichkeit wohl hinter einem Züchter steckte, der kranke Tiere verenden ließ, Schweine mit entzündeten Klauen in engen Ställen stehen ließ und den armen Tieren eine Luft zumutete, die den erlaubten Ammoniakgehalt weit überstieg. Es gab sogar ein Foto dazu, das sicherlich heimlich aufgenommen worden war. Darauf waren viele Schweine auf engem Raum zu sehen, einige lagen und wurden getreten, andere wiesen entzündete Beine auf. *Wer geht durch einen solchen Stall, ohne Mitleid für die Kreaturen zu empfinden, mit denen er sein Geld verdient? Wollen wir einem solchen Menschen für sein Fleisch Geld geben?*, fragte sie am Ende des Artikels.

Tillmann blickte auf das Datum der Zeitschrift. Sie war von März. Natürlich war der Besitzer des Mastbetriebs schweinesauer gewesen, das konnte man sich ja denken. Aber warum sollte er ein halbes Jahr später Rache an der Autorin des Artikels nehmen? Dennoch, er würde den Artikel Kommissar Schmitt überlassen. Es war vielleicht eine Spur.

Seine Frau hatte sich mittlerweile einen Stuhl herangezogen und saß ihm gegenüber. Sie blätterte in einem zweiten Heft. »Die anderen Artikel sind etwas allgemeiner gefasst. Mal kommentiert sie eine politische Entscheidung oder hier, der ist lustig, da beschreibt sie das übereifrige Engagement einiger Landfrauen, das dann häufig nach hinten losgeht.«

»Hat sie in den neueren Ausgaben auch etwas geschrieben?«, fragte Tillmann.

»Das weiß ich nicht, ich habe ja nur diese Hefte. Ich habe mir danach die *Landlust* gekauft. Die haben so tolle Rezepte. Erinnerst du dich noch an die Lammpastete, die ich gemacht habe? Die kam aus der *Landlust*.« Seine Frau nickte wichtig, während Tillmann an größere Probleme dachte.

Nun gut, ob es aktuelle Kolumnen gab, in denen Karin Schulze Brinkhoff andere in Misskredit gebracht hatte, konnte die Polizei selbst herausfinden. Er griff zum Hörer und rief Kommissar Schmitt an, mit dem ihn eine gewisse Freundschaft verband. Tillmann war mit der Ehefrau von Schmitt um einige Ecken verwandt, und man hatte sich auf so mancher Familienfeier getroffen. Leider war Helga Schmitt im Jahr zuvor nach einem kurzen, aber heftigen Krebsleiden verstorben. Seitdem wurde Schmitt etwas schrullig, fand der Bürgermeister. Doch er mochte ihn, und die beiden Männer tauschten sich häufig aus.

Nachdem er ihm erklärt hatte, worum es ging, schlug er vor: »Ich lege dir den Artikel auf das Faxgerät, er ist nicht sehr lang. Du solltest dich auch nach neueren Artikeln erkundigen. Die Dame schrieb mutig und undiplomatisch. Schon möglich, dass sie jemandem deutlich zu nahe getreten ist. Frag einfach in der Redaktion nach, das Impressum der Hefte lege ich dir auch aufs Fax.« Tillmann machte eine Pause und blickte zu Britta. »Komm doch die Tage mal zum Essen zu uns. Ich frage Britta, ob sie für uns kocht. Was sagst du? ... Gut, Montagabend, abgemacht.«

Britta klatschte in die Hände und strahlte ihn mit ihren kindlich wirkenden Augen an. »Ich habe euch also geholfen, nicht wahr? Klar bekommt ihr ein leckeres Essen von mir. Das wird dem Schmitt guttun. Immer alleine zu essen, muss doch schlimm für ihn sein. Und dann kann er mir etwas von den Ermittlungen erzählen.«

»Ja, das war ein sehr kluger Gedanke von dir. Schmitt wird sich freuen. Und jetzt ab durch die Mitte, ich muss arbeiten, Schatz.«

Kommissar Schmitt freute sich verhalten, denn nun durfte er einen weiteren Viehhändler befragen. Er nahm den Artikel ernst genug, um mit dem Betreiber des Mastbetriebes darüber zu reden. In diesem Fall gab es nur einfach zu viele Tiere. Ob er Dirk Kemper alleine hinschicken konnte? Er selbst würde dann mit der Redaktion der Zeitschrift reden und nach neueren Artikeln fragen. Schmitt war angenehm überrascht. Das hätte er Britta Tillmann gar nicht zugetraut, dass sie so weitsichtig war, sich an die Kolumnen zu erinnern. Er mochte die Frau seines Freundes, aber sie kam ihm immer etwas naiv vor. Ihr fehlte in Diskussionen oft der größere Blick für die Dinge, wie er fand.

Schmitt rief bei der Redaktion der Zeitschrift an und bat darum, dass man ihm sämtliche Kolumnen von Karin Schulze Brinkhoff heraussuchen möge. Schmitt hoffte nun, dass Kemper etwas in Erfahrung brachte.

Leider hatte der Rumäne Marcu Tudor nur das zugegeben, was sie ohnehin schon wussten. Er und Casian Barbu hätten die beiden Einbrüche begangen. Da gäbe es nichts zu leugnen, schließlich hätten die Beamten die Beute ja sichergestellt. Von anderen Einbrüchen oder gar einem Mord distanzierte er sich genauso wie sein Kollege. Er würde doch niemanden umbringen. Man solle sich schließlich an seine Verhaftung erinnern. Er hätte sich den Weg freischießen können, aber er habe lieber aufgegeben, als jemanden zu verletzen. Schmitt schnaufte in Erinnerung an das Verhör. Jetzt sollten sie diesem Halunken auch noch dankbar sein, oder wie?

Marcu Tudor war anders als sein Komplize Barbu. Er war smart, charmant, trug seine dunkelbraunen Haare ordentlich geschnitten. Das Gesicht war glatt rasiert und seine grauen Augen mit den schön geschwungenen Brauen konnten so harmlos blicken, wie die eines braven Messdieners. Tudor war tatsächlich verheiratet, nur dass seine arme Gattin nun eine Zeit lang ohne seine finanzielle Unterstützung auskommen musste. Abgehalten habe sie ihren Mann keineswegs von seinen Raubzügen, wie Casian Barbu behauptet hatte.

Schmitt hatte auch nicht immer auf seine Frau gehört. Heike hatte ihm schon vor Jahren geraten, etwas gegen seine Tierphobie zu tun. So etwas stehe einem Kommissar nicht gut zu Gesicht, hatte sie ihn immer gemahnt. Schon gar nicht in Oelde, wo es viele Bauern, Hunde und Schafe gab. Seine Frau hatte ihm sogar mehrfach vorgeschlagen, einen Welpen anzuschaffen. Der würde dann ganz langsam größer werden und Schmitt würde ihn lieben lernen. Als sie krank wurde, hätte er sich jedes Tier angeschafft, das sie haben wollte. Aber da hatte Heike keine Kraft mehr dazu gehabt. Ihm kam ein schräger Gedanke. Wenn er sich nun einen Hund anschaffen würde und damit zu ihrem Grab promenieren würde, ob er sich dann wohl besser fühlte? Ihr näher? Der kleine Welpe von Frau Schulze Brinkhoff senior hatte ihm beim zweiten Besuch ja auch nichts mehr ausgemacht.

Schmitt musste müde lächeln. Als wenn er sich einen Hund anschaffen würde. Was sollte das für einer werden? Eine kleine Trethupe, über die sich dann alle Mitarbeiter noch mehr lustig machten? Und das arme Tier konnte ja auch kaum ständig alleine in der Wohnung bleiben.

In dem Moment trat einer seiner Mitarbeiter ins Büro und meldete: »Der Waldkindergarten bat um Unterstützung. Irgendwelche Wolffans belagern den Bauzaun, haben Kameras aufgebaut und befragen ohne Erlaubnis die Kinder nach Wölfen und anderen Tieren. So haben sie auch herausgefunden, dass ein Mädchen den toten Rottweiler gefunden hat. Soll ich hinfahren?« Die Frage wurde müde gestellt, der Beamte hatte keine große Freude daran, eine Schar Wolfsbegeisterter von einer Horde Kinder zu trennen.

»Nein, ich schicke Dirk Kemper hin, der kennt mittlerweile die Betreuerinnen und ist eh gerade in der Gegend unterwegs. Danke.«

Er rief den jungen Polizisten auf seinem Diensthandy an und fragte, wo er sei. »Auf dem Rückweg. Ich bin in zehn Minuten im Büro.«

»Nein, bitte seien Sie in zehn Minuten im Waldkindergarten.« Schmitt beschrieb ihm die Probleme, die dort gerade herrschten, und konnte förmlich sehen, wie sein junger Mitarbeiter die Augen verdrehte.

Und richtig. Kemper meinte trocken: »Kindergärtnerinnen gehören nicht gerade in mein Beuteschema. Die regen sich immer gleich so auf. So gut kann man gar nicht auf das achten, was man sagt. Ich jedenfalls nicht.«

»Nun, Sie müssen die Damen ja nicht mit nach Hause nehmen, Sie sollen nur den Mob vertreiben, der da rumlungert. Stellen Sie sich vor, was los ist, wenn eine Mutti ihr Kind in einem Facebook-Video erkennt. Was hat Ihr Besuch bei dem Mastbetrieb ergeben? Könnte er unser Täter sein?«

»Könnte er. Was für ihn spricht, ist die Tatsache, dass er ein aalglatter Typ ist, der sicher klug genug wäre, eine ganze Zeit zwischen Artikel und Mord vergehen zu lassen. Die tote Ziege hat ihn dann eventuell auf die Idee gebracht, sich endlich zu rächen. Der Typ sieht aus wie ein texanischer Rancher, der nicht nur seinen schweren Sattel alleine tragen kann. Ich wundere mich, was Frau Schulze Brinkhoff sich getraut hat. Er besitzt einen Hundezwinger, aber keinen Hund, was ebenfalls für ihn spricht. Angeblich sei sein Hund vor ein paar Wochen verstorben, ein Schäferhund. Die Nachbarn sagen, der Bauer habe ständig irgendwelche Hunde, die er dann weitervermittle. Schade ist nur, dass er ein Alibi besitzt. Er war vor ein paar Tagen wegen einer Gallenkolik im Krankenhaus. Von dort kann man zwar auch heimlich weg, aber es ist unwahrscheinlich. Ansonsten hat er sich natürlich herausgeredet. Das Foto sei ein Fake. Die Frau Schulze Brinkhoff habe ihn verleumdet, nur damit mehr Leute ihre Bioprodukte kaufen würden. Der Artikel sei eine verdeckte Werbung für ihren Hof gewesen. Er habe nur deshalb von einer Klage abgesehen, weil er dafür keine Zeit und kein Geld übrig gehabt habe. Im Übrigen seien seine Tiere gesund, in den Stall lassen wollte er mich aber nicht, wegen der Infektionsgefahr, sagte er.«

»Stinken Sie jetzt sehr nach Schwein? Dann fahren Sie besser erst nach Hause, bevor Sie ins Büro kommen.«

»Nein, gar nicht, so nah bin ich dem Betrieb ja nicht gekommen. Ich war nur im Büro des Bauern. So, ich muss Schluss machen, bin gleich da. Bis später.«

Schmitt stand auf, ging zu einer großen Tafel und begann, alles an Informationen stichwortartig aufzuschreiben, was er bislang zu den Morden und den Einbrüchen hatte. Als er einen Pfeil von den rumänischen Einbrechern zur Bäuerin Mirela Schulze Brinkhoff zog, fiel ihm etwas ein. Ihm wurde ganz heiß, weil er bislang etwas Wichtiges versäumt hatte.

Der Waldkindergarten hatte vieles von seinem optischen Charme eingebüßt, denn ein Bauzaun war doch ein auffälliger und nachhaltiger Eingriff in das sonst offene Gelände. Kemper schloss die Wagentür des Dienstautos und ging die wenigen Schritte bis zu den Hütten des Waldkindergartens. Es roch gut, fand er, nach Winter und nach Waldboden. Stimmen und Kindergesang mischten sich mit dem Krächzen einer Krähe. Und ehe Kemper sich versah, kam eine Frau in Leinenhose und Strickpullover auf ihn zugerannt und streckte ihm ein Mikrofon entgegen. »Können Sie uns sagen, wie viel Wolfssichtungen wir bislang im Umkreis haben? Wurde tatsächlich einer hier beim Kindergarten gesehen?«

Mit einer harschen Bewegung wehrte er das Mikrofon ab und teilte der kleinen Gruppe – mittlerweile waren noch zwei junge Männer hinzugetreten – mit: »Wenn Sie nicht augenblicklich dieses Gelände verlassen und aufhören, kleine Kinder zu befragen, bekommen Sie gleich eine Anzeige von mir.«

Die junge Frau lachte ihn keck an und sagte: »Wissen Sie denn nicht, wie besonders es ist, dass ein Wolf hier in Nordrhein-Westfalen auftaucht? In einem so dicht besiedelten Bundesland? Freuen Sie sich doch mit uns. Wir wollten von den Kindern nur hören, wie das Tier sich gegenüber Menschen verhalten hat. Das ist extrem wichtig für unsere Studien.« Mit einem entwaffnenden Charme streckte sie ihm die Hand entgegen und stellte sich vor: »Ella Hausner, Soziologin und Mitarbeiterin beim NABU, außerdem Wolfsbeauftragte.«

»Wolfsbeauftragte? Gibt es jetzt extra Berufsgruppen für Isegrim? Ich lach mich tot.«

»Machen Sie das nur. Das stört weder mich noch die Wölfe.« Sie legte den Kopf schräg, und er blickte in ihre grünen Augen, die so interessante, braune Sprenkel besaßen. Ihr blondes Haar trug sie in einem einfachen Pferdeschwanz. Sie war schlank, leicht gebräunt, als käme sie aus einem Urlaub im Süden. Die Kindergärtnerin, die nun erbost an den Bauzaun trat, war dagegen klein, etwas rundlich und Mitte fünfzig. Ihre Mundwinkel hingen gerade stark herab. Sie besaß zwar ebenfalls recht schöne Augen, strahlend blau, aber der ganze Gesichtsausdruck war mürrisch. Ein echter Gewissenskonflikt, fand Kemper. Wem sollte er helfen?

»Nun schicken Sie die Leute endlich weg. Die machen ja die Kinder ganz wild.« Die Erzieherin fuchtelte mit ihren Armen in der Luft herum. Das kannte er andersherum, Kinder raubten doch wohl eher den Erwachsenen die Nerven. Schon wesentlich freundlicher als zu Beginn der Begegnung bat er Ella Hausner: »Sie müssen sich nun dem Willen der Kindergärtnerinnen beugen. Sie tragen die Verantwortung hier. Es ist immer eine ungeschickte Art, die Leute so zu überfallen. Sie hätten sich ja auch einen Termin geben lassen und freundlich nachfragen können.«

Ella Hausner guckte ihn verdutzt an. Vor lauter Begeisterung für das Thema Wolf hatte sie mit ihrem Engagement übertrieben. Das wurde ihr augenblicklich klar. Sofort änderte sie ihre Taktik. »Sie haben recht, es war ungeschickt von uns. Darf ich morgen mal zu Ihnen ins Büro kommen und ein paar Dinge abfragen?« Ihre Begleiter, zwei auffallend dünne Männer, packten daraufhin ihre Sachen zusammen und gingen zum Parkplatz zurück. Das Sagen hatte Ella Hausner. Ihr Mikrofon drückte sie einem der Männer in die Hand.

»Über das Meiste darf ich Ihnen gar nichts erzählen, da es zu einem Mordfall gehört.« Kemper machte ein wichtiges Gesicht.

»Und das Wenige, das übrig bleibt, reicht mir eventuell. Bitte. Morgen um elf Uhr? Es ist doch die Polizeistation am Hermann-Johenning-Platz, oder?«

»Morgen ist Samstag.«

»Bitte.«

»Warten Sie mal kurz hier«, sagte Kemper und verschwand durch den behelfsmäßigen Eingang hinter den Bauzaun. Er guckte sich nach der jüngeren Erzieherin namens Susanne um und trat zu ihr. »Entschuldigung, die Leute dort sind harmlos. Frau Hausner ist eine Wolfsbeauftragte und untersucht das Verhalten der Wölfe in Reaktion auf die Menschen. Sie haben den Wolf doch kurz gesehen. Können Sie ihr nicht ein paar Sätze dazu sagen? Sie würde sich wirklich freuen. Sie verschwinden auch sofort wieder.«

Diese Frau zeigte mehr Verständnis und Freundlichkeit. Sie nickte und ging mit ihm. Die ältere Kollegin blickte ihr verärgert hinterher.

Ella Hausner sprach mit der jungen Erzieherin, der man ansah, wie sehr sie die Begegnung mit dem Wolf positiv beeindruckt hatte. Sie strahlte beim Erzählen und wirkte ohne die Kinderschar im Schlepptau richtig nett, fand Kemper.

»Es hat übrigens noch eine Person gegeben, die den Wolf gesehen hat, er ist der Nachbar meiner Eltern, daher weiß ich davon.« Susanne erkundigte sich auch nach der Arbeit eines Wolfsbeauftragten und der Einstellung vom NABU zum Thema Wolf. Zum Schluss fragte Ella Hausner sie nach dem Namen der Person, die den Wolf nachts bei einer Autopanne gesehen hatte.

»Bernhard Ziegel, er wohnt auch in Sünninghausen.«

Bernhard Ziegel war der Polizei im Ort gut bekannt, und Kemper hätte beinahe durch die Zähne gepfiffen. Wenn er nicht selbst die gerissene Ziege gesehen hätte, die eindeutig von einem Wolf getötet worden war, würde er davon ausgehen, dass der Mann mal wieder zu tief ins Glas geschaut hatte. In eine Polizeikontrolle durfte Bernhard Ziegel nach seinen Kneipenbesuchen nicht geraten. Der junge Polizist verabschiedete die Truppe und wartete so lange am Kindergarten, bis der Wagen der drei vermeintlichen Belagerer abgefahren war. Ella Hausner drehte sich im Auto noch mal nach dem gut aussehenden Beamten um, doch das sah er nicht mehr.

Der dicke Pferdeanhänger von Eike Schulze Brinkhoff schaukelte hinter seinem dunkelblauen VW her und folgte schwer beladen dem Wagen auf die Hauptstraße. Ein Pferd musste wegen einer Hufrehe in die Tierklinik nach Telgte. Jetzt befand sich nur noch Klaus Drechsler auf dem Hof sowie eine Angestellte im Hofladen und Mirela Schulze Brinkhoff, die auf dem Hof stand und ihrem Sohn hinterherblickte. Abgesehen von den Gästen im Hofladen. Freitags war hier immer großer Andrang. Mirela zog ihren dicken Umhang enger um den Körper, heute war es frisch, immer wieder schoben sich dunkle Wolken vor die fahle Sonne. Man ahnte den kommenden Winter. Sie konnte es noch nicht recht fassen, dass ihr Sohn ausgerechnet diesen Cowboy Drechsler wieder eingestellt hatte. Zwei Stunden vorher war er hier aufgetaucht und hatte losgelegt, als wäre er nie weg gewesen. Arbeiten konnte er, das musste man ihm lassen, aber bei seiner Art zu arbeiten flogen Späne. Er war ein rauer Mensch, der sich selbst, anderen und den Tieren einiges abverlangte. Mirela schritt zum Haupthaus, wo sich die Wohnung ihres Sohnes befand. Natürlich ging sie dort öfter ein und aus, doch heute war ihr gar nicht wohl dabei. Heute wollte sie in den Sachen ihrer verstorbenen Schwiegertochter stöbern. Sie suchte nach einem Grund, weshalb man sie ermordet haben könnte. Mirela wusste, man sah den Menschen immer nur vor den Kopf. Jeder hatte seine Geheimnisse und seine dunklen Seiten. Da machte die alte Bäuerin keine Ausnahme. Ihr Sohn sollte besser niemals in den Sachen seiner Mutter stöbern!

Plötzlich eilte jemand über den Hof und blieb vor ihr stehen. Klaus Drechsler. Er hielt ihr seine schwielige Hand hin, und seine tiefbraunen Augen blickten sie überraschend sanft an. »Frau Schulze Brinkhoff, es tut mir so leid, was während meiner Abwesenheit hier auf dem Hof passiert ist. Ich hatte bestimmt meine Differenzen mit Ihrer Schwiegertochter, aber ich schätzte ihren Pferdeverstand und ihren Fleiß. Es gab kaum eine Frau, die ich mehr bewundert habe, auch wenn ich das bei dem einen oder anderen Streit gut verborgen habe. Es tut mir unendlich leid. Ich will helfen, wo ich kann. Wenn Sie mich brauchen, rufen Sie mich einfach.« Mit diesen Worten, die so gar nicht zu seinem Ruf passten, drückte er die zarte Hand der älteren Frau und verschwand genauso schnell, wie er gekommen war. Und sie ahnte, dass der Mörder eventuell nicht so leichtes Spiel mit Karin gehabt hätte, wenn Klaus Drechsler in der Nähe gewesen wäre. Schnell wischte sie ein paar Tränen weg. Es war überraschend, wie sehr man jemanden vermissen konnte, von dem man geglaubt hatte, ihn nur wenig zu mögen.

Als sie in der großen Diele stand, wusste sie nicht, wo sie anfangen sollte. Dann fiel ihr ein, dass Karin und Eike getrennte Schlafzimmer hatten. Wenn es persönliche Dinge von Karin gab, würde sie sie in ihrem eigenen Zimmer aufbewahren. Max war noch in der Schule. Es wäre recht peinlich, wenn er seine Oma beim Stöbern in den Sachen seiner Mutter entdeckte. Sie schaltete das Licht ein, denn die Vorhänge in dem Zimmer waren zugezogen. Es war ansonsten noch alles so, wie Karin es zurückgelassen hatte. Das Bett war nur oberflächlich gemacht, ein paar Sachen hingen über einem Stuhl, und auf dem kleinen Schreibtisch lag ihr Laptop aufgeklappt, aber ausgeschaltet. Sie nahm sich die Schubläden vor, wühlte vorsichtig in frischer Wäsche, betastete die Kleidung im Kleiderschrank und untersuchte alte Briefe und andere Unterlagen. Es war schwer, nach etwas zu suchen, das man nicht kannte. In einem grauen Ordner fand sie ein paar Arztbriefe und alte Rezepte. Sie sah den Ordner flüchtig durch und blieb an einem Bericht hängen. Er kam von einer tagesklinischen Einrichtung aus Münster und war drei Jahre alt. Es ging um eine ambulante Operation. Mirela konnte sich nicht daran erinnern, dass Karin in den letzten Jahren krank gewesen war. Dann blieb ihr Auge an einem Begriff hängen: Vasektomie. Sie wusste, was das war. So nannte man eine Sterilisation. Karin hatte sich sterilisieren lassen. Warum? Mirela wusste, dass Eike gerne noch ein zweites Kind gehabt hätte. Sie war immer davon ausgegangen, dass es nicht geklappt hatte. Schon die erste Schwangerschaft war mit vielen Komplikationen verbunden gewesen. Wusste ihr Sohn von diesem Eingriff? Sie war sich nicht sicher. Ihr hatte man jedenfalls nichts davon gesagt. Drei Jahre zuvor war Karin gerade mal siebenunddreißig gewesen. In dem Alter fingen andere Frauen erst an, ihre Kinder zu bekommen. Merkwürdig. Und dann fand sie noch einen Brief von einem gewissen Markus. Sie überflog ihn und war beunruhigt.

Dieser Markus gestand Karin seine Liebe ein. Der Brief war erst drei Monate alt. Hatte Karin ein Verhältnis gehabt? Hatte sie ihren Mann betrogen? Mirela war immer davon ausgegangen, dass die Ehe der beiden bis auf die üblichen Querelen harmonisch verlaufen sei. Nun starrte sie erschrocken auf den Brief, aus dem aber nicht hervorging, ob Karin diese Liebe erwidert hatte. Sie las ihn abermals durch. Wohl eher nicht, denn dieser Markus flehte sie an, ihn zu erhören. Ja, er deutete sogar an, dass das Leben ohne sie für ihn keinen Sinn mehr hatte. Warum hatte Karin den Brief aufbewahrt? Weil dieser Markus ihr etwas bedeutete? Konnte Markus ihre Schwiegertochter aus unerfüllter Liebe getötet haben? Mirela überlegte, wie sie dem Kommissar diese Information zukommen lassen könnte, ohne in einem schmutzigen Licht dazustehen?

Als Nächstes durchforstete sie das handgeschriebene Telefonbuch von Karin und Eike und fand zwei Männer mit dem Vornamen Markus. Den einen kannte sie persönlich, er war achtundsiebzig Jahre alt und ein Geschäftspartner ihres Mannes gewesen. Zu den Geburtstagen telefonierte man noch miteinander. Er war zwar verwitwet, aber nicht so verblendet, dass er einer Vierzigjährigen glühende Liebesbriefe schrieb. Den anderen kannte sie nicht, Markus Hellmann. Sie würde ihren Sohn danach fragen müssen. Wenn sie der Polizei einen Hinweis geben wollte, musste sie konkreter werden.

Als ihr Sohn zwei Stunden später aus Telgte zurück war, stand es um seine Laune nicht zum Besten. »Ich musste das Pferd dalassen, jetzt kann ich in zwei, drei Tagen noch mal hinfahren. So eine Zeitverschwendung. Wir müssen auch noch die Beerdigung festlegen.« Karins Leichnam war verbrannt worden, und um die Urnenbestattung hatte Eike sich noch nicht gekümmert. Er schob das Thema jedes Mal von sich, wenn jemand fragte.

»Du kannst Klaus Drechsler nach Telgte schicken. Ich halte den kommenden Donnerstag für einen guten Termin für die Beerdigung. Wenn du mir die Namen der Personen gibst, die eine Benachrichtigung bekommen sollen, kann ich mich darum kümmern. Ich werde wieder den Bestatter nehmen, den wir bei deinem Vater beauftragt hatten.«

Eike überlegte kurz, schüttelte dann aber den Kopf. »Ich möchte die Beerdigung erst abhalten, wenn der Mörder von Karin gefasst ist.« Er konnte nur hoffen, dass dies bald geschah, sonst blieb seine Frau sehr lange ohne Grab beim Bestatter stehen.

Abrupt fragte Mirela ihren Sohn: »Kennst du einen Markus Hellmann? Ich bin auf seinen Namen gestoßen.«

»Natürlich, das ist doch der Physiotherapeut, zu dem Karin immer wegen ihrer Nackenschmerzen ging. Er besitzt einen guten Ruf. Interessierst du dich wegen deines Beines dafür?«

»Ach, ich weiß nicht. Ich gehe in den Laden. Leg mir die Liste bereit.«

Zuerst ging sie aber in ihre Wohnung und suchte die Nummer des Kommissars heraus, der ihr eine Karte dagelassen hatte. Er war ein komischer Kauz, aber sie traute ihm einiges zu. Mirela schätzte Menschen gerne nach ihrem Mut ein – und mutig war dieser Mann. Er war auf eine Pferdekoppel gegangen, obgleich er eine ausgewachsene Tierphobie hatte, er betrat ihre Wohnung trotz eines rüpelhaften Welpen, und er scheute keine unangenehme Frage. Das klang für andere vielleicht lächerlich, aber Mirela wusste, wie sehr Angst lähmen konnte. Sie kroch sich durch Eingeweide und schnürte die Luft ab. Jede Bewegung wurde zur Kraftanstrengung. Und dabei war es ziemlich egal, ob diese Angst realistisch war. Es gab Menschen, die rasteten aus, wenn sie eine Spinne sahen, es gab sogar recht viele Menschen, die das taten, dabei wusste jedermann, dass diese Tiere harmlos waren, zumindest die europäischen Vertreter.

»Hallo Herr Schmitt, hier spricht Mirela Schulze Brinkhoff. Mir ist ein Brief in die Hände gefallen, in dem ein gewisser Markus meiner Schwiegertochter Karin seine Liebe gesteht. Es könnte sein, dass dies ein einseitiges Begehren war. Jedenfalls will ich annehmen, dass Karin meinem Sohn treu war. Ich glaube, es handelt sich hierbei um einen Markus Hellmann. Er ist Physiotherapeut. Eventuell ist es eine Spur?«

»Können wir den Brief haben?«

»Ja, aber nur, wenn Sie ihn meinem Sohn gegenüber nicht erwähnen.«

Am anderen Ende der Leitung war es für einen Moment still. Dann räusperte sich Herr Schmitt und sagte vorsichtig: »Ich kann Ihnen versprechen, ihm den Brief nicht zu zeigen, aber eventuell wird er zur Sache befragt. Geht denn aus dem Schreiben hervor, dass die beiden ein Verhältnis hatten?«

»Nein, eben nicht. Er fleht sie nur an, ihn zu erhören. Ich habe keine Ahnung, wie meine Schwiegertochter darauf reagiert hat. Vielleicht wollte dieser Markus, dass sie auch kein anderer Mann mehr haben kann. So etwas gibt es doch, oder?«

»Ja, in Filmen kommt das häufiger vor, in der Realität finde ich das für ein Motiv ein bisschen armselig. Wenn ich Sie abholen lasse, würden Sie dann zu mir ins Büro kommen?«

Sie stutzte. War sie eine Verdächtige? Auf gewisse Weise war wahrscheinlich jedes Familienmitglied verdächtig. Routine. Ihren Sohn hatte man allerdings noch nicht aufs Revier gebeten. Sie beruhigte sich selbst mit dem Gedanken, dass sie hier in Deutschland sei, nicht in Rumänien. Hier war sie eine ehrbare Frau, seit zig Jahren mit einem Großgrundbesitzer verheiratet und nun verwitwet. Die Vergangenheit lag so weit zurück. Doch gerade Mirelas Vergangenheit barg so manch düsteres Geheimnis.

»Sie können mich morgen um zehn Uhr abholen, oder arbeiten Sie an einem Samstag nicht?«

»Ich werde es einrichten, bringen Sie bitte Ihre Papiere mit.«

Schmitt beendete das Gespräch und legte den Hörer auf. Er lächelte leise. Diese Rumänin war eine verdammt interessante Frau. Und sie hatte ihr Leben in Deutschland vor zig Jahren mit einer großen Lüge begonnen. Es wurde Zeit, sie damit zu konfrontieren.

Als Nächstes rief er Dirk Kemper zu sich. Ein Blick auf die Uhr sagte ihm, dass sie sich beim nächsten Plan beeilen mussten. Zudem sollte der junge Mann auch bald in den verdienten Feierabend entlassen werden. Der junge Polizist hatte bereits seine Jacke an, als er ins Büro kam, und blickte fragend auf seinen Chef.

»Herr Kemper, Sie können nach dem nächsten Auftrag ganz entspannt Feierabend machen. Aber zuvor müssen Sie sich als Notfall in die Physiotherapiepraxis eines gewissen Markus Hellmann begeben. Lassen Sie sich sofort einen Termin geben, und dann fragen Sie ihn geschickt nach Karin Schulze Brinkhoff aus. Achten Sie auf jede kleinste Reaktion.« Schmitt erklärte ihm, was es mit dem Mann auf sich hatte und warum er es für geschickter hielt, ihn undercover unter die Lupe zu nehmen.

Kemper griff zum Hörer, nachdem er die Nummer rausgesucht hatte. »Drücken Sie die Daumen, dass er an einem Freitagnachmittag noch Zeit hat.«

Der junge Polizist machte seine Sache gut, sprach von einer Art Hexenschuss und der Empfehlung für Markus Hellmann, die er aus dem Hofladen der Schulze Brinkhoffs bekommen habe. Er werde natürlich privat bezahlen, so schnell käme er ja nicht an ein Rezept, aber es sei wirklich notwendig, denn morgen stehe ein kleiner Urlaub an. In einer halben Stunde durfte er kommen.

»Haben Sie es gut, nach Feierabend eine Massage auf Staatskosten. Das ist doch mal ein toller Auftrag.«

»Wenn er tatsächlich so gut ist, wie ich ihm eben weisgemacht habe, dann wird er feststellen, dass er einen gut durchtrainierten und völlig gesunden Körper vor sich liegen hat.« Kemper grinste.

Schmitt lächelte nur halbherzig zurück. Jeder sah, dass der Kommissar der bessere Kandidat für die Physiotherapie gewesen wäre. Der Therapeut hätte bei ihm so einiges an Verspannungen und Fehlhaltungen gefunden. Aber genau deswegen hatte Schmitt auch lieber Herrn Kemper den Vortritt gelassen. Wie viele

Menschen fürchtete er die Konfrontation mit seinen körperlichen Schwächen.

Beim Hinausgehen sagte der junge Beamte: »Morgen um elf Uhr bin ich auch im Büro, dann kann ich den Bericht tippen. Eine Mitarbeiterin des NABU möchte gerne ein paar Informationen zum Thema Wolf haben. Einiges ist ja mittlerweile öffentlich bekannt, oder?« Und mit einem Lächeln fügte er hinzu: »Sie ist sehr hübsch, ich konnte nicht nein sagen.«

»Kein Problem, nur keine Hinweise, die die laufenden Ermittlungen betreffen. Wenn Sie bei der Befragung von Mirela Schulze Brinkhoff dabei sein wollen, müssen Sie schon um zehn Uhr hier sein. Ich lasse sie herbringen und werde es der Dame mal etwas ungemütlich machen.«

»Lassen Sie sich nicht in ein Huhn verwandeln.«

Der Physiotherapeut war ein kräftiger Mann von normaler Größe. Er trug die wenigen Haare, die er noch hatte, extrem kurz geschnitten, hatte tiefbraune Augen und besaß ein markantes Gesicht. Die eine oder andere verspannte Dame verliebte sich gerne mal in ihren Therapeuten.

Doch als Kemper am späten Nachmittag nach Hause fuhr, war er ein wenig pikiert. Dieser Wichtigtuer von Physiotherapeut hatte ihm schonungslos mitgeteilt, dass er ein zu einseitiges Krafttraining absolviere.

»Es geht ja nicht nur um einen Waschbrettbauch zum Vorzeigen, mein Lieber«, hatte Markus Hellmann ihm vorgehalten. »Wenn Sie so weitermachen, handeln Sie sich schmerzhafte Überbeine an den Schultern ein und eine schlechte Haltung obendrein.« Verspannungen würde er bei der Untersuchung wenig spüren, eventuell hätte er eine Sehne überreizt. Einen Hexenschuss habe er ganz gewiss nicht. Toll, das war als Nebenprodukt seines Undercovereinsatzes herausgekommen. Eitelkeit hatte der Mann ihm vorgeworfen! Kemper wusste nicht, ob er den Unsinn glauben sollte, aber er würde mal mit einem Trainer in seinem Fitnesscenter darüber reden. Als Markus Hellmann ihn nach seinem Job gefragt hatte, hatte er etwas von Schreibtischarbeit und Angestellter bei der Stadt erzählt.

Als der junge Polizist das Gespräch auf Karin Schulze Brinkhoff gelenkt hatte, bekam Hellmanns Gesicht immerhin erst einen bewundernden Ausdruck, dann einen tief melancholischen. Die Trauer über ihren Tod nahm Kemper ihm ab. Markus Hellmann erzählte: »Reiterinnen haben öfter Rückenprobleme, sie sitzen zu verkrampft und übertrieben gerade auf dem Pferderücken. Ich habe viele Reiter und Reiterinnen in meiner Praxis. Frau Schulze Brinkhoff war mir schon seit Jahren treu. Sie ist eine begnadete Dressurreiterin, ich habe sie mal auf einem Turnier gesehen. Diese Einheit und Vertrautheit, die sie mit ihrem Pferd ausstrahlte, also, als ihr Ehemann wäre ich da bestimmt eifersüchtig.« An der Stelle hatte der Physiotherapeut milde gelächelt. Einen Ehering trug er nicht, aber das konnte auch mit seiner Arbeit zusammenhängen. Also hatte Kemper ihn gefragt: »Sind Sie verheiratet?«

»Nein, ich war es, aber meine Frau war krankhaft eifersüchtig und fand, dass ich während meiner Arbeit zu vielen Frauen zu nahe komme. Es war für uns beide nicht zum Aushalten. Wir haben uns vor drei Jahren getrennt.«

»Und? Kommen Sie einigen Frauen zu nahe?«

»Umgekehrt, sie kommen mir mitunter zu nahe. Sie glauben gar nicht, was man für Angebote von gelangweilten Ehefrauen bekommt. Aber ich fange eigentlich nichts mit meinen Kundinnen an.«

»Eigentlich?«, hatte Kemper leise stöhnend gefragt, weil er sich gerade in einer Dehnübung befand.

»Nun, es gab einmal eine, die hätte mir gefährlich werden können.«

»War das zufällig Frau Karin Schulze Brinkhoff?« Die Frage war zu direkt gestellt, ab da hatte der Physiotherapeut sich nur noch um Kempers Rücken gekümmert. Für die halbstündige Behandlung hatte er ihm dann fünfundsechzig Euro abgenommen. Kemper war sich dennoch sicher, dass Markus Hellmann der Schreiber des leidenschaftlichen Briefes an Karin Schulze Brinkhoff sei.

Er gab Schmitt eine kurze telefonische Zusammenfassung und fuhr nach Hause. Er wollte später noch joggen gehen. Von wegen zu viel einseitiges Training! Zu Hause legte er sich aber erst eine Runde auf die Couch, zappte durchs Fernsehprogramm und schlief zwischendurch immer wieder ein. Seine Wohnung bestand aus drei Zimmern, und das Wohnzimmer strahlte mehr Gemütlichkeit aus, als man es von einem jungen, alleinlebenden Mann erwarten würde. Seine Mutter hatte es eingerichtet, und sie versorgte ihn auch gerne mit frischen Blumen. Er ließ sie gewähren, denn er hatte schon oft bemerkt, wie nett viele Besucherinnen seine Wohnung fanden. Da machte man als Mann gleich einen anderen Eindruck. Kemper war solo, seit er sich vier Monate zuvor von seiner Freundin getrennt hatte. Sie war zum Studium nach Berlin gegangen und fand, dass sie sich dort lieber neu orientieren sollte. Auf eine Wochenendbeziehung hatte sie keine Lust. Eine solche Aussage ließ einige Rückschlüsse auf die Größe ihrer Verliebtheit zu. Und er hatte festgestellt, dass er den Schmerz des Verlassenwerdens selbst auch recht schnell überwunden hatte. Am nächsten Tag, einem Samstag, hatte er eigentlich frei, aber die Aussicht, die junge Mitarbeiterin vom NABU zu treffen gefiel ihm. Auch das Gespräch mit der älteren Bäuerin versprach, interessant zu werden. Schmitt hatte gut recherchiert und Kemper war gespannt, welche Ausflüchte die Dame, die man in ihrer Heimat als Hexe bezeichnete, haben würde.

Gegen sieben zog er sich seine Joggingsachen an, setzte seine Stirnlampe auf und lief in Richtung des Waldgebietes Geisterholz. Er wohnte in der Nähe des Vier-Jahreszeiten-Parks in Oelde und hatte bis zum Waldrand etwa zwei Kilometer. Um diese Zeit gab es wenig Spaziergänger. Ein älterer Herr ging mit seinem ebenfalls betagten Dackel langsam spazieren. Danach war Kemper allein auf den gut angelegten Wegen durch das Waldgebiet. Seine Uhr zeigte ihm, dass er bereits knapp fünf Kilometer gelaufen war, als er zu dem wirklich kleinen, aber absolut idyllisch gelegenen Wasserfall gelangte, der in den Geisterbach lief. Er liebte diesen Ort der Stille, und deshalb ging er gerne abends laufen. Er befand sich nun direkt am Waldrand, im Hintergrund lagen Wiesen, kein Auto war zu hören, und es war dunkel. Zum Glück schien der Mond heute recht hell. Er kletterte bis zum Bach hinunter.

Plötzlich nahm er einen Schatten war. Dann sah er den Wolf. Er trat kaum fünfzehn Meter entfernt von Kemper an das Bachufer, blickte zu ihm herüber und trank von dem Wasser. Kemper hielt den Atem an und betrachtete aufgeregt die hohen, schlanken Läufe, die buschige Rute und das dreieckige Gesicht mit der langen Schnauze und der typischen Färbung. Vorsichtig zog er sein Handy aus der Tasche, doch das Tier reagierte sofort. Es hob den Kopf, blickte ihn an und verschwand im Wald.

Eine ganze Zeit blieb der Jogger einfach so am Bach hocken, bis er unangenehm seine Knie spürte und sich ächzend aufrichtete. Der Wolf hatte überraschend wenig Scheu vor ihm gezeigt, aber bei der kleinsten Bewegung war er immerhin fortgelaufen. Der junge Polizist war sich sicher, dass er den Mörder von Mirelas Ziege vor sich hatte. Nicht mehr und nicht weniger. Ihm schien das Tier wenig bedrohlich für den Menschen zu sein. Ein Wolf musste heutzutage aufpassen. Mangelnde Scheu vor den Menschen wurde gegen ihn verwendet. Am besten, er lief gleich immer panisch weg, bevor es der Mensch machen musste. Der ließ es sich nämlich nicht bieten, wenn man ihm Angst einjagte. Es hatte bereits einige Wölfe in Deutschland gegeben, die wegen mangelnder Scheu dem Revier entnommen worden waren.

Nachdenklich und sehr langsam lief der junge Polizist nach Hause. Schade, er hätte der attraktiven Ella gerne den Wolf auf einem Foto präsentiert.

5. KAPITEL

Kommissar Schmitt lebte noch immer in dem Haus, das er gemeinsam mit seiner Frau Helga Ende der Neunziger gekauft hatte. Er hatte hier das Gefühl, dass Helga irgendwie bei ihm war, und manchmal ertappte er sich auch dabei, die eine oder andere Bemerkung an sie zu richten. Zum Friedhof ging er selten. Dort, in den ordentlich angelegten Reihen von Gräbern mit den oft hässlichen, weil pflegeleichten Pflanzen würde seine Frau sich nie wohlfühlen. Es war Samstagmorgen, und er stand wie ein Fragezeichen in seiner Küche. Nichts erschien ihm trauriger, als alleine zu frühstücken. Sollte er den Kaffee besser im Büro trinken und sich auf dem Weg dorthin etwas vom Bäcker holen? Der Fernseher lief im Wohnzimmer und verkündete, dass das Wetter Sonne und Wolken im Wechsel bei acht Grad bereithalte. Die nächsten Tage sollte es dann langsam immer kühler werden. Den Fernseher stellte er zu häufig an. Dabei musste man doch wohl mal etwas Stille aushalten können. Im Büro war Schmitt froh, wenn er nichts hörte. Wieder drängte sich der Gedanke auf, sich ein Haustier anzuschaffen. Aber wenn er konkret daran dachte, wie er aus der ersten Etage morgens nach unten kam und von einem sich unbändig freuenden Hund begrüßt wurde, bekam er Angst. Nicht, dass sein eigenes Tier ihn beißen könnte, er würde ja eh nur ein sehr kleines Exemplar nehmen. Sondern er fürchtete, dass er sich zu sehr daran gewöhnen könnte. Vielleicht würde der Hund einen Platz in seinem Leben einnehmen, den er eigentlich nicht zu vergeben hatte.

Um halb zehn saß er im Büro auf der Polizeistation. Er hatte schließlich doch am heimischen Esstisch gefrühstückt. In Deutschland lebten etwa siebzehn Prozent der Bevölkerung als Single, die bekamen ihr Leben schließlich auch auf die Kette, ohne ihre Phobien zu pflegen und komisch zu werden. Die zahlreichen Partnerschaftsbörsen, die überall aus dem Boden schossen, sprachen dagegen. Das Geschäft mit der Hoffnung auf eine Beziehung lief gut.

Um Viertel vor zehn schickte er einen Dienst habenden Beamten zum Hof, um Mirela Schulze Brinkhoff zur Wache zu bringen, und bewunderte sie, als sie später vor ihm stand. Die Dame hatte sich zurechtgemacht. Statt des Leinenkleides trug sie einen engen, langen Rock in Dunkelgrün, der beinahe bis zu den Füßen reichte. Dazu passte eine schwarze, kurze Jacke mit dicken Silberknöpfen. Ihre Haare hatte sie sehr sorgfältig hochgesteckt, und sie trug einen dezenten Lippenstift. Schmitt erkannte die Schönheit dieser Frau. Mirela ahnte nicht, mit welchen Fakten er sie heute konfrontieren wollte.

»Frau Schulze Brinkhoff, Sie haben in dem Mordfall Ihrer Schwiegertochter Pech. Wären diese Einbrecher aus Ihrer Heimat nicht aufgetaucht, ich hätte niemals so intensiv in Ihrer Vergangenheit geforscht und gesucht. Sie als eine Hexe zu bezeichnen und dies nach so vielen Jahren noch, in denen Sie der alten Heimat ferngeblieben sind, hat mich mehr als neugierig gemacht. Leider habe ich auch etwas gefunden, das wir beide nun dringend klären müssen.«

Mirela Schulze Brinkhoff verzog keine Miene, aber ihre im Schoß gefalteten Hände verkrampften sich ineinander. Sie nickte in Erwartung dessen, was nun kam.

»Frau Schulze Brinkhoff, stimmt es, dass Sie als verheiratete Frau nach Deutschland gekommen sind.«

Sie nickte erneut, kaum merklich, und Schmitt bat sie, zu antworten.

»Ja, das ist richtig.«

»Und Ihre Ehe ist nie geschieden worden, weder in Rumänien noch in Deutschland?«

»Nein.«

»Und Ihr Mann ...«, Schmitt blickte auf seine Notizen, »Breda Lupu, er lebt noch.«

»Für mich ist er vor sehr langer Zeit gestorben.« Ihr Gesicht nahm einen versteinerten Ausdruck an. »Wollen Sie mich jetzt verhaften?«

Herr Schmitt lächelte. »Sie haben sich der Bigamie schuldig gemacht. Auch wenn der erste Mann für Sie gestorben war, so funktioniert das nicht. Deshalb waren Sie noch lange nicht verwitwet, als Sie herkamen. Aber der Tatbestand der Bigamie ist bereits nach fünf Jahren verjährt, strafrechtlich kann man Sie dafür nicht mehr haftbar machen. Allerdings waren Sie streng genommen niemals mit Herrn Schulze Brinkhoff senior verheiratet. Sie haben keinerlei eheliche Erbansprüche, und Ihr Sohn ist ein uneheliches Kind. Das sind die Fakten, die sich aus der ersten Ehe ergeben. Ich nehme an, Ihr Mann und Ihr Sohn haben von all dem nichts gewusst?«

Die Bäuerin antwortete jetzt klar und deutlich: »Natürlich nicht. Alfons, mein zweiter Mann hätte auf eine Scheidung bestanden, um mich rechtmäßig heiraten zu können. Aber Breda durfte nicht wissen, wo ich bin. Er hätte mich umgebracht, und er würde mich auch heute noch umbringen, wenn er mich findet.«

Hatte dieser Breda etwas mit den Morden hier in Oelde zu tun?, fragte sich Schmitt. Wohl kaum. Den Gedanken verwarf er sofort wieder, nicht die alte Frau Schulze Brinkhoff war ermordet worden, sondern die junge – und die hatte überhaupt keine Verbindung nach Rumänien. Eine Verwechslung konnte man ausschließen. Auch im Dunklen hätte der Täter gesehen, dass er keine alte Frau vor sich gehabt hatte. Breda selbst hatte außerdem ein Alibi, das hatte Schmitt schon wegen der Einbrüche überprüfen lassen. Er hatte in der rumänischen Stadt Brasov Kontakt zu einem Polizeibeamten mit deutschen Wurzeln aufgenommen, der sich als außerordentlich hilfsbereit herausgestellt hatte. Von dem Beamten hatte er auch den Namen des zweiten Einbrechers erfahren, Marcu Tudor. Und der Mann hatte für ihn weitreichende Erkundigungen nach Mirela Martinez, wie ihr Mädchenname lautete, gemacht. Sie war die einzige Tochter eines Hufschmieds und dessen Frau, und sie heiratete mit achtzehn Jahren den drei Jahre älteren Breda Lupu, einen Viehhändler aus der Gegend ihres Dorfes. Etwa ein Jahr später hatte Breda seine junge Frau als vermisst gemeldet. Im Dorf erzählte man, sie sei ihrem Mann davongelaufen und habe Rumänien verlassen. Zu der Zeit hatte Mirelas Vater einen schweren Unfall erlitten, bei dem ihm ein Pferd gegen den Kopf getreten hatte. Er war sofort tot. Hier deckte sich die Geschichte wieder mit der von Mirela. Warum sie solche Angst vor ihrem Mann hatte, wurde aus der Geschichte nicht ersichtlich. Breda Lupu befand sich jedenfalls seit ein paar Tagen wegen einer Gallenoperation im Krankenhaus. Der rumänische Beamte erzählte, dass die Familie Lupu sich einen Namen in der Pferdezucht gemacht habe und über einen gewissen Wohlstand verfüge. Ihr Name zähle im Dorf etwas. Auch Breda hatte ein Kind bekommen und eine Frau gehabt, die bei ihm lebte, wie eine Ehefrau. Lupu hatte sie aus Ungarn mitgebracht, wo er ein Jahr auf einem Pferdegestüt gearbeitet hatte. Laut der Unterlagen in Rumänien war Breda jedoch noch immer mit Mirela verheiratet. Er hätte sich einfach scheiden lassen können, hatte dies aber bis zum heutigen Tage genauso wenig erledigt wie Mirela. Die Mutter seines Sohnes hatte sich mit dem Status einer Lebensgefährtin abfinden müssen. Lupu erinnerte stark an das lateinische Wort für Wolf. Das war wirklich verhext, an wie vielen unterschiedlichen Stellen bei diesem Fall der Wolf auftauchte, dachte Schmitt und stellte seine nächste Frage: »Warum glauben Sie, dass Ihr erster Mann Sie umbringen würde? Er ist ein älterer, angesehener Herr.«

»Das können Sie nicht verstehen. Und ich möchte es Ihnen auch nicht erklären.«

»Ich finde es sehr interessant, dass ein Mann, dessen Frau ihn verlässt und nie wieder etwas von sich hören lässt, nicht die Scheidung einreicht, um wieder heiraten zu können.«

Jetzt lächelte Frau Schulze Brinkhoff, die eigentlich gar nicht so hieß, böse und sagte: »Das ist seine Art, auch nach Jahren noch die Besitzverhältnisse zu zeigen. Ich hoffe sehr, dass Sie aufgrund Ihrer Ermittlungen wegen der Einbrüche diesen rumänischen Strolchen nichts von mir und meiner Identität erzählen.«

»Nun, die beiden wussten zumindest, dass Sie hier leben, ich glaube nicht, dass es ein Geheimnis ist, wer Sie sind. Dafür ist zu viel auf Ihrem Hof geschehen.« Der Kommissar beugte sich ein Stück vor. »Frau Schulze Brinkhoff, ich gebe eines zu bedenken. Sollten Sie einen Teil des Hofs geerbt haben, so hat ihr Noch-Ehemann nach Ihrem Tod Anspruch auf einen Pflichtteil, sofern Sie nicht eine Gütertrennung vereinbart haben. Aber das war früher eher selten der Fall.«

Ein erschrockenes Gesicht blickte ihn an. Doch Mirela hatte ihre Züge schnell wieder unter Kontrolle. »Dann werde ich Breda wohl töten müssen.«

Kemper und Kommissar Schmitt blickten der Dame nach, die würdevoll mit ihrem Stock aus dem Büro schritt. Der silberne Knauf glänzte in der Sonne, die soeben durch die Fenster ins Büro schien.

»Und, Kemper, was meinen Sie?«

»Frauen haben ihre Geheimnisse und ältere Frauen offenbar ganz besonders viele. Ich denke, dass diese Dame uns eine Menge verschweigt. Das ist schon eine Nummer, hier zig Jahre als ehrwürdige, angeblich verheiratete Großgrundbesitzerin zu leben. Ich möchte nicht in ihrer Haut stecken, wenn der Sohn davon erfährt.«

»Sie wird es ihm nicht sagen.« Schmitt stand auf und holte sich eine Tasse Kaffee.

Seit ein paar Monaten besaßen sie einen Kaffeevollautomaten, der im Flur stand. Ein Geschenk der Leitung. Nur für die Kaffeebohnen mussten die Mitarbeiter selber aufkommen. Dafür hatten sie eine Kaffeekasse eingerichtet.

Schmitt kehrte zurück, lehnte sich an seinen Schreibtisch und musterte den jüngeren Kollegen. »Ich frage mich, wie sie an die passenden Papiere für die Hochzeit gekommen ist. Irgendein Dokument muss doch gefälscht worden sein, was zeigt, dass die junge Mirela über besondere Kontakte verfügt hat. Oder sie hat damals in Rumänien nie den Personalausweis aktualisieren lassen und es stand noch immer der Mädchenname darin. Wie auch immer, es hat funktioniert. Und ich würde auch sehr gerne wissen, was damals zwischen ihr und ihrem ersten Mann vorgefallen ist. Es hat jedenfalls keine gemeldete Straftat gegeben. Aus den Akten wird nichts bekannt. Es wurde nur bestätigt, dass ihr Vater, ein Schmied, bei einem Arbeitsunfall gestorben ist. Deswegen verlässt man als Tochter aber noch lange nicht den Ehemann und die Heimat. Und nimmt die Mutter mit. Vielleicht würden wir etwas in Erfahrung bringen, wenn wir die alten Leute aus ihrem Dorf befragen, aber Rumänien liegt nicht eben um die Ecke, und es gibt keinen wirklichen Grund für eine Dienstfahrt außer unserer Neugier. Mit dem Tod ihrer

Schwiegertochter kann es kaum zu tun haben.« Das Telefon klingelte und die Pforte teilte mit, dass die nächste Besucherin aufgetaucht sei, Ella Hausner.

Kemper erhob sich. »Wir nutzen den Pausenraum, es ist ja heute wenig los.«

»Denken Sie daran, keine Details aus der laufenden Ermittlung zu erzählen. Halten Sie sich nur an Fakten, die wir auch der Presse gegenüber erwähnt haben. Von Ihrer eigenen Wolfssichtung dürfen Sie natürlich alles berichten. Viel Spaß.« Schmitt kehrte zurück an seinen Schreibtisch, und der junge Polizist holte seine Besucherin ab.

Ella Hausner hatte sich zurechtgemacht. Sie trug ein Strickkleid und Schuhe, die vermutlich zu kalt für das Wetter waren. Außerdem hatte sie dezent Make-up aufgetragen. Ihre Augen hatte sie dunkel geschminkt, sodass der schöne Grünton erst im Sonnenlicht zu sehen war. Kemper bot der NABU-Mitarbeiterin einen Kaffee an und prahlte mit der neuen Maschine. Dann holte er zwei Latte macchiato, was ihm einige Zeit abverlangte. Bisher hatte er immer nur einen einfachen Kaffee »gezogen«.

Ella Hausner hatte es sich am Tisch bequem gemacht, der Saum ihres Kleides lag oberhalb des Knies und zeigte ihre schönen Beine. Vor ihr lag ein Schreibblock, vollgekritzelt mit den verschiedensten Zeichnungen und Schlagworten. Sehr kreativ befand Kemper und schob ihr das Glas hin.

»Beinahe hätte ich Ihnen heute ein Foto des Oelder Wolfs zeigen können, aber leider ist er abgehauen, als ich mein Handy aus der Tasche holte.« Er setzte sich mit einem breiten Grinsen ihr gegenüber.

»Sie wollen mich ärgern. Wann wollen Sie den Wolf gesehen haben?«

»Gestern Abend beim Joggen im Geisterholz.«

Sie lachte. »Im Geisterholz? Was für ein Name. Wo ist das?«

»Das ist ein Waldstück hier. Sehr beliebt bei Spaziergängern und Joggern. Es gibt dort den Geisterbach und den Geisterfall, woher die Namen kommen, weiß ich nicht. Aber im winterlichen Nebel sieht es dort aus wie in einem Geisterwald.«

»Können Sie mir den Weg dorthin erklären? Da muss ich hin. Wissen Sie, was es für mich als Wolfsbeauftragte heißt, so ein Tier in freier Wildbahn zu sehen? Ich wundere mich, dass der Wolf überhaupt noch hier ist. Wölfe wandern in einer Nacht über vierzig Kilometer. Ich denke, dass Ihr Wolf eher auf der Durchreise ist, hier wird er kaum eine Gefährtin treffen.«

Kemper erzählte Ella alles, was es über den Wolf zu berichten gab, einschließlich der getöteten Ziege und der Begegnung mit dem Mann, der seinen Autoreifen nachts hatte wechseln müssen. Im Laufe des Gesprächs rutschte beiden immer häufiger das Du raus, und so blieben sie dabei.

Ella schrieb fleißig mit und sagte dann mit besorgtem Gesicht: »Euer Wolf scheint wenig Angst vor Menschen zu haben. In etwa einer Woche haben ihn mindestens drei Leute von Nahem gesehen. Wenn er an den Falschen gerät, wird der behaupten, der Wolf habe sich ihm aggressiv genähert und das Tier wird zum

Abschuss freigegeben. Paradoxerweise dürfen die frei lebenden Tiere uns nämlich nicht sympathisch oder interessant finden. Das wird sofort gegen sie verwendet. Denk nur an Bruno, den Problembären aus Bayern, oder ganz aktuell an den Wolf Pumpak aus dem Raum Görlitz. Das Tier ist im Februar des letzten Jahres zum Abschuss freigegeben worden, weil es unter anderem einen Kuchen von einer Fensterbank stehlen wollte, der dort zum Abkühlen stand. Das hat mein Hund schon zwei Mal gemacht. Natürlich hat dieser Pumpak auch Ziegen und Schafe gerissen, aber das halte ich für ein normales Verhalten. Dafür gehört man doch nicht gleich abgeschossen. Er stammt angeblich aus Polen und soll als Welpe von Menschen gefüttert worden sein. Ich glaube einfach nicht, dass Tiere, die den Menschen nicht unbedingt fürchten, sie deshalb gleich fressen würden. Es zeigt für mich nur, dass sie lernen, mit der Zivilisation in Nachbarschaft zu leben. Eventuell sehen sie den Menschen aber als Futterkonkurrenten.« Ella hatte sich in Rage geredet, und auf ihren Wangen erschienen zwei rote Flecken, was Kemper ganz entzückend fand.

Was er auf ihre Ausführungen antworten sollte, wusste er nicht. So weit hatte er sich noch nicht mit dem Thema Wolf auseinandergesetzt. Er hatte keine Ahnung, ob so ein unerschrockener Wolf beim Versuch, einem Kind sein Brötchen zu klauen, gleich die ganze Hand abbiss. Sollte oder durfte man es auf einen Versuch ankommen lassen? Er sagte: »Also, ich hatte keine Angst, als dieses herrliche Tier da am Bach vor mir auftauchte. Aber ich bin auch nicht appetitliche vier Jahre alt.«

Sie musste lachen. »Na, so ganz unappetitlich bist du aber auch nicht. Wir wollen diesen Wolf jedenfalls im Auge behalten, er zieht mit Sicherheit weiter. Seine DNA ist ja eindeutig durch den Angriff auf die Ziege hinterlegt. Kannst du mir etwas über den Mord an der Frau auf dem großen Hof erzählen?«

»Nur das, was auch in der Zeitung stand. Den Rottweiler, dessen Bissspuren wir nachweisen konnten, hat man tot im Wald gefunden, der Besitzer ist nicht ermittelt worden. Der Hund war nicht gechippt oder gemeldet. Die Wolfshaare sind mit Sicherheit nachträglich hinterlegt worden, um das Tier in Verruf zu bringen oder um eine Botschaft zu hinterlassen. Das Opfer hatte eine Hundephobie.«

»Krass«, unterbrach ihn Ella mit großen Augen. »Der Mörder wollte bestimmt auf ihre Ängste anspielen. Ich glaube, er kannte die Frau gut. Für mich hört sich das nach einer Beziehungstat an.« Sie packte ihren Block weg und blickte auf die Uhr. »Ich muss los, wir haben noch ein Treffen vom NABU in Münster. Wenn du mal einen Vortrag über Wölfe und andere heimische Tiere hören möchtest, darfst du mich gerne auf ein Glas Wein einladen. Gib mir mal deine Handynummer, dann schicke ich dir meine.«

Sie tauschten die Nummern aus, und Kemper war sich sicher, dass er höchstens zwei Tage warten konnte, bis er sie anrufen würde. Er wusste nicht einmal, wo sie wohnte oder ob sie einen Freund hatte. Oder ob sie hauptberuflich beim NABU arbeitete. Was war er nur für ein Ermittler?

Die Fahrt von der Polizeistation war zu kurz, um über all das nachzudenken, was der Kommissar angestoßen hatte. Die alte Bäuerin knetete angespannt ihre Hände. Die Wahrheit war, sie, Mirela, hatte sich immer nur mit einem Mann verheiratet gefühlt, mit Alfons, ihrem zweiten Mann. Breda war für sie gestorben – bis sie vor Kurzem seinen Sohn gesehen zu haben glaubte. Ihr war diese Lebenslüge Alfons gegenüber überhaupt nicht bewusst gewesen. Damals, in Deutschland angekommen, hatte Mirela sich endlich frei gefühlt. Und nun? Ihr Mann hatte ihr das Haus, in dem sie wohnte, vermacht und seine Lebensversicherung. Die Witwenrente, die sie ja nun auch widerrechtlich erhielt, war so gering, dass sie notfalls auch ohne auskommen konnte, falls der Kommissar eine Meldung machen würde. So viel hatte Alfons nicht eingezahlt. Als Landwirt war er ja selbstständig gewesen. Aber es gab einiges an Bargeld auf ihrem Konto. Sie würde es einfach nach und nach ihrem Sohn und dem Enkel schenken.

Nicht auszudenken, wenn Breda nach ihrem Tod plötzlich Ansprüche stellte. Vorstellen konnte sie es sich nicht, dazu war er zu stolz. Einbrecherbanden zu organisieren, traute sie ihm allerdings durchaus zu. Das war eine Arbeit, wozu man risikobereite, tapfere Männer brauchte, die im Falle einer Verhaftung auch dafür geradestehen würden. Mirela hoffte sehr, dass die Rumänen nur zu diesem Zwecke hier in Oelde waren, um Einbrüche zu organisieren. Ein blöder Zufall, die Bande war sicher im ganzen Land auf der Pirsch. Man konnte leichter in ländlichen Gegenden seine Raubzüge durchführen als in den besser gesicherten Großstadthäusern.

Und vielleicht hatten ihr auch ihre Ängste einen Streich gespielt und sie hatte im Supermarkt nur einen Mann gesehen, der Breda sehr ähnlich gesehen hatte. Warum hatte sie dem Kommissar nichts davon erzählt? Er hätte einen Anhaltspunkt gehabt, um die restlichen Männer der Einbruchserie zu finden. Doch es war so, als würde es wahr werden, wenn sie es aussprach: *Der Sohn von Breda Lupu ist auch in der Stadt.*

Sie spann den Gedanken weiter. Eventuell würde die Polizei ihn finden und verhaften. Dann müsste Mirela noch mit ihm reden. Es hätte ihr gemeinsamer Sohn sein können. Nein, sie wollte keinem der Familie Lupu jemals wieder begegnen.

Auch zu Hause ließ Mirela die Vergangenheit nicht los. Breda und sie bei ihrer rumänischen Hochzeit. Ein großes Volksfest hatte es gegeben, und sie hatte die ganze Nacht getanzt. Glücklich war sie mit ihrem schönen, starken Mann gewesen. Sie hatten ein gutes Jahr zusammen verlebt, doch dann hatte das Schicksal zugeschlagen.

Schnell schloss die Bäuerin für einen Moment die Augen und erhob sich schließlich. Der Hofladen hatte noch zwei Stunden geöffnet, sie würde arbeiten gehen und sich ablenken. Der Laden war um diese Zeit gut besucht. Man kaufte Leckereien für den Sonntag ein und hielt den einen oder anderen Tratsch mit Bekannten, die man traf. Einige warfen der Bäuerin verstohlene Blicke zu, und eine Frau in Mirelas Alter fragte ganz ungeniert: »Weiß man schon Näheres zum Tod Ihrer Schwiegertochter? War es ein Wolf? Das ist alles so furchtbar, und es tut uns allen unendlich leid.«

»Höchstens einer mit zwei Beinen. Karin ist nicht das Opfer eines Raubtieres geworden, sondern sie wurde auf brutale Weise ermordet. Das weiß man mittlerweile gesichert, und es stand ja auch in der Zeitung. Der Wolf, der hier durch Oelde schleicht, hat nur meine Ziege getötet und das liegt nun einmal in seiner Natur.« Mirela Schulze Brinkhoff humpelte hinter die Theke, um beim Kassieren zu helfen.

Eine jüngere Frau äußerte mutig: »Ich freue mich, dass es hier einen Wolf gibt, aber für Viehbesitzer ist es natürlich jetzt ein höherer Aufwand, ihre Tiere zu schützen.«

»Meine Ziegen sind nun nachts im Stall und unsere Pferdeweide besitzt ja einen Stromzaun«, sagte Mirela.

Ein Mann in den mittleren Jahren mit dem typischen Aufzug, der den leidenschaftlichen Jäger verriet, baute sich auf und tönte mit tiefer Stimme. »So ein Schwachsinn, die Wölfe wieder einzugliedern. Unsere Lebensgewohnheiten und -strukturen sind doch dafür überhaupt nicht mehr passend.«

»Das sieht der Wolf aber ganz anders, sonst wäre er ja nicht hier.«

»Die werden sich noch wundern, die hohen Politiker und Naturschützer, wenn das Raubtier sein wahres Gesicht zeigt. Der wird schneller lernen, mit uns zu leben, als umgekehrt, und das heißt, er holt sich seine Beute und wird uns dabei nicht schonen.«

Schnell war nun eine lebhafte Diskussion im Gange, die zeigte, wie unterschiedlich und absolut die Leute in ihren Meinungen waren. Ein junger Bursche brachte es auf den Punkt: »Wir haben uns Jahrhunderte lang die Natur unterworfen und zu eigen gemacht. Es ist doch nur die Frage, ob wir nun mal einen Teil zurückgeben wollen. Mit all den Konsequenzen und Verlusten.« Er wandte sich direkt an den Sprecher von zuvor: »Ich rede übrigens von tierischen Verlusten, denn ich bin mir sicher, dass ein Wolf keine Kinder frisst. Sie sollten die Märchen in den Kinderbüchern lassen, oder glauben Sie auch an Hexen?«

Mirela lächelte und wusste, dass es besser war, ihr verstorbener Mann bekam diesen Wolfszulauf nicht mehr mit. Er war durch und durch Bauer und Jäger gewesen. Den Wolf hätte er als Konkurrenten angesehen und verteufelt. Alfons hatte Mirela damals oft genug gebeten, mit ihr in die Heimat der Karpaten zu fahren und eine Jagd zu organisieren. Die Vorstellung war für sie so absurd gewesen, dass sie jedes Mal nur schweigend den Kopf geschüttelt hatte.

Es war kurz vor Ladenschluss, als ein Ehepaar mit sehr gepflegtem Aussehen ihre Waren auf die Theke legte und sie ansprach. Es waren Stammkunden, die außerhalb von Oelde wohnten, aber regelmäßig zwei Mal im Monat zum Einkaufen herkamen.

Die Frau sagte und blickte dabei zu ihrem Mann: »Ihre Schwiegertochter hat doch für eine Zeitschrift geschrieben. Haben Sie gewusst, dass Karin sich mit ihren Kolumnen nicht nur Freunde gemacht hat? Es gab da einen Schweinemastbetrieb zum Beispiel, den sie scharf kritisiert hat.« Ein vielsagendes Nicken folgte und der Gatte fuhr fort: »Ich kenne diesen Züchter, der hat damals ziemlich getobt. Er würde die dumme Kuh fertigmachen. Das sei Verleumdung. Mann, war der wütend. Nun geht es ihm seit Kurzem finanziell schlecht. Ich will damit niemanden diffamieren, aber die Polizei sollte sich diese Kolumnen anschauen. Eventuell wollte sich jemand rächen.« Er legte einen Arm um seine Frau. »Wissen Sie, Frau Schulze Brinkhoff, wir kaufen ja nun schon seit Jahren bei Ihnen ein, und wir wussten sehr gut von der Hundephobie Ihrer Schwiegertochter. Und andere auch. Ich finde, die Sache mit dem Hundebiss und dem Wolfshaar sieht doch nach purer Bösartigkeit aus.«

Die Kolumnen von Karin, natürlich, die hatte sie völlig vergessen. Und Eike anscheinend auch. Karin war immer so stolz darauf gewesen, dass eine Zeitschrift ihre Texte abdruckte. Mirela hatte sie nur überflogen, aber es stimmte schon, was das Ehepaar sagte. Sie waren recht bissig verfasst. Hatte jemand extra gewartet, bis sich eine gute Gelegenheit ergab? Und dann, als der Wolf auf dem Hof auftauchte, hatte er eine grausame Idee in die Tat umgesetzt? Der Kommissar sollte zumindest davon wissen. Eventuell war er noch im Büro.

Sie eilte zu ihrer Wohnung und stutzte. Denn ihre alte Haustür war nur angelehnt. Sie hatte sie ganz sicher fest zugemacht, schon wegen des Welpen. Als sie ins Haus ging und nach ihm rief, kam er nicht. Ihr wurde ganz heiß. Wenn jetzt auch noch der kleine Hund verschwunden war, würde das ihrem Enkel den Rest geben. Doch vielleicht hatte er sich den Hund zum Spielen ins Haupthaus geholt. Sie wanderte sicherheitshalber durch alle Räume und suchte nach dem kleinen Kerl. Wenn Hunde Angst hatten, verkrochen sie sich in die hintersten Winkel.

Und dann stand Mirela wie verdattert in ihrem Wohnzimmer. Alle Schubläden standen weit offen, waren teilweise auf dem Boden ausgeschüttet. Der alte Sekretär, den ihr Alfons zum fünfzigsten Geburtstag geschenkt hatte, bot ein heilloses Chaos aus Papieren und kleinen Utensilien. Einbrecher hatten den Trubel auf dem Hof genutzt, um in ihre Wohnung einzubrechen. Ihr Blick fiel auf eine alte Vitrine mit teurem Meißner Porzellan. Es fehlte nichts.

Sie wanderte ins Schlafzimmer, auch ihr Schmuck war noch im Schrank, der aber ebenso durchwühlt worden war. Das Einzige, was fehlte, war Bargeld. Ihr Portemonnaie, das sie in der Küche offen liegen hatte, war ausgeräumt, bis auf das Kleingeld. Aber ihre Karten waren noch da. Jetzt hatte sie schon zwei Gründe, den Kommissar anzurufen. Sie suchte nach seiner Visitenkarte und wählte gleich die Handynummer. Dann würde sie ihn auch erreichen, wenn er nicht mehr im Büro war.

Kommissar Schmitt befand sich im Auto, als ihn der Anruf erreichte.

»Hier spricht Mirela Schulze Brinkhoff. Bei mir ist soeben eingebrochen worden, und der Hund ist weg.«

»Sind Sie verletzt?«

»Nein. Ich war im Laden. Es ist hier alles durchwühlt worden, aber es fehlt nur ein bisschen Bargeld.«

»Ich komme und informiere auch die Spurensicherung. Fassen Sie nichts an.«

»Ich suche jetzt meinen Hund. Ach ja, Sie sollten sich die Kolumnen anschauen, die meine Schwiegertochter geschrieben hat. Durch ihre bissige Art kann sie sich Feinde gemacht haben.«

»Danke, aber das überprüfen wir bereits. Einiges finden wir auch alleine heraus.«

Bereits zehn Minuten später fuhr der dunkelblaue Audi des Kommissars auf den Hof, zu schnell und mit einer harten, lauten Bremsung. Gleichzeitig fuhr Eike Schulze Brinkhoff mit einem großen Traktor vor, und beinahe wäre er in den Audi gefahren. Mirela hatte den Welpen noch immer nicht gefunden, und mittlerweile glaubte sie an eine Entführung. Sie begrüßten sich knapp, und Mirela ging gemeinsam mit dem Kommissar zu ihrer Wohnung. Ihr Sohn fuhr den Trecker in den Schuppen.

Schmitt zog sich Handschuhe an und wanderte mit ihr durch die Zimmer und schaute sich um. Erstaunt äußerte er: »Die anderen Wohnungen, in denen die Einbrecher unterwegs gewesen waren, befanden sich beileibe nicht in einem solch verwüsteten Zustand. Und die Einbrecher haben alle Wertsachen wie Schmuck, Computer und Silber mitgenommen. Ich denke, dass hier jemand nach etwas Bestimmtem gesucht hat. Haben Sie eine Ahnung, wonach?«

»Nein, aber ich fürchte, sie haben meinen Welpen mitgenommen.« Schmitt runzelte ungläubig die Stirn und fragte: »Wo steht Ihre Waschmaschine?«

Sie ließ sich ihr Erstaunen angesichts der Frage nicht anmerken: »Hier hinten, im Bad.«

»Schauen Sie in der Trommel nach. Wenn ich ein Hund wäre und Angst hätte, würde ich irgendwo reinklettern. Mein kleiner Bruder hat das immer gemacht.« Bei all seiner Tierphobie – ein kleiner verängstigter Hund rührte ihn.

Mirela eilte ins Bad und stieß einen Ruf der Erleichterung aus. Tatsächlich, dort steckte der kleine Kerl und schlief. Kaum hatte sie in herausgeholt, pinkelte er vor Aufregung auf die Badezimmerfliesen. Sie freute sich viel zu sehr, als dass sie hätte schimpfen können.

Jetzt wäre der richtige Zeitpunkt gewesen, dem Kommissar von ihrer Vermutung zu berichten, dass sich der Sohn von Breda Lupu hier in Oelde aufhielt. Aber die alte Frau brachte kein Wort dazu heraus. Obwohl sie ahnte, dass ein rumänischer Einbrecher bei ihr etwas gesucht hatte, was mit ihrer Vergangenheit zusammenhing. Plötzlich stand ihr Sohn in der Wohnung und fragte: »Ist etwas passiert? Sie sind ja auf den Hof gerast, als gelte es, Leben zu retten.«

Wortlos führte seine Mutter ihn in das Wohnzimmer. »Bitte nichts anfassen«, ermahnte Schmitt den Mann, doch da hatte der bereits die Unterlagen auf dem Sekretär hin- und hergeschoben.

»Wer macht so etwas? Was wollen die von uns?« Schwerfällig ließ er sich auf einen Sessel plumpsen und schob achtlos ein paar Bücher zur Seite.

»Herr Schulze Brinkhoff, so geht das nicht. Die Spurensicherung kommt gleich und muss alles auf Fingerabdrücke hin untersuchen. Kommen Sie, raus hier.« Schmitt wurde allmählich ärgerlich, der Mann benahm sich wie ein Elefant im Porzellanladen.

»Was haben die bei dir gesucht, Mama?«

»Ich weiß es doch nicht, vielleicht Wertsachen, die man schnell mitnehmen kann?«

Eike Schulze Brinkhoff guckte den Kommissar an, ohne auf dessen Worte zu reagieren. »Man sucht doch nicht zwischen alten Papieren nach Wertsachen. Die haben ja auch das Porzellan nicht mitgenommen. Mama, erzählst du mir endlich mal, was los ist. Was können die hier gesucht haben?«

Schmitt räusperte sich und kam der älteren Frau zu Hilfe. »Es kann durchaus sein, dass der Täter etwas gesucht hat, das ihn mit Karin in Verbindung hätte bringen können. Eventuell hat Ihnen Ihre Schwiegertochter mal etwas anvertraut, Frau Schulze Brinkhoff? Es kann für sie völlig unbedeutend gewesen sein, zum Beispiel eine besonders gelungene Kolumne.«

»Die Kolumnen, die hatte ich ja völlig vergessen. Jemand wollte sich rächen, meinen Sie das? Aber warum hat er dann nicht in unserem Haus gesucht?« Eikes Gesicht war ein einziges Fragezeichen. Der große, schwere Mann wirkte völlig überfordert.

»Das macht er vielleicht noch. Ihr Haus ist vom Laden aus gut zu sehen, da hätte er zur Betriebszeit nicht einbrechen können, ohne gesehen zu werden. Das Haus Ihrer Mutter ist dagegen hinter dem Stall verborgen. Ich glaube erst einmal nicht, dass der Einbruch etwas mit der Vergangenheit Ihrer Mutter zu tun hat. Warum auch? Das ist ewig her.«

Eike saß noch immer in dem Sessel, den eigentlich die Spurensicherung gründlich untersuchen sollte. Er nahm seine Mütze vom Kopf und knetete sie zwischen seinen Händen. »Ich würde schon gerne wissen, warum ausgerechnet jetzt das Gerücht auftaucht, du seist eine Hexe, Mama.«

»Es wird an meiner Herkunft liegen. Alle Rumänen sind entweder Einbrecher, Spitzbuben oder Hexen. Ich komme nun einmal aus der Gegend, in der Dracula zu

Hause war. Und ich habe ein paar unüberlegte Sätze zu dem Wolf hier geäußert. Leider mit prophetischer Wirkung.« Die Bäuerin verlagerte ihr Gewicht, das Stehen war unangenehm. Das Gesprächsthema ebenfalls. Eike würde wahrscheinlich ausrasten, wenn er jetzt auch noch erfuhr, dass sie seinen Vater gar nicht hätte heiraten dürfen, weil sie noch immer mit einem rumänischen Mann verheiratet war. Wenn es nach ihr ginge, erfuhr er es nie. Zum Glück schwieg der Kommissar dazu, er trieb sie nun alle nach draußen. Denn auf dem Hof fuhr die Spurensicherung vor, und ihr Enkel Max kam aus dem Haupthaus, neugierig und ängstlich, was da los war. Sein Vater legte den Arm um ihn und erzählte ihm von dem Einbruch.

Mirela drückte dem Jungen den Welpen samt Leine in die Hand. »Der kleine Kerl hat sich ganz schön erschrocken. Kümmere dich mal etwas um ihn, lenke ihn ab und geh spazieren. Doch Max schüttelte den Kopf, er wollte natürlich bei der Spurensicherung zuschauen. Schmitt erlaubte es ihm, wenn er sich im Hintergrund hielt. Das Strahlen, das über das Gesicht des Jungen ging, wunderte Mirela, aber Jungen waren nun einmal Abenteurer. Man konnte froh sein, dass er sich überhaupt wieder über etwas freute.

Schmitt wandte sich an die ältere Dame: »Frau Schulze Brinkhoff, Sie müssen Ihre Papiere und Sachen sichten und mir ehrlich sagen, ob und was fehlt.«

»Warum sollte ich Ihnen das nicht ehrlich sagen?« Ihre blauen Augen starrten ihn unerbittlich an. Die Ermahnung des Kommissars war durchaus berechtigt, wusste Mirela. Immerhin hatte sie schon so einiges verschwiegen. Sie nickte schließlich gnädig und folgte den Beamten ins Haus. Den Welpen drückte sie ihrem Sohn in die großen Hände.

Am Sonntag entschied der Oelder Wolf, dass auch ihm wieder ein gutes Stück Fleisch zustand, und er riss ein Schaf. Man konnte ihm nicht vorwerfen, dass er sich zu nahe an die Stadt herangewagt hatte, denn die Schafherde befand sich außerhalb auf einer nur mäßig gesicherten Weide Richtung Stromberg, einem weiteren Ortsteil von Oelde. Es war für ein Raubtier geradezu eine schmackhafte Einladung gewesen, sich hier zu bedienen. Ein paar dünne Pinne waren in die Erde gesteckt worden und mit einem Draht miteinander verbunden, der nicht unter Strom stand. Selbst die Schafe würden von diesem Zaun kaum lange aufgehalten werden. Der dazugehörige Schäfer war ein schäbig gekleideter, nach Alkohol riechender Mann in den Fünfzigern, der sich wenig aufregte. Immerhin bekam er für das Schaf einen Geldbetrag als Entschädigung. Es war nicht einmal auszuschließen, dass der Mann seine Schafe extra auf dem Präsentierteller anbot, denn Bargeld schien er gerade dringend zu brauchen. Man teilte ihm mit, dass er seinen Zaun besser in Schuss halten müsse.

Als Kemper am Montagvormittag bei dem Schäfer auftauchte, installierte der Mann also gerade einen Stromzaun. Schimpfend und nicht ganz nüchtern kniete er auf der feuchten Wiese. Er gestikulierte mit dem Werkzeug unkontrolliert in der Luft herum, dass Kemper einen Schritt zurücktrat. Nicht zuletzt, weil der Mann einen unangenehmen Geruch verströmte. Von den Belangen eines armen Schäfers lamentierte er ebenso wie über das Wetter. Dann erwähnte er einen wüsten Rottweiler, und nun sei auch noch der Wolf gekommen. Er werde Sozialhilfe beantragen und sich nur noch vor den Fernseher hängen. Das habe doch alles keinen Sinn, sei nie sein Ding gewesen. Die ganze Schufterei werde eh nicht belohnt. Kemper blickte auf die Flasche Korn und den Anglerstuhl, sah ihn förmlich in der Sonne sitzen und seinen Rausch ausschlafen. So schlimm konnte er sich den Job nicht vorstellen. Wenn es nicht gerade Kröten regnete.

»Wieso Rottweiler?«, wurde der junge Polizist dann doch hellhörig.

»Ja, hier war letztens so ein durchgeknallter Rottweiler. Hat sich auf meine Herde gestürzt, als würde er in den Krieg ziehen. Ich habe mich nicht getraut, ihn aufzuhalten, der sah wenig nach Spaß aus. Ich habe aber laut um Hilfe gerufen, und dann erschien ein Mann und pfiff nach dem Hund. Er musste auch noch laut rufen, bis sein Tier endlich meine Herde in Ruhe ließ und zu ihm lief. Halten Sie mal eben den Draht hier fest.«

»Und Sie sind sich sicher, dass es ein Rottweiler war?«, fragte Kemper, während er in den Wind atmete.

»Ja, sicher bin ich mir sicher. Ich bin Schäfer, ich kenne mich mit Hunden aus, hatte selber mal zwei solcher Tiere.«

»Rottweiler?«

»Quatsch, Border Collies. Ist nicht leicht, einen guten Hütehund zu finden und verdammt teuer. Jetzt habe ich keinen mehr. Der Rottweiler hat jedenfalls meine Schafe gehetzt und gebissen. Ein Mutterschaf hatte eine Verletzung am Bein. Ich wollte den Kerl dafür belangen, aber der war schneller weg, als ich laufen kann. Arthrose, wegen der Scheißkälte immer. Sie können loslassen, ich hab's.« Er stand auf und reckte seine langen, dünnen Glieder. Ein Butterbrot mehr und einen Schnaps weniger täten in jedem Fall gut.

Kemper fragte weiter: »Wie sah der Mann aus? Würden Sie ihn wiedererkennen?«

Der Schäfer lachte laut. »Nee, der war viel zu weit weg. Der hat sich nicht die Mühe gemacht, seinen Hund zu holen, sondern hat nur gepfiffen und gerufen. Ich musste auch noch gegen die Sonne gucken, keine Chance.«

»Groß, klein, dunkle oder helle Haare?«

»Da hätte Boris Becker herlaufen können, ich hätte ihn nicht erkannt, ehrlich. Aber wissen Sie, was mich richtig wütend gemacht hat? Ich hatte den Eindruck, der Hund wurde absichtlich auf meine Schafe gehetzt.«

Kemper beschloss, die Auskunft des Schäfers ernst zu nehmen. »Was halten Sie davon, wenn wir beide eben schnell den Strom ans Laufen bekommen und Sie dann bei mir auf der Polizeistation einen richtig guten Milchkaffee bekommen? Ich möchte Ihre Aussage gerne aufnehmen. Gut möglich, dass Sie den Mann gesehen haben, der mit seinem Rottweiler an dem Mord an der Frau vom Hof Schulze Brinkhoff verantwortlich war.«

»So eine Schafherde ist doch ein super Übungsfeld für einen Rottweiler, der auf Kommando zubeißen soll, erklärte Kemper seinem Chef.«

Kommissar Schmitt hatte sich erstaunt gezeigt, als sein junger Assistent mit einem recht schmutzigen Schäfer aufgetaucht war und ihn mit einem Latte macchiato und ein paar Keksen zusammen in ihr Büro gesetzt hatte, das sie während der laufenden Ermittlungen meist gemeinsam benutzten. Nun war der Schäfer von einem Beamten wieder zu seiner Herde gebracht worden, und Schmitt hatte beide Fenster weit aufgerissen. Der Geruch nach Schafen, Schweiß und Alkohol setzte ihm mehr zu als die kotzende Tochter seiner Nachbarin, und das sollte schon etwas heißen. Die hatte ihn mal ordentlich mit einer Magen- und Darmgrippe angesteckt, als sie sich auf seine Terrasse erbrochen hatte.

Nun nickte Schmitt anerkennend und lobte Kemper für dessen Aufmerksamkeit. Die Untaten des Wolfes waren beinahe in den Hintergrund gerückt.

»Ella sagt, der Wolf in Oelde sei nur auf der Durchreise. Sie wundert sich, dass er noch immer hier ist. Vielleicht ist er verletzt.« Der junge Polizist nickte wichtig.

Schmitt schmunzelt und antwortete: »Die Ella hat übrigens heute schon angerufen. Sie vermisst einen Ohrring, und ich habe auf den Knien liegend die Küche abgesucht.« Er griff auf seinen Schreibtisch und beförderte einen silbernen Delfin hervor. »Ich dachte, dass Sie der Dame gerne den Ohrring wiedergeben würden, habe ich recht?«

Kemper nahm ihn entgegen und freute sich, einen Vorwand für ein Treffen zu haben. »Ja, das mache ich gerne. Wir sollten im Umkreis der Schafherde nach Augenzeugen suchen, die einen Mann mit einem Rottweiler gesehen haben. Eventuell haben wir Glück, und wir bekommen eine Personenbeschreibung.«

»Ja, stimmt. Organisieren Sie das, Herr Kemper? Drei Beamte können Sie dafür ruhig abziehen. Das dauert ja nicht einen ganzen Tag lang.«

6. KAPITEL

Im Büro des Bürgermeisters stand das Telefon nicht still. Da war gerade mal ein paar Tage Ruhe gewesen, und schon wurden neue Stimmen laut, dass der Wolf seinem traurigen Ende im Märchen folgen sollte. Tillmann legte genervt den Telefonhörer auf. Er konnte das Thema nicht mehr hören. Natürlich riss ein hungriger Wolf ein Schaf, wenn es ungeschützt in der Gegend herumlief. Das konnte man dem Tier nun wirklich nicht als abnormes Verhalten vorwerfen. Der Schäfer hatte sich zu dem Zeitpunkt in seiner Wohnung im Dorf befunden, und so konnte man Isegrim nicht einmal mangelnde Scheu vor den Menschen vorwerfen. Dagegen hielten die Wolfsgegner, dass er auf einem Hof eingebrochen sei und sich dem Waldkindergarten genähert habe. Und ein Waldkindergarten war nun mal im Wald. Nur zu wahrscheinlich, dass das eine oder andere Tier dort aufschlug. Mittlerweile wünschte Tillmann, dass der Wolf endlich das Weite suchte und in den Wäldern des Sauerlands Rotwild und Wildschweinen nachstellte.

Außerdem lagen noch ein paar Anträge auf seinem Schreibtisch, die er durchgehen musste, sowie die längst überfällige Stellenausschreibung für einen Kulturbeauftragten.

Tillmann hatte für seine Regierungsgeschäfte heute keinen Kopf mehr. Sein Privatleben hatte ihn eingeholt, mit Tempo hundert auf der Gegenfahrbahn. Seine Frau hatte ihm am Telefon verkündet, dass sie schwanger sei. Mit siebenundvierzig Jahren! Sie hätte mit der Neuigkeit durchaus warten können, bis er zu Hause war. Während der Arbeit schlugen solche Nachrichten doppelt tief ein.

Seufzend schob er seine Unterlagen zusammen und machte sich auf den Heimweg. Kurz dachte er daran, Blumen zu kaufen. Im Film taten werdende Väter so etwas, aber er war ja schon Vater. Schon sehr lange. Also fuhr er direkt nach Hause und stand schließlich wie ein Schlumpf in der Tür zum Wohnzimmer. »Britta? War das dein Ernst eben am Telefon?«

»Kein Scherz, Schatz.« Britta saß auf dem Sofa, die Beine hoch, damit konnte man in der Schwangerschaft wohl nicht früh genug anfangen. Ihre Hände waren emsig damit beschäftigt, grüne Socken zu stricken.

Grün würde sowohl Bub als auch Mädchen stehen, dachte er und hatte den Mantel noch über den Arm gelegt. Er fühlte sich völlig überrumpelt und trat einen Schritt näher. »Geht denn das?«

»Natürlich. So alt bin ich auch noch nicht. Wir befinden uns in bester Gesellschaft. Die Schwester von Michael Jackson hat mit Anfang fünfzig ihr erstes Kind bekommen und Ute Lemper mit achtundvierzig Jahren ihr viertes Kind. Sie alle haben überlebt.«

Er ließ sich mitsamt seinem Mantel in den Sessel fallen. »Die Väter auch?«

»Ach Karsten, das schaffen wir schon. Gehst du vorm Essen noch duschen?«

Erschrocken starrte Tillmann auf die Wanduhr. Halb sechs. In einer Stunde wollte Hugo Schmitt zum Essen kommen. Den hatte er ganz vergessen. Seine Frau offenbar auch. Es roch nach einer Lavendelkerze und kein bisschen nach Schweinebraten oder Rehkeule.

»Himmel, musst du nicht langsam kochen?« Er sprang auf und brachte seine Jacke an die Garderobe. Im Hintergrund hörte er ein Lachen. »Alles schon fertig. Ich habe heute Morgen eine Quiche gemacht, die ich gleich nur in den Ofen schieben muss, und die Salate dazu sind im Kühlschrank, der Weißwein für euch ebenso. Ich habe mir eben noch einen alkoholfreien Sekt gekauft, ich muss doch mit euch anstoßen.«

Worauf sie anstoßen wollte, wollte Karsten Tillmann lieber nicht noch einmal hören. Ihm war eher nach einem seelsorgerischen Gespräch zumute als nach Feiern. Er war dreiundfünfzig Jahre alt und liebte die ruhigen Fernsehabende mit seiner Frau und noch mehr das Ausschlafen am Wochenende. In ihrem Alter steckte man schlaflose Nächte doch nicht mehr so leicht weg wie mit dreißig Jahren.

»Wollen wir es nicht besser erst erzählen, wenn du die kritischen ersten Wochen überstanden hast?« Er lockerte seine Krawatte.

»Habe ich schon«, kam es fröhlich von der Couch. Ich dachte, ich käme bereits in die Wechseljahre und habe nicht weiter darüber nachgedacht. Wir sind in der elften Woche.«

Wir sicher nicht, dachte er empört. Er selbst befand sich höchstens in der schlimmsten Woche der letzten Jahre. Seltsamerweise fiel ihm die für das nächste Jahr geplante Amerikareise ein. Die konnte er sich nun sparen. Stattdessen würden sie in Windeln, Kinderwagen und Maxicosi investieren.

Während er zur Dusche schlich, mit gesenktem Haupt und Druck im Bauch, merkte er, dass er ernstlich unter Schock stand. Am liebsten würde er sich nun mit dem einsamen Wolf zusammen auf die Wanderschaft begeben. Aber eine schwangere Frau ließ man nicht sitzen. Wenn er diese Neuigkeit seinem Sohn erzählte, würde er das Lachen von Münster bis hier nach Oelde hören. Hannes studierte dort Sport und Deutsch auf Lehramt, und er war in seinem Alter bestimmt ganz heiß darauf, eine brüllende Schwester oder einen Bruder zu bekommen. Reiß dich zusammen, schnauzte er sein Spiegelbild an. An sich sah er doch noch ganz vorzeigbar aus. Den kleinen Bauchansatz hatten bereits Dreißigjährige, das wusste er aus dem Schwimmbad. Seine dunkelblonden Haare mit den grauen Strähnen zeigten nur einen dezenten Ansatz von Geheimratsecken, waren ansonsten dick und borstig wie immer. Man würde ihn nicht gleich für den Opa des Kindes halten. Und wenn schon, seine Wähler fanden es bestimmt toll, wenn er mit einem Kinderwagen durch das Dorf fuhr. Nach der Dusche ging es ihm besser.

Kommissar Schmitt erschien pünktlich und brachte einen teuren Rotwein mit, den Tillmann allerdings zu seinem Bestand packte. Zur Quiche sollte es nun den gekühlten Sauvignon Blanc geben.

Schmitt sah aus wie aus dem Ei gepellt. Er trug ein hellgraues Hemd und eine dunkle Hose, die Hemdsärmel hatte er locker aufgekrempelt, und seine wenigen Haare waren kurz geschnitten und standen wie eine Bürste seitlich ab. Sein Gesicht war frisch rasiert, und er roch angenehm würzig. Auch als Witwer ließ der Kommissar sich keineswegs hängen.

Tillmann klopfte seinem Freund kurz auf die Schulter und bat ihn ins Wohnzimmer. Hier hatte Britta mittlerweile den Tisch gemütlich und einladend hergerichtet. Und nun duftete es auch wunderbar nach Essen. Tillmanns Frau tat die Schwangerschaft gut. Sie strahlte, als sie das Essen auftrug. Die Quiche war mit Lammfleisch und Schafskäse gefüllt, und die Männer aßen ordentlich. Erst nach dem Essen und vor dem Nachtisch hob Tillmanns Gattin ihr Sektglas hoch und äußerte mit großen Augen. »Auf ein neues Baby und auf die reifen Eltern. Ich bin schwanger, Hugo.«

Hugo Schmitt starrte erst sie, dann Karsten an und fragte perplex: »Ja, geht denn das noch?«

»Ihr Männer stellt doch alle die gleichen blöden Fragen. Wenn es nicht ginge, wäre ich jetzt nicht schwanger. Du und deine Frau, ihr habt es doch auch mit Anfang vierzig noch mal probiert.« Britta stellt ein wenig gekränkt ihr Glas ab und stand auf, um den Nachtisch zu holen, Kaffee und Herrencreme. Daher sah sie nicht, dass ihr Gast recht blass geworden war.

Manche Dinge sprach man besser nicht aus, schon gar nicht unerfüllte Kinderwünsche von bereits verstorbenen Frauen, dachte Tillmann beschämt. Britta sprach leider zu schnell aus, was sie dachte. Und was sie dachte, war nicht immer bühnenreif. Er wechselte also schnell das Thema.

»Was gibt es Neues zu den Mordfällen und zu den Einbrüchen?«

»Wir suchen noch immer nach den Mittätern der Einbrüche. Ich gehe davon aus, dass es mindestens zwei weitere Täter gibt, die in der Nacht eingebrochen sind und die ältere Dame erschlagen haben. Uns fehlt die Beute zweier Häuser. Die Gruppe muss sich in der Nacht aufgeteilt haben. Zwei rumänische Staatsbürger haben wir. Gut möglich oder sogar wahrscheinlich ist es, dass die beiden anderen ebenfalls aus Rumänien kommen. Offenbar sind sie von der Bewohnerin überrascht worden. Ihr wäre wohl nichts passiert, wenn sie sich schlafend gestellt hätte. Sie muss die Nerven verloren haben.«

Tillmann schüttelte den Kopf: »Offenbar hat der Täter die Nerven verloren. Schlägt einfach auf eine wehrlose, alte Frau ein.«

Schmitt stimmte ihm zu. »Wir haben noch eine weitere neue Fährte bezüglich eines Rottweilers. Ein Schäfer, den wir wegen einer Wolfsattacke aufgesucht haben, erzählte uns, dass seine Herde einige Tage zuvor – es muss noch vor dem Mord an Karin Schulze Brinkhoff passiert sein –, von einem aufgehetzten Rottweiler angegriffen wurde. Das Tier gehörte einem Mann, der schließlich mit seinem Hund schnell verschwand. Nun haben wir die Aussage einer Joggerin, der zum möglichen Zeitpunkt ein Mann mit einem solchen Hund begegnet war. Sie kommt morgen früh, und wir fertigen nach ihrer Aussage ein Phantombild an. Ich hoffe, die

Dame ist eine gute Beobachterin. Es ist ja schon ein paar Tage her, dass sie den Mann gesehen hat, aber sie kann sich zumindest daran erinnern, dass er ausgesprochen gut ausgesehen habe.«

»Ja, auch schöne Männer können Schurken sein. Sah er wie ein Rumäne aus?«

Schmitt rührte Zucker in seinen Kaffee und fragte: »Wie sehen denn Rumänen aus? Asiaten kann ich erkennen, südländische Typen auch, aber einen Rumänen?«

»Schwarze Haare, blasse Haut und Vampirzähne«, scherzte Karsten Tillmann und stieß seinen Löffel in die Herrencreme.

»Seid ihr mit den Kolumnen weitergekommen?«, mischte sich Britta wieder ein. Sie hatte sich ein Schälchen Vanilleeis geholt, denn in die Herrencreme hatte sie eine Menge Rum hineingemischt.

»Es ist eine weitere Spur, der wir nachgehen. Ich habe die Redaktion der Zeitung gebeten, mir alle Kolumnen, die Frau Schulze Brinkhoff geschrieben hat, zukommen zu lassen. Ich hoffe, von denen bekomme ich morgen Bescheid. Es sollen insgesamt zehn Stück zu allen möglichen Themen sein. Und es steht noch ein Gespräch mit einer Frau aus, die mit dem Mordopfer durch das Reiten bekannt ist. Angeblich waren die beiden Damen erbitterte Konkurrentinnen auf den Turnieren. Aber sie war für ein paar Tage in einem Wellness-Hotel untergetaucht und ist gestern erst wiedergekommen.«

»Reiterin, sagst du?«, fragte Britta und überlegte laut. »Ich erinnere mich, dass Karin auch über eine bestimmte Spezies in den Reiterclubs eine bissige Kolumne geschrieben hat. Sie hat sich dabei sogar selbst ein wenig auf die Schippe genommen. Sie beschrieb in dem Artikel Frauen, die immer in Reithosen herumliefen, damit jeder ihre Professionalität erkannte, die mit ihrer Frisur die Zugehörigkeit zu ihrem Pferd zeigten und bei der Erwähnung eines guten, westfälischen Sauerbratens in Ohnmacht fielen. Eventuell hat diese Frau den Artikel zu sehr auf sich bezogen.«

Schmitt blickte skeptisch. »Die recht brutale Inszenierung des Mordes deutet für mich eher auf einen Mann hin, aber es kann natürlich ein Auftragsmord gewesen sein. Britta, du kanntest die Tote ja ein wenig vom Einkaufen. Kannst du dir vorstellen, dass sie ein Verhältnis hatte?«

Britta kratzte ihr Eisschälchen leer und legte den Löffel hinein. »Darüber wage ich keine Aussage. Sie kam ja mit vielen Menschen in Kontakt. Warum fragst du?«

Schmitt erzählte, dass es einen Physiotherapeuten gebe, der ihr mindestens einen Liebesbrief geschrieben habe. Das habe der Mann auch bei einem Gespräch mit dem Kommissar am Vormittag zugegeben. »Er beteuerte allerdings wie ein Gentleman, dass Karin seine Avancen abgelehnt habe. Es sei nichts vorgefallen, was nicht in die physiotherapeutische Behandlung ihres Rückens gehört hätte.«

Tillmann schmunzelte. »Na, so eine Behandlung kann ja recht viel Körperkontakt beinhalten.« Dafür erhielt er von seiner Frau einen kleinen Stoß in den Rücken. Britta hatte erhitzte, rote Wangen, und sie sah müde, aber zufrieden aus. Tillmann merkte, wie er sie plötzlich beschützen wollte. Vor allem Möglichen, was ihm da gerade einfiel: vor Rottweilern, vor der Geburt, vor Komplikationen in der Schwangerschaft und vor Enttäuschung. Er räusperte sich berührt. »Schatz, willst du nicht schon nach oben gehen, ich und Hugo kümmern uns ums Aufräumen und Saubermachen. Du siehst müde aus.« Er bekam ein strahlendes Lächeln und einen Kuss auf die Nase, bevor sie langsam nach oben ging. Er blickte seiner schwangeren Gattin nach.

Birte Steiner war eine sehr schlanke, beinahe schon magere Frau Ende dreißig. Ihr Gesicht erinnerte an einen Pudel. Daran konnte der leicht blasierte Gesichtsausdruck schuld sein. Ein knallroter Lippenstift und ein hoch geföhnter Pony verstärkten den Eindruck höchstens noch. Sie trug keine Reithosen, sondern enge Lederleggins und einen zu großen Pullover, der wie ein Kleid über die Hosen fiel. Sie führte Schmitt und Kemper in ihr Arbeitszimmer, in dem es von Turnierschleifen in den verschiedensten Farben nur so wimmelte. Dazwischen hingen Pferdefotos und Pferdekalenderblätter.

Eine so schreckliche Angelegenheit sei das ja, sodass sogar eine Frau wie sie nun mit der Polizei in Kontakt gerate, gab sie zum Besten. »Wissen Sie, ich musste nach dem schrecklichen Tod von Karin und dem Wolfsangriff auf ihre Ziege erst mal weg hier. Das Dorf wurde mir zu eng, hinter jeder Straßenecke habe ich Gespenster und Wölfe gesehen. Ich habe meine Stute genommen und bin in die Heide gefahren.« Sie lächelte blass. »Meine zierliche, kleine Stute würde dem Wolf sicher auch gut schmecken.«

»Nun, da haben Sie sich aber auf jeden Fall den Wölfen weiter genähert. In der Lüneburger Heide gibt es ja einige Rudel.«

Birte Steiners Gesicht blickte erschrocken. »Sie wollen mich ärgern.«

Schmitt schüttelte kategorisch den Kopf. »Nein, das können Sie im Internet nachlesen. Aber es ist ja gutgegangen. Sie sind heil wieder zurück, und daher möchte ich Sie nun fragen, in welchem Verhältnis Sie zu Karin standen.«

»Wir sind zusammen zur Schule gegangen, aber Karin ist älter als ich. Durch die Reiterei hatten wir immer schon Kontakt. Ich will nicht schlecht über eine Tote reden, aber Karin konnte schwierig sein, und sie hat sich durchaus Feinde gemacht.« Birte Steiner hob die sorgfältig gezupften Brauen und spitzte die Lippen.

»Waren Sie zum Beispiel eine ihrer Feindinnen?«

»Puh, Sie werden es ja doch erfahren. Karin war nicht immer ganz fair bei den Turnieren. Das habe ich ihr mal offen ins Gesicht gesagt. Und dann hat sie diese Kolumne verfasst. Eine Frechheit. Man muss schon ein bisschen aufpassen, wenn man öffentlich einen Artikel schreibt. Kurz gesagt, wir mochten uns nicht besonders. Aber natürlich habe ich sie nicht umgebracht.«

Schmitt machte sich dazu eine Notiz und fragte weiter: »Wussten Sie von Karins Hundephobie?«

Mittlerweile saßen sie alle drei auf den Stühlen, die es im Arbeitszimmer gab. Sie standen um einen quadratischen, weißen Tisch herum, auf dem eine Rechnung für Pferdefutter lag. Birte Steiner faltete diese nun immer kleiner auf und sagte: »Jeder wusste davon. Pferdeleute besitzen oft Hunde, und auf den Turnieren tummeln sich eine Menge Rassen. Sie hat stets einen großen Bogen um die Hunde gemacht.«

»Kennen Sie jemanden, der einen Rottweiler besitzt?«

Nun schlug sie kokett die Augen auf. »Herr Kommissar, Sie verdächtigen mich doch nicht ernsthaft, oder? Ich mit einem Rottweiler an der einen Seite und einem Wolf an der anderen Seite. Stellen Sie sich das mal bildlich vor. Ich wäre noch vor Karin gestorben. Nein, ich kenne keinen Rottweiler. Wir Pferdefreunde haben meist freundliche Hunderassen: Labradore, Golden Retriever, kleine Terrier. Ich selbst besitze einen Spaniel.«

Kemper hörte zu und behielt Birte Steiner im Auge. Diese warf dem Polizisten ab und zu einen betont hilflosen Blick zu und flirtete mit ihm. Er hielt sie nicht für die Mörderin von Karin. Aber eventuell kannte sie den Mörder, ohne es zu wissen. Kemper stellte nun ebenfalls eine Frage. »Sie kennen sich doch hier im Dorf gut aus, sind sicherlich selbst auch bekannt. Haben Sie eine Idee, wer es gewesen sein könnte? Wer hätte ein Motiv gehabt?«

Sie schlug ihre schlanken Beine übereinander. »Ich denke auf jeden Fall, dass es ein Mann war. Ich hätte mich jedenfalls nicht getraut, der Karin einen Schlag zu versetzen. Sie war kräftig. Vielleicht war es eine Beziehungstat, oder jemand war über ihre Kolumnen verärgert. Es gab da einen reichen Holländer, der ihren Wallach kaufen wollte. Er war ziemlich erbost, dass Karin jedes Gebot ausschlug. War auch blöd von ihr, er hat wirklich viel Geld geboten, soweit ich weiß. Eike verkauft ihm das Pferd jetzt ganz bestimmt.«

Erneut schrieb Schmitt etwas in sein Notizbuch und hob dann den Kopf. »Haben Sie einen Namen für mich?«

»Nee, den Namen kenne ich nicht. Das war ein großer, kräftiger Kerl mit blonden Haaren und einem Schnurrbart. Der sah aus, als wenn er jeden Tag riesige Käselaibe herumträgt oder Wohnwagen stemmt.« Sie lachte hell auf über ihren Scherz.

Viel Sinnvolles bekamen sie nicht mehr zu hören, und beide Männer verabschiedeten sich schnell. Ihr Alibi für die Nacht, in der Karin gestorben war, bestand durch ihren Ehemann. Beide hätten sich im Bett befunden.

»Rumänen, Hexen, Rottweiler, Wölfe und nun auch noch Holländer. In diesem Fall will wohl jeder mitmischen.« Schmitt setzte sich hinter das Steuer und guckte gequält. »Und es begann alles mit einer totgebissenen Ziege. Vielleicht müssen wir mal zurück zum Anfang.«

Wieder im Büro starrten sie nun auf eine Tafel an der Wand. Auch heute hatte der Fahrstil des Kommissars für Schweißperlen auf Kempers Stirn gesorgt, zumal er Kurven gerne so fuhr, dass er sie durch das Nutzen der anderen Fahrseite begradigte. So drehte der junge Polizist seine Tasse Kaffee noch etwas unentspannt in der Hand. An der Tafel befanden sich alle Fakten und Ereignisse in ihrer zeitlichen Reihenfolge. Sie hatten sie bei einer Art Brainstorming aufgeschrieben.

Der junge Polizist überlegte laut. »Nachdem der Wolf die Ziege auf dem Hof Schulze Brinkhoff gerissen hat, stand Oelde überall in der Zeitung, in ganz Nordrhein-Westfalen, denn es war der erste Wolf in unserem dicht besiedelten Bundesland, soweit ich weiß. Eine

Sensation. Vielleicht wurden dadurch tatsächlich andere Wölfe angelockt, wie es Mirela Schulze Brinkhoff angedeutet hat. Der Mörder, die Einbrecher. Was, wenn die nur den Trubel um Oelde nutzen wollten?«

»Sie meinen, unser Mordopfer ist nicht aus persönlichen Motiven umgebracht worden, sondern um das Dorf weiter in Aufruhr zu halten? Oder um den Wolf in Verruf zu bringen?«

Schmitt hörte zu und Kemper führte den Gedanken weiter. »Die Einbrecher, die eh in Deutschland unterwegs sind, kommen her, weil hier gerade die Polizei damit beschäftigt ist, vermehrt auf dem Land Streife zu fahren. Oder weil es sie reizt, ähnlich wie der Wolf hier auf Beute zu gehen. Es könnte alles auch die Tat eines geisteskranken Aufrührers sein.«

Schmitt guckte skeptisch. »Eine abenteuerliche These. Wenn also an dem Abend die ältere Bäuerin draußen unterwegs gewesen wäre, hätte es sie getroffen. Meinen Sie das?«

Der junge Polizist nickte. »Vielleicht geht es auch um politische Motive. Jemand will dem Bürgermeister Stress machen, ihm mangelnde Kompetenz nachweisen. Ich weiß, dass er eine Menge Ärger hat, weil lauter Anträge eingehen, der Wolf müsse erschossen werden. Es gab einige Entscheidungen des Bürgermeisters, mit denen bestimmte Geschäftsleute in Oelde nicht einverstanden waren.«

Schmitt wusste selbst, wie angespannt sein Freund Tillmann gerade war. So richtig wollte er an einen zufälligen Ablauf der Verbrechen aber nicht glauben. Man konnte ja dennoch mal einiges gedanklich durchspielen.

»Lassen Sie uns noch weiter zurückgehen. Vor etwa vierzig Jahren kommt eine verheiratete Rumänin nach Oelde und beginnt ein neues Leben. Ohne Skrupel ehelicht sie ein zweites Mal und wird Großgrundbesitzerin. In ihrer Heimat kann man sich noch Jahrzehnte später an sie als Hexe erinnern. Und kaum wird ihre Ziege von einem Wolf gerissen, spricht sie merkwürdige Prophezeiungen aus, und tags darauf liegt die Schwiegertochter tot auf der Pferdeweide. Vielleicht hat Karin Schulze Brinkhoff herausgefunden, dass ihre Schwiegermutter rechtmäßig gar nicht ihre Schwiegermutter war? Wir wissen, dass die beiden nicht das beste Verhältnis hatten.«

Nun war es an Kemper, zweifelnd zu schauen. »Ich weiß nicht. Tut eine Oma so etwas ihrem Enkel an? Nimmt ihm die Mutter weg?«

Schmitt trommelte einen seiner Wirbel auf die Tischplatte. »Es muss ja nicht die alte Dame gewesen sein. Eventuell ist ihr etwas aus dem Ruder gelaufen. Was wäre, wenn sie Kontakt zu einigen rumänischen Mitbürgern hatte, die hier als Einbrecher unterwegs waren? Können wir das wirklich ausschließen?«

»Nein, die Halunken schweigen sich ja alle beide aus. Und die zwei Einbrecher, die noch flüchtig sind, sind längst über alle Berge, wahrscheinlich über die karpatischen Berge. Die Durchsuchung der Sachen von Casian Barbu und Marcu Tudor hat leider auch keine Hinweise auf Mittäter gegeben. Sie behaupten beide, es gebe keine weiteren Rumänen, die hier in Oelde geplündert haben. Das seien andere gewesen. Als wenn Oelde eine Hochburg für Einbrecher ist und jede Nacht marodierende Ausländer durch die Straßen ziehen. Unwahrscheinlich.«

Plötzlich betrat eine muntere Dame mit einer Mappe in der Hand das Büro. Die Tür stand offen, und sie sagte: »Klopf, klopf. Ich komme von der Zeitschrift *Landgefühle* und bringe Ihnen die Kolumnen von Karin Schulze Brinkhoff.«

Die Frau war etwa fünfzig Jahre alt, trug einen flotten Kurzhaarschnitt und ein figurbetontes Strickkleid, das sie gut tragen konnte. Knallrot bemalte Lippen lächelten die beiden Beamten forsch an. Sie setzte sich ohne Einladung auf einen Stuhl, sodass sie beide Männer gut im Blick hatte, und schlug die Mappe auf, in der einige Ausdrucke lagen. »Ich war ja etwas neugierig, weil unsere Kolumnen nun Teil einer Mordermittlung wurden, und habe sie selbst noch mal durchgeschaut. Für mich kommen drei Artikel infrage, mit denen Karin jemandem auf die Füße getreten sein könnte. Eine Kolumne handelt von einem Schweinebauern, eine von nervigen Hundebesitzern. Sie fordert darin Strafen für Leute, die ihren Hund überall hinkacken lassen oder keine Hundesteuer zahlen. Nach diesem Artikel gingen etliche Beschwerdebriefe bei uns ein, ich habe sie in der Folgeausgabe veröffentlicht. Und in einem dritten Artikel geht sie mit den Jägern ins Gericht. Zu der Zeit gab es einige Vorfälle. Mehrere Hauskatzen sind erschossen worden, und ein Reh wurde angeschossen und verendete qualvoll im Revier. Karin spielte auf eine ganz bestimmte Jagdgesellschaft an und zumindest jeder Jäger, der sich in Oelde auskannte, wusste, von welchem Revier sie sprach.«

Endlich stoppte die Dame ihren Redefluss, und zumindest Schmitt reagierte schnell auf die Pause. »Schön, dass Sie extra zu uns kommen. Das ist eine Riesenhilfe, was Sie uns da an Details berichten. Und wie weitsichtig, uns auch die Leserbriefe mitzugeben. Ich bin begeistert.« Er streckte die Hand nach der Mappe aus, und sie gab sie ihm. »Ich heiße übrigens Dagmar Wöste. Ich habe das gerne gemacht. Um welches Revier es sich bei den Katzenmorden handelte, habe ich unten an den Artikel geschrieben.«

»Perfekt«. Auch Kemper nickte anerkennend und lächelte der aparten Frau zu. Beim Abschied gaben sie sich die Hand und ihr Händedruck war überraschend fest für eine Frau. Sie war eine motivierte Chefredakteurin, und sie kannte ihre Wirkung auf Männer. Die Gunst der Stunde nutzend ließ sie den Beamten einen Antrag für ein Abonnement ihrer regionalen Landzeitschrift dar. Genauso schnell, wie sie gekommen war, eilte sie auch schon wieder aus dem Büro.

Schmitt zeigte ein seltenes Lächeln. »Ich habe den Eindruck, wir sind wieder ein großes Stück weiterkommen. Und wir haben Arbeit bekommen. Wir werden uns die Jäger vornehmen und die Leserbriefe durchsehen. Welche Aufgabe übernehmen Sie?«

Kemper lachte ihn an. »Chef, ich nehme die Leserbriefe, das sind alles Hundeliebhaber mit großen, wilden Tieren. Die wollen Sie bestimmt nicht aufsuchen.«

»Nein, will ich nicht. Ich frage mich allerdings, ob die Jäger bessere Gesprächspartner sind.« Er grinste ganz leicht.

Die fünfte Klasse eines Gymnasiums machte heute einen Schulausflug in den Hammer Tierpark. Schier endlos und oft gleichzeitig stellten die Kinder ihre Fragen an die Zoologin Nele Brabender. Diese strich sich ihre blonden Haare aus dem Gesicht, es war recht windig, und immer wieder flogen ihr die Strähnen vor die Augen. Sie hatte bereits eine anstrengende Stunde hinter sich. Einige Tiere nahmen die Kinder thematisch im Unterricht durch, und zu diesen sollten sie sich besonders genau informieren.

Dazu gehörten die Schnee-Eule, der Waschbär und der Wolf. Die Eule hatten sie soeben besichtigt. Nele Brabender war ins Gehege gegangen und hatte ihnen das dichte Federkleid erklärt, die Art zu jagen, ihre Futtervorlieben und wie viele Jungen sie bekommen konnte. Die Schnee-Eule hielt den Kälterekord unter den Vögeln, denn sie konnte Temperaturen von -56 Grad Celsius aushalten. Dabei war sie fast so groß wie ein Uhu. Wer ein Handy besaß, machte ein Foto von dem Tier.

Danach ging es zu den possierlichen Waschbären. Diesen charmanten Verbrechern war nichts heilig. Leute, die schon mal den Einbruch eines Waschbären in ihr Haus erlebt hatten, waren den Tränen nahe beim Anblick der Verwüstung, den die kleinen Halunken veranstaltet hatten. Auf der Suche nach etwas Essbarem zerrten sie alles Mögliche aus den Schränken, warfen Dinge um und durchwühlten alles. Die Kinder lachten über die Geschichten, die Nele ihnen über die Tiere erzählte. Denn natürlich hatte auch sie selbst schon einigen Schabernack mit den Frechdachsen erlebt.

»Und nun gehen wir zu den Wölfen. Achtet mal darauf, wie ähnlich sie den Hunden sind und worin sie sich unterscheiden«, bat die Lehrerin.

Sie mussten nicht weit laufen und standen schließlich vor einem Gehege, in dem es viele Sträucher und Dickicht gab, damit die Wölfe sich verstecken konnten. Und es gab eine Höhle, die in den Boden eingelassen war. Eine Wölfin kam soeben anmutig aus der Höhle und blickte sich suchend um. Die Kinder drängelten sich an das Gatter, einige wurden an die Seite geschoben. Plötzlich schrie ein Kind auf. Es war ein Mädchen, aber Nele und auch die Lehrerin entdeckten sie nicht sofort. Sie stand etwas außerhalb des Weges im Gestrüpp und zeigte mit dem Finger auf einen weiteren Wolf. Er stand drei Meter vom Zaun entfernt, ein wunderbarer Anblick und kein Grund, so zu schreien. Die Lehrerin wollte gerade ärgerlich schimpfen, da sah Nele, warum das Kind so erschrocken dastand, und sie gab der Frau ein Zeichen. Nele hatte sich dem Mädchen genähert und besaß nun einen anderen Blick auf das Gehege. Direkt vor dem Wolf hatte jemand ein großes Loch in den Zaun geschnitten. Und wenn der Wolf nun ein paar Schritte weiter machte, befand er sich mitten zwischen den Kindern.

Der Zoologin wurde ganz heiß. Nicht, weil sie ernsthaft befürchtete, dass ein Wolf Menschen angriff, sondern weil ein entlaufener Wolf kaum wieder eingefangen werden konnte. Dieser hier war extrem an Menschen gewöhnt, er zuckte bei einer Horde Kinder nicht einmal zusammen und konnte daher aufgrund der mangelnden Scheu auch zur Gefahr werden. Und nun stand er vor dem offenen Zaun. Bevor eine Panik ausbrechen konnte, bat sie: »Ihr geht jetzt alle zum Spielplatz und wartet dort auf mich. Ich muss hier etwas regeln. Sofort.«

Ein Junge mit Segelohren sagte: »Wir können uns doch alle vor das Loch stellen, dann traut er sich nicht raus.«

Eine wirklich gute Idee, aber auf die Schlagzeile – Kuratorin vom Hammer Zoo missbraucht Kinder als menschliche Schutzschilde gegen Raubtiere – hatte sie keine Lust. »Der hört schon auf mich, er kennt mich ja. Ab mit euch.«

Murrend schlenderten die Kinder weg, nur ein paar Zaghafte rannten panisch in Richtung Spielplatz. Die beherzte Lehrerin war hin- und hergerissen. Sie durfte ihre Klasse nicht alleine lassen, wollte aber helfen. »Ich kann noch ganz kurz bleiben.«

Nele nickte. »Wir müssen uns groß machen und ihn zurückdrängen.« Beide Frauen hoben nun die Arme und schrien und scheuchten, damit der Wolf sich verzog. Der stand erst regungslos da, während Nele gleichzeitig noch nach ihrem Handy griff und zu telefonieren versuchte. Erst senkte das Tier den Kopf und knurrte, doch dann endlich trottete es leichtfüßig in Richtung der Höhle und zu seiner Gefährtin.

Nele stand noch immer breitbeinig vor dem defekten Zaun und hatte nun ihren Kollegen und Tierpfleger Markus am Telefon. »Organisiere sofort einen Reparaturdienst. Wir haben hier ein großes Loch von fünfzig bis sechzig Zentimeter Durchmesser im Wolfsgehege. Es wurde mutwillig hineingeschnitten. Beeil dich, ein Wolf wollte den Durchgang eben schon benutzen.«

Die Lehrerin war bereits ihrer Schulklasse nachgeeilt. Nele blickte erleichtert den Handwerkern entgegen, die fünf Minuten später auftauchten. Erst jetzt bemerkte sie, wie ihre Knie zitterten. Sie konnte nun ein klein bisschen verstehen, warum Menschen vor Wölfen Angst hatten. Genau genommen hatte Isegrim sich so verhalten, wie man es von ihm erwarten durfte. Schlussendlich hatte er Angst vor den Menschen gezeigt und war zurückgewichen.

Sie straffte sich und folgte der Klasse auf den Spielplatz. Dort versammelte sie alle Kinder um sich und lobte sie dafür, dass sie das Loch so aufmerksam bemerkt hätten. Nun sei der Wolf wieder geschützt innerhalb des Geheges. Sie erzählte noch Wissenswertes zu dem Tier und begeisterte die Klasse damit, dass jeder sich nun ein Eis auf Kosten des Zoos aussuchen dürfe. Bei Vorfällen war es immer wichtig, dass die Besucher mit einem guten Gefühl den Zoo verließen.

Es war nach Mittag, als sie die Polizei informierte, sowohl die Örtliche in Hamm als auch Kommissar Schmitt. Es war ja nicht auszuschließen, dass dieser Fall mit seinen Fällen in Oelde zusammenhing.

»Danke, Frau Brabender. Ich bin sogar überzeugt davon, dass der Täter aus Oelde kommt. Können Sie mir sagen, was geschehen wäre, wenn der Wolf abgehauen wäre?«, fragte Kommissar Schmitt.

»Er wäre mit ziemlicher Sicherheit erschossen worden. Einen Wolf einzufangen, ist sehr schwer, und wir hätten hier im Tierpark sicher nicht lange Aufhebens darum machen können. Ein Wolf, der keine Scheu vor Menschen hat, kann theoretisch gefährlich werden. Unsere Wölfe haben nie gelernt, alleine zurechtzukommen. Und der Tierpark liegt mitten in der Stadt. Nein, wir hätten kein Risiko eingehen dürfen.«

Es raschelte im Hintergrund. Schmitt sprach mit seinem Kollegen. Dann fragte er: »Können Sie den Tatzeitraum eingrenzen?«

»Nicht wirklich, ich nehme an, das Loch wurde nachts beziehungsweise in den frühen Morgenstunden verursacht. Es war reines Glück, dass die Wölfe ihre Freiheit nicht eher bemerkt haben. Es kann aber auch schon in der Dämmerung passiert sein. Ein Besucher braucht sich ja nur zu verstecken und bis zum Feierabend der Mitarbeiter zu warten. Schon gehört ihm der Zoo bis auf die Nachtwache alleine. Und unser Nachtwächter kann ja nicht überall gleichzeitig sein. Er macht halt seine Patrouille.«

Schmitt dachte laut nach. »Also wollte unser Aktivist dem Zoo und/oder dem Wolf schaden?«

»Sieht so aus. Ein Tierfreund tut so etwas sicher nicht, so verblendet wie die mitunter auch sind. Ich gebe gleich mal Bescheid, dass der Zoo in Münster besonders wachsam sein soll. Der Typ versucht es vielleicht noch mal.«

»Gute Idee, ich werde mich dort auch melden und eine Wache postieren. Sie haben mich da auf eine Idee gebracht. Die Wölfe in Münster könnten uns als Köder dienen.«

Und ganz sicher würde nicht Kommissar Schmitt auf den Köder aufpassen. Er alleine nachts im Zoo, das wäre das Heraufbeschwören seines Albtraums aus der Kindheit, als ihm genau das ja zugestoßen war. Den Nachtwächterjob im Zoo machten oft Studenten oder Rentner, die sich etwas dazuverdienten. Er war für manche ein Traumjob, für einige aber der reinste Albtraum. Nicht jedem lag es, nachts alleine durch den Zoo zu wandern und den zahlreichen Tiergeräuschen zu lauschen. Nele selbst war schon so einige Male über Nacht im Zoo geblieben. Wenn ein Tier schwer krank war oder eine komplizierte Geburt anstand. Ihr machte es nichts aus, sie liebte Tiere und empfand die Geräusche als beruhigend. Aber so manch starker Kerl hatte den Job nach der ersten Nacht wieder abgegeben. Die Telefonnummer von Sven, der in der letzten Nacht Dienst gehabt hatte, hatte sie natürlich auch an den Kommissar weitergegeben. Er würde Sven nach Besonderheiten in der Nacht befragen. Viel herauskommen würde dabei nicht, Nele hatte bereits den Bericht von der Nacht gelesen. Sven hatte keine besonderen Vorkommnisse notiert.

»Ich kann die Bewachung im Zoo heute Nacht übernehmen. Ich suche mir noch einen Kollegen, der mitmacht, und lege mich jetzt für ein paar Stunden aufs Ohr.«

Schmitt schüttelte den Kopf und musterte den sportlichen und sichtlich motivierten Kollegen Kemper.

»Sie brauche ich tagsüber wach und munter an meiner Seite. Wir haben heute noch einige Befragungen durchzuführen. Wie weit sind Sie mit den Leserbriefen?«

Jetzt schüttelte Kemper den Kopf. »Bis auf einen sind es harmlose Erklärungen von leidenschaftlichen Hundebesitzern, die ihre Lieblinge in Schutz nehmen. Keine Spur von Aggressivität, bis auf den einen hier. Aber der wurde anonym geschrieben. Kemper reichte dem Kommissar einen Zettel herüber. Er war auf einem karierten Blatt mit der Schreibmaschine geschrieben worden. Schmitt las laut vor: »*Die Schreiberin hasst offenbar*

Hunde und als solche ist sie nicht in der Lage, qualifiziert eine Kolumne über Hundehalter zu schreiben. Sie diffamiert, beleidigt und unterstellt uns Hundebesitzern eine Rücksichtslosigkeit, die wir nicht haben. Ich selbst habe immer eine Tüte dabei, wenn ich mit meinem Hund spazieren gehe. Die meisten Menschen verteilen mehr Unrat und die Umwelt verschmutzende Dinge als jedes Tier. Die Schreiberin dieser Kolumne sollte lieber aufpassen, dass sie für ihre Ungerechtigkeit nicht von einem Hund zur Rechenschaft gezogen wird. Ich wünsche ihr jedenfalls einen kräftigen Biss in den Allerwertesten!

Schmitt pfiff durch die Zähne. »Ich weiß, woran Sie denken. Statt in den Hintern, hat der Verfasser sie eventuell gleich an der Kehle erwischt?«

Kemper blieb skeptisch. »Ich weiß nicht. Dieser Brief ist von einem Hundeliebhaber geschrieben worden. Der holt sich doch nicht einen Rottweiler für eine Attacke auf eine Kolumnistin und bringt ihn danach um. Ich denke, wir suchen einen skrupellosen Täter. Mit dem anonymen Brief können wir eigentlich nichts anfangen. Ich hätte also jetzt Zeit, Sie zu den Jägern zu begleiten.«

»Es ist erst einmal nur einer. Das Revier, um das es geht, hat zwei Pächter. Mit dem einen habe ich eben telefoniert. Ich kann ihn um drei Uhr treffen, dann ist er auf Patrouille oder so. Ich glaube, die Jäger nennen es anders. Jedenfalls schaut er in seinem Revier nach dem Rechten. Es liegt ein Stück außerhalb von Stromberg. Wohnen Sie nicht in diesem südöstlichen Stadtteil von Oelde? Kennen Sie einen Hans Burghardt?«

»Ich wohne in der Nähe des Vier-Jahreszeiten-Parks. Ich kenne nur einen einzigen Jäger, meinen Großvater, und dem gibt man besser kein Gewehr mehr in die

Hand. Er erinnert sich nicht mehr daran, wie viele Enkel er hat, aber dass ein Wolf im Revier abgeknallt gehört, das weiß er sicher.« Der junge Beamte verdrehte die Augen.

Schmitt bekam immer etwas Angst, wenn jemand von älteren Menschen sprach, die verwirrt waren. Er selbst hatte große Angst davor, als seniler, alter Dorftrottel zu enden. Als allein lebender Mann mit einem Großvater, der an Alzheimer gestorben war, bestand das Risiko durchaus.

Nun stand die Befragung von Hans Burghardt an, sie mussten sich auf den Weg machen, denn es war schon Viertel vor drei.

Draußen wechselten sich Sonne und Wolken ab bei einem recht scharfen Wind. Die Temperaturen ließen den nahenden Winter ahnen. Schmitt trat aufs Gaspedal und fand das Theater, das Kemper wegen seines Fahrstils machte, übertrieben. Was war denn nur mit den jungen Leuten los? Viele Achtzehnjährige hatten es nicht mal eilig, einen Führerschein zu machen. In seiner Jugendzeit hatte es das nicht gegeben.

»Haben Sie den Radfahrer nicht gesehen?«, fragte der Kollege auch gleich wieder erschrocken.

»Sicher, deshalb fährt er ja auch unverletzt weiter.«

»Sie hätten ihn beinahe auf der Motorhaube gehabt!«

»Lange nicht, das passte alles gut. Können Sie den Straßennamen erkennen? Irgendwo an der Stromberger Straße sollen wir ihn treffen. Er fährt einen Jeep.«

»Klar fährt er einen Jeep. Er ist ein Jäger. Grün oder Kaki?«

Schmitt seufzte und fuhr langsamer. »Schwarz. Da vorne steht er.«

Sie parkten hinter dem schweren Wagen und sahen, dass keiner darin saß. Kemper stieg aus und schaute sich um. Über das angrenzende Feld stapfte ein langer, hagerer Mann mit einer Flinte über der Schulter. Begleitet wurde er von einem großen, langhaarigen Jagdhund. Schmitt stieg nun ebenfalls aus, um sich gleich darauf wieder ins Auto zu setzen. Durch das geöffnete Fenster sagte er zu seinem Kollegen: »Sagen Sie ihm, dass er seinen Hund bitte ins Auto packt. Andernfalls muss der Mann zu mir ins Auto kommen.« Schmitt hatte diesen Fall gerade wieder so richtig satt. Mit einem Dackel kam er ja noch klar, aber ein großer Münsterländer ohne Leine und als Jagdhund ausgebildet? Auf gar keinen Fall.

Hans Burghardt öffnete die Kofferraumtür, und sein Hund sprang hinein, bevor Kemper darum gebeten hatte. Sehr schön. Kommissar Schmitt stieg aus und reichte dem Jäger die Hand. Kurz teilte er dem Mann mit, dass es um den Mordfall Karin Schulze Brinkhoff gehe und speziell um die Kolumne, die die Dame über die Jäger geschrieben habe.

Er hatte noch nicht ganz ausgesprochen, da brach Hans Burghardt in bellendes Gelächter aus. Seine großen Ohren und die beeindruckende Nase bebten geradezu. »Sie glauben doch nicht, dass eine unqualifizierte Bemerkung über unsere Jägerschaft auch nur einen Pieps wert ist, geschweige denn einen Mord. Irgendeiner brachte den Artikel mit zum Stammtisch, deshalb kenne ich ihn überhaupt. Solche Frauenzeitschriften lese ich nicht.

Schmitt streckte sich. Er ging dem Hünen leider nur bis zum Hals. »Das ist ja sehr schön, dass Sie die Geschichte amüsiert, aber könnte es eventuell unter Ihren Kollegen jemanden gegeben haben, dem der humorvolle Blick darauf fehlte? Vielleicht fühlte sich einer persönlich angegriffen?«

»Persönlich angegriffen wurden wir alle in dem Artikel, aber wir Jäger stehen ja ständig unter Beschuss. Die Leute haben ja keine Ahnung mehr von Hege und Pflege. Ich habe meinen Jagdschein jedenfalls nicht gemacht, um auf kleine Schreiberlinge zu schießen.«

Schmitt wippte nun sogar auf seinen Zehenspitzen. »Nun, erschossen worden ist die Frau ja auch gar nicht. Kennen Sie jemanden, der einen Rottweiler besitzt?«

Erneut ertönte ein bellendes Geräusch aus seinem Mund. Der war wohl zu viel mit seinem Münsterländer zusammen, dachte der Kommissar böse.

»Unter den Jägern? Mein lieber Herr Kommissar, was soll ein Jäger denn mit einem Rottweiler? Sein Auto bewachen lassen? Diese Hunde eignen sich ja nun gar nicht für die Jagd. Nein, ich kenne niemanden, der einen solchen Hund besitzt.«

»Oder besessen hat. Immerhin haben wir den Rottweiler, dessen Bissspuren sich am Hals des Opfers befunden haben, tot im Wald gefunden«, ergänzte Schmitt.

»Wir haben schon mal ein Problem mit wildernden Hunden in unserem Revier, aber an dem gerissenen Kaninchen steht ja nicht dran, welcher Hund es war. Hierhin kommen auch Spaziergänger von außerhalb, die ihre Hunde dann frei herumstreunern lassen. Ach, da fällt mir ein, ich habe neulich einen Rottweiler gesehen.

Der lief frei in meinem Revier und trieb sich im Unterholz rum, stresste das Wild. Ich habe dem Besitzer ganz schön den Marsch geblasen.«

Jetzt wurde Schmitt hellhörig. »Können Sie den Mann beschreiben?« Schmitt holte bei der Frage sein Handy hervor, denn dort hatte er das Phantombild des Mannes gespeichert, den eine Joggerin mit einem Rottweiler gesehen haben wollte. Sie war am Morgen auf dem Revier erschienen und hatte mithilfe eines Computerprogramms das Bild entworfen.

Er suchte es heraus, während Burghardt antwortete: »Das ist über eine Woche her.«

Schmitt hatte das Foto von dem Phantombild endlich gefunden, es war natürlich nur eine kleine Ansicht. Der Mann besaß dunkle Haare und einen dünnen Schnurrbart im in einem markanten Gesicht. Auf eine gewisse wilde Art sah er sehr gut aus. Ob er ein Rumäne war, konnte man beim besten Willen nicht sagen, typisch südländisch sah er trotz der dunklen Haare nicht aus. Aber so ein Phantombild wirkte ja immer etwas starr und oberflächlich. Er hielt es dem Jäger vor die Nase. Der zuckte aber sofort mit der Schulter: »Das kann er gewesen sein, oder auch nicht. Ich habe mehr auf den Hund geachtet, der war mir nicht geheuer. Ehrlich, ich hatte Sorge, dass er mich angreift.«

»Hat der Mann etwas gesagt? Hatte er einen Akzent?«

»Nein, ich glaube nicht. Er hat aber auch wenig gesprochen, hat mich nur überheblich angegrinst, als ich ihn zurechtgewiesen habe. Dann hat er seinen Hund gerufen, hat ihn angeleint und ist weggegangen. Nein, fremdländisch kam er mir nicht vor, aber sehr selbstbewusst, beinahe dreist. Der marschierte durch den Wald, als würde er ihm gehören.« Tut mir leid, mehr kann ich Ihnen nicht sagen. Aber wenn die Regierung dem Wolf tatsächlich ein Zuhause in Deutschland anbieten will, dann herzlichen Glückwunsch. Dann werden Sie noch mehr blutige Spuren verfolgen können.«

Kemper verdrehte die Augen, schwieg aber dazu. Schmitt zog sein Notizbuch mit dem Nilpferd darauf aus der Innentasche seiner Jacke und zückte den Stift. »Was haben Sie in der Nacht von letzten Montag zu Dienstag gemacht?«

»Geschlafen.«

»Kann das jemand bezeugen?«

»Wenn Sie meiner Frau genug Glauben schenken. Auf so ein Tier würde ich gerne mal Jagd machen.« Hans Burghardt tippte auf den Buchdeckel. »Wussten Sie, dass Nilpferde für den Tod zahlreicher Menschen verantwortlich sind? Sie sind gefährlicher als Löwen oder Tiger.«

Schmitt schluckte. Diese possierlichen, behäbigen Tiere? Nicht, dass er je einem begegnen wollte, aber diese Aussage war Nährboden für seine Tierphobie. Allerdings verstand er nicht, warum jemand auf ein Tier Jagd machen wollte, das viel zu weit weg war, um eine persönliche Gefahr darzustellen. Er fragte lieber nicht danach.

Wenig später ließ Kemper sich auf den Beifahrersitz plumpsen. Schmitt startete den Motor und meinte: »Wir fahren jetzt ins Büro und erstellen eine Liste aller Personen, die aus irgendeinem Grund mit Karin Schulze Brinkhoff in Verbindung standen und verdächtig sind. Außerdem kümmern wir uns weiter darum, dass das

Phantombild des Hundebesitzers an die richtigen Stellen verteilt wird. Danach machen wir Feierabend.« Er fuhr mit quietschenden Reifen um eine Kurve und musste abrupt bremsen, weil auf der Straße ein sehr langsamer Trecker fuhr

Kemper ließ sich übertrieben weit nach vorne fallen, doch Schmitt ignorierte die Geste. Da fiel ihm noch etwas ein. »Was hat eigentlich die Durchsuchung von Karins Zimmer ergeben?« Als er keine Antwort bekam blickte er zu seinem Beifahrer hinüber.

Der guckte betroffen und sagte dann: »Ich fürchte, wir haben das Zimmer nie durchsucht. Ich habe das jedenfalls nicht angeordnet und Sie auch nicht, soweit ich weiß.«

»Schon gut, ich fahre morgen noch mal zum Hof. Ich habe so eine Ahnung, dass die Schwiegermutter bereits im Zimmer war und nach Spuren gesucht hat. Immerhin kam sie plötzlich mit dem Liebesbrief des Physiotherapeuten zu uns. Wie viele Beamten werden heute Nacht im Münsteraner Zoo Wache schieben?«

Kemper hatte sich selbst darum gekümmert und zählte auf: »Ein Polizeibeamter und ein Praktikant, der unbedingt mitmachen wollte. Er kommt von der Uni und studiert Soziologie. Sie werden das Wolfsgehege also von zwei Seiten bewachen.«

Schmitt schmunzelte. Ein Soziologe als Wolfsbewacher. Hoffentlich nahm der nicht beim ersten Geräusch die Beine in die Hand. So einem Praktikanten durften sie natürlich keine Waffe in die Hand geben. Allenfalls einen Schlagstock und eine Taschenlampe.

Dieser Praktikant hieß Justus Klaas, und er schickte seiner Freundin als Erstes eine WhatsApp, als er am Zoo angekommen war. *Bin jetzt im Zoo und mache mich auf den Weg zum Wolfsgehege. Drück mir die Daumen, dass wir heute Nacht jemanden erwischen. Bin echt aufgeregt. Kuss, J.*

Justus hatte sich am frühen Dienstagabend zusammen mit einem Polizisten der Oelder Dienststelle auf den Weg zum Münsteraner Allwetterzoo gemacht. Von Oelde bis zur Zooanlage hatten sie eine gute Stunde gebraucht. Zahlreiche Besucher kamen ihnen entgegen, denn der große Zoo hatte erst gerade geschlossen. Ein lebensgroßer Dinosaurier thronte vor dem Naturkundemuseum, das sich neben dem Eingang zum Zoo befand. Der Polizist hatte sich nur mit seinem Vornamen Patrick vorgestellt und drängte zur Eile. Er war ein Mann Anfang vierzig mit einem kleinen Bauchansatz und dünnen, langen Beinen, und er liebte Wölfe.

Das Wolfsgehege befand sich nicht weit vom Zooeingang entfernt. Mehrere Schilder wiesen am Eingang den Weg zu den Tieren und Spielplätzen. Neben dem Wolfsgehege gab es ein Meerschweinchengehege mit einer kleinen Hütte dazu, in der ein Mann gut Platz fand. Von dort hatte man eine direkte Sicht auf einen Teil des Zauns. Mit einem Klappstuhl sollte Justus es sich dort so bequem wie möglich machen. Der junge Praktikant hoffte, auch einige Wölfe sehen zu können. Immerhin waren diese Tiere in erster Linie nachts aktiv.

Das Praktikum bei der Polizei hatte er sich besorgt, weil er gerade ein Seminar besuchte: *Die Soziologie des Verbrechens*. Genau zur richtigen Zeit. Nun befand er sich ganz nah dran an den unglaublichen Ereignissen, die sich gerade in Oelde zutrugen. Und nun konnte er auch noch über die uralte Angst des Menschen vor Wölfen berichten. Was da gerade in der westfälischen Stadt abging, war schon außergewöhnlich. Wölfe, Einbrecher und ein bizarrer Mord. Justus studierte in Münster, kam aber gebürtig aus Oelde und wusste, dass in seiner Heimatstadt sonst eher wenig passierte.

Die Luft war kalt und feucht, und er zog seinen Reißverschluss höher. Wenn er jetzt schon fror, würde das eine unangenehme Nacht werden. Bevor nun jeder seinen Posten einnahm, liefen Patrick und er zunächst einmal ganz um das Wolfsgehege herum und machten sich ein Bild von dem Zaun. Außerdem prüften sie, an welchen Stellen ein Täter leichter Zugang zum Gehege haben würde.

Der Polizeibeamte brachte Justus schließlich zu seinem Standort und gab ihm noch einige Verhaltensmaßregeln für den Einsatz: »Spiel hier bloß nicht den Helden. Sobald du etwas bemerkst, rufst du mich über das Funkgerät und verhältst dich still. Komm erst heraus, wenn ich bei dir bin. Wir sehen uns in einer Stunde.«

Jede volle Stunde wollten sie ihre Kontrollgänge um das Gehege herum machen, jeder bis zum Standort des anderen.

Der Zoonachtwächter David, ebenfalls ein Student, freute sich, heute Nacht nicht alleine im Zoo zu sein. David musste überall bei den Tieren nach dem Rechten sehen, aber heute würde er ebenfalls vermehrt in der Nähe des Wolfsgeheges Ausschau halten. Um zwanzig Uhr kehrte Ruhe im Zoo ein, zumindest die menschlichen Geräusche verstummten. Tierstimmen waren jede Menge zu hören.

Um zweiundzwanzig Uhr schritt Justus seine Strecke um das Gehege zum zweiten Mal ab und blieb abrupt stehen. Er sah zwei Wölfe aus nächster Nähe, die gerade durch ihr Revier streiften. Es waren Timberwölfe, mit schwarz-weißem Fell, die ursprünglich aus Nordamerika kamen. In diesem Gehege lebten vier männliche Wölfe, zwei kamen aus einem Park im Elsass, die anderen beiden waren echte Münsterländer, denn sie kamen aus dem Saarbecker Tierpark, so hatte es ihnen ein Tierpfleger erzählt. Jetzt hatte der eine Wolf ihn erblickt und blieb erstaunt stehen. Nachts waren die Tiere ja keine Besucher gewohnt, und jede Störung war aufregend. Der Wolf stellte die Ohren nach vorne und senkte den Kopf. Auch der zweite Wolf hatte den Mann nun bemerkt, und er verhielt sich ähnlich. Justus betrachtete beide und war froh, dass es einen hohen Zaun zwischen ihm und den Tieren gab. Sie kamen ihm sehr groß vor, der eine besaß bestimmt eine Schulterhöhe von achtzig Zentimetern, dachte Justus und ging langsam weiter. Es war eine dunkle Nacht, da der Himmel bedeckt war. Immer wieder hörte man den Ruf einer Eule oder den eines Raubtieres, so als wäre man im Dschungel und nicht mitten in Münster. Er traf Patrick, der ihm mitteilte, dass bislang alles ruhig geblieben sei.

»Die Wölfe sind toll, oder? So nah habe ich sie noch nie betrachten können.« Der Beamte war genauso begeistert und grinste ihn aufmunternd an.

Als sein Handywecker ihm eine Stunde später durch Vibration signalisierte, dass der nächste Rundgang anstand, wurde Justus aus dem Schlaf geschreckt. Mist, er hatte sich dringend vorgenommen, wach zu bleiben. Er wollte gerade aus der Tür des Meerschweinchenhauses nach draußen gehen, da sah er einen Schatten vorbeihuschen. Der Strahl einer Taschenlampe traf den Zaun des Wolfsgeheges. Eine dunkle Gestalt mit Kapuzenpullover hockte sich hin, nahm einen Rucksack vom Rücken und holte eine Drahtschere heraus. Seine Bewegungen waren schnell und geschmeidig. Er war so nah neben der Hütte, hinter der sich Justus befand, dass der sich kaum traute, sein Funkgerät zu benutzen. Das Knacken würde ihn bestimmt verraten. Er schickte dennoch ein Signal los und schaltete das Gerät aus, bevor Patrick reagierte. Justus konnte nur hoffen, dass der Polizist auch ohne klare Anweisung nun zu seinem Standort eilen würde.

Er sah, dass der Mann da draußen bereits ein Loch in den Zaun schnitt. Justus presste sein Gesicht an die milchige Plastikscheibe der Hütte und hoffte, dass Patrick bald eintraf. Plötzlich traf ihn der Strahl der Taschenlampe, als die Gestalt zur Kontrolle einmal um sich leuchtete. Zu Justus Entsetzen zog der Mann eine Pistole aus seinem Rucksack und zielte auf das Fenster. Justus duckte sich instinktiv, so weit das in der engen Hütte ging, und stellte sein Funkgerät wieder an: »Hilfe, Hilfe!« Es knallte furchtbar. Eine Kugel pfiff an ihm vorbei und blieb irgendwo im Holz stecken.

Ein zweiter Schuss ertönte, aber weiter entfernt, und er hörte Patricks Stimme: »Stehen bleiben, Polizei!«

Erneut ballerte der Unbekannte auf die Hütte. Justus bekam einen Schlag gegen den rechten Arm. Er hatte plötzlich Todesangst und schrie. Kurze Zeit später wurde die Tür aufgerissen und sowohl Patrick als auch David standen vor ihm. David war ebenso aufgelöst wie er selbst und konnte seine Arme nicht stillhalten. Kreidebleich und außer Atem fragte er ihn, ob alles in Ordnung sei. Bevor Justus antworten konnte, sagte der Polizist: »Der Mann ist leider abgehauen, und ihn jetzt durch das Dunkel zu verfolgen, macht wenig Sinn. Er war sogar so geistesgegenwärtig, sein Werkzeug einzustecken. Das war ein eiskalter Profi. Himmel, du blutest ja, Justus.«

Justus blickte auf seinen Arm hinunter, der ein wenig brannte. Die dicke Fließjacke hatte den Schlag der Kugel abgemildert. Sie hing in Fetzen um den Oberarm, der zum Glück nur einen harmlosen Streifschuss abbekommen hatte.

David untersuchte die Wunde und meinte: »Das muss nicht einmal genäht werden. Mann, hast du ein Glück gehabt. Wer hätte gedacht, dass einer, der Zäune aufbricht, gleich durch die Gegend ballert und Tote in Kauf nimmt.«

Patrick besah sich den Schaden. »Ich hätte nie gedacht, dass er so nah bei deinem Versteck direkt hier am Weg anfängt, den Zaun aufzubrechen. Deshalb hast du nur ein kurzes Signal abgegeben, nicht wahr, Justus? Du hast ja hier wie auf dem Präsentierteller gesessen. Mist, verdammt. Die Aktion ist gründlich schiefgelaufen. Als ich den Schuss hörte, habe ich nur in die Luft geschossen, ich war ja noch unterwegs und konnte den Täter gar nicht sehen. Aber ich dachte, der Schuss hält ihn auf.« Patrick fuhr sich wiederholt verärgert durch die blonden Haare.

Justus nickte bestätigend. »Das hat er auch, sonst hätte der Typ mich bestimmt umgebracht. So hat er sich beeilt, sich selbst in Sicherheit zu bringen, statt sich weiter um mich zu kümmern. Es war leider zu dunkel, um sein Gesicht zu sehen.«

»Um alles Weitere muss sich nun die Spurensicherung kümmern, ich rufe die Dienststelle an.« Patrick griff nach seinem Handy. Justus trat zu ihm und sagte: »Der Mann hatte Handschuhe an, das habe ich gesehen, als er die Pistole rausgeholt hat. Sie steckte im Rucksack, genau wie die Drahtschere.«

»Danke, du hast dich tapfer geschlagen.«

7. KAPITEL

Als Mirela Schulze Brinkhoff am Mittwochvormittag ihre Post aus dem Kasten holte, ahnte sie nichts Gutes. Ein fahler Brief ohne Absender und ohne Adressat steckte zwischen zwei Rechnungen und einem Werbeprospekt. Mit gerunzelter Stirn öffnete sie das Kuvert, und ein kleiner Zettel fiel heraus. Sie hob ihn vom Teppichboden auf und ließ ihn gleich wieder fallen, als hätte sie sich die Finger daran verbrannt. Tränen liefen über ihr Gesicht, und sie musste sich setzen.

Nach wenigen Minuten hatte Mirela sich so weit gefasst, dass sie die Handynummer des Kommissars heraussuchte und ihn anrief. Nach dem dritten Klingeln meldete sich eine müde Stimme. Sie sagte: »Herr Kommissar, hier spricht Mirela Schulze Brinkhoff. Ich glaube, ich habe einen Drohbrief bekommen.«

Eine halbe Stunde später fuhr Herr Schmitt vor ihrem Haus vor und eilte zur Tür. Bei seinem Anblick war sie froh, dass sie frischen Kaffee gekocht hatte. Der Beamte war völlig übermüdet, und die dunklen Schatten unter den Augen sowie seine blasse Gesichtsfarbe zeugten von einer unruhigen Nacht. Während er sich setzte, reichte sie ihm den Zettel, auf dem die Worte standen: *Mirela, die Wölfe sind los!*

Schmitt hatte sich Handschuhe angezogen und betrachtete die mit einem Computer geschriebenen Worte. Er war sich fast sicher, dass hier keine Fingerabdrücke außer die von Mirela zu finden sein würden. Ihm wurde heiß, als er die Bedeutung der Worte erfasste, denn es konnte kein Zufall sein, dass in der Nacht zuvor jemand versucht hatte, Wölfe aus dem Gehege in Münster zu befreien. Ebenso wie zuvor schon in Hamm. Er würde sein geliebtes Auto darauf verwetten, dass alle drei Taten von ein und demselben Täter geplant und begangen worden waren.

Schmitt hatte noch in der Nacht mit dem Polizisten Patrick Hauser telefoniert. Die Spurensicherung hatten sie bei Anbruch der Dämmerung losgeschickt. Doch außer den frischen Spuren eines Motorrades am Zaun des Zoogeländes hatten seine Männer nichts Brauchbares gefunden. Er erzählte der Bäuerin von den jüngsten Entwicklungen und schloss mit den Worten: »Frau Schulze Brinkhoff, wir haben also einen Täter, der Wölfe in den umliegenden Zoos freizulassen versucht. Und Sie bekommen zeitgleich einen anonymen Brief, dass die Wölfe los sind. Da scheint es doch eine Verbindung zu geben. Was fällt Ihnen dazu ein?«

»Nichts. Ich frage mich allerdings, ob Karin wirklich das Opfer werden sollte. Es scheint, als ob jemand mich im Visier hat. Denken Sie nur an die Durchsuchung meiner Wohnung.«

Schmitt steckte den Zettel in eine durchsichtige Plastikfolie und erwiderte ernst: »Ich denke sogar, dass jemand Ihre ganze Familie auf dem Kieker hat. Haben Sie feststellen können, ob nach dem Einbruch etwas fehlte?«

»Nein.« Mirela konnte das mit Sicherheit gar nicht sagen. Sie besaß zahlreiche Unterlagen, Fotos und alte Briefe. Wenn jemand es auf solche Sachen abgesehen hatte, so hatte er unbemerkt etwas mitnehmen können. Ihr fiel aber kein Grund ein. Vor vierzig Jahren wäre sie in Panik ausgebrochen, wenn jemand in ihren Sachen gewühlt hätte. Aber nach so langer Zeit interessierte die Vergangenheit und ihre Flucht aus Rumänien kaum noch. Ihre Bigamie war lange verjährt, auch wenn sie nun noch immer mit Breda verheiratet war. Was für ein Wahnsinn. Urkundenfälschung verjährte nach fünf Jahren, Einbruch nach zwanzig Jahren, nur Mord verjährte nie, das wusste Mirela. Sie schreckte aus ihren Gedanken, als der Kommissar ruckartig aufgestanden war. Der kleine Münsterländer sprang an ihm hoch, und Schmitt wehrte ihn mit steifen Gliedern ab. Mirela verscheuchte den kleinen Racker wieder auf seine Decke.

Kommissar Schmitt blieb stehen und fragte höflich: »Ich würde mir nun gerne das Zimmer und die Sachen Ihrer Schwiegertochter ansehen. Wir haben das bislang versäumt. Eventuell findet sich ein Hinweis.«

Mirela stand auf und fand, dass es Zeit sei, ein Geheimnis über Karin zu lüften. Sie holte aus ihrem Sekretär den Arztbericht und gab ihn Schmitt. »Ich habe mich auch schon in ihrem Zimmer umgeschaut. Ich wollte ihren Tod verstehen, aber da gibt es nichts zu verstehen. Dabei habe ich diesen Bericht gefunden. Meine Schwiegertochter hat sich heimlich sterilisieren lassen. Ich ahne, dass mein Sohn davon nichts weiß, und ich wäre Ihnen dankbar, wenn Sie ihm nichts davon erzählen. Warum Karin so gehandelt hat, ist mir schleierhaft. Ich habe immer gedacht, dass sie noch eine Tochter wollte, es aber nicht geklappt hat.«

Der Kommissar nahm den Bericht entgegen und überflog ihn. Erst jetzt fiel ihm eine Frage ein: »Eike ist ein Einzelkind, oder?«

»Ja.« Mirela hätte die Antwort beinahe laut herausgeschrien. Das Thema ging ihr nahe. Sie hätte gerne mehr Kinder gehabt. Sie begleitete den Beamten zum Haus ihres Sohnes und bat ihn, zu warten. »Ich gebe eben meinem Sohn Bescheid, er sollte wissen, dass sie Karins Sachen durchsuchen. Er wird aber nichts dagegen haben.«

Eike blickte sie aus blauen Augen an, vertrauensvoll und traurig. Sie standen im Pferdestall. »Meinst du, sie hatte Geheimnisse vor mir?«

»Ja, aber das hat jede Frau, mein Lieber. Ich werde dabei sein oder willst du das lieber machen?« Er schüttelte den Kopf. »Wie viele Geheimnisse hast du vor mir, Mutter?«

»Es sind ein paar«, gab sie ehrlich zu, und er ging kommentarlos zur nächsten Pferdebox. Mirela konnte Karin nichts vorwerfen, sie selbst hatte ihrem Mann nie erzählt, dass sie noch verheiratet gewesen war. Und über ihr kaputtes Knie hatte sie auch geschwiegen. Das war eine alte Sache aus ihrem alten Leben, woran sie nicht erinnert werden wollte, basta.

Langsam schritt sie zum Haupthaus zurück, wo der Kommissar stand und wartete. Er schrieb etwas in sein Notizbuch. Wenig später konnte sie beobachten, wie sorgfältig und respektvoll Kommissar Schmitt die Durchsuchung vornahm. Sie hatte sich nicht geirrt, er war ein feiner Kerl. Sie schwankte, ob sie ihm heute von dem Verdacht erzählen sollte, dass sie eventuell den Sohn von Breda in Oelde gesehen hatte. Doch es würde wie das Geschwätz einer alten, überspannten Frau klingen. Mittlerweile glaubte sie selbst nicht mehr an ihre Erinnerung. Es war zu unwahrscheinlich, dass ausgerechnet der Sohn von Breda einen Einbruch in Oelde verübte. Die Polizei hatte noch immer nicht den Einbruch mit Todesfolge aufklären können. Bislang hatten sie überhaupt noch nicht viel Ergebnisse erbracht, dachte Mirela und blickte erstaunt nach dem Kommissar, der gerade ausrief: »Na, was haben wir denn da?« Mit siegessicherem Gesicht hielt er einen Speicherstick in die Höhe, der unter dem Nachttisch von Karin festgeklebt war. Das Klebeband hing noch an dem schwarzen, kleinen Teil. »Den Laptop nehme ich auch mit«, sagte der Kommissar.

Im Polizeipräsidium wurde fleißig an dem Fall weitergearbeitet. Kemper stand mit wippenden Füßen vor der Tafel, auf der er die Verdächtigen in einer Liste aufgeschrieben hatte. Das mögliche Motiv hatte er jeweils hinter den Namen notiert. Und er stellte fest: Bis auf den Schweinezüchter, der sich zur Tatzeit des Mordes an Karin Schulze Brinkhoff im Krankenhaus befunden hatte, waren die Alibis der anderen Verdächtigen lückenhaft bis gar nicht vorhanden. Klaus Drechsler etwa, der Mitarbeiter auf dem Hof Schulze Brinkhoff, der oft mit Karin über die Pferde gestritten hatte. Drechsler lebte alleine. Er besaß das Wissen über die Hundephobie seiner Chefin, er hatte ein Motiv und er verfügte über die nötige Kraft. Aber Eike Schulze Brinkhoff hielt ihn für unschuldig und hatte den Mann sogar wieder eingestellt. Schmitt und Kemper hatten Klaus Drechsler natürlich auch zur Sache befragt, aber das hatte nichts ergeben. Er hatte offen zugegeben, mit Karin Schulze Brinkhoff einige Differenzen gehabt zu haben, aber das sei für ihn kein Grund, jemanden umzubringen. Außerdem habe er seine Chefin sehr geschätzt. Und der Polizist glaubte dem Mann.

Als er weiter auf seine Liste guckte, fiel ihm etwas ein, und er griff zum Telefon. Nachdem er die Handynummer des Landwirts rausgesucht hatte, rief er ihn an. Eike Schulze Brinkhoff meldete sich sofort. Im Hintergrund hörte Kemper Pferde schnauben. Er hatte nur ein paar Fragen.

»Herr Schulze Brinkhoff, Ihre Frau besitzt ein recht gutes Dressurreitpferd, oder?«

»Oh ja, wir haben es selbst als Fohlen großgezogen, es stammt von einem richtig edlen Zuchthengst. Das war nicht ganz billig, unsere Stute besamen zu lassen. Aber es hat sich gelohnt. Warum fragen Sie nach Karins Pferd?«

»Gab es in jüngster Zeit Kaufinteressenten?«

»Das ist witzig, dass Sie danach fragen. Karin hätte ihre Gwenda nie verkauft, aber ich werde es wohl tun. Wer soll sie denn nun reiten?«

»Gibt es schon einen Interessenten?«

Schulze Brinkhoff beantwortete die Frage wieder nur ausweichend und Kemper kritzelte ungeduldig auf dem Block herum, der neben dem Telefon lag.

»Ich habe das Tier ja noch gar nicht angeboten. Ich überlege, welches der richtige Zeitpunkt wäre. Aber lange darf die Stute nun nicht unbenutzt im Stall stehen. Also, sie steht ja auf der Weide, aber Sie wissen, was ich meine. Ich denke, nach der Beerdigung muss ich …«

Kempers Geduld war am Ende und er fragte nun sehr direkt und ohne auf das Ende des Satzes zu warten: »Hat sich bei Ihnen ein Holländer gemeldet, der das Pferd kaufen wollte?«

»Nein, aber ich habe doch schon gesagt, dass ich es noch gar nicht angeboten habe.«

Kemper bedankte sich und legte auf. Dann starrte er weiter auf die Tafel mit den Namen. Als er sich einen Cappuccino holen wollte, klingelte das Telefon, und er war erstaunt, den Landwirt schon so schnell wieder am Apparat zu haben. »Woher haben Sie es gewusst?«

Kemper war so tief in Gedanken, dass er keine Ahnung hatte, wovon der Mann sprach. »Was habe ich gewusst?«

»Na, die Sache mit dem Holländer. Gerade hat ein Mann mit eindeutigem Akzent angerufen und hat mir sein Beileid ausgesprochen. Aber nicht nur das, er wollte Karins Pferd kaufen und hat mir eine gute Summe geboten.«

»Hören Sie, Herr Schulze Brinkhoff, wir müssen dringend mit dem Mann reden. Wie sind Sie mit ihm verblieben?«

»Er kommt heute Abend vorbei und sieht sich Gwenda an. Was ist an dem Holländer so spannend? Ist er ein Tatverdächtiger?« Plötzlich kippte die zuvor geschäftlich klingende Stimme des Landwirts. Mit drohendem Unterton fragte er den jungen Polizisten: »Hat der Typ etwas mit Karins Tod zu tun?«

»Nein, das glaube ich nicht, aber wir müssen jeder Spur nachgehen, und er hat Ihre Frau auf einem Turnier gefragt, ob er ihr Pferd kaufen könne. Wie Sie richtig vermutet haben, hat Ihre Frau abgelehnt. Birte Steiner hat es uns erzählt. Um wie viel Uhr kommt er? Ich möchte ihm ein paar Fragen stellen.«

»Um sechs. Bis dann.« Schulze Brinkhoff hatte abrupt aufgelegt und Kemper hoffte, dass der arme Kerl sich nun nicht in irgendetwas hineinsteigerte.

Kommissar Schmitt hatte nach seinem Besuch bei Mirela Schulze Brinkhoff auch noch den zweiten Jagdpächter befragt. Dieser hatte aber ein Alibi, da er sich zum Tatzeitpunkt mit seiner Frau in einem Wellnesshotel befunden hatte. Schmitt kehrte nun am Nachmittag ins Büro zurück und beglückwünschte seinen jungen Kollegen für dessen Einsatz.

Der Kommissar sah deutlich besser aus als am Vormittag. Die dunklen Augenringe waren dezenter geworden, das Gesicht sah rosig aus. Schmitt lieferte auch gleich die Erklärung: »Ich war kurz zu Hause und habe mich eine Stunde hingelegt. Das ganze Telefonieren in der Nacht zuvor hat mich mehr geschlaucht als gedacht. Ich bin auf dem Weg zum Jagdpächter beinahe eingeschlafen und konnte gerade noch gegenlenken. Solche Zeichen sollte man ernst nehmen.« Dann packte er mit wichtigem Gesicht Laptop und Stick aus und schloss das Gerät ans Netz. Brummend fuhr der kleine Computer hoch. Schmitt setzte sich davor und sagte: »Das ist der Laptop von Karin Schulze Brinkhoff, und dieser Speicherstick hier klebte unter ihrem Nachttisch.«

»Zu blöde, dass wir die Untersuchung ihrer Sachen vergessen haben. Wir haben uns zu sehr auf die Aussagen ihres Mannes verlassen, und der scheint nicht viel davon zu wissen, was seine Frauen so treiben.« Kemper stand von seinem Schreibtisch auf und kam herüber.

Leider war der Computer mit einem Passwort gesichert. Den würden sie ins Labor zu den Fachleuten geben müssen. Aber für den Stick besaßen sie im Büro einen Computer, der nicht ans Netz der Behörde angeschlossen war. Nicht auszudenken, was alles lahmgelegt wurde, wenn eine DVD oder so ein Stick Viren einschleppte. Schmitt steckte das kleine, schwarze Teil in den Stecker, und einige Foto-Dateien erschienen. Insgesamt gab es sechs Fotos auf dem Speichergerät. Schon beim ersten pfiff Kemper leise durch die Lippen. Auf dem Foto war Birte Steiner zu sehen. Sie stand in einem Stall und hatte eine kleine Flasche in der Hand sowie ein Stück Zucker. Im nächsten Bild träufelte sie etwas auf das Zuckerstück, und ein Foto weiter bekam ein brauner Pferdekopf den zweifelhaften Leckerbissen. Die beiden anderen Fotos zeigten den Hofladen. Eine junge Frau stand vor einem Regal mit Schokoladen und drehte sich verstohlen um. Auf dem nächsten Foto steckte sie eine Tafel unter ihren Pullover. Auf einem sechsten Foto sah man Klaus Drechsler, der einem Mann, den man kaum erkennen konnte, ein paar Geldscheine gab. Das Foto zeigte im Hintergrund die Weide und das Haupthaus der Schulze Brinkhoffs.

Die beiden Beamten hatten sich sprachlos durch die Fotos geklickt, nun ließ Kemper sich auf einen Stuhl fallen und sagte: »Die Dame war offenbar ein Kontroll-Freak. Und dabei hat sie einiges herausgefunden, was kein gutes Licht auf diese drei Personen wirft.«

Der Kommissar nickte. »Ich frage mich, ob Karin Schulze Brinkhoff dieses Wissen ausgespielt hat. Erpressung ist eine unschöne Sache und führt oft zu Gewalttaten. Wir wissen, dass Klaus Drechsler gekündigt wurde. Das junge Mädchen dagegen habe ich im Hofladen schon gesehen. Birte Steiner versuchte, Karin in einem schlechten Licht darzustellen, dabei war sie diejenige, die gedopt hat.«

»Reicht das für ein Motiv?«

»Eine geklaute Tafel Schokolade? Ein gedoptes Pferd? Krumme Geschäfte? Möglich ist alles.« Schmitt blickte aber zweifelnd drein. »Wir drucken die Fotos aus und konfrontieren unsere Verdächtigen damit. Als Erstes zeigen wir sie gleich unserem Großgrundbesitzer. Mal sehen, wie er reagiert.«

Beide machten sich um halb sechs Uhr auf den Weg zum Hof, eine Strecke, die sie bald im Schlaf beherrschten. Auf dem Hof stand ein großer, schwerer Wagen, aus dem tiefes Hundegebell erklang. Das Auto trug ein gelbes Nummernschild, der Holländer war also schon da. Sie parkten direkt daneben und Kemper stieg sofort aus, um sich den Hund anzuschauen. »Ist das nicht ein Rottweiler?«

Der Kommissar stellte den Motor ab und stieg nun ebenfalls aus. Langsam näherte er sich dem Kofferraum. »Für einen Rottweiler ist er zu klein, aber ansonsten sieht er sehr ähnlich aus. Wahrscheinlich ist es ein

Mischling. Aber denken Sie daran, unseren mörderischen Rottweiler haben wir bereits identifiziert.«

Aus Richtung der Stallungen ertönte ein lautes Getöse, ähnlich einem Laubblasgerät. Die beiden Beamten blickten sich verwundert an, und der Jüngere sagte: »Ich dachte, die wollen sich ein Pferd anschauen. Muss das erst trocken geföhnt werden?«

»Seien Sie mal still.« Schmitt drehte den Kopf horchend, und nun hörte auch sein Begleiter laute Stimmen.

Sie liefen beide zügig zum Stall. Im Eingang lag das Blasgerät einfach so im Weg und pustete laut vor sich hin. Die Pferde im Stall waren bereits unruhig und warfen die Köpfe hin und her. Kemper schaltet das Gerät aus, und die Stimmen schallten laut und aggressiv zu ihnen herüber. Zwei Männer standen sich in eindeutig kämpferischer Position gegenüber. Eine fahle Glühbirne beleuchtete das Szenario.

Eike Schulze Brinkhoff bedrängte einen Mann, der mindestens genauso groß und kräftig war wie er selbst und schob ihn gegen eine Stalltür. Mit beiden Händen hielt er dabei eine Eisenstange fest, die er dem Gegner gegen die Brust drückte. »Du Schwein, du hast meine Frau bedrängt. Hast du sie auch umgebracht? Rede schon!«

Der Holländer bemerkte die Beamten, die in den Stall kamen, und rief ihnen zu, während er Gegenwehr leistete: »Halten Sie mir diesen Verrückten vom Leib. Ich habe seiner Frau nichts getan, verdammt.«

Mit einem Schwung, den der Bauer dem Holländer offenbar nicht zugetraut hatte, schubste er seinen Gegner nach hinten, und Eike Schulze Brinkhoff fiel mitsamt der Eisenstange auf den staubigen Stallboden. Der Holländer rieb sich Dreck vom teuer aussehenden Jackett und fuhr sich ordnend durch die blonden Haare. »Ich bin ein Geschäftsmann, kein Mörder. Ich wollte lediglich ein Pferd kaufen.«

Kemper half dem Landwirt auf, hielt ihn aber mahnend am Arm fest. »Es reicht! Wir stellen hier die Fragen.«

»Ja, dann soll er mal erzählen, wie er meine Frau bedrängt hat. Immer wieder ist er ihr nachgelaufen und wollte das Pferd haben. Er war besessen, so hat Birte Steiner es mir selbst erzählt.«

So dramatisch hatte sich die Begegnung von Karin Schulze Brinkhoff mit dem Holländer nicht angehört, als Birte Steiner den Beamten davon erzählt hatte. Anscheinend wollte die Dame sich wichtigmachen und hatte den Witwer aufgehetzt.

Schmitt, der noch weiter vorne im Stall stand, schritt schön langsam an den Pferden vorbei und positionierte sich unmittelbar vor dem Holländer. »Dann erzählen Sie uns nun, wie Ihr Kontakt zu der ermordeten Frau gewesen ist. Der Routine wegen möchten wir auch Ihr Alibi für die besagte Nacht haben, das war Montag vor einer Woche.«

Der Holländer, der sich als Bert de Ruiter vorstellte, erzählte, dass er Karin Schulze Brinkhoff auf einem Turnier gesehen und sich sofort in ihr Pferd verliebt habe. »Ich handele schon seit Jahrzehnten mit Pferden und sehe das Potenzial eines Tieres. Die Stute ist wie geschaffen für die Dressurschule.« Er ging ein paar Schritte zu einer Box, in der eine schlanke, braune Stute stand, und sagte: »Sie ist eine Siegerin, weil sie Spaß an der Zusammenarbeit hat. So einem Pferd kann man alles beibringen. Meine Tochter soll sie reiten.« Dann wandte er sich an den Besitzer. »Ich habe Ihrer Frau eine gute Summe geboten, aber sie hat mir klipp und klar gesagt, dass das Pferd nicht zu verkaufen sei. Das musste ich akzeptieren. Ja, okay, ich habe sie dann noch einmal am Parkplatz abgefangen und ihr kurz den Weg versperrt. Ich wollte ihr ein letztes Angebot machen und habe ihr ein Foto meiner Tochter gezeigt. Sie ist taub, aber sie versteht jede Geste dieser Tiere. Das Pferd würde in ausgezeichnete Hände kommen. Doch Ihre Frau wollte nicht und wurde ärgerlich. Vor drei Tagen habe ich zufällig mit einem Bekannten aus Oelde telefoniert, und er erzählte mir von dem Tod Ihrer Frau. Ich habe lediglich eine zweite Chance gesehen und habe Kontakt aufgenommen.« In einer hilflosen Geste ließ er seine großen Hände fallen. »Für die Nacht habe ich leider kein Alibi. Ich bin zur Nordsee gefahren und habe in meinem Wohnwagen übernachtet. Mein Hund ist mein einziger Zeuge. Am Dienstag ist meine Frau dann nachgekommen.«

Der Kommissar hatte sich ein paar Notizen gemacht. »Wann war dieses Turnier?«

Eike Schulze Brinkhoff wusste es: »Das Turnier fand in Warendorf statt, acht Tage vor Karins Tod.«

Kemper streichelte versonnen einem großen Wallach die Stirn und überlegte laut: »Vielleicht hat Karin ihren Mörder auf dem Turnier getroffen. Gab es Streit oder Ärger mit anderen Leuten? Ist Ihnen, Herr de Ruiter, bei dem Turnier im Hinblick auf die Tote irgendetwas aufgefallen?«

»Nein. Ich habe sie doch auch gar nicht gekannt.«

»Der Hund in Ihrem Auto hat sehr viel Ähnlichkeit mit einem Rottweiler.« Schmitt blickte den Holländer forschend an.

»Ja, die Mutter war ein Rottweiler, der Vater war eine kleinere Promenadenmischung. Er ist ein lieber Kerl, keiner, der Menschen an die Kehle springt. Es tut mir furchtbar leid, was mit der Frau hier passiert ist, aber ich will wirklich nur das Pferd kaufen.«

Wie weit ging so ein Pferdenarr wohl, um an das Objekt seiner Begierde zu kommen?, fragte sich Kemper und betrachtete den gut gekleideten Mann. Er könnte auch noch einen zweiten Hund gehabt haben, den er im Wald entsorgt hat, vielleicht die Mutter des Hundes, der im Auto saß? Jedenfalls würden sie den Holländer nicht so schnell von der Liste der Verdächtigen streichen. Kemper hatte eine Idee, auch wenn er wusste, dass es reine Glücksache wäre, etwas zu finden.

»Dürfen wir kurz in Ihren Kofferraum gucken?« Er wollte sich ein paar Haare des Hundes schnappen. Eine Verwandtschaft mit dem toten Rottweiler wäre ein Beweis gewesen.

»Wollen Sie schauen, ob zwei Hunde in meinem Auto Platz haben? Natürlich haben sie das, aber ich habe nur einen Hund.« Empört wischt er wieder an seiner Hose herum, obgleich dort kein Staub zu sehen war.

Schmitt nickte, und Kemper ging gemeinsam mit dem Holländer nach draußen, wo de Ruiter missmutig seinen Kofferraum öffnete. Der schwarze Hund wich ein

Stück zurück und machte keine Anstalten, den Wagen zu verlassen. Kemper beugte sich zu ihm und kraulte ihm vorsichtig das Fell. Dabei nahm er mit der anderen Hand ein paar Haare von der Matte, die im Kofferraum lag. Zum Abschied bat er de Ruiter um eine Karte beziehungsweise um die Kontaktdaten. Er müsse sich für weitere Ermittlungen zur Verfügung halten.

Der Kommissar wandte sich derweil an den Landwirt, der noch immer trotzig dreinschaute, und bat ihn um seine Aufmerksamkeit. Schmitt zeigte ihm die Fotos, auf denen die Aktionen von Klaus Drechsler, Birte Steiner und der Aushilfe im Laden zu sehen waren. Kemper stand zu weit entfernt, um zuzuhören, er beobachtete, wie der Holländer zur Beifahrertür seines Wagens ging, sich hineinsetzte und kurz telefonierte. Dann trat er wieder auf den Hof.

Als Schmitt und Schulze Brinkhoff zu ihnen zurückkehrten, wandte sich de Ruiter erneut an Eike Schulze Brinkhoff: »Kann ich das Pferd nun kaufen?« De Ruiter war jedenfalls nicht nachtragend, zudem hielt er die Stute tatsächlich für ziemlich wertvoll.

»Wenn ich rauskriege, dass Sie etwas mit dem Mord an meiner Frau zu tun haben, hole ich sie wieder zurück. Ich schwöre es. Und das halten wir vertraglich fest.«

Kemper stieg in den Audi und schloss die Wagentür, ebenso der Kommissar. Beide Männer schauten sich an.

»Pferdenarren sind schon sehr merkwürdig«, meinte der junge Polizist. »Ich glaube nicht, dass der Holländer etwas mit dem Mord zu tun hat. Das ist ein Geschäftsmann ohne Ressentiments. Aber ich würde demjenigen, der mich attackiert hat, jedenfalls nichts mehr abkaufen wollen.«

Schmitt startete den Wagen und fragte beiläufig: »Wollen Sie die Hundehaare die ganze Zeit in der Hand halten? Darum ging es doch bei Ihrer Besichtigung, oder? Im Handschuhfach habe ich Tüten.«

Und nicht nur die, das Fach quoll über von Plastikhandschuhen, Tüten, Taschentüchern und Desinfektionsmitteln. Der Kommissar war vorbereitet.

»Nach diesem Fall redet das Labor bestimmt nicht mehr mit uns. So viele Hundehaare wie wir denen schon auf den Tisch gelegt haben.« Kemper tütete das Büschel schwarzer Haare ein und setzte dann ein fragendes Gesicht auf. »Was sagt unser Witwer zu den Fotos?«

»Er sagt, er habe keine Ahnung, wann und warum seine Frau die Fotos gemacht hat. Wir sollen seine Mutter fragen. Mittlerweile geht er wohl davon aus, dass die Frauen mehr miteinander zu tun hatten, als er das immer gedacht hat. Aber Mirela ist gerade beim Arzt, ihr Blutdruck habe verrückt gespielt. Kein Wunder nach diesem bizarren Brief und den Ereignissen. Von dem Zettel mit der anonymen Botschaft hat sie ihrem Sohn offenbar auch nichts erzählt. Er hat es nun von mir erfahren.« Schmitt startete den Wagen.

Kemper hatte den Zettel mit dem ominösen Satz: *Mirela, die Wölfe sind los*, selbst noch am Vormittag ins Labor gebracht, aber natürlich gab es keine Fingerabdrücke darauf, außer von Mirela selbst. Kemper zweifelte nicht daran, dass sie es bei den merkwürdigen Vorfällen mit Profis zu tun hatten. Leider suchten sie noch immer nach einem Motiv. Er steckte seine Hand in die Jackentasche auf der Suche nach einem Kaugummi und hatte plötzlich den Ohrring von Ella Hauser in der Hand. Ein Grinsen ging über sein Gesicht. Den hatte er ganz vergessen, er musste dringend mit der hübschen Dame telefonieren. Sein Chef machte ihm klar, dass noch eine Menge Arbeit anstand.

»Wir müssen natürlich die Leute auf den Fotos noch einmal befragen. Und wissen Sie was? Ich habe keine Lust mehr auf das ständige Rumfahren. Wir bestellen die alle drei auf die Wache. Wegen mir auch zur selben Zeit.«

Kemper war da skeptisch. »Spätestens nach der Befragung wissen die dann, dass die beiden anderen Besucher auch bei Fehltritten fotografiert worden sind.«

Schmitt nickte heftig und fuhr noch etwas schneller auf der Hauptstraße, die in die Stadt führte. »Genau, wir müssen mal ein bisschen Dynamik in den Fall bringen, und da können Kontakte untereinander nicht schaden. Alle drei sollen morgen Mittag gegen dreizehn Uhr zur Polizeiwache kommen, und dann holen wir einen nach dem anderen rein, um unsere Fragen zu stellen. Schulze Brinkhoff will übrigens nichts unternehmen, wegen der gestohlenen Schokolade oder dem, was Drechsler da getrieben hat.«

Zum Feierabend um halb sieben verabredete Kemper sich mit Ella Hauser in der Cocktail-Bar *Feuer und Eis*. Sie befand sich schräg gegenüber der alten St. Johannes Kirche mitten in der Innenstadt. Sie hatte praktisch immer geöffnet, und man konnte dort sehr leckere Waffeln und herzhafte Kleinigkeiten essen. Mithilfe ihres

Navis würde sie es finden, wie Ella munter behauptete. Sie wohnte in Münster und kam mit einer Verspätung von fünfzehn Minuten.

Ella strahlte ihn an, als er ihr als Erstes den Ohrring zurückgab. »Der ist von meiner älteren Schwester, ich hänge daran.« Sie setzten sich, und Ella redete erst einmal über ihr Lieblingsthema: »Das ist total ungewöhnlich, dass dieser Wolf noch immer hier in der Gegend ist. Ganz untypisch. Ich glaube kaum, dass es noch einen weiteren Wolf gibt, zu unwahrscheinlich. Und außerdem wurden alle gefundenen Kotspuren nur diesem einen Wolf zugeordnet. Wir gehen aber davon aus, dass er krank oder verletzt ist, deshalb wählt er auch leichte Beutetiere aus.«

»Aber ich habe ihn doch gesehen, er machte keinen kranken Eindruck.«

»Irgendetwas hat er, oder er hatte zu viele menschliche Kontakte als Welpe und sucht die Nähe zu einer Stadt. Das wäre allerdings schlecht. Die Vorkommnisse in den Zoos Hamm und Münster hängen doch auch mit euren Fällen zusammen, oder?«

Kemper nickte wichtig. »Da treibt jemand üble Spiele mit uns, ohne uns die Spielregeln zu verraten. Es gibt so viele Spuren und Verdächtige, aber das alles ergibt keinen Sinn. Noch nicht.«

Doch es dauerte nicht lange, und die beiden sprachen über ganz andere Themen. Kemper betrachtete Ellas sinnlichen Mund, hing an ihren Lippen und mochte die Art, wie sie ihren Kopf schräg legte, wenn sie ihn herausfordernd anlächelte. Sie sprach von ihrem Job beim NABU, konnte aber genauso gut zuhören, wenn der Polizist von sich erzählte. Sie stellte kluge Fragen und überraschte ihn immer wieder mit ihrem kecken Humor. Als Kemper gegen halb elf Uhr beschloss, dass er nun wirklich ins Bett gehöre, hätte er Ella Hauser am liebsten mitgenommen. Das sagte er ihr dann auch so, und sie lachte fröhlich und schwieg. Und schon jetzt machte er sich leise Sorgen, dass ihr nachts auf der Landstraße etwas geschehen könnte.

Als Mirela vom Arzt nach Hause kam, fand sie Max mit dem Hund zusammen auf ihrem Sofa beim Fernsehgucken vor. Sie strubbelte ihm durch die braunen Haare und scheuchte den Welpen vom Sofa runter. »Sonst sagt er dir bald, wo es langgeht, mein Lieber. Soll ich dir etwas Leckeres zu essen machen?« Sie stellte einen Korb mit einigen Lebensmitteln ab, die sie unterwegs besorgt hatte. Mirela nahm sich für ihre Besuche in der Stadt oft ein Taxi.

Max löste den Blick nur langsam vom Fernsehprogramm, die Ablenkung tat ihm gut. Er richtete ihr aus: »Papa wartet im Haus auf dich, er muss mit dir reden. Der Kommissar war heute wieder da. Und ein Holländer, der Mamas Pferd kaufen will. Ich finde das doof. Es war doch Mamas Lieblingsstute.«

»Ja, Max, aber wir haben niemanden, der sie reitet. Und für den Stall oder die Weide ist sie zu gut ausgebildet. Sie würde sich langweilen und unglücklich werden. Ich gehe eben rüber.«

Das konnte nichts Gutes bedeuten, wenn ihr Sohn sie so förmlich zu sprechen wünschte und den Enkel dafür extra aus dem Haus schickte. Das war so gar nicht die Art ihres Sohnes.

Sie nahm ihren Gehstock und machte sich Mut, indem sie sehr gerade und forsch den Hof überquerte. In der großen Eingangshalle brannte ein Feuer im Kamin und verströmte einen angenehm rauchigen Duft nach Nadelhölzern. Die alten Bilder an den Wänden und die antike Truhe hatten bereits den Vorfahren der Schulze Brinkhoffs gehört. Ihr Sohn saß am Kamin und starrte in die Flammen. Er blickte auch nicht auf, als sie sich zu ihm auf einen der alten Stühle mit den Lederkissen setzte. Immerhin war er frisch geduscht und rasiert. Es gab viele Leute, die sich in ihrer Trauer wenig um das Äußere scherten.

Ohne seine Haltung zu verändern, sprach er sie an: »Hast du gewusst, dass Karin einige Fotos gemacht hat, die bestimmte Personen beim Stehlen oder Doping zeigen?«

»Nein, das habe ich nicht gewusst. Aber eines unserer Aushilfsmädchen hat früher schon mal eine Schokolade mitgehen lassen. Sie hat sie einer alten, einsamen Frau im Pflegeheim geschenkt. Davon habe ich gewusst, doch ich habe es niemandem erzählt. Glaubst du, Karin hat ein paar Leute erpresst und ist deshalb umgebracht worden?« Sie hielt die Hände vor die warmen Flammen. Sie waren alt, aber gepflegt. Darauf legte Mirela viel wert, auch wenn sie auf einem Bauernhof lebte. Oder gerade deswegen.

»Ich weiß nicht mehr, was ich glauben soll. Ich kann mir nicht vorstellen, dass Karin so etwas gemacht hat. Wir hatten doch keine Geldsorgen. Warum sollte sie andere erpressen? Ich denke, sie wollte nur einfach wissen, was vor sich geht. Du kanntest doch ihren Kontrollzwang. Aber da ist noch etwas, was ich mit dir bereden muss. Die Polizei teilte mir mit, dass du eine Art Drohbrief bekommen hast. Warum?« Jetzt blickte er ihr doch noch forschend ins Gesicht.

»Ja, ich habe heute Morgen einen Zettel in meinem Briefkasten gefunden. Es stand nur ein Satz darauf: die Wölfe sind frei oder so ähnlich. In der Nacht hat jemand versucht, die Wölfe aus dem Zoo in Münster freizulassen. Die Polizei geht von einem Zusammenhang aus. Aber ich weigere mich zu glauben, dass dieser Jemand für mich diese Wölfe freilassen wollte. Das ist einfach absurd.«

Ihr Sohn nickte. »Doch es scheint die einzig naheliegende Begründung zu sein. Mutter, wir sind ins Visier eines kranken Täters geraten. Und ich weiß einfach nicht, warum. Ich habe Angst, dass Max auch noch etwas geschieht. Wenn du also irgendeine Ahnung hast, dann rede endlich. Was für eine Bedeutung haben *die Wölfe*?«

Mirela spürte, wie es ihr erneut eng wurde in der Brust. Ihr Herz raste. Ihr Hausarzt hatte dringend zur Ruhe geraten, ihr Bluthochdruck sei psychischer Natur. Doch jetzt wollte etwas raus, sie musste ihrem Sohn ein paar Sachen aus ihrer Vergangenheit erzählen. Vielleicht würde Eike dann manches anders sehen. Stockend begann sie, ihrem Sohn Dinge zu erzählen, die er nie hatte hören sollen.

»In meiner Heimat in den Karpaten verliebte ich mich als junges Mädchen in einen wilden Burschen namens Breda Lupu.«

Bei der Erwähnung des Namens Lupu atmete ihr Sohn hörbar ein.

Sie fuhr fort. »Ja, Lupu bedeutet Wolf. Breda war ein gut aussehender Mann und stammte aus einer einflussreichen Familie unseres Dorfes. Er trug mich auf Händen, wir machten Pläne und liebten unser Leben. Eine kleine Weile. Doch dann geschah ein Unglück, und ich machte mich schuldig. Ich werde dir nicht erzählen, was genau geschehen ist, aber alles danach war meine Schuld. Ich schlug eine Kerbe in unsere Beziehung, und Breda geriet in einen unglaublichen Zorn, den er nicht mehr kontrollieren konnte. So hatte ich ihn noch nie erlebt. Er ging im Streit auf mich los. Ich dachte in dem Moment, dass er mich umbringt. Nie wieder habe ich einen Menschen so verzweifelt gesehen wie Breda an jenem Tag.«

»Was hast du denn nur gemacht, dass er so wütend auf dich war?«

Seine Mutter schüttelte traurig den Kopf. »So leidenschaftlich wie unsere Liebe, so fand nun auch unser Streit statt. Wir gingen über Tische und Bänke und bewarfen uns mit Gegenständen. Dabei stürzte ich unglücklich und ein schwerer Tisch fiel auf mein Knie. Erst da habe ich geschrien und ein Nachbar kam herbeigeeilt. Er hielt meinen noch immer tobenden Geliebten fest, und an jenem Tag bin ich mit meiner Mutter geflohen. Eine Woche zuvor war mein Vater durch einen Unfall bei der Arbeit gestorben, und so hielt auch meine Mutter nichts mehr im Dorf. Wir haben einen Pferdewagen genommen und sind weg. Unterwegs, in der nächstgrößeren Stadt, brachte sie mich in ein Krankenhaus, wo man mein Bein notdürftig behandelte. Eine Operation hätte sicher die Beweglichkeit erhalten, aber wir hatten kaum Geld und noch weniger Zeit. Meine Großmutter war Deutsche, und meine Mutter und ich konnten die deutsche Sprache verstehen und leidlich sprechen. Also stand fest, dass wir dorthin zogen. Wir hatten den Familienschmuck dabei und die Geburtsurkunden und beides half uns, in Deutschland Fuß zu fassen. Warum es nun Oelde geworden ist? Ich weiß es nicht mehr genau. Vom Münsterland hatte meine Oma oft gesprochen, und eine Großstadt kam für uns nicht infrage. Meine Mutter erhielt einen Job als Schneiderin, und ich machte meine Fotolehre. Den Rest kennst du von den Erzählungen deiner Oma.«

Eike nickte. Seine Oma, die Mutter von Mirela, hatte oft von den ersten Jahren in Deutschland gesprochen, aber sehr wenig von den Karpaten. Und wenn, dann waren es Geschichten vom Großvater gewesen, der ein begeisterter Pferdenarr und Schmied gewesen war. Was für eine Ironie, dass ausgerechnet eines seiner Lieblingstiere ihn damals umgebracht hatte.

Mirela seufzte schwer, wohl wissend, dass sie wichtige Details ausgelassen hatte, und sie fragte ihren Sohn: »Das alles ist über vierzig Jahre her. Was sollte es mit den Vorkommnissen von heute zu tun haben?«

»Du wirst plötzlich als Hexe bezeichnet. Irgendwie scheint deine Vergangenheit durch die rumänischen Einbrecher wieder interessant geworden zu sein. Eventuell sind es nur Vorurteile, die hier auf makabre Art ausgespielt werden. Aber es kann auch sein, dass wir als Familie gerade heimgesucht werden. Ich verliere meine Frau, du deine Ziege, deine Wohnung wird durchwühlt, und du erhältst einen merkwürdigen Zettel. Ich habe wahnsinnige Angst, dass Max das nächste Opfer irgendeiner kranken Idee ist. Danke, Mutter, dass du endlich mal Vertrauen gefasst hast und mir etwas über deine Vergangenheit erzählt hast. Wir müssen doch zusammenhalten. Ich muss dich das jetzt fragen: Kennst du die Männer, die die Einbrüche begangen haben?«

Mirela schüttelte den Kopf und blickte ihren Sohn an. »Nein.« Das konnte sie mit gutem Gewissen sagen, weder ein Marcu Tudor noch ein Casian Barbu waren ihr bekannt. Doch sie ergänzte: »Es kann sein, dass ich die Mutter des einen gekannt habe. Eine Freundin von mir hieß Barbu, doch ich hatte seit meinem Fortgehen keinen Kontakt mehr.«

Eike nickte. »Dann kann es aber durchaus eine Verbindung zwischen dir und den Einbrechern geben. Allerdings nicht zu Karin. Ich glaube, dass es hier verschiedene Täter gibt. Einer davon hat meine Frau ermordet, ein anderer greift das Thema Wolf auf und treibt seine Spiele mit uns und der Polizei.« Eike hielt inne, starrte in die Flammen und griff dann nach einem Bierglas, das auf einem Sims neben dem Kamin stand. Nach einem tiefen Schluck fragte er seine Mutter: »Lebt dieser Breda noch?«

»Ja, er lebt noch. Der Kommissar hat es mir erzählt. Breda hat ein Alibi, denn er befand oder befindet sich noch im Krankenhaus. Aber warum sollte er nach so langer Zeit herkommen?«

»Vielleicht hat er dich erst jetzt gefunden.«

»Oh, nein! Ein Mann wie Breda Lupu findet, was er finden will.« Als Mirela den Satz aussprach, wusste sie, dass er wahr war. Sicher wusste Breda seit Jahrzehnten, wo seine Frau sich befand. Aber sie war für ihn wohl ebenso gestorben wie umgekehrt. Große Liebe konnte sich in großen Hass verwandeln. Sie hatte ihm damals das Herz gebrochen. Wie dumm sie gewesen war. Es gab nicht einen Tag in ihrem Leben, in dem sie nicht alles rückgängig hätte machen wollen. Aber dann wäre sie vielleicht noch immer in Rumänien und hätte Eike nie bekommen. Das Leben konnte übermäßig hart sein, fand Mirela.

8. KAPITEL

Der Morgen im Büro zog sich endlos langweilig dahin. Kemper und der Kommissar schrieben ihre längst überfälligen Berichte fertig und dokumentierten die verschiedenen Fakten, die sie zu den Fällen besaßen. Sie konnten noch immer nicht ausschließen, dass die Einbrecher etwas mit dem Mord an Karin Schulze Brinkhoff zu tun hatten. Der zuständige Staatsanwalt war ein netter, gemütlicher Herr, der lieber auf dem Golfplatz seine Aufregung suchte anstatt im Alltag. Er ließ ihnen zum Glück freie Hand, ohne ständig auf Ergebnisse zu beharren.

Als es auf Mittag zuging, wurde Schmitt wacher und agiler. Er überlegte sich ganz genau, wen von den drei geladenen Personen er als Erstes zur Befragung hereinholen wollte, und entschied sich für Herrn Drechsler. Seine Geduld wurde auf eine harte Probe gestellt, denn ausgerechnet der kam zu spät zum Termin.

Als er ihn endlich zum Gespräch aufrufen konnte, befanden sich Birte und das Mädchen aus dem Hofladen bereits in einem Gespräch miteinander. Klaus Drechsler trug seine dünnen, blonden Haare zu einem Pferdeschwanz gebunden und hatte ein Kaugummi im Mund. Sein Gang erinnerte an einen Westernhelden wie Yul Brunner mit seinen arrogant schwingenden Hüften und dem herausfordernden Blick. Sein Händedruck konnte Walnüsse knacken, und Schmitt unterdrückte den Wunsch, seine Hand auszuschütteln, damit sie wieder locker wurde. Kemper blieb an seinem Schreibtisch sitzen und hörte nur zu, die Arme lässig vor der Brust gekreuzt. Auf dem Schreibtisch, vor dem Schmitt den Mann bat, Platz zu nehmen, lag das Foto von ihm und dem fremden Mann, dem er Geld gab. Der Kommissar schob es wortlos zu ihm hin. Drechsler machte ein Pokerface und wartete ab.

»Wussten Sie, dass Ihre Chefin Sie beobachtet und fotografiert hat?«, fragte Schmitt schließlich.

»Nein, aber es ist mir auch egal. Ich bin nur erstaunt, dass sie so etwas nötig hatte.«

»Sie sind also nicht von Frau Schulze Brinkhoff erpresst worden?«

Jetzt lachte Drechsler auf. »Womit denn? Das ist Karl, ein Bekannter, und ich gebe ihm Geld. Ich mache schon mal bei illegalen Pferdewetten mit, nichts Dramatisches. Und ganz sicher nichts, womit man jemanden erpressen kann – steht ja nicht gerade die Todesstrafe drauf.«

»Nee, aber man kann dabei verdammt arm werden und in Schwierigkeiten geraten. Woher hatten Sie das Geld, dass Sie dem Mann da gerade überreichen. Von Ihrem Chef gestohlen?«

»Ich habe es damals von meinem Chef als Vorschuss erhalten und konnte so noch am selben Tag meine Schulden begleichen. Sie können ihn fragen.« Plötzlich ging ein Grinsen über sein Gesicht, und er zeigte zur Tür. »Die Damen da draußen sind also auch auf einem Foto von Frau Schulze Brinkhoff zu sehen, stimmt's? Deshalb sitzen wir hier. Sie denken, es geht um Erpressung.« Er haute sich auf ein Bein und gab sich belustigt. »Das können Sie vergessen. Karin war eine Frau, die gerne alles und jeden unter ihrer Kontrolle hatte. Sie wollte die Fotos sicher nur benutzen, um ihren Mann zu einem Personalwechsel zu motivieren oder um der Steiner eins auszuwischen.«

»Sie kennen Birte Steiner?«

»Sicher kenne ich sie. Sie ist eine leidliche Reiterin und immer wieder Konkurrentin von Karin gewesen. Allerdings ohne Erfolg. Meine Chefin ritt um Längen besser.« Er lehnte sich zurück, als hätte er Spaß an dem Gespräch. »Birte wollte mich vor etwa zwei Jahren mal abwerben. Hat mir einen Hunderter mehr geboten, aber ich habe abgelehnt. Ich bin loyal zu meinem Arbeitgeber.«

Schmitt wunderte sich, dass Birte sich so etwas leisten konnte, sie besaß schließlich keinen Hof oder ein Gestüt. Er beugte sich vor und konterte: »Aber der hat es Ihnen wenig gedankt, er hat Sie entlassen.«

»Seine Frau hat mich entlassen, Eike tat es leid. Es geschah aus einem Streit heraus und war eventuell auch meine eigene Schuld. Ich kann recht rau bei der Arbeit sein.« Er guckte auf seine kräftigen Hände.«

Kemper, der bislang schweigend zugehört hatte, mischte sich nun ein: »Herr Drechsler, Sie haben ein Motiv und kein Alibi. Haben Sie etwas mit dem Tod der Frau zu tun?«

Klaus Drechsler stand auf und legte eine Hand aufs Herz. »Nein, ich habe nichts damit zu tun. Eine solch feige und hinterlistige Art ist mir fremd. Das können Sie mir glauben oder auch nicht.«

Die Beamten nickten nur und verabschiedeten ihn.

Als Nächstes holte Schmitt das junge Mädchen namens Gerit Hartmann herein. Sie sah blass und verängstigt aus, ihre blonden Haare hingen ihr strähnig ins Gesicht. Beim Anblick des Fotos brach sie in Tränen aus, und es dauerte, bis man ihr eine Frage stellen konnte. Sie erzählte den Beamten unter Tränen, dass sie bislang zwei Mal eine Schokolade für eine alte Frau im Altersheim geklaut habe. Sie habe nie etwas für sich selbst mitgehen lassen, und sie habe immer etwas länger gearbeitet, um es wiedergutzumachen. Dieses Mädchen wäre nervlich gar nicht in der Lage, eine schlimmere Tat als das Stehlen einer Schokolade zu begehen, dachte Schmitt.

»Wissen Sie, ob Karin Schulze Brinkhoff Feinde hatte? Hatte sie mal Streit mit jemandem?«

»Nur mit Klaus Drechsler. Ich habe etwas Angst vor ihm, aber er ist immer nett zu mir. Karin und er haben sich oft über die Pferde gestritten.«

Kemper hatte auch noch eine Frage an das Mädchen. Ohne nachzudenken duzte er sie. »Sind vielleicht mal Leute aus Rumänien zu euch in den Laden gekommen? Hat die alte Frau Schulze Brinkhoff mit jemandem Kontakt gehabt, der dir aufgefallen ist?«

Sie guckte von einem zum anderen und schien die Frage nicht ganz verstanden zu haben. »Mirela kannte viele Leute aus dem Ort. Aber wieso soll sie jemanden aus Rumänien gekannt haben?«

Schmitt übernahm das Gespräch wieder. »Weil Frau Schulze Brinkhoff doch gebürtig von dort kommt, aus den Karpaten. Hast du das nicht gewusst?«

Gerit Hauser zuckte mit einer Achsel. »Von irgendwoher kam sie halt. Aber das liegt doch ziemlich lange zurück. Kann ich jetzt gehen?«

Der Kommissar ignorierte die Frage zunächst und hielt ihr einen Ausdruck von dem Phantombild hin. »Hast du diesen Mann schon einmal gesehen?«

Sie schüttelte den Kopf. »Nein.« Das Mädchen floh beinahe aus dem Büro, so eilig hatte sie es. Eventuell hätten sie sie nicht duzen sollen, dachte Schmitt. Er schätzte ihr Alter auf höchstens siebzehn Jahre.

Zu guter Letzt stolzierte Birte Steiner sichtlich empört in das Büro. »Was soll denn diese Einladung, bitte schön? Wir hatten doch schon das Vergnügen. Wenn Sie eine Frage haben, hätten Sie mich auch anrufen können.«

Schmitt lächelte sie an und zeigte auf den Stuhl. Dann streckte er ihr die Fotos entgegen, auf denen Birte Steiner mit dem Zuckerstück und dem Pferd zu sehen war, und sagte sanft: »Durch das Telefon hätte ich Ihnen diese Bilder nicht zeigen können.«

Sie wurde ein wenig blass unter dem vielen Make-up und beugte sich vor, betrachtete ein Foto nach dem anderen. Man sah es ihr förmlich an, wie sie nach einer guten Erklärung suchte. Endlich lehnte sie sich zurück, schlug die langen Beine in den engen Jeanshosen übereinander und lächelte. »Wer hat die gemacht? Ich gebe meinem Pferd lediglich ein paar Vitamine. Das ist ja wohl nicht verboten.«

Kemper wusste es besser. »Soweit ich informiert bin, ist auch die Gabe bestimmter Vitamine und Mineralien beim Turnierreiten verboten. Selbst Schokolade kann eine positive Probe ergeben. Zu den Fotos gibt es natürlich die Daten, wann sie entstanden sind. Es ist also leicht für uns, herauszufinden, ob sie an dem Tag zu einem Turnier gemeldet waren. Also, hat Frau Schulze Brinkhoff Sie damit erpresst?« Er tippte auf die Fotos.

Birte Steiner blickte empört von einem zum anderen. Ihre Stimme wurde ein wenig schrill, als sie sagte: »Sie denken, ich hätte Karin umgebracht, weil sie mich erpresst hat? Diese Frau konnte mich mit gar nichts erpressen.«

Schmitt ließ nicht locker. »Also hat sie es versucht?«

»Nein. Nicht direkt. Es ist schon ein paar Wochen her, da hat sie mich verwarnt.« Sie lachte unangenehm auf. »Sie hat mich ermahnt, ich solle über sie und ihren Hofladen im Ort nicht schlecht reden. Andernfalls würde ich Probleme bekommen, weil ich mein Pferd dopen würde. Sie meinte, sie habe Beweise.« Birte Steiner schob die Fotos von sich weg. »Das da sind gar keine Beweise.«

»Warum haben Sie denn schlecht über die Brinkhoffs geredet?«

»Habe ich gar nicht. Ich kannte Eike, ihren Mann, schon viel länger als sie. Ich würde nie schlecht über ihn reden. Wahrscheinlich war sie eifersüchtig, weil Eike immer nett zu mir ist. Ich kaufe sogar regelmäßig im Hofladen ein.«

Schmitt dachte daran, dass der Landwirt nie den Eindruck gemacht hatte, er würde viel von seiner alten Bekannten halten. Er persönlich hielt Birte Steiner für eine durchtriebene, verwöhnte Frau, die der ermordeten Karin sicher nicht das Wasser hatte reichen können. Nichts wies bislang daraufhin, dass Karin Schulze Brinkhoff ihr Wissen für erpresserische Zwecke genutzt hatte. Aber eventuell hatte sie geahnt, dass ihr jemand Böses wollte, und sie hatte sich mit den Fotos absichern wollen. Leider ohne Erfolg.

Birte Steiner riss ihn aus seinen Überlegungen. Sie drehte sich zur Tür und sagte: »Ich verstehe, die anderen beiden sind also auch bei irgendeiner Schandtat entdeckt und fotografiert worden?«

Weder der Kommissar noch Kemper gingen auf ihre Frage ein, Schmitt zeigte ihr nun das Phantombild und fragte sie: »Haben Sie diesen Mann schon mal gesehen?«

Sie griff nach dem Bild und guckte eine Weile darauf. »Ja, habe ich«, meinte sie dann lässig. »Darf ich hier rauchen?«

»Kommt darauf an, wie gut Ihre Informationen zu diesem Mann sind.« Natürlich durfte keiner in Schmitts Büro rauchen, aber bei dieser Frau kam man mit Drohen und Unfreundlichkeit nicht weiter, das ahnte er. Er hielt sie nicht für die Mörderin, aber sie hatte Karin und ihre Familie gut gekannt und wusste vielleicht mehr, als sie ahnte.

»Er war auf dem Turnier, vor zehn Tagen in Warendorf.«

»Genau wie der Holländer«, entfuhr es Kemper, woraufhin sein Chef ihm einen mahnenden Blick zuwarf – er wurde nicht gerne unterbrochen – und weiterfragte. »Warum ist er Ihnen aufgefallen?«

Sie lächelte. »Weil er gut aussah. Er kaufte sich einen Kaffee und lief mir dabei über den Weg. Mir fielen seine athletische Figur und der intensive Blick auf. Warum fragen Sie?«

»Führte er einen Hund bei sich?«

»Nein. Er benahm sich wie ein harmloser Besucher, schlenderte herum und beobachtete die Leute. Er schien sich mit Pferden auszukennen, hatte nur Blicke für die Profis. So etwas kann ich sehen.« Nun holte sie tatsächlich eine Zigarette aus einem dieser bunten Etuis, die man über die Unheil verkündenden Warnungen stülpte, die sich auf den Packungen befanden. Das silberne Feuerzeug, mit dem sie die Zigarette anzündete, trug eine Gravur. Schmitt ließ sie gewähren. »Haben Sie den Mann mit diesem Holländer zusammen gesehen, der Karins Pferd kaufen wollte?«

»Nein, er schien niemanden dort zu kennen. Hören Sie, ich habe ihn auch nicht die ganze Zeit beschattet und beobachtet. Ich habe schließlich einen Mann. Warum ist das so wichtig?«

Schmitt blickte sie durch den Dunst des Zigarettenqualms ernst an. »Weil dieser Mann mit einem Rottweiler kurz vor Karins Tod gesehen worden ist.«

Sie griff erneut nach dem Ausdruck und starrte darauf. »Das Bild ist gut gemacht, Sie müssen eine exzellente Beobachterin gehabt haben. Aber es fehlt etwas.« Sie tippte auf das rechte Auge. »Hier neben dem Auge verläuft eine Narbe. Ich habe es genau gesehen. Sie gefiel mir irgendwie.«

Als sie wenig später auch Frau Steiner verabschiedet hatten, nahm Schmitt sich noch mal das Phantombild vor. Der Mann auf dem Bild besaß hohe Wangenknochen und einen schön geschwungenen Mund. Seine

Augen waren von intensivem Blau, so hatte die Zeugin sie zumindest beschrieben. Und Birte Steiner hatte dies bestätigt. Es gab diesen Mann also tatsächlich so, wie auf dem Bild, und er war bislang ihre heißeste Spur. Es war nicht auszuschließen, dass der Holländer und dieser Mann sich gekannt hatten.

Den beiden verhafteten Rumänen hatten sie das Phantombild natürlich ebenfalls gezeigt, aber wie zu erwarten, hatten beide keinerlei Reaktion gezeigt. Sie beteuerten, den Mann nicht zu kennen.

Der Kommissar wandte sich an seinen jungen Kollegen. »Zwei potentielle Verdächtige im Mordfall Karin Schulze Brinkhoff treiben sich auf dem Turnier in Warendorf herum. Das ist doch kein Zufall, oder?«

»Chef, wir sind hier im Münsterland, noch dazu im Warendorfer Kreis, hier gibt es mehr Pferdenarren als sonst wo in Deutschland. Ich wundere mich nur, dass der Ehemann nicht mit auf dem Turnier war, jedenfalls hat er nichts davon erwähnt. Wir sollten dieses Bild von dem ominösen Rottweilerbesitzer dringend auch ihm und seiner Mutter zeigen. Ich habe gestern leider nicht daran gedacht. Es ist eine sehr dünne Spur, aber immerhin. Haben wir schon ein Ergebnis von der Haarprobe, die wir aus dem Auto des Holländers geholt haben?«

»Nein, ich hake mal nach.«

Im Hammer Tierpark dösten die beiden Timberwölfe in der fahlen Sonne vor sich hin. Bis sie Besuch erhielten. Nele Brabender und der Tierpfleger Markus näherten sich zielstrebig der Tür. Die junge Frau schien deutlich nervöser als der kräftige Tierpfleger, als sie nun das Wolfsgehege betraten. Sie waren bereits am Dienstag das ganze Gehege von außen abgegangen, als das Loch im Zaun entdeckt worden war. Doch heute wollten sie das Gehege von innen inspizieren, den Zaun abgehen. Es konnte ja sein, dass zurückgelassenes Werkzeug sich noch im Gehege am Zaun befand oder sie andere Spuren entdeckten. Markus hatte seine Chefin auf die Idee gebracht, mal von innen alles genauer zu untersuchen. Beide nahmen einen großen Stock mit, um einen allzu neugierigen Wolf zu vertreiben. Timberwölfe waren im Gegensatz zu den europäischen Grauwölfen sozial verträglicher, vor allem, wenn sie von Hand aufgezogen worden waren. Das machte man oft, damit die Wölfe im Zoo die Scheu vor Menschen verloren und sich den Besuchern auch zeigten. Diese Gewöhnung an den Menschen barg aber immer auch eine Gefahr. Denn wenn die Wölfe geschlechtsreif wurden, konnten sie schlagartig aggressiv gegenüber dem Sozialpartner Mensch werden. Das war ein territorial begründetes Verhalten, das aber bei den Timberwölfen weniger ausgeprägt war.

Heute nahmen die Wölfe nur so lange Kenntnis von Markus und Nele, bis der Tierpfleger ein paar Fleischbrocken abgelegt hatte. Nele war froh, den kräftigen Markus bei sich zu haben. Immerhin brachen sie beide gerade in das Revier der Wölfe ein. Immer wieder guckte sie sich um, doch die beiden Wölfe waren mit den Fleischbrocken beschäftigt. Einige Besucher des Tierparks Hamm zeigten mit Fingern auf sie, während Nele und Markus entschlossen und mit gebeugtem Kopf das Areal um den Zaun absuchten. Plötzlich blieben beide abrupt stehen. Vor ihnen zeigte sich auf einer Fläche von einem Quadratmeter eine Anzahl an kleinen Knochen. Es war an einer geschützten Stelle, vom Weg aus kaum zu erkennen.

»Jemand hat unsere Wölfe angefüttert. Das gibt es doch nicht. Wieso wollte jemand die Tiere an den Zaun locken?«, fragte Markus und beantwortete sich die Frage gleich selbst. »Das war bestimmt der Typ, der das Loch hineingeschnitten hat. Wahrscheinlich glaubte er, dass die Wölfe es dann schneller bemerken. Sieh nur, die offensichtliche Futterstelle liegt nur einen Meter vom Loch entfernt.«

Nele blickte zu dem Wolfsrüden, der nun angetrottet kam, als wüsste er genau, dass es um seine Zusatzration ging. Vier Meter von ihnen entfernt blieb er stehen und schnupperte in die Luft. »Bist du vorbereitet, wenn er uns vertreiben will und angreift?«

»Er greift nicht an, ich bin mir sicher.« Markus blieb ganz ruhig und untersuchte die Knochenreste. »Der Täter hat sie mit Hühnchenfleisch und Lammknochen verwöhnt, der Mistkerl.«

Nele behielt den Wolf im Auge und guckte nur flüchtig hin. Allerdings vermied sie es natürlich, dem Tier direkt ins Gesicht zu starren. Das fanden nur Primaten toll, aber keine Wölfe. Sie sagte: »Wer immer das gewesen ist, ist bestimmt auch für den Mord an der Landwirtin verantwortlich. Das hier ist die Handschrift eines skrupellosen Täters. Wir sammeln die Knochen ein, eventuell finden sich menschliche Fingerabdrücke darauf. Ich fahre gleich nach Oelde und bringe sie zu Kommissar Schmitt.«

Markus nickte und zückte sein Handy, um sich von einem Mitarbeiter Handschuhe und eine Plastiktüte zum Gehege bringen zu lassen.

Auf dem Weg nach Oelde trommelte Nele nervös auf ihrem Lenkrad herum. Sie konnte es kaum abwarten, mit dem Kommissar zu reden. Was wäre das für ein Erfolg, wenn man auf den Knochenresten tatsächlich Fingerabdrücke finden würde? Kurz vor Oelde raste sie mit Karacho in eine Radarfalle. Macht nichts, dachte sie. Da sollte sich der junge Polizist drum kümmern. Immerhin war das hier eine Dienstfahrt. Das hatte auch ihr Chef vom Tierpark so genehmigt. Ihr knallgrüner Smart kam leider bei diesen Schwarz-Weiß-Fotos gar nicht zur Geltung, Frosch nannte sie ihn. Sie parkte und lief die wenigen Schritte bis zur Polizeistation zu Fuß.

Auf einem Fahrrad kam ihr ein junger Mann entgegen, der lächelnd einen Dialog rezitierte. Er trug den Text sehr gut vor und arbeitete mit unterschiedlichen Stimmen. Ob es ein ausgedachter oder auswendig gelernter Dialog war, konnte sie nicht erkennen. Aber der Auftritt kam Nele recht skurril vor. Sie sah, dass der Mann kurz hinter ihr wieder drehte und erneut eine Runde fuhr und weiter vortrug. Was trieb einen Menschen dazu, sich dermaßen auffällig in der Öffentlichkeit zu benehmen? Übte er für einen Auftritt oder war er geistig umnachtet? Mit einem leisen Gefühl der Bewunderung für das Talent zum Vortragen des Mannes betrat sie die Polizeistation. Sie hatte zuvor angerufen und wurde daher im Büro von Schmitt und Kemper erwartet.

Der junge Polizist brachte ihr sofort einen Cappuccino, und der Kommissar nahm begeistert die Tüte mit den Knochen entgegen, um sie ins Labor bringen zu lassen. Zu Beginn des Falles hatte Nele noch die Proben untersucht, die man am Ziegenkadaver entnommen hatte, doch mittlerweile kümmerte sich das wesentlich professionellere Labor des Landeskriminalamtes um die zahlreichen Spuren. In diesem speziellen Fall waren sie die wertvollsten Kollegen.

Schmitts Telefon klingelte, als er Nele gerade auf den neusten Stand der Ermittlungen brachte und ihr auch das Phantombild unter die Nase hielt. Eventuell war der Typ auf dem Bild ja mal im Hammer Zoo herumgelaufen. Doch sie schüttelte den Kopf, und der Kommissar ging ans Telefon. Kemper und Nele Brabender konnten sehen, wie seine Augen groß wurden und der Haaransatz sich in die Höhe schob. »Und da sind Sie sich sicher? Das wäre ja ein kolossaler Durchbruch. Danke, vielen Dank. Ja natürlich, die Untersuchung der Knochen eilt auch sehr, da braucht ihr aber nur Fingerabdrücke zu nehmen. Um welches Huhn oder Lamm es sich mal gehandelt hat, ist uns egal.« Er legte auf und blickte so wichtig in die Runde, dass Nele die Luft anhielt.

»Dirk, geben Sie eine Fahndung raus«, sagte er. »Die Hundehaare aus dem Auto des Holländers gehörten zu der Rottweilerhündin, die Karin Schulze Brinkhoff umgebracht hat.«

Nele Brabender guckte verwirrt in die Runde. Sie hatte nur verstanden, dass ein Holländer das Pferd von Karin Schulze Brinkhoff kaufen wollte. Kemper erklärte ihr nun, wie penetrant der Mann sich auf dem Turnier der Toten genähert hatte.

»Aber man bringt doch niemanden um, weil man unbedingt ein Pferd kaufen will. Ich bin wirklich tierlieb und verstehe so einiges, aber sind Sie sich sicher, dass Sie den richtigen Mann verfolgen?«

Schmitt hatte bereits den Telefonhörer in der Hand. »Der Mann hat auf jeden Fall Kontakt gehabt zu einem Hund, der als tödliche Waffe eingesetzt worden ist. Und er hat sich der ermordeten Frau schon einmal distanzlos genähert. Mehr brauche ich nicht, um ihn zumindest fürs Erste in mein Büro zu beordern.« Hastig wählte er eine Nummer, die er von einem Notizzettel ablas. »Herr Schulze Brinkhoff, gut, dass ich Sie erreiche. Können Sie mir sagen, wie ich Herrn de Ruiter erreiche. Aha, morgen früh also, sagen Sie. Haben Sie eine Nummer von ihm? Ja, bitte, ich höre.« Der Kommissar schrieb mit, bedankte sich und legte auf. »Wir lassen sein Handy orten, ich möchte nicht, dass er gewarnt ist und sich nach Holland absetzt.«

Nele blickte von einem zu anderen. »Das hört sich ja so an, als hätten Sie den Täter. Dann haben die Einbrüche und die Rumänen mit dem Mord also gar nichts zu tun? Ich dachte nur, weil doch die alte Frau Schulze Brinkhoff eine Rumänin ist.«

Kemper antwortete: »Ja, wir haben auch immer wieder in diese Richtung hin ermittelt. Zwei Einbrecher haben wir ja, und sie werden nun für mindestens ein Jahr ins Gefängnis wandern. Ich hoffe sehr, dass wir den Mord an der Rentnerin auch noch aufgeklärt bekommen, aber ich sehe derzeit wirklich keinen Zusammenhang zwischen dem Holländer de Ruiter und den rumänischen Einbrechern.«

Im Rathaus saß Karsten Tillmann an seinem wuchtigen Schreibtisch und stöhnte leise. Sein Kopf tat weh, die Augen brannten von zu langer Computerarbeit, und nun mutete seine Frau ihm einen Ausflug in *Rene's Babywelt* zu. Nein, natürlich sei es noch zu früh, schon Sachen zu kaufen, aber das Schauen mache doch so viel Spaß und erhöhe die Vorfreude auf das eigene Baby, so meinte seine Gattin beim schnellen Frühstück am Morgen. Und geschickt hatte sie ihm das Versprechen abgerungen, nach der Arbeit bummeln zu gehen. Wahrscheinlich sollte er froh sein, dass seine schwangere Gattin so guter Stimmung war. Das konnte auch recht schnell kippen. Es war für einen Mann immer wieder überraschend, wie aufdringlich sich so ein paar Hormone in den Frieden seiner Ehe einmischen konnten. Er erinnerte sich an Szenen aus der ersten Schwangerschaft. Damals hatte es Tage gegeben, da machte er alles falsch. Selbst ein Blumenstrauß wurde ihm zum Verhängnis, weil Britta ihm sofort ein schlechtes Gewissen andichtete. Als er mal Sushi mit nach Hause gebracht hatte, weil seine Frau diese japanischen Reishappen so gerne mochte, warf sie ihm vor, dass er offenbar nicht mit ihr essen gehen wolle, da man sich mit ihrer Kugel vor dem Bauch in der Öffentlichkeit nicht mehr sehen lassen könne. Und wie oft war er damals zum Supermarkt oder zur Tankstelle gefahren, um irgendwelche spontanen Hungergefühle seiner Frau zu stillen?

Diese Gedanken gingen ihm durch den Kopf, als er nun etwas früher als gewohnt nach Hause fuhr, um Britta abzuholen. Er erwartete sie fertig angezogen und ungeduldig auf ihn wartend und war überrascht, als er seine Frau still sitzend im Wohnzimmer vorfand. Sie trug noch immer ihre Hausschuhe und hatte noch keinen Lippenstift aufgelegt, ohne den sie nicht einmal in den Kreißsaal gehen würde. Auf ihren Knien lag ein Zettel.

»Was ist los?«, fragte er und blieb an der Wohnzimmertür stehen. »Geht es dir nicht gut?«

»Ich weiß nicht. Ich habe eben die Klappe unseres Briefkastens gehört und bin hin, um nachzuschauen. Ich dachte, irgendeiner der Nachbarn hätte eine Einladung eingeworfen.« Sie stockte und zeigte auf den Bogen Papier auf ihren Knien. Ein paar Haarsträhnen hatten sich aus ihrem lockeren Knoten gelöst und hingen vor ihren Augen, ohne dass sie sie wegschob.

Tillmann trat näher und erschrak. Die geklebten, aus der Zeitung ausgeschnittenen Buchstaben und Wörter waren sicher nicht für eine Einladung ausgesucht worden. Er griff nach dem Zettel und las laut vor: *Wölfe raus oder Tillmanns raus*. Mehr stand nicht darauf. Das kleine S an seinem Namen machte den Brief bedrohlich. Denn er schloss seine Familie mit ein und betraf nicht nur den Bürgermeister. War dies als Drohung zu verstehen oder nur eine Andeutung, dass Tillmann nicht wiedergewählt wurde?

Dennoch beruhigte er seine Frau und setzte sich zu ihr. »Das ist sicher nur von einem dieser idiotischen Jäger oder Bauern geschickt worden. Mach dir keine Sorgen deshalb. Solche Briefe bekomme ich oft ins Büro, sie sind ohne Bedeutung. Aber ich gebe ihn an Schmitt weiter.« Und plötzlich war er sehr froh, dass er seine Frau nun mit Babysachen ablenken konnte.

Sie war ernsthaft besorgt und saß wie erstarrt auf dem Sofa. Man vermutete, dass der Wolf ohnehin abgezogen sei. Seit Tagen gab es keine Vorkommnisse mehr.

»Ich rufe Hugo an«, sagte Tillmann und stand auf, um den Anruf in seinem Arbeitszimmer zu tätigen. »Zieh dir schon mal die Schuhe an, wir können gleich los. Wir lassen uns doch von so einem Brief nicht unsere schöne Planung kaputtmachen.« Schöne Planung, dachte er, so schnell machte er eine gute Miene zum unangenehmen Spiel. Plötzlich wollte er sogar mit seiner Frau in Babysachen wühlen und alles vergessen, was unangenehm war. Er erreichte seinen Freund auf dem Handy und erzählte dem Kommissar von dem anonymen Brief.

»Das kann ganz harmlos und wirklich nur eine Anspielung auf die Wahlen sein. Ich schaue mir das beizeiten mal an.« Schmitt zeigte sich unbesorgt, aber aufgeregt. »Wir haben eventuell einen Durchbruch. Wir haben den Besitzer des Rottweilers ausfindig gemacht, der Karin Schulze Brinkhoff tödlich verletzt hat. Wir bereiten soeben seine Vernehmung vor und orten ihn. Es ist ein Holländer, der unbedingt das Pferd der toten Frau kaufen wollte. Verrückt, oder? Aber wir müssen ihn natürlich erst anhören. Kann ja auch sein, dass ihm sein Hund gestohlen worden ist.«

Tillmann hatte natürlich von dem Phantombild gehört und fragte nun danach. »Was ist mit dem Mann, der seinen Rottweiler auf die Schafherde gehetzt hat. Den habt ihr doch auch noch unter Verdacht, oder?«

»Ja, das stimmt. Ich weiß nicht, wie der nun in die Geschichte passt. Eventuell kannte er den Holländer. Beide sind auf einem Turnier gesehen worden, auf dem unser Mordopfer als Teilnehmerin gestartet ist. Vielleicht hat unser Mann den Rottweiler nur mal im Auto mitgenommen. Ist alles möglich.«

»Kannst du mir das Foto auf meinen privaten Rechner schicken? Ich will es mir auch ansehen.«

»Okay, schon unterwegs.«

Tillmann setzte sich an seinen Laptop und startete das System und sein Mailprogramm. Er blickte auf das Foto eines gut aussehenden Mannes, den er auf Ende dreißig schätzte. Ein markantes Gesicht mit einem dünnen Schnurrbart und einem sehr schön geschwungenen Mund. Es erinnerte Tillmann an niemanden, den er kannte.

Er rief seine Frau zu sich. »Britta, Schatz, kommst du noch eben schnell her und schaust dir ein Bild an.« Er schob ihr den Bildschirm zu, und sie guckte ein paar Sekunden lang darauf.

»Ja, den habe ich schon mal gesehen. Er ist mir vor ein paar Tagen im Rathaus begegnet, als ich dir die Zeitschriften gebracht habe.«

»Bist du dir sicher? Da kamen dir doch bestimmt verschiedene Leute entgegnen, oder?«

Sie lächelte sanft. »Ja, aber der Mann hier auf dem Bild hat meinen Schal aufgehoben und ihn mir wieder umgelegt. Dabei meinte er sehr charmant und mit einem wunderbaren Akzent, dass er perfekt zu meiner Augenfarbe passen würde.«

Tillmann starrte seine Frau an, die immer wieder für Überraschungen gut war. Und dabei so harmlos tat wie eine Brieftaube. »Kann es ein rumänischer Staatsbürger gewesen sein?«

Sie zuckte mit den Schultern und zog sich den dunklen Mantel an, den sie bereits in der Hand hatte. Schnell wählte der Bürgermeister noch mal die Nummer des Kommissars und stellte den Apparat auf laut. »Hugo, ich habe da noch eine Information für dich. Britta hat den Mann im Rathaus gesehen. Das war vor ein paar Tagen, und er sprach mit einem Akzent.«

»Es könnte also ein Rumäne gewesen sein?«

»Das weiß sie nicht.« Britta hörte mit und warf ein. »Ich kann einen französischen und einen polnischen Akzent unterscheiden, eventuell noch einen holländischen, aber dann hört es auf. Sorry, Hugo.«

»Du hast mir sehr geholfen, danke Britta. Hat er mit dir gesprochen?«

»Er hat gesagt, dass mein Schal, den er aufgehoben hat, wunderbar zu meinen Augen passe. So etwas würde ich auch von euch beiden gerne mal hören«, scherzte sie.

Als Schmitt sein Handy wieder in seiner Hosentasche verschwinden ließ und seinem jungen Kollegen von dem Anruf des Bürgermeisters erzählte, schloss er: »Es wird wirklich Zeit, dass wir Mirela Schulze Brinkhoff das Phantombild zeigen. Wir sollten unserer Joggerin dankbar sein. Sie hat eine exquisite Beobachtungsgabe bewiesen, immerhin wird der Mann aufgrund des Bildes wiedererkannt. Und wenn er ein Rumäne ist, dann besteht die Chance, dass unsere gute Mirela weiß, wer er ist. Und wahrscheinlich gefällt ihr diese Bekanntschaft herzlich wenig. Mein Gefühl sagt mir, dass sie uns schon eine ganze Weile etwas verschweigt.«

In diesem Moment kam ein rundlicher Beamter herein und verkündete: »Wir haben Herrn de Ruiter. Der Ortung seines Handys entsprechend befindet er sich mitten in Münsters Innenstadt. Wenn Sie mich fragen, sitzt er im *Kiepenkerl*, isst Münsterländer Töttchen und trinkt ein Bier dazu. Der *Kiepenkerl* liegt genau dort, wo wir ihn geortet haben. Ich habe schon zwei Beamte aus Münster hingeschickt.«

Schmitt rieb sich die Hände und grinste breit. »Sehr gut. Die sollen ihn herbringen.« Mittlerweile war es vier Uhr, und bis Herr de Ruiter in Oelde angekommen war, sicher knapp fünf Uhr. Es würde Abend werden, bis sie zum Hof Schulze Brinkhoff kommen würden, um Eike und seiner Mutter das Phantombild zu zeigen. Schmitt wollte mit Kemper vorher die Verhörtechnik besprechen und unbedingt bei der Ankunft des Holländers dabei sein.

Laut schimpfend betrat der große Mann dann gegen fünf Uhr am Nachmittag das Büro. Natürlich hatte ihm keiner gesagt, warum er so plötzlich nach Oelde zurückmusste. »Ich wäre morgen sowieso hier in der Gegend gewesen, da hätten wir uns doch auch treffen können. Ich wollte das Pferd holen. Was soll denn jetzt diese Inszenierung?«, fragte er und sein niederländischer Akzent war in der Aufregung stark zu hören.

Schmitt bat den Mann, sich zu setzen. Sie hatten ihn in den kargen Vernehmungsraum bringen lassen. Herr de Ruiter sollte durchaus merken, dass er in einer ernstzunehmenden Lage steckte. Kemper und Schmitt setzten sich ihm gegenüber.

Der Kommissar wies darauf hin, dass sie das Gespräch aufnehmen würden. »Herr de Ruiter, wir haben in Ihrem Wagen Haare sichergestellt, die eindeutig dem Rottweiler zuzuordnen sind, der am Tod der ermordeten Karin Schulze Brinkhoff beteiligt war.«

Das Gesicht des Holländers verfärbte sich rot. Er lockerte den Reißverschluss am Kragen seines Pullovers. »Ich möchte meinen Anwalt sprechen.«

»Das Recht haben Sie, keine Frage, aber so lange bleiben Sie natürlich in Gewahrsam. Wie wäre es, wenn Sie sich telefonisch beraten lassen, und dann können wir eventuell weitermachen. Ihr Anwalt sitzt ja sicher in Holland, das dauert, bis der hier ist.« Schmitt gab sich jovial. Das Ergebnis der DNA-Untersuchung war ein klarer Erfolg – und den kostete er nun aus.

De Ruiter durfte in einem separaten Raum ein Telefonat mit seiner Anwältin führen und kam bereits nach zehn Minuten zur weiteren Vernehmung aus dem Zimmer. »Ich kann das alles erklären«, waren seine ersten Worte, noch bevor er sich hingesetzt hatte.

»Sehr gerne, wir hören Ihnen zu.« Schmitt lehnte sich zurück, und Kemper verschränkte seine Arme vor der Brust.

»Ich züchte spezielle Hunde und bilde sie teilweise auch selber aus. Hunde, die, sagen wir, gewisse Anforderungen erfüllen müssen. Kampfhunde, gefährliche Hunde, keine Kuscheltiere. Meine Kunden kommen häufig aus dem Rotlichtmilieu oder der Drogenszene. Ich hoffe, Sie verstehen mich.«

Kemper lächelte abschätzig. »Sie bilden Hunde aus, die auf Kommando zubeißen oder jemanden verfolgen und stellen, habe ich das richtig verstanden? Sie wissen, dass das illegal ist?«

»Ja, ich weiß, ich habe mich strafbar gemacht, aber ich bin nicht für den Mord verantwortlich. Zumindest so wenig wie ein Waffenverkäufer, mit dessen Pistole ein Mord geschieht. Ich habe vor wenigen Wochen einen Rottweiler verkauft. Es war die Mutter meines Hundes, den sie im Auto gesehen haben. Es war ein ganz normaler Kauf. Der Mann wollte einen Hund haben, der auf Befehl zubeißt und über ein hohes Maß an Aggressivität aber auch Gehorsam verfügt. Wir haben einen Tag lang zusammen mit Diana, so hieß der Hund, zusammen im Wald verbracht und – was soll ich sagen? Der Kunde war begeistert. Hören Sie, ich frage die Leute nicht, wofür sie meine Hunde brauchen. Oft sind es Leute, die sich auf der Straße behaupten müssen oder ins Ausland fahren. Ich konnte doch nicht ahnen, dass jemand mit meinem Hund einen Mord begehen wollte!«

De Ruiter legte seine Hände offen auf den Tisch, so als vergrößere dies seine Unschuld.

»Nun, Sie haben ja bestimmt den Namen des Käufers.« Schmitt zückte seinen Notizblock und hielt den Stift bereit.

Kemper zuckte zusammen, als der Holländer nun laut auflachte. »Sie beide haben wohl gar keine Ahnung von solchen Geschäften. Da gibt es keinen Vertrag und keinen Namen, und das Treffen findet an unbestimmten Orten statt, meist mitten im Schoße der Natur.« Er schüttelte in gespielter Entrüstung den Kopf über so viel Naivität westfälischer Beamter.

»Ich denke aber nicht, dass das Treffen in vermummter Kleidung stattfand, oder? War es dieser Mann, der Ihnen den Rottweiler abgekauft hat?« Schmitt knallte ihm die Skizze mit dem Phantombild auf den blanken Tisch.

Der Holländer nahm das Blatt zwischen seine großen Hände und guckte lange darauf. Seine Wimpern zuckten verräterisch und mit ungewohnt leiser Stimme äußerte er: »Ja.«

»Geht das auch etwas lauter und im ganzen Satz, damit unsere Aufnahme korrekte Informationen erhält?«

»Ja, so hat der Mann ausgesehen, der den Hund gekauft hat. Er sprach mit ausländischem Akzent.«

Der junge Polizist mischte sich ein: »Könnte es ein Rumäne gewesen sein?«

De Ruiter blickte von einem zum anderen und fragte beinahe dümmlich: »Liegen die Karpaten nicht in Rumänien? Dafür wollte er den Hund nämlich haben. Dort gäbe es so viele Straßenräuber und Überfälle.«

Kemper wollte noch mehr wissen: »Was bekommt man für solch einen speziellen Hund?«

»Ich habe zweitausendachthundert Euro dafür erhalten.«

Später, als sie mit dem Audi des Kommissars zum Hof Schulze Brinkhoff fuhren, war der junge Polizist noch immer erstaunt über die Summe. »Ich wechsle den Beruf, Chef. Ich werde Hundetrainer. Zwei, drei Hunde pro Monat und ich hätte bereits ein ordentliches Gehalt in der Tasche. Gucken Sie sich doch den dicken Wagen an, den der Mann fährt. Bekommt man solche Hunde eigentlich auch über das Darknet? Das hätte ich ihn noch fragen sollen.«

De Ruiter hatten sie vorerst laufen lassen, allerdings hatten sie den Pass einbehalten, da Fluchtgefahr bestand. Solange der Mord nicht eindeutig geklärt war, galt er als verdächtig. Um seine illegalen Geschäfte mit ausgebildeten Kampfhunden sollte sich die holländische Regierung kümmern. Dafür würde er auf jeden Fall eine Anzeige bekommen. Sympathisch war so eine Berufswahl sicher nicht.

Auf dem Hof war es überraschend still. Das Auto von Eike Schulze Brinkhoff war nirgends zu sehen, aber Klaus Drechsler kam ihnen aus den Stallungen entgegen. Sein alter Passat stand auf dem Hof. Im großen Haus brannten überall die Lichter, und aus Mirelas Wohnung erklang das Gebell des Welpen.

»Gut, dass Sie so schnell gekommen sind. Wer hat sie informiert?«

Kemper fragte erstaunt: »Worüber soll man uns informiert haben?« Dem Pferdewirt war die Antwort unangenehm. Er wand sich und meinte schließlich. »Gehen Sie mal ins Haupthaus und reden Sie mit Eikes Mutter. Ich will hier keine Gerüchte in die Welt setzen.«

Beunruhigt liefen die beiden Beamten zum Haus und klingelten an der großen Eingangstür mit den bunten Holzelementen. Kemper hörte von außen den Stock der älteren Dame, dann wurde die Tür aufgerissen. In dem großen Raum mit dem Kamin und dem Licht wirkte Mirela Schulze Brinkhoff heute klein und zerbrechlich, trotz ihrer aufrechten Haltung. Ihre Haare hingen unordentlich aus ihrem Knoten, und die Augen blickten ängstlich. »Haben Sie ihn gefunden?«

Schmitt trat näher, schloss die Haustür und berührte die Frau leicht am Arm. »Jetzt sagen Sie uns doch erst einmal, was los ist? Wo ist denn Ihr Sohn?« Er führte sie langsam zum Kamin, in dem ein kleines Feuer loderte, und sie setzte sich. Schmitt setzte sich zu ihr, während Kemper lieber noch stehen blieb. Wer konnte schon wissen, ob man nicht gleich zum nächsten Einsatz musste.

»Max ist nach der Schule nicht nach Hause gekommen. Niemand weiß, wo er ist. Ich habe alle seine Freunde angerufen.«

»Ist er mit dem Fahrrad unterwegs?«

Sie schüttelte traurig den Kopf. »Das ist ja so merkwürdig daran. Sein Fahrrad hatte heute Morgen einen Platten, und Eike hat ihn schnell hingefahren. Als er ihn vor ein paar Stunden dann von der Schule wieder abholen wollte, war Max nicht mehr da. Eike hat die ganze Schule nach ihm abgesucht. Niemand hat etwas mitbekommen, aber es hat natürlich auch keiner darauf geachtet. In der letzten Schulstunde hatten sie Sport. Da gehen die Schüler nach und nach aus den Umkleidekabinen nach draußen. Je nachdem, wer sich schneller oder langsamer umzieht. Max ist in der Regel sehr schnell, zumal Eike ihm gesagt hatte, dass er nicht lange warten wolle.«

Kemper dachte bei sich, dass heute alles gepasst hatte, wenn jemand den Jungen hätte entführen wollen. Aber noch wollte er an eine harmlose Erklärung glauben. Jungen im Teenageralter verschwanden schon mal spurlos, weil sie nicht mehr jedem Bescheid gaben, was sie vorhatten. Er fragte Mirela: »Auf seinem Handy haben Sie es sicher schon probiert, ihn zu erreichen, oder?«

»Ja, es ist ausgeschaltet.«

»Vielleicht wollte Max mal allein sein, nachdenken. Er hat immerhin seine Mutter verloren.«

Die Bäuerin richtete sich kerzengerade auf und antwortete empört: »Max würde uns nicht in solch einer Ungewissheit zurücklassen. Er weiß, wie dünnhäutig wir gerade alle sind. Wenn er nach der Schule noch zu einem Freund fährt oder in die Stadt will, gibt er immer schnell Bescheid. Das hat ihm Karin beigebracht.« Mit tiefblauen Augen blickte sie in die kleine Runde. »Ich weiß, dass hier etwas nicht stimmt.«

Kemper bekam eine Gänsehaut im Nacken. Die ältere Frau wirkte gerade tatsächlich wie eine Hexe. Fehlte nur noch, dass sie einen Stapel Tarotkarten herausholte oder in eine Glaskugel starrte. Doch das alles brauchte die Rumänin nicht. Als die Tür aufging und ihr Sohn Eike mit verzweifeltem Gesichtsausdruck die Halle betrat, verkündete sie es noch einmal: »Es ist etwas passiert, etwas Schreckliches.« Ihre Hände lagen verkrampft im Schoß und ein paar Tränen liefen über ihre Wangenknochen.

Herr Schmitt nutzte die Stille, die auf ihre Worte folgte, und räusperte sich. »Herr Schulze Brinkhoff, wir haben den Besitzer des Hundes ausfindig gemacht, der für den Tod Ihrer Frau verantwortlich war. Das heißt, den Züchter. Er behauptet, den ausgebildeten Kampfhund an diesen Mann hier verkauft zu haben. Kennen Sie ihn?« Mit diesen Worten reichte er dem Landwirt das Phantombild.

Der griff mit müden Bewegungen danach, schüttelte aber sofort den Kopf. »Ich kenne den Mann nicht. Warum soll er meine Frau getötet haben?«

Seine Mutter hatte sich vom Stuhl erhoben und ging zu ihrem Sohn, der sich nun neben Herrn Schmitt in den Stuhl hatte fallen lassen. Ihre Bewegungen waren langsam und zögernd. Sie blickte über seine Schulter auf das Bild, und man konnte sehen, wie ihr Gesicht von einer Minute zur anderen die Farbe verlor. Kreidebleich fasste sie sich ans Herz, das Gesicht vor Schmerz verzerrt. Still brach sie zusammen.

Kemper stand in der Nähe und war blitzschnell bei ihr, um sie aufzufangen. Langsam legte er sie auf den Steinboden und nahm ein Kissen von einem der Stühle für ihren Kopf. Eike ließ das Blatt in seinen Händen zu Boden fallen und stürzte zu seiner Mutter, die nicht mehr ansprechbar war. Schmitt hatte bereits sein Handy gezückt und wählte den Notruf. Er nannte seinen Namen und die Adresse und äußerte seinen Verdacht auf einen Herzinfarkt. Frau Schulze Brinkhoff blieb ohne Bewusstsein, und Schmitt konnte nur noch mal an Herrn Schulze Brinkhoff appellieren, sich das Gesicht des abgebildeten Mannes genauer anzuschauen.

»Ihre Mutter muss ihn erkannt haben. Ich habe es an ihrem erschreckten Gesicht gesehen.«

»Ja, weil sie ständig Geheimnisse vor mir hat, die sie nun auch noch ins Grab bringen werden. Verflucht noch eins. Ich weiß, dass ich dieses Gesicht noch nie gesehen habe. Was mache ich denn jetzt nur? Ich kann meine Mutter doch nicht alleine ins Krankenhaus fahren lassen. Aber mein Sohn braucht mich auch.« Immer wieder fuhr er sich durch das Gesicht, als könnte er ein paar Sorgen wegwischen.

Schmitt blieb ruhig. »Sie fahren mit Ihrer Mutter ins Krankenhaus, und mein Kollege und ich, wir bleiben hier. Wir werden eine Suchaktion nach Max starten. Es ist jedoch unglaublich wichtig zu wissen, wer dieser Mann ist, der Ihre Mutter so sehr in Schrecken versetzt hat. Hat Ihre Mutter vielleicht ein altes Fotoalbum, in dem wir etwas finden können?«

Eike nickte nur.

Sie konnten nun nichts weiter machen, als auf sie aufzupassen, bis der Krankenwagen kam.

Zu Eike gewandt sagte Schmitt drängend: »Lassen Sie uns beide schnell in die Wohnung Ihrer Mutter gehen und nachsehen. Herr Kemper bleibt bei ihr. Er ist hervorragend in erster Hilfe ausgebildet.« Der Kommissar nahm behutsam den Arm des Landwirts, der trotz seiner Größe wie ein Häufchen Elend wirkte. Der Notarzt kam, noch während die beiden Männer nebenan waren, und Kemper unterrichtete den Mann davon, dass die Frau in einem Ausnahmezustand gewesen sei und ihr Herz wohl schlappgemacht habe.

Nur wenige Minuten später kam Eike Schulze Brinkhoff angerannt und stieg zu seiner Mutter in den Wagen. Mit Blaulicht fuhren sie davon, und Schmitt kehrte ebenfalls zurück ins Haupthaus, einen Karton mit alten Fotos in den Händen. Doch so sehr die beiden Beamten auch darin herumwühlten, Aufschluss gab der Karton nur über die Kinderjahre von Eike. Aus ihrer Heimat hatte Mirela anscheinend keine Fotos mitgebracht und das, obgleich sie Fotografin geworden war und man von einer gewissen Affinität für Fotografien ausgehen konnte.

»Diese Frau macht aus ihrer Vergangenheit wirklich ein großes schwarzes Loch«, meinte Kemper wenig später und legte die durchgesehenen Fotos zurück. »Was machen wir nun wegen des Jungen?«

»Angesichts der bisherigen Vorfälle werden wir keine vierundzwanzig Stunden bis zur Vermisstenmeldung abwarten. Im Schlafzimmer seiner Mutter steht ein aktuelles Foto von Max, das können wir für die Suche verwenden.« Schmitt stand auf. »Ich fahre zurück ins Büro und veranlasse alles. Ich komme dann zurück und bringe uns Pizza mit. Haben Sie da besondere Vorlieben?«

»Schinken und Ananas.«

An der Tür drehte der Kommissar sich noch mal um. »Es könnte heute später werden, je nachdem, wann der Hausbesitzer zurückkommt. Ist das okay für Sie?«

Der junge Polizist straffte sich. »Herr Schmitt, die Zusammenarbeit mit Ihnen an diesem Fall bereitet mir große Freude, und ich danke Ihnen für das Vertrauen, das Sie hier in mich stecken.« Der Kommissar winkte, und Kemper hörte wenig später den Motor anspringen.

Als es dann zwei Minuten später an der Haustür klingelte, erschrak er ein wenig.

Vor der Tür stand Klaus Drechsler. »Ich wollte jetzt nach Hause fahren, die Tiere sind alle versorgt, die Ziegen im Stall. Sagen Sie Eike, dass mir das alles sehr leid tut und ich morgen früh wieder da bin. Falls er mich braucht, soll er anrufen. Sagen Sie ihm das bitte.« Mit eindringlichem Blick stand er breitbeinig vor der Tür, und Kemper hätte sich nicht gewundert, wenn er eine Flinte über der Schulter getragen hätte und auf ein Pferd gestiegen wäre.

»Warten Sie. Sie kennen Max doch auch recht gut. Wo kann er hin sein? Hat er ein Versteck, einen Lieblingsort, an dem er sich gerade aufhalten könnte? Ich kann mir vorstellen, dass er mal für sich sein wollte.« Der Beamte hielt den schweren Türrahmen in der Hand und guckte sich auf dem Hof um, als könnte Max unter einem Traktor hervorgekrochen kommen.

Klaus Drechsler schüttelte energisch den Kopf. »Max ist nicht so. Er würde nicht einfach abhauen, ohne daran zu denken, dass Mirela und Eike sich Sorgen machen. Er ist mal mit dem Rad gestürzt und konnte nicht weiterfahren, aber er hat sofort einen Autofahrer angehalten und nach dessen Handy gefragt, um Karin Bescheid zu geben. Dann ist er die letzten zwei Kilometer zu Fuß weitergegangen. Seitdem besitzt der Junge selbst ein Handy.«

Kemper fasste einen Entschluss: »Ich will Ihnen ein Bild zeigen. Kommen Sie doch kurz rein. Kennen Sie diesen Mann?«

Drechsler nahm das Phantombild und kramte eine Brille aus seiner Jackentasche. Es war ein Modell mit großen Gläsern und einer altmodischen Fassung. Das Monstrum auf seiner Nase konnte nur ein Überbleibsel aus der Hand seines Vaters oder Großvaters sein. Drechsler war älter, als es den Eindruck machte.

Lange starrte der Pferdewirt auf das Bild, dann steckte er die Brille wieder ein und meinte zögernd: »Vor ein paar Tagen stand ein Auto an der Straße und der Fahrer beobachtete den Hof. Ich dachte erst, er sei der Ehemann einer Kundin aus dem Laden und warte nur. Das Bild sieht ihm ähnlich. Aber, wie gesagt, ich habe ihn nur im Auto sitzend gesehen. Unter Eid würde ich das nicht beschwören. Wer soll das sein?«

»Wir wissen es nicht. Er ist ein Verdächtiger, und sein Gesicht hat immerhin dafür gesorgt, dass Mirela eine Herzattacke bekam.«

Drechsler nickte. Ja, ich habe den Krankenwagen gesehen und mache mir ernsthaft Sorgen um diese Familie. Der Mann fuhr einen alten, dunkelblauen BMW, falls das hilft.« Sein Blick streifte den Karton mit den alten Fotos. »Darf ich?« Er griff in den Stapel und ließ einige Fotos durch die Finger gleiten. Ein Bild betrachtete er näher. Es zeigte eine Frau in Mirelas Alter mit altmodischer Kleidung und langen Haaren, die an den Seiten kunstvoll geflochten und hinten hochgesteckt waren. Man konnte sie beim flüchtigen Hinsehen für Mirela halten.

Kemper sah nun genauer hin und erkannte seinen Irrtum. Diese Frau hatte zwar die hohen Wangenknochen von Mirela, doch die Nase war etwas breiter und der Mund zu einem schmalen Strich geschlossen. Die Augen wirkten wie schwarze Kohlen in ihrem Gesicht, während Mirelas Augen von einem tiefen Blau waren. Doch das konnte auf Fotos schon mal täuschen.

Klaus Drechsler lächelte und sagte leise, mehr zu sich selbst. »Sieh an, Antonia Badea, herrschaftlich wie eh und je.« Dann blickte er auf und sagte: »Mittlerweile ist sie Anfang neunzig, aber noch immer fit im Kopf.«

Der junge Polizist starrte erst auf das Foto, dann auf Drechsler und fragte erstaunt: »Sie kennen die Frau? Wer ist sie?«

»Das ist Mirelas Mutter, Antonia Badea, eine waschechte Rumänin mit dem Herzen einer Löwin. Wenn die alte Dame von den Karpaten erzählt, dann haben sie das Gefühl, mittendrin zu stehen. Sie verbringt immer die Weihnachtstage hier, und ich habe sie vor zwei Jahren einmal getroffen. Ich habe einen Schrank in ihrem Zimmer aufgebaut. Das war einer meiner interessantesten Nachmittage.« Er wandte sich zum Gehen.

Kemper hielt ihn auf. »Warten Sie. Wenn die Mutter noch lebt, haben wir dringend ein paar Fragen an sie. Wo wohnt sie?«

»Sie wohnt im Seniorenzentrum hier in Oelde.«

Kemper blickte auf die Uhr. Er konnte hier gerade leider nicht weg, und sicher wollte Kommissar Schmitt selbst mit Antonia Badea sprechen. Was für eine Neuigkeit! Nun würden sie eventuell ein paar wichtige Informationen über Mirelas Vergangenheit erhalten.

Klaus Drechsler sagte: »Um die Zeit brauchen Sie dort nicht mehr aufzutauchen. Wenn das Personal sie nicht schon rausschmeißt, so tut Antonia Badea es ganz bestimmt.«

»Aber es geht doch auch um ihren Urenkel, den wir dringend finden müssen. Frau Badea weiß doch bestimmt, wer der Mann auf dem Phantombild ist und warum er ihre Tochter so erschreckt hat.«

»Sie wollen einer alten Lady hoffentlich nicht spät abends sagen, dass ihr Urenkel verschwunden ist und ihre Tochter in der Notaufnahme liegt, oder? Verschieben Sie es auf morgen. Dann geht es Mirela bestimmt besser. Ich weiß, für Sie gehöre ich auch zum Kreis der

Verdächtigen, aber ich würde die ganze Nacht nach dem Jungen suchen, wenn ich nur wüsste, wo.«

»Sie haben mir gerade sehr geholfen. Einen guten Feierabend.«

Kemper setzte sich wieder vor das Feuer und fluchte innerlich. Seit gut zwei Tagen besaßen sie eventuell den Schlüssel zum Fall in den Händen, aber leider hatten sie das Phantombild erst heute der Bäuerin gezeigt. Und bevor sie reden konnte, kippte die einfach um und war nicht mehr ansprechbar. Er wusste, dass einer von ihnen, Schmitt oder er selbst, heute noch ins Krankenhaus fahren musste. Sie durften nichts unversucht lassen, um noch an eine Information von Mirela zu kommen.

Zunächst gab er den Hinweis weiter, dass sie nach einem Verdächtigen in einem dunkelblauen, alten BMW suchten. Die Streifenpolizei sollte jeden alten, dunklen Wagen der Marke anhalten und den Fahrer mit dem Phantombild vergleichen. Er hörte von den Kollegen, dass die Handyortung von Max bislang noch nichts gebracht habe. Das Handy war ausgeschaltet. Das alles sprach sehr für ein Verbrechen, denn ein Junge allein unterwegs würde sicher nicht sein Handy ausschalten und somit offline sein. Da waren alle Jugendlichen gut einschätzbar. Es sei denn, Max wollte nicht gefunden werden, aber dafür gab es keinen ersichtlichen Grund. Von Anfang an galten die Anschläge dem Hof Schulze Brinkhoff.

Es brummte, und Kempers Handy zeigte eine Nachricht an. Für einen Moment ließ er sich gerne ablenken. Ella schrieb ihm, wie gut ihr der Abend zuvor gefallen habe und dass sie sich auf ein Wiedersehen freue. Sie fragte ihn, ob er nicht Lust habe, am Wochenende nach

Münster zu kommen. Er schrieb ihr zurück, freue sich offen, könne aber wegen einer dramatischen Zuspitzung des Falls noch keine Zusage machen.

Hat der Wolf jemanden gefressen?, fragte sie mit einem lachenden Smiley. Und als Kemper darüber nachdachte, fand er die Frage gar nicht so abwegig. Es war möglich, dass der Täter erneut zugeschlagen hatte. Ein Kind war verschwunden. Mirela hatte schließlich oft angedeutet, dass hier menschliche Wölfe ihr Unwesen trieben. Also simste er Ella zurück: *Wenn wir von menschlichen Wölfen reden, beantworte ich deine Frage mit ja. Mehr darf ich dir zum Fall nicht sagen.*

Er stand auf, um ein neues Stück Holz nachzulegen. Bei der Gelegenheit öffnete er die Eichentür und starrte eine Weile nach draußen in die Dämmerung. Aus der Wohnung von Mirela klagte und bellte der Welpe. Ein Welpe konnte nicht gut lange alleine sein. Kurz entschlossen machte Kemper sich auf den Weg, um das kleine Kerlchen zu sich ins Haupthaus zu holen. Der Hund schien bereits seine Anwesenheit zu spüren, denn er hörte plötzlich auf zu bellen. Vorsichtig öffnete Kemper die Tür, damit der Hund nicht gleich herausgeschossen kam. Er war erleichtert, dass die Dame des Hauses offenbar nicht regelmäßig abschloss. Doch mit einem Ruck wurde die Tür von innen aufgerissen, und er stolperte nach vorne. Den Hund zwischen seinen Beinen nahm er schon nicht mehr wahr, denn er erhielt einen gewaltigen Schlag auf den Kopf, der ihn niederstreckte.

Schmitt fuhr mit einem rasanten Bogen auf den Hof und erkannte zwei Dinge: Der Wagen von Klaus Drechsler war weg, und die große Wohnungstür zum Haupthaus stand offen, alle Lichter brannten. Nur seinen jungen Kollegen konnte er nicht entdecken. Also betrat er das Haus, nachdem er seinen Wagen geparkt hatte, und legte die beiden Pizzakartons auf den Tisch, der unweit des Kamins stand. Doch wo war Dirk Kemper? Er rief ihn, aber erhielt keine Antwort.

Unschlüssig stand Schmitt an der Tür und starrte auf den Hof, der im Dunklen lag. Jetzt auf dem Bauernhof mit den zahlreichen Tieren alleine alles abzusuchen, kam dem Trauma im Zoo sehr nahe. Der Kommissar griff nach seinem Handy und rief den Kollegen einfach an. Kemper musste in der Nähe sein, denn er hörte den Klingelton irgendwo auf dem Hof. Aber der Polizist ging nicht an sein Telefon. Schmitt suchte am Haus nach der Hofbeleuchtung, fand sie und marschierte zur Wohnung von Mirela. Auch dort stand die Haustür weit offen. Als wären sie im Hochsommer, dachte Schmitt kopfschüttelnd und fröstelte bei den kalten, abendlichen Temperaturen.

Beim Näherkommen erkannte er dann ein Paar Füße, die aus der Haustür ragten. Und noch etwas sah er. Ein kleiner Hund lag zusammengerollt in der Armbeuge des Polizisten und schlief fest. Der Anblick ging dem Kommissar nahe. Er fand es tröstlich, dass sein junger Kollege nicht alleine im Dreck liegen musste, sondern dass sich jemand an ihn schmiegte und bei ihm blieb. Es war eine völlig neue Sichtweise, ein Tier nicht als potentielle Bedrohung zu sehen, sondern als Vertrauten. So reagierte er für seine Verhältnisse überraschend langsam auf die möglicherweise bedrohliche Szene.

Er fühlte nach einem Puls und war froh, diesen kräftig und regelmäßig zu spüren. Als Nächstes versuchte Schmitt, seinen Kollegen aufzuwecken. Er strich über dessen Wange, sprach ihn an und hatte damit schnell Erfolg. Kemper stöhnte erst, dann richtete er sich langsam auf und hielt sich den Kopf. Der kleine Hund reckte sich ebenfalls, als sein Schlafplatz sich so plötzlich bewegte, stand auf und leckte dem Mann einmal quer über das Gesicht.

»Was ist passiert?« Schmitt besah sich die Platzwunde am Hinterkopf, aus der ein wenig Blut geflossen war.

»Ich wollte den Hund holen, er hat so jämmerlich gejault, weil er alleine war. Und als ich die Haustür öffnete, hat mich jemand niedergeschlagen. An mehr kann ich mich nicht erinnern.«

Kemper stand vorsichtig auf. »Puh, mein Kopf tut weh. Ich habe mich überrumpeln lassen wie ein Anfänger. Was mag der Eindringling bei Mirela gewollt haben?«

Schmitt antwortete: »Lassen Sie es langsam angehen. Nun steht ja wohl fest, wer von uns beiden heute noch ins Krankenhaus fährt. Sie gucken nach Frau Schulze Brinkhoff und lassen sich nebenbei den Kopf röntgen. Oder noch besser, Sie lassen sich in erster Linie untersuchen und sehen nebenbei nach Mirela.« Als er Kempers Gesicht sah, fügte er hinzu: »Das ist kein Vorschlag, sondern eine dienstliche Anweisung. Sie sind kreidebleich.«

»Sie wollen doch wohl nicht zum zweiten Mal einen Krankenwagen hierher beordern!« Dem jungen Polizisten war die Sache jetzt schon peinlich.

Ein diabolisches Grinsen ging über Schmitts Gesicht. »Nein, ich rufe einen Streifenwagen, der bringt Sie hin.«

Kemper stöhnte auf, sagte aber nichts mehr, sondern marschierte mit langsamen Schritten ins Haus, der Hund sprang dabei aufgeregt um ihn herum. Der Kommissar folgte und guckte sich um. Das Zimmer war aufgeräumt, auf den ersten Blick fehlte nichts. Sie wanderten durch die kleine Wohnung, besichtigten auch die Küche und das Badezimmer. Aus der Waschmaschine quollen ein paar Kleidungsstücke hervor, eine blaue Trainingshose in Kindergröße war dabei. Mirela wusch gerade auch die Klamotten für Max und Eike mit. Sie fanden nichts vor, was auf das Eindringen eines Fremden hingedeutet hätte. Nun wurde bereits zum zweiten Mal bei Mirela eingebrochen, aber nichts entwendet, was von Wert war. Zu Recht fragten sich die Beamten, wobei Kemper den Eindringling überrascht haben mochte? Um eine weitere Nachricht ging es nicht, der Briefkasten war leer.

Kemper hielt sich plötzlich den lädierten Kopf: »Ich muss Ihnen noch etwas Wichtiges sagen, aber es fällt mir gerade einfach nicht ein. Klaus Drechsler war eben noch bei mir, und wir haben über irgendetwas gesprochen, das bei mir im Hintergrund rumort. Verdammt.«

»Es wird Ihnen wieder einfallen, wenn Sie zur Ruhe kommen.«

Wenige Minuten später fuhr ein Streifenwagen vor, und die Kollegen feixten, als sie Kemper in Empfang nahmen. »Ein Krankentransport für den Helden von Oelde. Bitte einsteigen, werter Kollege, und schön vorsichtig, damit du dir nicht noch weitere Blessuren holst.«

Kemper tröstete sich damit, dass er im Krankenhaus immerhin weiter ermitteln konnte. Eine Untersuchung seiner Person hielt er für Zeitverschwendung, er fühlte sich bis auf die Beule und den Kopfschmerz ganz gut. Eine letzte Frage hatte er noch an seinen Chef: »Kann ich Sie mit dem Hund alleine lassen?«

»Für mich ist das kein Hund mehr, sondern ein wichtiger Zeuge. Hauen Sie schon ab.«

Und da plötzlich ging ein Strahlen über Kempers Gesicht. »Zeuge, ja klar, das war es. Wir haben eine weitere Zeugin. Die Mutter von Mirela lebt noch, hier in Oelde in einem Seniorenheim. Wir können sie doch nach dem Phantombild befragen!«

»Wie alt ist die Frau? Ist sie überhaupt noch ansprechbar?«

»Ja, sie ist Anfang neunzig, aber fit im Kopf, wie Klaus Drechsler mir erzählte. Sie heißt Antonia Badea, und sie kann uns bestimmt helfen. Er meinte aber, wir sollten sie heute Abend in Ruhe lassen, es sei schon zu spät für die Befragung einer so alten Dame.«

»Natürlich werde ich noch heute zum Wohnheim fahren. Wenn Sie bei Mirela nichts erreichen, dann fahre ich los, egal wie spät es ist. Die Dame kann ja morgen ausschlafen.«

Ein wenig mulmig war dem Kommissar dann doch zumute, als er mit dem Hund im Schlepptau zum Haupthaus marschierte, um dort seinen Posten zu beziehen. Das hatten sie dem armen Landwirt versprochen für den Fall, dass Max doch noch auftauchen sollte. Die Wahrscheinlichkeit sank mit jeder Stunde, die verstrich. Der Kommissar machte sich große Sorgen um den Jungen. Bislang hatte der Täter eine enorme Skrupellosigkeit bewiesen. Eigentlich waren es ja sogar mehrere Täter. Die

Einbrüche muteten auch merkwürdig an. Zum einen kam es selten vor, dass es bei einem Einbruch zu einem Todesfall kam. Und zum anderen hatte es vier Einbrüche gegeben und danach keine weiteren mehr. Oft zogen sich solche Aktivitäten einer Gruppe aber durchs ganze Land. Sie hatten zwei der Einbrecher dingfest gemacht. Da fragte man sich, ob die anderen in ihre Heimat zurückgekehrt waren. Schmitt hoffte, dass einer der mutmaßlichen Täter der Mann auf dem Phantombild war. Immerhin wussten sie bereits, dass es sich um einen Rumänen handelte. Und zu einem Mord war er offenbar auch fähig. Sie mussten dringend eine Aussage von Mirela erhalten.

Ungeduldig rief Schmitt seinen Kollegen auf dem Handy an, dabei war der doch erst seit einer Viertelstunde weg. Entsprechend war die Reaktion des Beamten: »Ich bin gerade erst in der Aufnahme, die wollen gleich meinen Kopf röntgen. Ein wenig gedulden müssen Sie sich schon. Schließlich haben Sie mich doch als Patient hierhergeschickt.« Schmitt nickte und bat um Rückruf.

Missmutig legte er Holz nach und setzte sich vor den Kamin, während der kleine Hund derweil hoch konzentriert an seinem Schuhband zog. Als Schmitt die kleinen, spitzen Zähne des Welpen sah, hätte er am liebsten die Füße hochgezogen und den Hund in die Küche gesperrt. Doch er hielt seine Angst tapfer aus.

Wenige Minuten später tauchte unverhofft ein Wagen auf den Hof auf – und Schmitt rechnete mit allem. Es war Eike Schulze Brinkhoff, der da aus dem Wagen stieg und mit gesenktem Kopf zur Tür lief, die Schmitt bereits geöffnet hatte.

»Sie kommt durch, nichts Ernstes«, sagte der Bauer und ging an Schmitt vorbei. Am Tisch blieb er vor den Pizzakartons stehen, die da vergessen lagen und immer weniger frischen Duft verströmten. »Ich bin am Verhungern, darf ich?«

Schmitt folgte ihm und nahm sich auch eine Pizza, die mittlerweile kalt war. Angesichts der Ereignisse hatte er den Hunger vergessen. Eike kaute erst eine Zeit lang, und der Kommissar ließ ihn in Ruhe.

Dann erzählte er: »Mirela hatte einen Schwächeanfall, keinen Herzinfarkt. Zu viel emotionaler Stress, haben die Ärzte gesagt. Sie haben sie mit Tabletten ruhiggestellt. Vor morgen früh wacht Mirela nicht mehr auf.«

»Mist«, entfuhr es Schmitt, und er putzte seine fettigen Finger an einer Serviette ab. »Ich muss noch heute zu Mirelas Mutter ins Seniorenheim fahren. Wir müssen wissen, wer der Mann auf unserem Phantombild ist. Ich habe ihn in Verdacht, Ihren Sohn entführt zu haben, Herr Schulze Brinkhoff. Es ist wirklich sehr wichtig. Sie hätten uns ruhig sagen können, dass Ihre Oma noch lebt.«

»Ja.« Schulze Brinkhoff biss erneut in seine Pizza. Riesengroße Bisse waren das. Mit einem so vollen Mund konnte er unmöglich reden. Erst jetzt fiel Schmitt der hochrote Kopf des Mannes auf. Er musste dringend zur Ruhe kommen, soweit das ging, wenn der eigene Sohn verschwunden war.

»Ich will ihn einfach nur wiederhaben, meinen Jungen«, sagte er, als hätte er die Gedanken des Kommissars erraten. »Ich habe keine Ahnung, was hier auf meinem Hof vor sich geht, aber meine Mutter und meine Oma dürfen nicht länger schweigen. Zerren Sie sie notfalls aus dem Bett, verhaften Sie sie oder drohen Sie ihr mit dem Teufel. Was immer notwendig ist. Es ist das Seniorenzentrum am Eichendorffpark in Stromberg. Aber meine Oma empfängt nach sechs Uhr keinen Besuch mehr. Also viel Glück!«

Schmitt schob sich noch ein Stück Pizza in den Mund und erhob sich. »Und sie ist bei klarem Verstand, Ihre Oma?«

»Sie ist so klar im Kopf, dass Ihnen angst und bange wird.«

Bis ins Nachbardorf Stromberg war es nicht weit, und Schmitt gelangte schnell zu dem Seniorenheim, das durch ein warmes Licht angestrahlt wurde. Es handelte sich um einen recht großen Komplex mit Flachdachbauten und rot-grauen Klinkersteinen. Er parkte direkt vor dem Gebäude, auch wenn dies kein ausgewiesener Parkplatz war. Rechts gab es einen Fahrradständer und links wehte eine Fahne mit dem Namen des Heims. Dazwischen stellte er seinen Audi ab und legte seine Dienstbezeichnung vor die Windschutzscheibe. Das Haus erstrahlte in einem Licht, das aus zahlreichen Fenstern kam. Um diese Zeit gingen die meisten Bewohner gerade ins Bett. Er klingelte und betrat nach dem elektrischen Öffnen der Tür das Gebäude. Der Empfang befand sich links von ihm, eine schlichte Theke aus hellem Holz und mit einer großen Palme davor. Doch als er die Dame am Empfang sah, ihr misstrauisches Gesicht mit den tiefen Nasalfalten, wusste er, dass es schwierig werden würde.

»Ich bin Kommissar Schmitt von der Dienststelle in Oelde.«

Sie unterbrach ihn sogleich: »Wir haben niemanden gerufen. Es ist alles in Ordnung hier.«

»Das freut mich, aber draußen verläuft das Leben nicht immer in den gewohnten Bahnen, und daher muss ich dringend mit einer Ihrer Bewohnerinnen sprechen, mit Frau Badea, Antonia Badea.«

»Völlig ausgeschlossen. Antonia empfängt ab sechs Uhr keinen Besuch mehr.« Unterstützend schüttelte sie noch vehement den Kopf. Ihre rot gefärbten Haare bewegten sich nicht mit, was auf eine ordentliche Portion Haarspray hinwies. Der süßliche Duft, den sie verströmte, konnte von allen möglichen Kosmetikartikeln herrühren. Ihr Name stand auf einem Schild an der Bluse: *Frau Bernsmann*.

»Es ist ein Notfall, Frau Bernsmann. Ihr Urenkel ist wahrscheinlich entführt worden und Frau Badea hat eventuell wichtige Informationen für uns.«

»Ein Gespräch mit einer Zweiundneunzigjährigen um diese Zeit und mit aufregenden Nachrichten wird auch schnell zum Notfall. Kommen Sie morgen früh wieder, sie schläft nicht sehr lange.«

Schmitt bewegte sich ein paar Schritte vor. »Ich muss darauf bestehen. Sagen Sie mir, in welchem Zimmer sie untergebracht ist, andernfalls werde ich mich durchfragen. Ich finde das Leben eines Jungen nämlich wichtiger als den Schlaf einer alten Dame.«

Die Dame spielte ein paar Sekunden mit einem Kugelschreiber, den sie schließlich einsteckte. »Ich komme mit.«

Sie gingen einen Flur entlang, der sehr an ein Krankenhaus erinnerte, da überall die einzelnen Zimmer abgingen. Vor einer hellen Holztür blieb Frau Bernsmann stehen und klopfte zaghaft. Viel zu leise für einen alten Menschen, dachte Schmitt und wurde ungeduldig. Doch überraschend ertönte aus dem Zimmer eine helle Stimme: »Ich brauche nichts mehr, danke.«

»Sie haben Besuch. Die Polizei ist hier. Dürfen wir hereinkommen?« Frau Bernsmann schien einen mächtigen Respekt vor der Dame zu haben. Sie öffnete noch immer nicht die Zimmertür, sondern blieb artig davor stehen.

»Die sollen morgen wiederkommen. Ab acht Uhr. Gute Nacht.«

Schmitt übernahm nun diese leidige Diskussion vor einer geschlossenen Tür. »Mein Name ist Schmitt, Kommissar Schmitt, und ich komme jetzt herein. Ihr Urenkel Max ist in Gefahr.« Er drückte die Türklinke herunter und trat langsam ein. Und musste sich sogleich ducken, denn ein Gegenstand kam auf ihn zugeflogen und fiel polternd zu Boden. Die alte Dame hatte verdammt viel Kraft in den Armen und ein schnelles Reaktionsvermögen. Es war eine alte Bibel, die da zu seinen Füßen lag.

Frau Bernsmann trat sichtlich erschrocken den Rückzug an. »Ich muss wieder zum Empfang. Frau Badea, es tut mir leid, aber die Polizei konnte ich schlecht aufhalten.« Sie nickte dem Kommissar kurz zu und ging davon.

Schmitt hoffte, dass sich nicht noch mehr Gegenstände in Reichweite von Antonia Badea befanden, und betrat den Raum. Die Zimmertür schloss er hinter sich.

Mirelas Mutter saß auf ihrer Bettkante, die zierlichen Füße in Lammfellpantoffeln. Sie trug bereits ein Nachthemd aus dunkelviolettem Stoff und einen Kimono darüber. Augen wie Kohlen starrten ihm entgegen, das schmale Gesicht erinnerte an einen Habicht. Er streckte ihr seine Hand entgegen.

Sie reagierte darauf nur mit einem Schnauben. »Impertinent.«

Der Kommissar setzte sich auf einen antiken Stuhl, den er sich vorsichtig heranzog, und erklärte ihr, warum er sie so dringend sprechen musste. Er schloss mit den Worten: »Ihrer Tochter geht es gut, aber sie schläft, und wir können sie heute nicht mehr befragen. Ich möchte Sie daher bitten, sich das Phantombild genau anzusehen. Es muss ein Bekannter von Mirela gewesen sein. Und zwar ein Mann, der ihr einen mächtigen Schrecken eingejagt hat.« Er zog das Bild aus seiner Tasche und legte es ihr auf die schmalen Knie. Dabei wanderte sein Blick in dem Zimmer umher. Es gab nur wenige Möbel und viel freie Fläche mit einem echten Perserteppich in der Mitte. Links und rechts des Teppichs befanden sich eine Kommode, ein Schrank, ein Tisch mit zwei Stühlen und das Bett. Ein paar alte Bilder hingen an der Wand, doch ansonsten besaß der Raum keine Dekoration oder Ähnliches. Ein leises Lachen ertönte grummelnd, beinahe unheimlich, und er blickte wieder zu ihr.

Antonia Badea tastete mit überraschend schönen Händen nach dem Papier. »Da kann ich die ganze Nacht draufstarren, ich werde dennoch niemanden erkennen.« Doch die alte Frau schaute gar nicht nach unten auf das Blatt, sondern starr in den Raum und endlich fiel es Herrn Schmitt auf. »Sie sind blind?«

»Ja, seit fünf Jahren. Dafür habe ich ein gutes Gehör.«

»Mist, Entschuldigung. Können Sie erraten, welcher Mann Mirela einen solchen Schrecken eingejagt hat? Es ist wahrscheinlich ein Rumäne.«

»Ja, das kann ich, aber ich habe ihn seit fünfzig Jahren nicht mehr gesehen.«

»Sie denken an Ihren Ehemann, richtig? Aber der kann es nicht sein. Erstens liegt er im Krankenhaus, und zweitens ist der Mann, den wir suchen, knapp vierzig oder sogar jünger.«

Sie gab ihm das Blatt zurück und sagte: »Dann kann ich Ihnen nicht helfen. Hier in Oelde hat meine Tochter keine Feinde. Karin hatte welche.«

»Feinde?«

»Ja, sie konnte die Menschen vor den Kopf stoßen, verbal, meine ich. Sie war schwierig, ehrgeizig. Das mag nicht jeder.« Sie spitzte die Lippen.

Schmitt rückte unbewusst näher zu ihr. »Haben Sie einen bestimmten Verdacht? Zurzeit sieht es so aus, als hätte der Mann auf dem Phantombild Karin umgebracht.«

Sie faltete ihre Hände. Sie saß sehr gerade auf dem Bett. »Nein, dazu hatte ich zu wenig Kontakt zu ihr. Sind wir fertig?«

Schmitt blieb eine Antwort schuldig, stellte aber eine Frage, die ihm am Herzen lag: »Sagen Sie mir, warum Sie und Ihre Tochter Rumänien nach dem Tod Ihres Mannes so plötzlich verlassen haben?«

»Nein. Gehen Sie jetzt bitte.«

Frau Badea versuchte gar nicht erst, eine Erklärung abzugeben, die so harmlos klingen würde wie die ihrer Tochter. Schmitt war sich sicher, dass es dafür einen besonderen Grund, ja ein Geheimnis gab. Er stand auf, schob den Stuhl zurück an den Tisch und wandte sich zum Gehen.

»Warten Sie«, ertönte es streng vom Bett her. »Beschreiben Sie mir den Mann, nach dem Sie suchen.«

Der Kommissar drehte sich um und machte wieder einen Schritt auf sie zu. Er blickte auf das Bild in seiner Hand. »Er hat ein markantes Gesicht und eine Adlernase. Sein Mund ist geschwungen, und er trägt einen dunklen Schnurrbart. Die Augenfarbe ist wahrscheinlich blau, die Haare schwarz, zu einem Zopf gebunden. Der Körper ist mittelgroß und wurde als athletisch beschrieben.«

»Ist der Mann schön?« Sie stellte diese Frage ohne jede Regung ihres Gesichtes.

»Nun, so etwas kann ich bei einer Frau besser beurteilen, aber ja, ich glaube schon. Der Zeugin war er wegen seines guten Aussehens aufgefallen.«

Eine Zeit lang blieb es schweigsam zwischen ihnen. Schmitt überlegte gerade, ob er sich wieder hinsetzen sollte, da sagte sie: »Genau so habe ich damals Mirelas Ehemann beschrieben, als ich meiner Freundin von ihm erzählt habe. Es könnte sein, dass Sie den Sohn von Breda Lupu suchen. Und wenn er nach seinem Vater kommt, ist er sehr gefährlich.«

»Wie meinen Sie das?«

»Wie ich es sage.«

»Wissen Sie, wie er heißt?«

»Nein.«

Schmitt irritierte der Blick aus den starren Augen. Wenn er sie zum Reden brachte, wäre er sicher ein großes Stück weiter.

»Frau Badea, Sie wussten doch, dass Ihre Tochter sich nie hatte scheiden lassen. Haben Sie nie versucht, die zweite Ehe zu verhindern?«

»Natürlich nicht. Ich wollte, dass meine Tochter eine zweite Chance bekam. Breda war für uns gestorben.«

»Was hat er Ihrer Tochter nur angetan?«

Sie schüttelte den Kopf. »Sie missverstehen es. Breda ist gefährlich, wenn man ihn zum Feind hat, aber er ist kein schlechter Mensch. Und jetzt lassen Sie mich endlich allein.«

Schmitt blieb an der Tür kurz stehen, die Klinke schon in der Hand. »Aber ich glaube, dass sein Sohn ein schlechter Mensch ist, Frau Badea.«

In den Raum, der an eine Abstellkammer erinnerte, passten so eben eine Matratze und zwei Meter entfernt ein Eimer für die Notdurft. Dieser Raum wurde gerade als Gefängnis benutzt. Auf der sauberen Matratze lag Max, neben ihm befanden sich eine Flasche Wasser und eine Tüte Chips. Die Tür in dem kleinen Raum war stabil und dicht, und es gab kein Fenster.

Max vermisste als Erstes seinen neuen Hund. Natürlich vermisste er auch alles andere: seinen Vater, das Zuhause und seine Oma. Die verstorbene Mutter sowieso. Aber jetzt gerade sehnte er sich danach, den kleinen, warmen Körper im Arm zu haben und sich daran festhalten zu können. Max stand kurz vor einem Zusammenbruch. Allein seine Wut, die sich vor allem gegen sich selbst richtete, hielt ihn noch aufrecht. Er war auf einen dummen, alten Trick hereingefallen. Als er recht früh vom Sportunterricht zum Parkplatz gegangen war, hatte dort ein Mann neben seinem Auto gestanden und hatte nach Hilfe gefragt. »Ich habe gerade einen Hund angefahren, schau mal, er liegt im Kofferraum. Ich bin nicht von hier, weißt du, wo ein Tierarzt wohnt? Ist er wohl schlimm verletzt?«

Welcher tierliebe Teenager hätte da nicht ins Auto geschaut, das ganz am Ende des Parkplatzes verdeckt von einem großen Bulli stand? Der Mann sprach gut Deutsch, aber mit einem melodischen Akzent. Natürlich war auch Max daraufhin zum Kofferraum gegangen, um sich wenigstens den Hund kurz anzusehen – und schwups, hatte der Mann seine Beine genommen und ihn in den Kofferraum gewuchtet. Beinahe gleichzeitig bekam er ein Stofftaschentuch vor die Nase gehalten und wurde ohnmächtig.

Der fremde Mann war ein ziemliches Risiko eingegangen, dabei gesehen zu werden. Immerhin war gerade Schulschluss. Nur weil Max zwei Minuten vor dem Klingeln schon fertig gewesen war, hatte der Mann ihn allein erwischt. Allerdings achtete auch kaum jemand auf einen bestimmten Schüler, es war ein Kommen und Gehen an der Schule. Der Mann sah eh aus wie ein Abenteurer, den das Risiko auch noch reizte. Die Tatsache, dass Max das Gesicht seines Entführers kannte, machte ihm schwer zu schaffen. War es egal, weil man ihn sowieso umbringen würde?

Max wusste nicht besonders viel über die Geschäfte seines Vaters, sie hatten ein gutes Leben und mussten nicht jeden Euro umdrehen. Aber sie waren weder berühmt noch reich, das war ihm klar. Bislang war der Kidnapper noch nicht wieder bei Max aufgetaucht. Er war vor zwei Stunden aufgewacht, mit schlimmen Kopfschmerzen und Übelkeit.

Plötzlich kam ihm ein beunruhigender Gedanke: Befand er sich in der Gewalt des Mannes, der seine Mutter ermordet hatte? Dann ging es sicher gar nicht um ein Lösegeld, wie er bis jetzt angenommen hatte. Schnell suchte er den Raum nach einer Waffe ab, aber da gab es nichts. Sein Handy fand er auch nicht mehr, Sportbeutel und Rucksack waren nirgends zu sehen. Er hatte einmal in einem Film gesehen, wie jemand einen Kugelschreiber zu einer tödlichen Waffe umfunktioniert hatte. Doch er besaß nur noch das, was er auf der Haut trug. Vielleicht könnte er dem Mann seinen Gürtel um die Ohren hauen? Ja, das musste er wenigstens versuchen. Langsam zog Max den Gürtel aus der Hose, die um die Taille nun etwas locker wurde. Und er kam sich so elend vor, als er da mit rutschender Hose und einem Gürtel in der Hand stand, dass ihm die Tränen kamen. Er stellte sich vor, wie sie alle nach ihm suchen würden. Sein Vater, Klaus Drechsler und dieser spezielle Kommissar mit der Tierphobie. Sein Vater hatte ihm vor ein paar Tagen so merkwürdige Fragen gestellt. Ob die Oma eventuell wissen würde, wer Karin umgebracht hat. Oder ob sie von jemandem aus Rumänien erzählt hätte. Seine Oma Mirela war bestimmt eine kluge Frau mit viel Menschenkenntnis, aber warum sollte ausgerechnet sie wissen, was geschehen war?

Gestern hatte seine Oma selbst Angst gehabt. Sie wollte ihm nicht sagen, warum. Aber sie hatte ständig aus dem Fenster gesehen und ihn im Dunklen zum Haus gebracht, so als würde ihm beim Überqueren des Hofes etwas geschehen. Das fiel ihm jetzt wieder ein. Und das könnte bedeuten, dass seine Oma bereits ahnte, dass Max in Gefahr gewesen war. So wie sie geahnt hatte, dass der Wolf zurückkam.

Plötzlich hörte er ein Geräusch, ein Poltern und Fluchen. Max packte den Gürtel fester und stellte sich in passendem Abstand zur Tür hin.

Die Röntgenassistentin war eine ausgesprochen hübsche Frau, wenn auch um einiges älter als Kemper. Er strahlte sie an, als er seine Bilder in Empfang nahm, um damit zum Arzt zu gehen. »Und, haben Sie meinen Verstand bewundern dürfen?«

»Da waren nur Knochen zu sehen. Wir sind hier beim Röntgen. Soll ich Ihnen einen Psychologen empfehlen? Der kann Sie dann intellektuell testen.«

Die Dame war nicht zum Scherzen aufgelegt.

»Nein, danke, ich behalte mir lieber meine Illusionen. Muss ich da rechts runter?«

Sie nickte, und er ging den Gang hinunter, um sich wenig später von einem Arzt erklären zu lassen, dass alles in Ordnung sei. Sollten in den nächsten Tagen Symptome auftreten, solle er unbedingt wiederkommen, dann müsse man weitere Untersuchungen durchführen. Die Kopfverletzung war mit drei Stichen genäht worden, und er hatte einen Wattebausch am Kopf kleben. Doch der Polizist fühlte sich gut und fragte nun nach Frau Mirela Schulze Brinkhoff. Dabei zeigte er seinen Dienstausweis am Empfang vor, denn es war klar, dass sie keine normalen Besucher zu ihr lassen würden. »Ich muss sie dringend sprechen. Sie kann uns wichtige Informationen zu der Entführung ihres Enkels liefern. Bitte.«

Bis zum Schwesternzimmer gelangte Kemper, dann wurde er erneut aufgehalten. Die Nachtschwester protestierte in einem Ton, den nur diese Berufsgruppe wirklich gut beherrschte: »Die Dame schläft.«

Der Polizist wiederholte seinen Text und die Dringlichkeit, doch die Schwester schüttelte nachdrücklich den Kopf. »Wenn ich sage, sie schläft, dann meine ich nicht, sie ist mal eben eingenickt. Frau Schulze Brinkhoff hat hochwirksame Schlaf- und Beruhigungsmittel bekommen, man darf sie jetzt nicht wach machen. Es würde auch keinen Sinn ergeben.«

Kemper schaute sich im Flur um. Es gab eine Lounge mit Sesseln und einer Theke, an der man sich mit Getränken bedienen konnte. »Ich werde dort warten und wenn es die ganze Nacht dauert.«

Die Nachtschwester zuckte mit den molligen Schultern. »Es wird die ganze Nacht dauern.«

Er ließ sich auf einen beigefarbenen Sessel fallen und griff nach seinem Handy, um seinem Chef Bescheid zu geben. Da klingelte und vibrierte es bereits in seiner Hand.

»Kemper? Wie sieht es bei Ihnen aus? Ich bin jetzt auf dem Präsidium. Eike Schulze Brinkhoff ist wieder zu

Hause. Der Mann ist total fertig. Ich habe ihn ungern alleine gelassen.«

»Rufen Sie Klaus Drechsler an, er kann bei ihm bleiben. Der Mann hat dringend seine Hilfe angeboten, und ich glaube, Gesellschaft würde dem armen Witwer guttun.« Dann erzählte Kemper ihm, dass sein Kopf in Ordnung sei und fragte übereifrig, ob er nun die Nacht auf der Station verbringen solle. »Es dauert noch, bis Frau Schulze Brinkhoff aufwacht.«

Schmitt antwortete prompt: »Wir suchen den Sohn von Mirelas erstem Mann, diesem Rumänen Breda Lupu. So viel habe ich aus Mirelas Mutter herausbekommen. Sie ist zwar blind, aber schlau. Sie hat eine Bibel nach mir geworfen.«

»Was Sie so alles für schlau halten. Früher galt man als aggressiv, wenn man mit Dingen geworfen hat.«

Schmitt lachte, wurde aber gleich darauf ernst. »Kemper, Sie gehen jetzt nach Hause und schlafen sich aus. Ich habe so ein Gefühl, dass der morgige Tag ereignisreich wird. Wir suchen bereits nach diesem Lupu in allen Hotels und Pensionen der Umgebung. Aber auch ich werde gleich für ein bisschen Schlaf nach Hause fahren. Das können die Kollegen übernehmen, ich bleibe auf Abruf. Also, ab mit Ihnen. Gute Nacht.«

9. KAPITEL

Am Freitagmorgen sah man einen überraschend gut gelaunten Bürgermeister sein Büro betreten. Frau Hering hatte frische Blumen aufgestellt, und es duftete nach Kaffee und ihrem angenehmen Parfüm. Doch leider hatte seine engagierte Sekretärin auch die Tageszeitung auf seinen Schreibtisch gelegt. Besser wäre es gewesen, Frau Hering hätte sie heute unterschlagen. Denn was er las, erschreckte ihn.

So allmählich konnte man nichts mehr beschönigen – in seiner Stadt ging es zu wie in Chicago. Mord, Einbrüche, Vandalismus im Zoo und jetzt auch noch die Entführung des Jungen, dessen Mutter erst vor wenigen Tagen ermordet worden war. Und das Thema Wolf war auch noch nicht vom Tisch. So viele Probleme in so kurzer Zeit fielen immer auch auf den Bürgermeister zurück. Man würde ihm vorwerfen, zu wenig für die innere Sicherheit getan zu haben. Eine Kindesentführung war eine schlimme Sache. Er griff nach dem Telefonhörer, um seinen Freund Hugo Schmitt anzurufen, da trat seine Sekretärin zart und blass ins Zimmer. Sie reichte ihm ein paar Briefe zur Unterschrift und erkannte als gute Seele seine innere Aufruhr.

Besänftigend sagte sie: »Das Thema Wolf scheint sich allmählich zu erledigen. Isegrim hat wohl das Weite gesucht. Es gab schon seit Tagen keine Sichtungen mehr, keine gerissenen Tiere mehr, und auch unsere Jägerschaft hält die Füße still.«

»Zu Hause haben wir noch einen dieser dümmlichen Drohbriefe erhalten. Die Wölfe raus, sonst Tillmanns raus.« Er griff nach seinem Federhalter und setzte zur Unterschrift an.

»Ja, solche Botschaften kamen ja im Rathaus auch an. Das sind ein paar Bauerntölpel, die sich wichtig machen. Aber die Sache mit dem Jungen ist schlimm, oder? Glauben Sie, dass die Fälle zusammenhängen?«

»Ja, ganz bestimmt. Auf dem Hof wurde eine Ziege gerissen, eine Frau ermordet, ein Haus durchsucht und nun auch noch der Junge entführt. Das sieht doch deutlich danach aus, dass jemand diese Familie auf dem Kieker hat. Und im Kindergarten erzählen die Kinder sich, dass die ältere Frau Schulze Brinkhoff eine Hexe sei. Wären wir noch im Mittelalter, wäre sie sicher wegen der ganzen Unglücksfälle schon verbrannt worden. Meine alte Frau Mutter erzählt, diese Mirela sei früher eine wunderbare Fotografin gewesen. Sie hatte den gewissen Blick für das Besondere. Und jede Frau wurde auf ihren Fotos zur Primadonna. Meine Mutter hat sich auch mal von ihr fotografieren lassen. Ist ein wirklich schönes Foto, allerdings war sie da auch noch jung.« Tillmann schraubte seinen Füller wieder zu. »Ich rufe jetzt den Kommissar an und lasse mich auf den neuesten Stand bringen. Eventuell können wir helfen. Ein Aufruf im Radio oder im Fernsehen, in dem wir an den Entführer appellieren.«

Nach dem dritten Klingeln nahm Schmitt ab und grüßte etwas hektisch. Im Hintergrund hörte Tillmann Stimmen.

»Hallo Hugo, was kannst du mir über die Entführung des Jungen sagen?«

»Guten Morgen, Karsten. Die Entführung war eindeutig geplant. Das Fahrrad des Jungen wurde fahruntauglich gemacht, und so war er gestern Morgen darauf angewiesen, zur Schule gebracht und wieder abgeholt zu werden. Sein Vater hatte einen platten Reifen, als er ihn mittags abholen wollte, und kam also entsprechend später. Der Entführer konnte Max an der Schule einfach abpassen. Wir wissen nicht, was dahintersteckt, haben aber einen Verdacht, wer es war. Aber ob er Lösegeld will oder etwas anderes, wissen wir nicht. Bislang hat sich keiner gemeldet. Wir suchen jedenfalls den Sohn von Mirelas erstem Mann aus Rumänien. Dieser Mann ist auch dringend verdächtig, den Mord an Karin Schulze Brinkhoff verübt zu haben, mithilfe eines Rottweilers, den er sich kurz vorher gekauft hat. In diesem Fall tun sich wirklich Abgründe auf, Karsten. Leider ist er in keiner Pension unter seinen Namen abgestiegen. Nach einem Telefonat mit einem Beamten aus Rumänien wissen wir, dass er Dorian Lupu heißt und tatsächlich nach Deutschland gereist ist. Ich hoffe jedenfalls, dass er mit dem Jungen noch nicht über alle Berge in Richtung Karpaten unterwegs ist.«

Jetzt holte der Kommissar mal Luft und Tillmann konnte dazwischenfragen: »Was für ein Interesse könnte der Mann an einem Enkelsohn haben, der von der ersten Frau seines Vaters ist?«, fragte Tillmann erstaunt seinen Freund.

»Er ist vor allem von der einzigen Frau, die mit ihm verheiratet war. Offiziell sind Mirela und ein gewisser Rumäne namens Breda noch immer verheiratet. Das heißt, dieser Dorian ist ein unehelicher Sohn seiner Mutter.«

Der Bürgermeister liebte Abenteuerromane, und so lag die nächste Frage auf der Hand: »Vielleicht geht es um eine alte Blutfehde, und eine Schuld wird eingetrieben. Erst bringt er die Tochter der ersten Frau um und dann holt er sich noch ihren Enkelsohn, so in etwa.«

Schmitt überlegte. Was wusste er schon, was in den Köpfen der Rumänen vorging, zumal wenn sie aus der düsteren Gegend der Karpaten kamen. Laut sagte er: »Aber Mirela hat keine Tochter. Sie hat einen Sohn. Und ob ich eine Frau oder einen Mann umbringe, das merke ich doch wohl. Da halte ich eine Verwechslung für ausgeschlossen. Und Eike Schulze Brinkhoff ist bislang auch nicht persönlich bedroht worden.«

Karsten Tillmann wurde bei dem Namen unruhig. »Der Mann heißt Eike? Aber das ist doch ein Mädchenname!«

»Nein, wieso? So hieß doch auch mal ein Fußballer. Ich denke, der ist für beide Geschlechter üblich.«

Der Bürgermeister ergab sich seinen Theorien. »Stell dir mal vor, der Rumäne recherchiert schlecht. Er weiß, dass Mirela ein Kind mit dem Namen Eike hat und geht davon aus, dass es eine Tochter ist. Auf dem Hof läuft eine Frau wie die geborene Chefin herum. Das weiß ich von meiner Britta, dass Karin Schulze Brinkhoff etwas herrisch war. Natürlich glaubt er dann, die Tochter von Mirela vor sich zu haben, und bringt sie in der nächsten Nacht um.«

Beide Männer schwiegen nach dieser kühnen Theorie erst mal.

Dann sagte Schmitt. »Ich werde dem nachgehen. Ich fahre jetzt gleich ins Krankenhaus und werde diese Mirela Schulze Brinkhoff zum x-ten Mal befragen. Diese Dame erzählt uns immer nur das, was wir bereits selbst herausgefunden haben. Ich hoffe, sie zeigt sich kooperativer angesichts der Entführung ihres einzigen Enkels. Karsten, weißt du, was ich an Krankenhäusern so liebe?«

»Nein.«

»Es gibt dort keine Tiere. Die lassen sie nicht rein. Gestern Abend musste ich sogar mit einem Hund alleine am Kamin sitzen.«

Karsten Tillmann war ehrlich erstaunt, immerhin kannte er Hugo schon länger. »Fein, dann kannst du bald mit meinem neuen Sprössling in den Zoo gehen.«

»Bist du wahnsinnig? Nun, da ich weiß, dass dort jemand einfach so Löcher in die Gehege schneiden kann. Nie wieder betrete ich einen Zoo.«

Sie wurden schnell wieder ernst. Zum Abschied bat Tillmann: »Hugo, bitte halte mich auf dem Laufenden und sage mir, wenn ich als Bürgermeister etwas tun kann.«

Licht durchflutete den Raum. Außerhalb des Zimmers hörte sie klappernde Geräusche und eifrige Schritte. Es roch nach Reinigungsmitteln, und Mirela vermisste die warme Hundezunge, die morgens eifrig an ihrer Hand leckte, damit sie endlich wach wurde. Der Raum, in dem sie lag, war warm. Zu warm, in ihrem Schlafzimmer stellte sie nie die Heizung an. Mirela wollte die Augen nicht öffnen. Sie wollte auch gar nicht aufwachen. Der Schlaf entführte sie aus der Realität, und das war gerade sehr gut.

Sie ahnte, dass sie in einem Krankenzimmer lag, langsam kam die Erinnerung an den vorherigen Abend wieder zurück und damit auch zwei quälende Sorgen. Ihr Enkelsohn war verschwunden und ein Mann, der schreckliche Erinnerungen wachrief, war aufgetaucht. Der Kommissar hatte ihr ein Phantombild der Polizei gezeigt. Sie wollte nicht daran denken, denn es wurde ihr sofort eng um die Brust. Hatte sie einen Herzinfarkt gehabt? Doch dann wäre sie sicher auf der Intensivstation an Geräte angeschlossen aufgewacht.

Das Bett neben ihr war leer, mit einer Plastikplane gegen Keime abgeschirmt. Eine Bettnachbarin hätte sie jetzt gut gebrauchen können, die hätte sie abgelenkt. Sie musste wissen, wie es Max ging, doch dafür musste sie wach werden. Also richtete sie sich in ihrem Bett auf und drückte die Klingel. Die schlichte Uhr an der cremeweißen Wand zeigte an, dass es bereits neun Uhr durch war. Man hatte Mirela schlafen lassen, immerhin war Stress der Auslöser für ihre Herzattacke gewesen. Weckzeit im Krankenhaus war eigentlich sieben Uhr.

Eine Krankenschwester mittleren Alters erschien. »Wunderbar, Sie sind wach. Soll ich Ihnen Ihr Frühstück bringen oder wollen Sie sich erst waschen?«

»Ich möchte wissen, wie es meinem Enkelsohn geht. War mein Sohn schon hier?«

»Nein, aber er hat angerufen. Ich soll ihm Bescheid geben, wenn Sie wach sind.«

Mirela brachte ihre Beine in Position, um aufzustehen. »Ich kann ihn selbst anrufen, haben Sie ein Telefon für mich? Danach gehe ich duschen.«

Die Krankenschwester nickte nur und holte ein Mobilteil aus ihrem Kittel. »Bitte sehr. Ich warte so lange draußen und begleite Sie dann zum Duschen. Nicht, dass Sie uns noch hinfallen.«

Eike ging sofort an den Apparat. »Mutter, wie geht es dir?«

»Gut und schlecht. Ich weiß es nicht so genau. Ist Max aufgetaucht?«

»Nein, die Polizei geht mittlerweile von einer Entführung aus. Du musst denen sagen, wer der Mann auf dem Bild ist. Hörst du Mutter?«

»Ich kenne ihn nicht.«

Ihr Sohn verlor die Nerven. Er brüllte sie an. Am Telefon. »Gestern Abend bist du vor Schreck in Ohnmacht gefallen, weil du einen Mann gesehen hast, den du gar nicht kennst? Hör endlich auf, zu lügen.«

Ihre Hand krallte sich in die Bettdecke. Sie spürte es schmerzhaft an ihren Fingernägeln, und sie atmete tief durch. »Eike, ich lüge nicht. Das Gesicht des Mannes erinnerte mich an jemanden, der heute siebzig Jahre sein müsste. Das kann er also nicht sein. Es war eine Erinnerung an meinen ersten Mann, den ich damals noch in Rumänien geheiratet habe. Der Mann auf dem Bild muss sein Sohn sein. Anders kann ich es mir nicht erklären.«

»Du hast uns nie erzählt, dass du schon mal verheiratet warst. Lebt er noch, dein erster Mann? Hat er meinen Sohn entführt?«

Sie seufzte. »Ich weiß es nicht. Ich habe mich nicht im Guten von ihm getrennt, für mich war er gestorben. Ich habe ihn aus meinem Kopf verbannen wollen.«

»Mutter, der Mann auf dem Bild hat wahrscheinlich meine Frau getötet. Jetzt hat er meinen Sohn. Wir brauchen schon etwas mehr Informationen von dir. Himmel, wir müssen ihn finden. Warum hat jemand einen Grund, sich an dir zu rächen? Denk mal darüber nach. Ich schicke jetzt den Kommissar zu dir und komme selbst auch ins Krankenhaus. Und dann erwarte ich, ein paar Namen von dir zu hören. Wenn es nötig ist, fliege ich noch heute in diese verfluchten Karpaten.«

Minutenlang saß Mirela auf der Bettkante, das Telefon in der Hand. Schwere Gedanken beschäftigten sie. Sie hatte sich ein Leben in Sorglosigkeit erbeutet. Nun kam die Quittung. Warum jetzt, nach so vielen Jahren? Wenn Breda sich rächen wollte, warum nicht direkt an ihr und warum erst über vierzig Jahre später? Mord verjährte nie. Sie konnte nicht offen sprechen, aber sie würde alles tun, um ihren Enkel zu retten.

Alles.

Schmitt steckte sein Handy ein. Der Kommissar lächelte zufrieden. Das war der Anruf, auf den er gewartet hatte. Mirela Schulze Brinkhoff war vernehmungsfähig. Kemper machte ein enttäuschtes Gesicht, weil er nicht mit ins Krankenhaus durfte, aber der junge Mann sollte sich um die Fahndung nach Dorian Lupu kümmern, dem Sohn von Breda. Alle verfügbaren Einsatzkräfte forschten in der nahen und fernen Umgebung nach einem älteren, dunklen BMW. Pläne wurden studiert. Wo könnte der Junge im Umkreis der Schule gefangen gehalten werden? Zahlreiche Eltern wurden auf dem Schulhof befragt, als sie ihre Kinder zur Schule brachten. Einige Beamte gingen durch alle Klassenräume, um nach Zeugen zu suchen, die Max noch nach dem Sportunterricht gesehen hatten.

Ein Mädchen im Teenageralter hatte ausgesagt, dass sie einen alten BMW in der fraglichen Zeit gesehen habe. Er habe auf dem Parkplatz des Schulhofs gestanden und der Fahrer habe neben dem Wagen eine Zigarette geraucht. Er habe sehr gut ausgesehen. Deshalb habe sie überhaupt genauer hingesehen. Das Nummernschild des Autos sei fremdländisch gewesen.

Schmitt sagte zu Kemper, während er seine Jacke anzog: »Eine Sache können wir bei dem Fall lernen: Wenn ein Täter gut aussieht, gibt es mehr Zeugen, die sich erinnern. Vor allem die Frauen helfen uns hier weiter.«

Kemper grinste. »Dann sehen Sie mal zu, dass diese recht geheimnisvolle Mirela Ihnen nun auch weiterhilft. Sie scheint ja eine wahnsinnige Angst vor ihrem ersten Mann zu haben.«

Es war kurz vor zehn Uhr, als Kommissar Schmitt auf dem Parkplatz des Marien-Hospitals parkte und die riesige Madonnenfigur dort bewunderte. Er desinfizierte sich die Hände am Eingang und fragte dann am Empfang nach, wo er die Bäuerin finden könne. Aus Gewohnheit zeigte er seinen Dienstausweis vor und erntete einen erstaunten Blick.

Dann griff die Frau mit dem Pagenkopf nach einem Briefumschlag und fragte: »Der wurde heute Morgen für Frau Schulze Brinkhoff abgegeben. Können Sie ihn für sie mitnehmen?« Offenbar hielt sie einen Kommissar für einen vertrauensvollen Postboten.

Neugierig griff er nach dem Umschlag. Es stand kein Absender darauf. Aber der Name, den jemand in geschwungener Handschrift auf das cremefarbene Papier geschrieben hatte, brachte sein Blut in Wallung. Dort stand *Mirela Lupu*. Ungeduldig rannte er beinahe die Treppen hinauf zum Trakt, in dem Mirela untergebracht war. Sie lag auf der internistischen Abteilung. Einige Mitarbeiter des Krankenhauses sahen ihm erstaunt nach, als er so gehetzt durch die Flure lief. Um dem Bild eine gewisse Normalität zu verleihen, fehlte ihm der weiße Kittel. Wichtig herumrennen durften hier nur Ärzte. Vor dem Patientenzimmer klopfte er kräftig und wartete kurz. Das Zimmer einer Dame betrat man nicht einfach so. Da musste er schon ein klares »Herein« hören. Dann trat er ein und war erleichtert, dass Mirela Schulze Brinkhoff alleine das Zimmer belegte. Sie saß angezogen am Tisch vor einem Tablett mit dem Frühstück. Ihre nassen Haare hatte sie zu einem Zopf geflochten, und in beiden Händen hielt sie eine Tasse Kaffee. Das geschmierte Käsebrötchen lag noch unberührt auf dem Teller.

»Das ging schnell. Guten Morgen, Herr Schmitt«, sagte sie und klang dabei gequält.

Als wollte er sie zu einer schweren Operation abholen, dachte Schmitt. »Guten Morgen. Das war ja ein spektakulärer Abgang, den Sie uns gestern geboten haben. Nun haben wir natürlich ein paar Fragen an Sie, und ich möchte Ihnen mal den Ernst der Lage klarmachen. Ihr Enkelsohn Max ist mit ziemlicher Sicherheit entführt worden. Wir denken, der Entführer ist der Mann auf dem Phantombild. Gehe ich recht in der Annahme, dass es sich dabei um Dorian Lupu handelt?«

Sie blickte nicht auf, als sie antwortete. »Ich weiß nicht, wie er heißt, aber es könnte der Sohn von Breda sein, meinem ersten Mann. Er sieht aus wie Breda damals.«

»Ja, es scheint so. Was will er von Ihrer Familie?« Schmitt zog sich einen Besucherstuhl heran und setzte sich Mirela gegenüber.

»Ich weiß es nicht. Ich wusste bis jetzt nicht einmal, dass es einen Sohn von Breda gibt. Ich habe ihn vor Jahrzehnten verlassen und nie wieder Kontakt gehabt.« Ihre blauen Augen blickten ihn offen an, und er glaubte ihr fürs Erste.

Den Briefumschlag hielt er mit spitzen Fingern noch in der Hand. Er schaute sich im Raum um, und richtig, auf einer Kommode stand eine Packung mit Einweghandschuhen. Schmitt holte ein Paar heraus und reichte sie Frau Schulze Brinkhoff. »Ziehen Sie diese bitte an, am Empfang wurde ein Brief für Sie abgegeben, und wir werden ihn auf Fingerabdrücke hin untersuchen müssen. Sehen Sie selbst.«

Ein unterdrückter Schrei ertönte, als sie auf den Namen guckte. Mirela Lupu nannte sie nur jemand, der ihr bestimmt nichts Gutes wollte. »Ich möchte den Brief nicht sehen.« Noch immer hielt sie mit beiden Händen die Kaffeetasse fest, die gereichten Handschuhe ignorierte sie.

Der Kommissar seufzte und zwängte seine großen Hände in die Gummihandschuhe. »Wir müssen den Brief lesen. Es könnte eine Information von dem Entführer sein. Es tut mir leid.« Vorsichtig öffnete er den Brief an dem Klebestreifen und faltete einen Zettel auseinander. Dieselbe geschwungene Handschrift blickte ihm entgegen. Zu seiner Erleichterung war der Brief auf Deutsch verfasst, wenn auch mit etlichen Fehlern.

Verehrte Stiefmutter – ich darf dich doch so nennen? Mein Vater Breda ist todkrank. Der Gedanke an den baldigen Tod löst vielen die Zunge, und ich denke, du weißt, was er mir alles erzählt hat. Nun sind wir quitt, bis auf eine Sache noch. Ich habe deinen Enkel Max. Wenn du nicht willst, dass er in den Weiten der Karpaten zu einem rumänischen echten Lupu heranwächst, kehrst du nach Rumänien zurück und erweist meinem Vater die Ehre eines Besuches. Du schuldest deinem Ehemann noch eine Erklärung. Max ist frei, wenn du in Rumänien angekommen bist, alleine, versteht sich. Ich gebe dir einen Tag Zeit. D.L.

Der Kommissar hatte den Brief erst leise überflogen, nun las er ihn für Mirela noch einmal laut vor. Dabei hoffte er, dass die Dame nicht erneut so emotional reagierte, dass sie in Ohnmacht fiel.

Mit stoischer Miene hörte sie ihm zu, dann schüttelte sie ganz langsam und nur einmal den Kopf. »Nein, das kann keiner von mir erwarten.«

In diesem Moment stürmte ihr Sohn Eike ins Zimmer. Mit einem Blick erfasste er die Situation und wollte Schmitt den Brief aus der Hand reißen. »Was ist das?«

Er war genauso aufgebracht wie nach dem Mord an seiner Frau, als er mit dem Gewehr herumgefuchtelt hatte. Er sah auch nicht so aus, als hätte er geschlafen oder sich umgezogen.

Schmitt mahnte ihn zur Ruhe. »Vorsicht, Herr Schulze Brinkhoff, wir brauchen die Fingerabdrücke, falls welche darauf sind. Lesen Sie, aber ich halte ihn fest.

Mit hochrotem Kopf beugte sich Eike Schulze Brinkhoff über die Zeilen und geriet gleich in Panik. »Er hat Max, er hat meinen Jungen. Was sitzen wir noch herum?« Er raufte sich die Haare, ließ sich in einen Stuhl fallen und wandte sich an seine Mutter. »Hast du ihm alles gesagt, was du weißt? Wann sollen wir fliegen? Ich komme natürlich mit. Und dann werde ich es dieser Sippschaft zeigen. Wie konntest du nur in solch eine Verbrecherbande einheiraten? Wie konntest du nur, Mutter?«

Mirela saß noch immer bewegungslos auf dem Stuhl. Jetzt stellte sie ihren Becher mit Kaffee vorsichtig auf das Frühstückstablett. Mit angeekeltem Gesicht biss sie in ihr Brötchen, kaute langsam und sagte dann: »Ich muss alleine dort hin, so steht es in dem Brief.«

Niemand fliegt in die Karpaten«, schimpfte Schmitt nun. »Ich bin mir sicher, dass der Junge hier in der Nähe gefangen gehalten wird. Wir haben einen Tag lang Zeit. Wir finden Max schon. Allerdings kann ich mir vorstellen, dass dieser Dorian vorzeitig verschwindet. Gehen wir mal davon aus, dass diese Einbrecherbande von Dorian Lupu angeführt wurde. Dann gibt es noch mindestens einen weiteren Rumänen, von dem wir nichts wissen. Und einer der beiden hat die alte Frau Bertram während des Einbruchs umgebracht. Wir ...«

Er unterbrach sich, denn das waren alles Überlegungen, die er auf dem Präsidium besprechen sollte, und nicht hier vor dem Witwer und dessen Mutter. Er brauchte dringend weitere Amtshilfe aus Rumänien. Unverhofft sprang er auf. »Frau Schulze Brinkhoff, ich werde mit der Ärztin sprechen. Wir verbreiten das Gerücht, dass sie sehr krank sind und weiter im Krankenhaus bleiben müssen. Der Täter wird erfahren, dass Sie nicht in der Lage sind zu verreisen. Das verschafft uns Zeit und macht den Gegner nervös.« An Eike gewandt beruhigte der Kommissar: »Herr Schulze Brinkhoff, das Leben Ihres Sohnes scheint nicht in Gefahr zu sein, also bewahren Sie bitte Ruhe, und tun Sie nichts Unüberlegtes. Ich schicke den Brief nun ins Labor. Wenn Ihnen noch etwas einfällt, egal was, dann sagen Sie es.« Damit blickte er Mutter und Sohn abwechselnd ins Gesicht.

»Frau Schulze Brinkhoff, wusste Ihr erster Mann, dass Sie einen Sohn haben?«

»Ich habe keine Ahnung, was Breda von mir weiß, aber ich hatte zu keinem Menschen im Dorf mehr Kontakt.«

»Denken Sie daran, jede Kleinigkeit, an die Sie sich erinnern, ist wichtig. Jemand war gestern Abend noch in Ihrer Wohnung, was könnte derjenige dort gewollt haben?«

An ihrer Stelle antwortete Eike: »Wahrscheinlich hat er Sachen für Max geholt. Einiges an Kleidung befand sich bei meiner Mutter. Ich hatte einen ganzen Wäschekorb zum Waschen rübergebracht.« Er hielt kurz inne. »Er muss das alles beobachtet haben.«

Schmitt nickte. Er war sich sicher, dass der Täter einen Helfershelfer besaß. Er verabschiedete sich und fuhr zurück ins Präsidium.

Dort berief er eine Sitzung ein, in der er verkündete: »Wir sind bislang falsch vorgegangen. Dorian Lupu werden wir nicht in einem Hotelzimmer finden, sondern er muss ein Haus gemietet haben. Wo soll er den Jungen denn sonst so untergebracht haben, ohne dass es einer mitbekommt? Sie müssen also herausfinden, wer in Oelde und Umgebung Häuser auch kurzfristig vermietet, sozusagen als Ferienwohnungen. Wir sind hier nicht in Hamburg oder am Timmendorfer Strand, das dürfte ja nicht zu schwierig werden. Außerdem möchte ich, dass unser Phantombild heute in den Fernsehnachrichten erscheint. Darum werde ich mich kümmern. Eventuell meldet sich der Vermieter, wenn er das Bild in den Nachrichten sieht. Ebenso sollen alle leer stehenden Gebäude in der Umgebung geprüft werden. Fragen Sie bei den Banken und Immobilienfirmen nach. Was ein Dorian Lupu herausgefunden hat, müssen wir doch wohl auch schaffen. Wir haben nicht viel Zeit. Sprechen Sie sich ab, wer welche Aufgabe übernimmt.

Max wachte langsam und mit steifen Gliedern auf. Seine Haare waren zerzaust und das Gesicht zu blass für einen gesunden Teenager. Das Zeug, mit dem man ihn betäubt hatte, steckte noch in seinen Knochen. Es war später Vormittag. Die halbe Nacht hatte er wach gelegen, die andere Hälfte geschlafen wie ein Bär. Mittlerweile wusste sein Vater nun, dass mit seinem Sohn etwas passiert sein musste. Er war seit fast zwanzig Stunden weg.

Max hörte eine Stimme. Das Gemurmel draußen vor der Tür ertönte in einer fremden Sprache. Jemand sang ein Lied. Die wenigen Worte, die er mit dem Entführer gewechselt hatte, waren auf Deutsch gewesen. Aber mit einem melodischen Akzent. Und jetzt fiel es ihm ein. Der Mann hatte ähnlich gesprochen wie seine Uroma. Die sprach auch mit einem weichen Akzent. Kam der Mann aus Rumänien? Und hatte er dann auch etwas mit den Einbrüchen zu tun?

Max packte den Gürtel fester. Sein Herz klopfte ihm bis zum Hals. Er war erst fünfzehn Jahre alt und hatte keinerlei Erfahrung im Nahkampf. Die Tür ging auf, nach innen, und er holte aus der Deckung der Tür heraus aus und schlug den Gürtel dem ungebetenen Besucher direkt ins Gesicht. Viel weiter war sein Plan nicht gereift. Die gewünschte Wirkung blieb aus, der Mann, der da im Raum stand und beim zweiten Schlag bereits den Gürtel in der Hand hatte, trug eine Skimütze, die das Schwerste des Schlages abgefangen hatte. An ihm vorbei durch die Tür zu entkommen, war unmöglich. Der Mann hatte blitzschnelle Reaktionen und hatte Max bereits gepackt und warf den schmalen Jungen quer durch das Zimmer. Dann schloss er die Tür und stellte sich breitbeinig davor. Den Gürtel von Max schlug er lauernd gegen sein Bein.

Max erwartete nun eine Tracht Prügel und wich entsetzt zurück. Ihm fiel auf, dass dieser Mann anders aussah, kräftiger und kleiner. Unter der Mütze lugten blonde Haare hervor. Das war nicht sein Entführer. Doch er war offensichtlich auch nicht hier, um Max zu befreien. Die zogen das Ding hier mit mehreren durch, dachte er und starrte zu dem Mann mit der Maske.

Der stand noch immer abschätzend da mit dem Gürtel in der Hand. Plötzlich lachte er laut los. »Eigentlich

tapfer von dir, auf mich loszugehen. Du hast Mumm.«
Er ging einen Schritt auf Max zu. »Du musst etwas essen. Magst du Pizza?«

Max nickte und erwiderte: »Am liebsten esse ich sie zu Hause mit meinem Vater. Wir teilen uns jeweils eine Hawaii und eine Bolognese.«

Jetzt lachte der Mann schon wieder. »Du bekommst eine Pizza, aber heute musst du sie alleine essen.« Er drehte sich um und verließ den Raum, den Gürtel von Max nahm er mit. Max hörte, wie der Mann von draußen abschloss. Es würde sicher nicht lange dauern, bis einer der Männer mit einer Pizza zurückkam. Und jetzt bemerkte Max, dass er großen Hunger hatte. Die Tüte Chips war noch unberührt, gestern Abend war er zu geschockt gewesen, um Hunger zu spüren. Er hatte immer noch Angst, aber er glaubte nicht, dass die Pizza seine Henkersmahlzeit werden sollte. Er musste sich sammeln und sich ein paar kluge Fragen überlegen.

Es war gegen Mittag, als Schmitt einen Anruf von der Ärztin erhielt, mit der er den weiteren Verbleib von Mirela im Krankenhaus vereinbart hatte. Frau Dr. Peters teilte ihm ohne Umschweife mit: »Frau Schulze Brinkhoff hat das Krankenhaus verlassen. Sie ließ sich nicht aufhalten. Ich dachte, das sollten Sie wissen.«

Der Kommissar bedankte sich und fluchte laut, nachdem er aufgelegt hatte. Was hatte diese Frau vor? Sie wollte doch in ihrem geschwächten Zustand nicht wirklich in die Karpaten reisen, um den Mann zu treffen, von dem sie selbst sagte, dass er sie töten werde. Schmitt glaubte daran, dass sie den Jungen finden würden. Und sie würden auch den Fall aufklären. Das taten sie immer. Es war nur eine Frage der Zeit. Ein kleiner Trommelwirbel auf dem Schreibtisch begleitete seine Gedanken. Dann sprang er auf und rief in der JVA in Hamm an, wo die beiden rumänischen Einbrecher in Untersuchungshaft saßen. Er vereinbarte einen Besuch. Eventuell fanden die gefassten Männer Barbu und Tudor eine Kindesentführung seitens eines Kollegen nicht besonders ehrenhaft und äußerten sich nun doch noch. Außerdem konnte Schmitt den beiden einen weiteren Namen nennen.

Die Aussicht, nach Hamm zu fahren, reizte ihn nicht besonders, aber er musste alles versuchen, um an Informationen zu kommen. Der Verkehr war trotz eines Freitags einigermaßen erträglich und er kam zügig voran. Kemper hatte er zur Stallwache auf dem Präsidium gelassen. Bei ihm sollten die Ergebnisse der Ermittlungen zusammenlaufen.

Der wuchtige Bau der JVA erinnerte an eine Nervenheilanstalt aus dem vorherigen Jahrhundert. Es war ein wuchtiger, dichter Bau mit zahlreichen weißen, vergitterten Fenstern und großen Türen. Ein passender Ort für einen Thriller, dachte Schmitt. Er vollzog die übliche Prozedur, die beim Besuch eines Häftlings in Untersuchungshaft anstand, und wurde schließlich in einen kahlen Raum geführt. Kalt war es da drin, und er ließ seinen Kurzmantel an. Der Kommissar ließ sich zunächst Herrn Marcu Tudor bringen. Er war der smartere von den beiden gefassten Einbrechern.

Marcu Tudor war froh über eine gewisse Ablenkung und kam mit flotten Schritten herein. So mancher Häftling verwandelte sich innerhalb weniger Tage in eine schleichende, gebeugte Gestalt, die latent oder auch ganz offen ihren Widerstand zur Schau stellte. Marcu Tudor verhielt sich anders. Er schritt aufrecht und höflich zu den beiden Stühlen, die um einen kleinen Tisch herumstanden, und machte einen gepflegten Eindruck.

Schmitt kam schnell zur Sache. »Was sagt Ihnen der Name Dorian Lupu?«

»Das ist ein rumänischer Name.«

»Dorian Lupu ist ein weiteres Mitglied Ihrer Einbrecherbande, und er hat wahrscheinlich eine wehrlose Rentnerin getötet. Wir gehen ebenso davon aus, dass er an dem Mord an der Landwirtin beteiligt ist. Und nun hat er sogar ein Kind entführt. Sind das Taten, die Sie mit Ihrer Verbrecherehre vereinbaren können?«

»Herr Kommissar, ich habe einen Einbruch begangen und eine alte Frau mit einer Waffe bedroht. Das habe ich zu verantworten. Mehr nicht.«

»Das stimmt nicht. Wenn dem Jungen etwas passiert und Sie wissen mehr über Dorian Lupu, als Sie hier aussagen, dann machen Sie sich mitschuldig.« Er blickte den Rumänen ernst an.

Marcu Tudor biss sich auf die Unterlippe und schwieg. Dann sagte er, und es klang beinahe trotzig: »Er wird dem Jungen nichts tun.«

»Er hat zwei Frauen getötet.«

Tudor widersprach nicht, behauptete aber weiter: »Er wird dem Jungen nichts tun.«

»Wissen Sie, wo er ist?«

»Ich kenne den Mann kaum. Er hat mich nicht in seine Pläne eingeweiht. Er hat mich angeheuert, und ich sollte ein paar Aufträge für ihn erfüllen. Dafür durften wir dann hier auf Beutezug gehen. Es war geplant, dass Casian und ich zwei Tage nach den Einbrüchen mit der Beute zurück nach Rumänien fahren. Ich habe versucht, Dorian anzurufen, nachdem Casian verhaftet worden war, aber ich habe ihn nicht mehr erreicht. Er zieht sein eigenes Ding durch.« Marcu Tudor versuchte, seine Nervosität zu unterdrücken. Seine Beine bewegten sich unter dem Tisch, und er atmete flach.

Schmitt ahnte, dass Dorian Lupu in Wirklichkeit seine Spiele mit Mirela Schulze Brinkhoff treiben wollte und die Einbrüche offenbar nur Lockmittel für seine Komplizen waren. Dass es dabei zu einer Verhaftung und zu einem Totschlag gekommen war, schien einem Dorian Lupu nicht viel auszumachen.

»Kennen Sie Breda Lupu oder Mirela Lupu beziehungsweise Schulze Brinkhoff?«

Der Rumäne antwortete prompt: »Sind das die Eltern von Dorian? Ich musste eine Mirela Schulze Brinkhoff beobachten und Fotos von ihr machen. Schon bevor der Wolf dort erschienen ist. Es ist ein reicher, schöner Hof.« Marcu nickte wertschätzend. »Ganz schön krass, dass in einem solchen Ort Wölfe auftauchen.«

Schmitt hakte nach. »Hat Dorian erzählt, warum Sie die Frau beobachten sollten.«

Zu seiner Überraschung nickte Tudor. »Ja. Sie sei eine Hexe aus seinem Dorf, aber vor zig Jahren sei sie abgehauen. Er sei es seinem Vater schuldig, sie zurückzubringen. Er wisse nur noch nicht, wie. Und dann hat er gesagt, sie ist die große Liebe seines Vaters.«

Der Kommissar runzelte die Stirn. »Das hat er genau so gesagt? Sie *ist* die große Liebe seines Lebens, nicht sie *war*?«

Marcu Tudor überlegte kurz und meinte dann etwas abwertend: »Was spielt das in einem solchen Alter noch für eine Rolle? Mehr weiß ich nicht.«

»Warum hat Dorian die Schwiegertochter der Frau umgebracht?«

»Hej Mann, ich wusste nicht, dass er jemanden umbringen wollte. Ich weiß auch jetzt nicht, ob er es überhaupt getan hat.«

Schmitt ließ nicht locker. »Wo könnte Dorian Lupu mit dem Jungen hin sein? Wo versteckt er sich? Wenn Sie helfen, den Jungen wiederzufinden, wirkt sich das strafmildernd aus, darauf gebe ich Ihnen mein Wort.«

»Ich weiß es nicht. Er wird sich ein Haus gemietet haben. Vielleicht ist er auch schon in Viscri.«

»Viscri? Wo soll das sein?«

»So heißt das Dorf, aus dem er kommt. Was machen Sie denn bei der Polizei für eine Arbeit, dass Sie das nicht wissen?«

»Wer ist der vierte Mann?«

Doch nun setzte der Rumäne wieder sein verschlossenes Gesicht auf und log ihn sichtlich unbeeindruckt an: »Weiß ich nicht.«

Die Unterhaltung mit Casian Barbu hätte er sich sparen können. Der Mann schwieg sich weiter aus. Das einzige Thema, das ihn beschäftigte, war die Frage, wann er hier wieder rauskam. Er hätte schließlich nur einen einzigen, kleinen Bruch gemacht und die Beute bereits zurückgegeben. Lange würde Casian Barbu wohl wirklich nicht mehr im Gefängnis bleiben. Auch wenn das Strafmaß für Einbruch mittlerweile hochgesetzt war auf mindestens ein Jahr. Im Gegensatz zu Tudor besaß er kein Vorstrafenregister. Schmitt fuhr zurück nach Oelde und hoffte dringend auf Ergebnisse zur Suche nach Max Schulze Brinkhoff.

Im Haus von Mirela Schulze Brinkhoff lag ein offener, halb gepackter Koffer auf dem Bett. Der Welpe saß davor und spielte begeistert mit einer Socke. Mirela faltete einen dicken Wollpullover zusammen und legte ihn in den Koffer. Zum letzten Mal hatte sie diesen Koffer benutzt, als sie fünf Jahre zuvor mit ihrem Mann eine Reise nach Rügen gemacht hatte. Es war nach seiner langen Krebsbehandlung gewesen, ihr Mann hatte sich dort erholen sollen. Doch stattdessen war es ihm im Urlaub immer schlechter gegangen, und am Ende der Reise ahnten sie, dass der Krebs zurückgekommen war, schlimmer und tödlicher als zuvor. Dieser Koffer schien nicht für glückliche Reisen gekauft worden zu sein. Nun musste sie zurück in die Heimat, nach Viscri im Kreis Brasov mitten in Siebenbürgen.

Viscri war ein schönes Dorf mit einer alten Kirchenburg und vielen weiß gekachelten Häusern. Umgeben von grünen Hügeln und Wäldern lag es ruhig eingebettet in den Karpaten. Hier begegneten dem Besucher nicht selten eine Entenschar, die die staubige Straße überquerte, oder eine Herde von Kühen, die auf der Straße entlangschritten. Mittlerweile hatten einige Touristen das Dorf für sich entdeckt. Viscri galt mittlerweile als historisch bedeutsamer Ort und hatte schon so berühmte Gäste wie Prinz Charles empfangen. Eine Schulkameradin von Mirela, eine waschechte Siebenbürger Sächsin, hatte es sogar zu einer gewissen Bekanntheit geschafft. Sie besaß die Schlüsselgewalt über die Kirchenburg, die zusammen mit dem Dorfkern in die Liste des UNESCO Weltkulturerbes aufgenommen worden war. Das hätte Mirela sich nie vorstellen können, als sie das kleine, verschlafene Dorf vor etwa vierzig Jahren verlassen hatte. Prinz Charles besaß ein Gästehaus in dem Ort, und einmal im Jahr rief er angeblich die besagte Schulkameradin an, um ihr zum Geburtstag zu gratulieren. Beide feierten diesen am selben Tag. Das alles klang nach großartigen Veränderungen, doch wenn man im Internet die Bilder von Viscri sah, hatte sich gar nichts verändert. Die Fotos zeigten dieselben weißen Häuser, die ungepflasterten Straßen und die überall feilgebotenen Handarbeitswaren. Bei dem Anblick stieg ein Gefühl in Mirela auf, das sie nicht beschreiben konnte. Es war eine Mischung aus Sehnsucht, Heimweh und Schmerz. Und Angst. Jetzt, als sie den Koffer packte, verschwand die Angst. Und da wusste sie, dass sie das Richtige tat. Was immer ihr in der alten Heimat widerfuhr, es führte kein Weg daran vorbei. Breda wiederzusehen war ein erschreckender Gedanke, aber er versetzte sie nun nicht mehr in Panik. Sie hatte ein Leben gelebt, war Mutter, Großmutter und angesehene Bürgerin eines westfälischen Ortes. Sie hatte Breda etwas entgegenzusetzen. Sie musste dafür sorgen, dass Max wieder nach Hause kam, und sie zweifelte keinen Moment an der Wahrheit des Briefes, den sie im Krankenhaus erhalten hatte. Sobald sie in Transsylvanien ankam, würde Max frei sein.

Ihr Sohn Eike war nur noch ein Schatten seiner selbst. Er hatte seine Frau verloren, und nun musste er um den einzigen Sohn bangen. Er war am Ende seiner Kräfte, das wusste sie. Sie hatte eben noch beobachtet, wie er das Pferdegatter offenstehen gelassen hatte. Kurz zuvor vergaß er die Handbremse des schweren Traktors anzuziehen. Klaus Drechsler war zum Glück in der Nähe gewesen, aber er konnte nicht überall sein. Unter anderen Umständen hätte Eike sie bestimmt von einer solchen Reise abzuhalten versucht. Doch heute war er ein Vater, dessen einziger Wunsch darin bestand, seinen Sohn wieder unversehrt im Arm zu halten.

Mirela würde von Düsseldorf aus direkt nach Bukarest fliegen. Von dort war Siebenbürgen mit dem Zug gut erreichbar. Sie würde am nächsten Morgen, also am Samstag, fliegen und konnte bereits am frühen Abend bei Breda sein. Falls der Kommissar Max nicht vorher fand, musste der Junge also nur noch vierundzwanzig Stunden durchhalten. Sie rechnete es dem Kommissar hoch an, dass er sie noch nicht angerufen und gedrängt hatte, die Reise abzublasen. Dieser Eindruck, nun das Richtige zu tun, fühlte sich gut an. Und ein ganz klein wenig freute sie sich auf die Heimat, auf die wilden Karpaten und auf die einfache Lebensweise der rumänischen Landbevölkerung. Sie packte dicke Sachen ein, denn in Siebenbürgen kam der Winter früh.

Einer Eingebung folgend ging sie zu ihrem Bücherregal, in dem sich neue Romane mit alten Klassikern den Platz teilten, und griff nach einer Bibel. Sie nahm ein Foto heraus und betrachtete es. Ganz vertieft war sie, sodass sie weder das Klopfen an der Tür hörte noch ihre Tränen bemerkte, die ihr langsam die Wangen entlangliefen.

Plötzlich stand Eike im Zimmer und starrte sie an. Sie fühlte sich ertappt und wollte das Foto schnell ins Buch zurückschieben, doch ihr Sohn war schneller.

Er griff nach ihrem Arm und sagte: »Lass mich, bitte. Du kannst mich doch nicht ewig ausschließen.«

Er sah so traurig aus, und so reichte sie es ihm. Behutsam nahm er das Foto seiner Mutter aus der Hand und starrte auf das junge Hochzeitspaar in Trachtenkleidung, das darauf abgebildet war.

»Das ist er also, dein Ehemann.«

Es hörte sich nicht richtig an, fand Mirela. Ihr Mann war all die Jahre Eikes Vater gewesen. Breda gehörte zu einem anderen Leben. Doch sie schwieg.

»Er sieht dem Mann auf dem Phantombild wirklich sehr ähnlich. Wahnsinn. Und man kann es nicht leugnen, er war schöner als Vater.«

Eikes Vater war groß und kräftig. Er hatte Zeit seines Lebens ein paar Kilo zu viel gehabt, aber er besaß ein humorvolles und sympathisches Gesicht. Mirela hatte sich bei ihm immer geborgen und beschützt gefühlt. Diese beiden Männer konnte man nicht miteinander vergleichen.

»Er hat etwas von einem Zigeuner, findest du nicht?« Eike starrte noch immer auf das Foto. »Und du bist wunderschön.«

Mirela lächelte. »Breda hatte tatsächlich eine Großmutter, die eine waschechte Romafrau war. Sie soll die beste und schönste Handleserin der ganzen Karpaten gewesen sein. Damit hat er immer geprahlt.« Sie legte das Buch samt Foto auf den Tisch. Sie wollte nicht, dass Eike merkte, dass sie es mit auf die Reise nahm. Sie konnte es nicht erklären.

»Ich bringe dich morgen zum Flughafen. Für wann hast du den Rückflug gebucht?«

»Für Montag.«

Sie sprachen es beide nicht aus, aber es war von großer Bedeutung, dass es einen definierten Rückflug gab.

Im Büro des Polizeipräsidiums klingelte das Telefon nahezu ununterbrochen. Kollegen kamen zu Kemper herein und teilten ihm anhand des Stadtplans mit, wo sie gerade die Suche nach Max aufnahmen oder beendet hatten. Alles lief auf Hochtouren, aber der junge Polizist fühlte sich großartig dabei. Bei ihm liefen alle Informationen zusammen, und er beriet und delegierte. Im Fernsehen waren Bilder von Dorian Lupu und von Max ausgestrahlt worden, und die Polizei bat die Bürger um Hinweise. Sie hatten bereits zwei leer stehende Lagerhäuser und ein paar vermietete Häuser kontrolliert. Nun gab es noch drei Objekte, die in die nähere Wahl kamen.

Als Kemper gerade ein wenig Ruhe hatte, holte er sich einen Kaffee und biss zufrieden in sein Käsebrot. Da ging erneut die Bürotür auf und Ella Hausner trat ein, ein wenig zögerlich und schüchtern, so als wüsste sie nicht, ob sie gerade eine Grenze überschritt.

»Hey, ich war in der Nähe, hatte noch ein Radiointerview. Ich hoffe, ich komme nicht ungelegen?«

Kemper grinste sie erfreut an. »Doch, total, aber ich freue mich, dass du da bist, setz dich.«

Sie umarmten sich ein wenig unbeholfen, und Ella setzte sich auf einen Bürostuhl mit Rollen und schob sich in seine Nähe.

»Wir sind gerade mit allen Einsatzkräften auf der Suche nach Max. Wir müssen jedem Hinweis aus der Bevölkerung nachgehen, und es gibt seit dem Aufruf im Fernsehen eine ganze Menge davon. Leider ist da auch viel Blödsinn bei. Es sieht so aus, als müsste ich das Wochenende durcharbeiten, sorry.«

»Oh, schade. Aber wenn ihr den armen Jungen dann findet, umso besser. Schon merkwürdig. Erst war es nur ein Wolf, der hier auftauchte, und nun ist so viel in Oelde passiert. Darfst du mir etwas erzählen? Gibt es Lösegeldforderungen?«

Kemper musste aufpassen, er durfte ihr nur so viel erzählen wie im Fernsehen gesagt worden war. »Es gibt keine Lösegeldforderung, aber der Junge scheint aktuell nicht in Lebensgefahr, soweit wir wissen. Mehr darf ich dir nicht sagen. Dass wir nach einem Dorian Lupu suchen, weißt du sicher schon. Er ist der Hauptverdächtige in dem Fall, und er ist ein Rumäne.«

»Er könnte den Jungen also schon in die Karpaten gebracht haben, oder?« Sie bewegte ihren Stuhl vorwärts und rückwärts und zeigte ihre Beine, die in engen Jeans und hohen Stiefeletten steckten.

»Wir haben Hinweise, dass dies eher unwahrscheinlich ist. Noch scheint der Junge in der Nähe zu sein. Es wäre recht riskant, ihn außer Landes zu bringen. Überall gibt es mittlerweile Fotos von dem Jungen. Dieser Dorian ist ein Spieler. Ich ahne, dass er noch hier ist. Und sein Komplize ebenfalls.«

Ella guckte Kemper ernst an und die nächsten Worte fielen ihr nicht leicht. »Dirk, bist du auch ein Spieler? Also, wir kennen uns bislang kaum, aber ich möchte nicht in etwas investieren, was nur ein Spiel sein soll. Ich habe den Eindruck, das ist mehr zwischen uns, aber …«

Statt einer Antwort beugte Kemper sich vor und küsste sie sanft. Seine Hände lagen zart um ihren Kopf.

In dem Moment klingelte das Telefon. Der junge Polizist ließ sich nicht beirren und sagte: »Ich möchte sehr gerne mehr investieren und meine es damit verdammt ernst. Aber ich muss leider erst diesen Fall abschließen.« Ganz langsam ging er zum Telefon und hob ab.

»Was dauert das denn so lange? Sie sollen doch neben dem Telefon bleiben. Hier ist Schmitt. Gibt es etwas Neues?«

»Hallo Chef. Nein. Wir prüfen weiter jeden Hinweis und checken einige Häuser. Frau Schulze Brinkhoff hat angerufen und uns in Kenntnis gesetzt, dass sie morgen Nachmittag in Rumänien eintreffen wird. Sie rechnet fest damit, dass Max dann freigelassen wird. Das sei eine Sache der Ehre, wenn ein Rumäne ihr so etwas zugesichert hätte.«

»Mist«, antwortete Schmitt. Wenn dem so ist, lässt Dorian Lupu den Jungen frei und verschwindet in die Weiten der Karpaten, ohne dass wir ihn festnehmen können. Andernfalls hätten wir vielleicht mehr Zeit gehabt,

Max zu finden und die Täter zu ergreifen. Aber wir können die Dame schlecht festsetzen, weil sie zu ihrem Ehemann fährt.«

Kemper grinste schräg und sagte: »Behinderung der polizeilichen Ermittlungen ist das schon, meinen Sie nicht? Ich finde es nämlich viel schlimmer, dass wir nun wahrscheinlich nie erfahren werden, was damals in Rumänien vorgefallen ist und warum Mirela mit ihrer Mutter Zuflucht in Westfalen gesucht hat. Wir sollten die Dame übrigens nach Waffen absuchen, bevor sie sich auf den Weg macht.«

»Sie wird kaum mit einer Waffe in den Flieger steigen können. Eine Frau wie Mirela Schulze Brinkhoff wird wohl eher mit einem Giftcocktail morden. Denken Sie daran, dass sie als Hexe bezeichnet wird. Etwas steckt immer dahinter. Ich bin in zehn Minuten da.«

Er legte auf und Kemper wurde schlagartig bewusst, dass Ella mehr gehört hatte, als gut war. Ihm wurde ganz heiß und er fragte sie: »Kann ich mich auf dein Schweigen verlassen? Das ist jetzt blöd gelaufen.«

Statt einer Zusicherung fragte sie neugierig: »Wen muss diese Bäuerin besuchen, damit Max freigelassen wird und warum?«

»Ich kann dir unmöglich noch mehr erzählen, Ella. Es hat etwas mit der Vergangenheit von Mirela Schulze Brinkhoff zu tun.« Sie zog einen Schmollmund und beugte sich zu ihm. »Ich werde alles vergessen, was ich gehört habe und dich nun alleine lassen, damit du die schlimmen Verbrecher aus der Stadt vertreibst. Aber es wäre sehr schön, wenn du deine nächsten freien Stunden mit mir verbringst.«

Er beugte sich vor und umrahmte ihr Gesicht mit beiden Händen. Eine kleine Weile blickte er sie nur an, dann berührten sich ihre Lippen, wie zufällig. Und Kemper hörte erst auf, sie zu küssen, als das Telefon klingelte. Sie löste sich lachend von ihm und tanzte winkend aus dem Büro.

Am anderen Ende der Leitung blieb es erst stumm, Kemper hörte jemanden atmen, dann meldete sich Eike Schulze Brinkhoff. »Hören Sie, ich habe eine Frage. Meine Mutter fliegt ja nun morgen nach Rumänien. Ja, also, gut finde ich das nicht. Aber ich will halt auch meinen Jungen wiederhaben. Was ich wissen will ... Also, können Sie mir sagen, ob das gefährlich wird, was sie da tut?«

Kemper atmete laut aus. Das war jetzt eine wirklich schwer zu beantwortende Frage. Schmitt hätte sicher viel besser gewusst, was man dem Mann nun antworten sollte. Er wollte den Landwirt nicht beunruhigen, und aufhalten würde er seine Mutter eh nicht können. Dennoch fragte er ihn: »Herr Schulze Brinkhoff, können Sie Ihre Mutter davon abbringen?«

»Nein, eher nicht.«

»Dann würde ich einfach darauf hoffen, dass alles gut geht. Uns wäre es natürlich lieber, sie unterlässt diese Reise, das sage ich Ihnen ganz ehrlich. Aber ich kann verstehen, dass sie alles Mögliche für ihren Enkel versuchen möchte.«

»Danke.« Schulze Brinkhoff legte auf, und Kemper malte Herzen auf einen Notizblock neben dem Telefon. Dabei dachte er abwechselnd an Ella und an Dorian Lupu. Lupu sei ein Spieler, hatte er zu Ella gesagt. Wie war er darauf gekommen? Er ging die Vergehen durch, die man dem Rumänen vorwarf.

Da waren der bizarre Mord an Karin Schulze Brinkhoff und die Einbrüche inklusive einer toten Frau. Darüber hinaus hielt er es für wahrscheinlich, dass es auch Dorian war, der die Zäune in den Zoos von Münster und Hamm beschädigt hatte, in der Absicht, einen Tumult durch entflohene Wölfe auszulösen und so möglicherweise von dem eigenen Vorhaben abzulenken. Zu guter Letzt schrieb er noch diese Briefe an Mirela. Das alles sah für den jungen Polizisten sehr nach einem Mann aus, der gerne seine bösartigen Spielchen mit anderen Menschen trieb. Solche Leute gingen oft auch ein gewisses Risiko für sich selbst ein. Ihre Überheblichkeit brachte sie nicht selten zu Fall. Mit seinem alten BMW konnte Lupu sich nicht mehr auf die Straße trauen. Wenn möglich wurden solche Autos gerade angehalten und kontrolliert. Sein Gesicht war im Fernsehen gezeigt worden, er konnte jederzeit erkannt werden. Lupu würde sich eventuell ein neues Auto besorgen, dachte er weiter und suchte im Computer nach allen Autohändlern der näheren Umgebung. Er rief sie der Reihe nach an, um ihnen dann das Bild von Dorian Lupu zu faxen. Nur für alle Fälle.

Mitten in so ein Telefonat platze sein Chef Schmitt herein. »Gute Idee, Kemper«, lobte er seinen jungen Kollegen, »doch ich glaube nicht, dass er seinen Wagen tauscht. Wir haben ja kein Kennzeichen und fast alle BMW sind dunkel. So leicht finden wir sein Auto nicht, zumal die Zahl unserer Einsatzfahrzeuge auch begrenzt ist.«

Die Tür des Büros hatte Schmitt offen gelassen, wie meist, und so hörten sie nun zügige Schritte den Flur entlangkommen. Jemand klopfte an, und herein trat Markus Hellmann, der Physiotherapeut von Karin Schulze Brinkhoff und der Mann, der sie gebeten hatte, ihren Mann für ihn zu verlassen. »Mir ist da noch etwas eingefallen. Ich fürchte, es ist wichtig.«

In der kleinen Kammer mit der Matratze und dem Eimer wartete Max Schulze Brinkhoff auf seine Pizza. Es dauerte dann doch noch eine ganze Weile, bis er Schritte hörte. Sein Magen knurrte nun ganz erheblich, und die Wasserflasche war auch leer. Dieses Mal versuchte er gar nicht erst, hinter der Tür einen Angriff zu starten. Er stellte sich so hin, dass er sich der Tür gegenüber befand. Max konnte nicht verhindern, dass ihm das Herz in die Hose rutschte.

Der Mann mit der Skimütze und den blonden Haaren betrat wieder den kleinen Raum, in der Hand hatte er einen Pizzakarton. »Spezialanfertigung«, sagte er. »Sieh nach.«

Vorsichtig nahm Max den Karton in die Hand und öffnete den Pappdeckel. Ein köstlicher Geruch stieg ihm in die Nase. Die Pizza war zur Hälfte mit Sauce Bolognese und zur anderen Hälfte mit Ananas und Schinken belegt. »Ist das meine Henkersmahlzeit? Gebt ihr euch deshalb so große Mühe?« Gierig griff er nach der in Tortenstücke geschnittenen Pizza. Sie schmeckte richtig gut und war noch ganz heiß, Max schloss daraus, dass sie sich in der Nähe einer Pizzeria befinden mussten.

»Isst du nicht?«, fragte er den Mann, der an der Wand lehnte, die Arme vor der Brust gefaltet und ihm zusah.

»Ich warte auf meinen Kollegen. Eventuell wissen wir dann, wie lange du noch hierbleiben musst.«

Max kaute und ließ den Mann nicht aus den Augen. Er wollte eigentlich nicht mit ihm reden, denn möglicherweise saß er dem Mörder seiner Mutter gegenüber. Aber er musste auch mehr über seine Situation in Erfahrung bringen. »Wollt ihr Lösegeld haben? So reich sind wir nicht, dass sich das Risiko lohnt«, fragte er zwischen zwei Bissen.

»Schöne Idee«, sagte der Mann. »Aber um Geld geht es dieses Mal nicht. Iss schneller.«

»Worum geht es dann?«, fragte Max, und man konnte ihn kaum verstehen, weil sein Mund so voll war.

Doch der andere schüttelte nur den Kopf. Er hatte auch zwei Wasserflaschen aus Plastik mitgebracht. Die schob er Max zu und erhob sich. Er lief in dem Raum herum wie ein Tiger im Käfig, zwei Schritte vor und zwei wieder zurück. Mehr Platz war hier nicht. Die Tür hatte er verschlossen. Aber der Mann hielt es in diesem kleinen Raum nicht gut aus. Und wohl war ihm bei der Entführung eines Kindes sowieso nicht.

Max nahm all seinen Mut zusammen und fragte: »Wer hat die alte Frau bei dem Einbruch umgebracht?«

Schneller als Max kauen konnte, hockte der Rumäne vor ihm und hielt seinen Arm fest, in der er das Stück Pizza hatte. »Du stellst ganz schön viele Fragen, Bürschchen.« Plötzlich ließ er den Arm des Jungen wieder los. »Das war ein Unfall, sie sollte nur mit dem Schreien aufhören.« Er stand auf und nahm den Pizzakarton. Die letzten zwei Stücke darin nahm er einfach mit, aber Max war auch satt. »Warum musste meine Mutter sterben?«

Die Tür hatte der Mann mit der Skimütze bereits in der Hand. »Weil sie die Tochter von Mirela war, glaube ich.« Dann schloss er laut die Tür, und Max hörte, wie er den Schlüssel zweimal umdrehte und abzog. Die Schritte entfernten sich.

Kemper und Kommissar Schmitt saßen erwartungsvoll auf ihren Bürostühlen. Markus Hellmann fuhr sich mit der Hand über den Kopf. Viel zu fühlen gab es da nicht. Die wenigen Haare, die noch da waren, waren kurzgeschnitten. Seinem guten Aussehen tat das keinen Abbruch.

»Könnte ich einen Kaffee bekommen?«

Kemper stand auf und lief in den Flur, um für den Physiotherapeuten einen Kaffee aus der Maschine zu ziehen. Er machte gleich zwei Tassen voll und balancierte sie ins Büro, wo Schmitt seine Tasse dankend in Empfang nahm. Milch und Zucker standen auf der Fensterbank.

Markus Hellmann streute gerade mal einen halben Löffel Zucker in die Tasse und sagte: »Karin Schulze Brinkhoff war drei Tage vor ihrem Tod noch bei mir. Sie hatte wieder Rückenschmerzen. Im Laufe der Behandlung sprach ich sie auf ihre enormen Verspannungen an. Die sind oft psychischer Natur, müssen Sie wissen. Karin tat es erst etwas lächelnd ab, doch dann erzählte sie mir, dass sie sich seit zwei Tagen beobachtet fühlte. Es sei so ein albernes Gefühl gewesen, ohne jeden Beweis, und daher habe sie es ihrem Mann gegenüber auch nicht erwähnt. Karin hatte immer große Sorge, dass man sie für ängstlich halten könnte, weil sie doch diese Hundephobie hatte. Abgesehen davon war sie aber ganz sicher kein ängstlicher Mensch.« Er blickte mit seinen grauen Augen von einem zum anderen und ergänzte: »Sie wissen, dass ich sie geliebt habe. Meinen Sie, der Mörder hat sie beobachtet und auf eine günstige Gelegenheit gewartet?«

»Gut möglich. Und dann kam der Wolfsangriff, und er setzte eine Idee in eine tödliche Realität um.« Schmitt machte sich eine Notiz und dankte Hellmann für die Aussage. Dann fragte er ihn: »Hat sie mal jemanden erwähnt, der ihr komisch vorkam oder ihr nachstellte? Ein aufdringlicher Kunde oder so? Wir haben eine Ahnung, wer den Mord begangen hat, aber uns fehlt noch jegliches Motiv.«

Hellmann schüttelte den Kopf. »Nein, das war das einzige Mal, dass sie etwas in dieser Richtung mir gegenüber erwähnt hat. Ohne meinen Hinweis auf ihre Verspannungen hätte sie wohl auch nichts gesagt.«

10. KAPITEL

Die Karpaten hatten als Kulisse für so manch gruseligen Film herhalten müssen, doch sie waren wunderschön. Sie bildeten einen 1.300 Kilometer langen Bogen, der sich durch mehrere Länder zog, ein Teil davon lag in Rumänien. Mirela fuhr die letzte Strecke ihrer Reise mit dem Taxi. Das war in Rumänien sehr günstig, man musste nur aufpassen, dass man ein Firmenauto beauftragte. Ihr Taxi trug groß den Aufdruck *Speed*, das war ein anerkanntes Taxiunternehmen. Die Preise standen hier gut sichtbar an der Tür des Fahrzeugs.

Mirela hätte eigentlich müde sein müssen, doch dafür war sie zu aufgeregt. Sie blickte aus dem Fenster des alten Wagens und genoss den Anblick der hügeligen Landschaft. Sie fuhren nach Viscri, das früher mal Deutsch-Weißkirch geheißen hatte. Das Dorf war Ende des 12. Jahrhunderts von den Siebenbürger Sachsen gegründet worden, und noch heute lebten einige Sachsen dort. So wurde in Viscri immer schon auch Deutsch gesprochen. Mirela hatte die Sprache von ihrem Vater gelernt, der ein Siebenbürger Sachse gewesen war.

Es gab auch viele Roma in Viscri, zu ihnen hatte Mirela in ihrer Kindheit und Jugend viel Kontakt gehabt, nicht immer zur Freude ihrer Eltern. Doch in den Zigeunervierteln war das Spielen stets spannender und aufregender gewesen. Dort lebte und überlebte allerdings auch der Aberglaube. Sie und ihre Romafreundin hatten sich gegenseitig mit düsteren Geschichten angesteckt, und die alten Romafrauen hatten ihr Übriges dazu beigetragen, sodass Mirela einiges an Aberglauben aufgenommen hatte. Sie warnten die Mädchen vor allem Übel wie Werwölfen, Vampiren und Hexenwesen. Eine halbwegs reale Bedrohung waren die echten Wölfe gewesen, die häufig Schafe oder Ziegen klauten und rissen. Aber tatsächlich hatten sie niemals kleine Kinder getötet. Mit der Zeit in Deutschland war Mirela dann bodenständiger geworden.

Während sie jetzt durch die urtümliche Landschaft fuhr, kehrten einige Ängste zurück. Und natürlich fürchtete sie ein Zusammentreffen mit ihrem Mann. Allein die Hoffnung, dass ihr Enkel Max nun freikam, tröstete sie. Ihre Angst war ein guter Tausch dagegen. Breda war nun ein Mann von Anfang siebzig. Ein kranker Mann noch dazu. In den Jahrzehnten musste sich seine Wut abgeschwächt haben. Sie glaubte nicht daran, dass er ihr nach über vierzig Jahren noch etwas antat, doch er würde alte Wunden aufreißen.

Sie lächelte unverhofft, als sie die holprige Straße entlangfuhren, die zum Dorf führte. Noch immer gelangte man nur über diesen einen Schotterweg nach Viscri. Einige Häuser sahen aus wie damals, andere wirkten moderner. Das Haus von Breda lag am Dorfrand, es war eines der größten gewesen, zweigeschossig, mit kleinen, roten Dachziegeln und verputzten Wänden. Die Fenster wurden eingerahmt von braunen Holzläden. Die Lupus besaßen damals mehr Boden als andere Rumänen und Sachsen. Und sie hatten immer schon Geschäfte mit den Zigeunern gemacht. Gute Geschäfte. Ihre Mutter Antonia hatte oft einen bestimmten Ausdruck im Gesicht, wenn sie von der Familie Lupu berichtete. Diese Geschäfte hielten eine Betrachtung bei Tageslicht eventuell nicht aus, meinte sie oft. Antonia hatte nicht verhindern können, dass Breda und Mirela ein Paar wurden. Viele Mädchen im Dorf hatten für Breda geschwärmt, doch er hatte die schwarzhaarige Mirela gewählt. Dabei waren die blonden Frauen viel begehrter gewesen. Zigeuner gab es schließlich genug.

Das Taxi hielt an der Kirchenburg. Sie zahlte und stieg aus. Ihr war kalt, es war unter zehn Grad. Mirela nahm ihre Reisetasche und wanderte die Straße entlang. Hier würde sie niemand mehr erkennen. Sie hatte das Dorf als schlanke, junge Frau verlassen. Nun war sie etwas üppiger um die Hüften herum und ihre Haare schimmerten mehr grau als schwarz in der kalten November-Sonne. Sie trug ein Kostüm und elegante Schuhe, damit war man für jede Gelegenheit passend angezogen, fand Mirela, auch wenn die schlechte Straße es ihren Stiefeletten schwer machte.

Als sie vor dem Haus stand, in dem einige Lichter brannten, hatte sie den Impuls, davonzulaufen. Doch das kam nicht infrage. Jetzt nicht mehr. Im Weglaufen war sie seit ihrem Unfall ohnehin nicht besonders gut gewesen, und es wäre hier im Ort unangenehm aufgefallen, wenn eine Besucherin plötzlich die Beine in die Hand nahm. Sie strich sich den Rock glatt und betätigte den Klopfer an der Tür. Er zeigte eine Wolfsfratze. Ihr Herz schlug ihr bis zum Hals, und sie fürchtete, wieder einen Schwächeanfall zu bekommen. Da wurde die Tür geöffnet und vor ihr stand eine Romafrau mit einer Schürze um die Taille gebunden. Ihre grauschwarzen Haare lösten sich aus einem Haarknoten, und ein Duft nach Kartoffelsuppe umwehte sie.

»Ja bitte?«, fragte sie auf Rumänisch.

»Ich glaube, ich werde von Breda Lupu erwartet. Er wohnt doch hier, oder? Sagen Sie ihm, Mirela ist da.«

Die Frau schlug die Hand vor den Mund und riss die schwarzen Augen auf. »Er hat Wort gehalten. Dorian hat Wort gehalten. Kommen Sie herein.«

Mirela war einigermaßen beruhigt, dass sie tatsächlich erwartet wurde, und trat ein. Die Romafrau schloss die schwere Holztür und bat sie zu warten. Mirela blickte sich um. Behaglich war es hier. Der abgenutzte Holzboden besaß ein paar farbige Läufer, und ein großer Kachelofen versetzte sie in eine andere Zeit. Bratäpfel hatte sie darin einige Male gebacken. Das Mobiliar hatte sich kaum verändert. Ein paar Eichenstühle standen in der Diele, ein großer Tisch und eine alte Holztruhe. Darin hatte sie ihre Kleidungsstücke beherbergt, und vielleicht lagen noch welche von ihr darin. Sie wollte sie gerade öffnen, da hörte sie Schritte. So blieb sie aufrecht stehen und setzte ein selbstbewusstes Gesicht auf.

Die Schritte kamen näher. Vor der Tür hielten sie an. Dann wurde in einer unglaublich langsamen Bewegung die Klinke heruntergedrückt. Und wenig später stand ein älterer Mann im Raum und fixierte sie, so wie ein Wolf ein Kaninchen ansieht. Groß und breitschultrig stand er zwei Meter vor ihr. Breda besaß noch immer volles Haar und aristokratische Züge, doch links und rechts der Nasenflügel gab es tiefe Falten, und diese traten deutlicher hervor, als die Lachfalten um die Augen. Seine Haut war wie immer leicht gebräunt, aber man konnte einen deutlichen Gelbstich erkennen.

»Mirela, tatsächlich, du bist es. Wie hat er das bloß geschafft?«

Der Kachelofen strahlte Wärme aus und Breda schob zwei Armsessel dorthin. »Setz dich.«

Sie berührten sich nicht, es gab keinen Handschlag, noch weniger eine Umarmung, nur Blicke.

Mirela ließ sich vorsichtig auf dem Stuhl nieder und schob ihr steifes Bein nach vorne. Ihren Stock hatte sie draußen an die Hauswand gelehnt. Den musste Breda nicht sehen.

Eine Zeit lang musterten sie sich, dann sagte Mirela und nahm all ihren Mut zusammen. »Was soll die Frage? Weißt du etwa nicht, was dein Sohn in Deutschland so alles treibt? Glaubst du, ich bin freiwillig hier?«

Breda starrte sie an, streckte unbeholfen eine Hand aus und ließ sie wieder sinken. Enttäuschung zeigte sich in seinen Zügen. »Du bist nicht freiwillig hier?«

»Nein.«

Am frühen Samstagnachmittag saßen Dirk Kemper und Hugo Schmitt müde im Büro und trauerten ihrem Wochenende entgegen. Keine Spur von Max, keine Hinweise, wo sich Dorian Lupu aufhielt, keine Ergebnisse zu einem dunklen BMW. Ein scheuer Wolf, der sich normalerweise den Menschen gar nicht zeigte, war ständig in Oelde aufgetaucht, aber ein Junge und ein steckbrieflich gesuchter Rumäne verschwanden spurlos in der Stadt und vor den Augen zahlreicher Eltern und Lehrer. Es war wie verhext. Als das Telefon schellte, schreckten beide aus ihren trüben Gedanken auf.

Schmitt hob ab und meldete sich: »Kommissar Schmitt, Polizeipräsidium Oelde. Guten Tag.«

»Hintze, hallo. Ich möchte eine Aussage machen. Ich habe erst heute von meiner Mutter erfahren, dass sie einen entführten Jungen und einen Rumänen suchen. Zwei Häuser weiter in meiner Straße gibt es ein leer stehendes Haus. Es ist zwar verkauft worden, aber die Käufer wollen erst nach Weihnachten mit den Renovierungen beginnen. Nun habe ich dort aber gestern Abend und heute Morgen Licht gesehen. Es hat mich zwar gewundert, aber kann ja sein, dass ein Architekt oder Handwerker drin ist. Ich habe nicht weiter darüber nachgedacht.«

»Gesehen haben Sie niemanden?«

»Nein, tut mir leid. Soll ich mal unter einer fadenscheinigen Begründung dort schellen?«

Die Stimme klang jung und neugierig. Der Mann witterte ein Abenteuer für das Wochenendprogramm, das hörte man ihm an. Schmitt antwortete. »Nein, auf gar keinen Fall. Wir werden das prüfen. Geben Sie mir die Adresse durch!«

»Grüner Weg 41, mein Haus liegt zwei Häuser davor.«

»Vielen Dank. Eventuell haben Sie uns sehr geholfen.« Schmitt legte auf und blickte seinen Kollegen prüfend an. »Es ist eine Spur, oder?«

Kemper hatte alles mitgehört. Er nickte. »Wir fahren hin, oder?«

Schmitt erhob sich aus seinem Bürostuhl und reckte die müden Knochen. »Genau. Wir fahren jetzt hin. Aber erst einmal nur wir zwei. Ich will keinen unnötigen Aufruhr erwecken.«

»Ich kenne den Grünen Weg, er befindet sich in der Nähe des Geisterholzes. Dort gibt es auch eine gute Pizzeria.«

»Was Sie alles wissen. Dann zeigen wir in der guten Pizzeria gleich mal das Foto von Dorian Lupu. Auch Entführer haben Hunger.«

So fuhren die beiden Beamten wenig später als Erstes zur *Taverne Pizzeria* und zeigten das Phantombild vor. Doch die beiden Italiener guckten sich überlegend an und schüttelten den Kopf. Der Mann war nicht in ihrer Pizzeria gewesen.

»Gab es sonst merkwürdige Gäste, vielleicht jemanden, der besonders nervös war oder schlecht deutsch sprach?«

»Nicht direkt«, sagte der größere der beiden. »Hier war ein blonder Mann mit Akzent, der bestellte eine Pizza, die zur Hälfte mit Bolognese und zur anderen Hälfte mit Schinken und Ananas belegt werden wollte. Sie sei für seinen Neffe, der liebe es so.«

»Wann war das?«

»Gestern Abend.« Schmitt nickte ihm zu und bedankte sich. Dann fuhren sie die kurze Strecke zum Grünen Weg weiter.

Max wiederholte nun zum dritten Mal ein Fitness-Training, das er sich selbst ausgedacht hatte. Nach einem

Frühstück bestehend aus zwei frischen Brötchen, Käse, Nutella und Kakao plagte ihn nun die Langeweile. Das Frühstück hatte ihm wieder der maskierte Entführer gebracht. Er hatte ihm das Tablett mit wenigen Worten hingestellt und es nach einer Stunde wieder abgeholt. Seitdem war nichts mehr passiert, und Max wusste außer Grübeln nichts mit sich anzufangen. Ihm stand nur der eine Raum zur Verfügung. Es gab kein Buch, kein Handy und keinen Fernseher. Was also sollte ein Fünfzehnjähriger mit der Zeit anfangen, die er unter Zwang hier absaß? Max schätzte, dass es bereits nachmittags war, denn sein Hunger wurde immer größer, die Wasserflasche war auch bereits geleert. Eine diffuse Angst, dass man ihn hier unten irgendwann sich selbst überließ und er verdursten müsste, machte sich breit, wann immer er eine Zeit lang nichts von seinen Entführern sah und hörte. Ein Junge in seinem Alter hatte alle zwei Stunden Hunger.

Plötzlich hörte er dann doch Schritte, und wenig später trat der Mann ein, dem er seine miese Lage zu verdanken hatte. Dunkle Haare, ein markantes Gesicht mit einem dünnen Schnurrbart und bemerkenswert grüne Augen. Mittlerweile war Max die Gesellschaft des anderen Mannes lieber. Seine Angst vor ihm war geringer geworden. Der Typ mit der Skimütze scherzte mit ihm und hatte ihm sogar seine Lieblingspizza gebracht. Doch der Mann, der nun auf ihn zulief, hatte ein überhebliches Lächeln im Gesicht, und er erinnerte mit seinem Gang an eine Raubkatze. Der Kerl war ohne Zweifel gefährlich.

Und dennoch warf Max ihm mutig eine Frage an den Kopf: »Hast du meine Mutter getötet?«

»Du weißt es doch schon. Aber weißt du auch, dass deine liebe Großmutter Mirela ebenfalls einen Menschen getötet hat? Jemanden, der mir nahestand? Ein Leben für ein anderes Leben. Es tut mir leid, dass sie deine Mutter war.«

»Oma hat niemanden umgebracht. Das könnte sie gar nicht. Sie hat ein steifes Bein.«

Dorian Lupu verschränkte seine braunen Arme vor der Brust und ließ ein paar Muskeln spielen. Er sprach mit deutlichem Akzent, wie der andere Entführer auch. »Nun, das liegt auch schon etliche Jahrzehnte zurück.«

Max fiel ein, was der andere Mann ihm erzählt hatte. Karin sei getötet worden, weil sie die Tochter von Mirela war. Also offenbar aus Rache an Mirela. Aber Karin war doch gar nicht die Tochter von Mirela. Mirela hatte nur ein Kind und das war sein Vater Eike. Max wollte den Mörder seiner Mutter gerade anschreien, dass er einen Fehler gemacht hatte, da kam ihm der Gedanke, dass er seinen Vater damit eventuell in Gefahr brachte. Also lenkte er ab. »Sie haben Wolfshaare hinterlassen, damit man denkt, dass der Wolf aus Oelde einen Menschen getötet hat, oder? Wie krank ist das denn?« Max war wütend und traurig, und er wollte endlich die Wahrheit wissen.

»Ja, als hier ein Wolf umherstrich, kam mir die Idee. Die Haare stammen von einem ausgestopften Wolf, habe ich bei einem Tierpräparator heimlich ausgezupft. Etwas über die Hundephobie deiner Mutter zu erfahren, war ja nicht schwer. Man brauchte sie nur ein paar Tage zu beobachten, dann wusste man es. Doch ich habe das nicht aus Bösartigkeit getan, es sollte eine Botschaft für Mirela sein.

»Ihnen hat der Mord doch sicher Spaß gemacht.«

Jetzt wurde sein Entführer ernst. »Nein, ein Tier zu jagen, macht vielleicht Freude, einen Menschen zu töten nicht. Nein, es hat mir keinen Spaß gemacht. Es musste sein. In unserer Familie musste das Gleichgewicht wiederhergestellt werden, nach langer Zeit. Ich habe erst vor Kurzem von Mirelas alter Tat erfahren. Mein Vater ist sehr krank, und er hat mir einiges aus seinem Leben erzählt. So, und jetzt komm mit. Hier ist deine Jacke.«

»Wohin gehen wir?«

»Das hängt von einem ganz bestimmten Anruf ab. Entweder fahren wir in die Karpaten oder ich setze dich zu Hause ab.«

Max blickte ihn erschrocken an. Von der endlosen Weite der Karpaten hatte ihm seine Urgroßmutter Antonia genug erzählt. Kein Mensch würde ihn dort je wiederfinden.

Dorian Lupu führt den Jungen mit entschlossener Miene aus dem Keller heraus.

Schmitt und Kemper bogen in die Straße Grüner Weg ab. Ausnahmsweise störte Kemper die rasante Fahrweise seines Chefs nicht, denn er konnte es kaum abwarten, das Haus zu erreichen, in dem eventuell der fünfzehnjährige Max gefangen gehalten wurde. Welch ein Triumph für die Oelder Polizei, wenn sie ihn fanden. Sie hielten vor dem Haus mit dem schwarzen Dach und klingelten an der Haustür. Es regte sich nichts. Keine Gardine wurde bewegt, keine Schritte waren zu hören. Auch beim zweiten Klingeln geschah nichts. Es wäre auch zu einfach gewesen, wenn Dorian Lupu lächelnd die Haustür aufgemacht hätte, als gäbe es keine Probleme mit der Polizei. Der Rumäne wusste sicher, dass mit einem Bild nach ihm gesucht wurde.

Schmitt ging links um das Haus herum, Kemper rechts. Er blickte durch die Fenster und sah immer nur ein leeres Haus. Teilweise kamen die Tapeten von der Wand und Farbeimer standen in einem Raum bereit. Er traf Schmitt auf der Terrasse, wo der Kommissar wie ein Kind mit beiden Händen am Kopf und dem Gesicht an der Scheibe in den Wohnraum blickte.

»Gucken Sie mal in die rechte Ecke. Was fällt Ihnen da auf?«

Kemper machte es dem Chef nach und blickte durch das Glas. »Da ist ein Kamin und in dem glimmt etwas.« Aufgeregt stellte er sich wieder gerade hin. »Da hat jemand vor kurzer Zeit noch etwas verbrannt! Wir müssen da rein, Chef!«

Schmitt nickte bedächtig. »Es ist vielleicht eine heiße Spur, aber wir müssen nun besonnen vorgehen, sonst bringen wir den Jungen noch in Gefahr. Wir rufen die Spurensicherung. Die machen uns auf. Und Sie besorgen uns derweil einen Durchsuchungsbeschluss.«

Zwanzig Minuten später standen sie in dem Wohnraum und Schmitt stocherte mit einem Kaminbesteck in der heißen Asche. »Pizzakarton«, meinte er schließlich. »Sehen Sie sich bitte im Bad nach Spuren um, die wir verwerten können«, bat er einen Mann im weißen Schutzanzug. Wir gehen jetzt in den Keller.«

Im Haus hatten sie jeden Raum nach Spuren von Max untersucht. Im Schlafzimmer fanden sich immerhin

Anzeichen, dass dort jemand vor Kurzem übernachtet hatte. Der Besitzer war mittlerweile ausfindig gemacht worden, und er beteuerte, dass er niemandem erlaubt hätte, dort zu hausen. Da er sich in München befand, konnte er nicht mal eben schnell zum Haus kommen, und er gab sich furchtbar besorgt. Anschließend zeigte der Besitzer sich so kooperativ am Telefon, dass Kemper misstrauisch vermutete, er habe eventuell doch etwas mit Dorian Lupu zu tun. Jetzt galt es aber erst einmal, den Jungen zu finden.

Der Keller war tief und verwinkelt. Es gab einen Vorratsraum, einen Kartoffelkeller und einen weiteren Raum ohne Fenster. Wer hier unten um Hilfe rief, wurde höchstens oben im Haus gehört. Ein ideales Versteck, fand der Polizist und sah sich in dem kargen Raum um. Er fand eine leere Wasserflasche und auf dem Betonboden einen Fleck, der nach Tomatensauce aussah. Das musste die Spurensicherung untersuchen, ebenso wie die Wasserflasche, die eventuell von Max Schulze Brinkhoff geleert worden war.

»Gut möglich, dass wir das Versteck der Entführer gefunden haben. Es ist doch immer wieder gut, die Bevölkerung um Mithilfe zu bitten.« Schmitt legte sich tatsächlich auf den Boden und roch an dem roten Fleck. »Riecht nach Bolognese. Meine Nase ist exorbitant genau.« Er erhob sich für sein Alter recht flink und klopfte sich die graue Hose sauber. Mit einem besorgten Gesicht sagte er: »Wenn wir davon ausgehen, dass Max hier war, dann mache ich mir große Sorgen, wo sie ihn jetzt hinbringen.«

»Doch wohl nicht in die Karpaten? Da finden wir ihn nie wieder.« Kemper rieb sich nervös das Kinn und sprach weiter: »Mirela Schulze Brinkhoff war sich sicher, dass Dorian Lupu ihren Enkel freilässt, wenn sie tut, was er sagt.«

Schmitt nickte. »Ja, aber ob man sich heute noch an die alten und längst überholten Vorstellungen von Ehre und Ritterlichkeit hält? Der Mann hat eine Frau bestialisch umgebracht, mit ziemlicher Sicherheit Einbrüche begangen und Tiergehege im Zoo aufgebrochen. Was für eine Art Ritterlichkeit können wir von so jemandem erwarten? Mist, verdammt, wir waren so nahe dran, der Kamin ist noch heiß.« Er griff nach dem Telefon und rief seine Dienststelle an. »Veranlassen Sie sofort an jedem Ortsausgang eine Streife, die nach einem dunklen BMW Ausschau hält. Halten Sie jeden Wagen an, in dem ein Junge von fünfzehn Jahren sitzt.« Erregt steckte er sein Handy wieder weg und blickte auf die Uhr. Mittlerweile war es fünf Uhr. Er guckte seinen jungen Kollegen an und sagte: »Wir fahren jetzt zum Hof, und danach können Sie Feierabend machen. Ich will wissen, ob Eike Schulze Brinkhoff Nachricht von seiner Mutter hat. Und ich will, dass ein Wunder geschieht und Max heute noch nach Hause kommt. Ich habe den Fall so satt.«

Wieder im Auto schrieb Kemper eine Nachricht an Ella. Fall hin oder her, er war frisch verliebt und er teilte ihr mit, dass er noch an diesem Abend zu ihr nach Münster kommen würde.

Als sie an der Autobahnzufahrt vorbeifuhren, dachten sie beide das Gleiche. Wenn Dorian Lupu kurz vor ihrer Ankunft im Haus weggefahren war, dann war er längst auf der Autobahn unterwegs, noch vor der Straßenkontrolle. Es war bereits dunkel und ein leichter Nieselregen hatte eingesetzt. Die Sicht war schlecht. Kurz vor der Abzweigung nach Sünninghausen kam ihnen ein schwerer Traktor entgegen, breit und wie ein Monster bahnte er sich seinen Weg über die Straße. Kurz bevor er sie passierte, sah Kemper einen Schatten am Straßenrand. Der Schatten würde viel zu nahe an den Traktor geraten, wenn er nicht langsam auswich. Der Audi und der Traktor befanden sich nun auf gleicher Höhe, das schwere Gerät konnte nicht ausweichen, ohne den Audi zu rammen. Kemper hoffte, dass er nur ein Reh gesehen hatte, doch im gleichen Augenblick sah er die menschliche Gestalt, die spätestens jetzt in den Graben springen musste. Er schrie auf, und nun sah auch Schmitt die Gestalt und drückte stark auf die Bremsen. Dann hatten sie einander passiert, doch die Gestalt war nicht mehr zu sehen. Der Trecker hielt ein paar Meter weiter und auch Schmitt brachte den Wagen zum Stehen.

Die beiden Männer blickten sich an.

»Scheiße«, sagte Kemper. »Da war jemand.« Er riss seine Beifahrertür auf und stürzte zum Straßenrand. Allerdings konnte er kaum etwas sehen, und so schaltete er die Taschenlampenfunktion seines Handys ein. Er leuchtete den Graben ab und erschrak. Da lag ein Mann, nein, ein Junge. Kemper rutschte in dem nassen Gras aus, fiel selber hin und war schnell bei der Person angekommen.

Im Hintergrund sprach der Traktorfahrer entsprechend aufgeregt mit dem Kommissar. Der Polizist leuchtete mit dem spärlichen Licht über die schmale

Person und suchte nach Verletzungen. Dann sah er das Gesicht und rief zu Schmitt gewandt: »Es ist Max Schulze Brinkhoff, aber er reagiert nicht. Rufen Sie schnell den Notarzt!«

Der Fahrer des Treckers war nun in Tränen aufgelöst. »Ich habe ihn doch nicht gesehen. Es war so dunkel, die Kleidung des Jungen war ebenfalls dunkel – und dann der Regen. Ich habe ihn einfach nicht gesehen. Mein Gott, lebt er noch?« Kemper blieb bei Max in dem Graben hocken. Er konnte den Puls gut fühlen, aber der Junge wachte nicht auf. Kemper traute sich auch nicht, ihn zu bewegen.

Der Notarztwagen kam zügig herangefahren, und man hob Max vorsichtig mit einer Trage aus dem Graben, sicherte die Halswirbelsäule und überprüfte den Blutdruck.

»Sein Kreislauf ist stabil«, sagte der Arzt, aber mehr können wir noch nicht sagen. Fährt jemand mit?«

Der erwartungsvolle Blick von Kommissar Schmitt war eindeutig.

Kemper nickte und sagte: »Ich fahre mit ins Krankenhaus. Den Vater informiert mein Kollege.« Erschrocken und auch enttäuscht stieg der junge Polizist in den Krankenwagen. Seine Verabredung konnte er vergessen.

Schmitt hatte natürlich auch die Kollegen informiert, die den Unfallhergang aufnahmen. Der Traktorfahrer war kaum in der Lage, sein Gefährt sicher nach Hause zu führen, da er unter Schock stand. Ein Beamter fuhr mit ihm die wenigen Kilometer nach Hause, nachdem alles schriftlich festgehalten worden war. Schmitt machte sich derweil zügig auf den Weg zum Hof Schulze Brinkhoff. Nachdem auf sein Klingeln hin nur eine brummige Stimme verlauten ließ, »die Tür ist offen«, trat der Kommissar ein. Er fand den Landwirt mit einem Bier vor dem Feuer, Handy und Telefon neben sich.

»Meine Mutter ist in Deutsch-Weißkirch angekommen und befindet sich nun bei diesem Breda. Aber Max ist noch nicht hier. Die wollten ihn doch freilassen«, sagte Eike Schulze Brinkhoff, ohne sich groß zu erheben. »Wo bleibt er denn nur?«

Schmitt setzte sich unaufgefordert dem Mann gegenüber. Er suchte nach den richtigen Worten. »Herr Schulze Brinkhoff, ich habe Neuigkeiten für Sie. Die gute Nachricht ist, dass die Entführer Ihren Sohn tatsächlich freigelassen haben. Sie haben ihn aber an der Hauptstraße abgesetzt, und nun ist es leider zu einem Unfall gekommen.«

Eike Schulze Brinkhoff ließ die Hand mit dem Bier sinken, das Blut in seinem Kopf sackte abrupt nach unten, und die Augen riss er weit auf. Sagen konnte er nichts.

»Nein, nein, erschrecken Sie nicht. Ihr Junge lebt, aber wir wissen noch nicht, wie stark er verletzt worden ist. Ein Trecker hat ihn gestreift. Er ist im Krankenhaus. Sie können gleich zu ihm.«

Jetzt sprang der Landwirt auf und musste sich an der Lehne seines Eichenstuhls festhalten. Er geriet ein wenig ins Torkeln.

Schmitt konnte nicht abschätzen, ob ihm der Kreislauf zu schaffen machte oder Schulze Brinkhoff bereits einige Biere zu viel getrunken hatte. Er würde ihn fahren müssen. »Es wäre gut, wenn Sie ein paar Sachen für

Max einpacken könnten. Ist doch immer schöner, wenn man seine eigenen Klamotten dabei hat.«

Diese Aufgabe gab dem Vater Auftrieb. Und Hoffnung. Ein toter Junge brauchte schließlich keinen Schlafanzug mehr.

Zehn Minuten später waren sie abfahrbereit. Eike Schulze Brinkhoff stürzte bereits zur Tür, eine große Sporttasche in der Hand. Er konnte es kaum abwarten, seinen Jungen zu sehen. Da klingelte das Telefon, und er blickte erschrocken auf das Mobilteil, das auf dem Sims am Kamin lag. Mit langsamen Schritten ging er darauf zu. Und Schmitt betete, dass es nicht das Krankenhaus war, um eine schlimme, nein die schlimmste Botschaft zu übermitteln. Der Landwirt drückte auf die Taste und stellte die Lautsprecherfunktion ein.

Es war Mirela. »Ist Max zu Hause?«

Ihr Sohn schüttelte den Kopf. Dann fiel ihm ein, dass sie das nicht sehen konnte, und er sagte tonlos: »Er ist im Krankenhaus, ein Trecker hat ihn angefahren, als er unterwegs nach Hause war. Ich weiß nicht, wie es ihm geht, ich fahre jetzt zu ihm.«

Ein unterdrückter Laut kam aus dem Telefon. »Oh Gott. Gib mir sofort Bescheid, wenn du mehr weißt, unter dieser Nummer. Hör zu, Eike, das ist jetzt enorm wichtig für den Kommissar. Du musst ihm das sagen.«

»Er steht neben mir.« Schmitt kam näher und hörte überrascht zu, was ihm Mirela da aus der Ferne erzählte. »Es gibt noch eine kleine Chance, Dorian Lupu festzunehmen, bevor er sich nach Rumänien absetzt. Er befindet sich wahrscheinlich im *Mövenpick Hotel* in

Münster. Er hat unter dem Namen Dirk Wolf eingecheckt. Er wird heute seine Sachen packen und abhauen. Beeilt euch!«

Der Kommissar hatte sich bereits abgewendet und zückte sein Handy, um die notwendigen Schritte einzuleiten. Am liebsten wäre Schmitt sofort in seinen Wagen gesprungen und wäre nach Münster geeilt.

Eike fragte beinahe tonlos seine Mutter: »Geht es dir gut?«

»Es geht so. Ich muss hierbleiben.«

Im Krankenhausflur roch es nach Desinfektionsmitteln. Außer dem jungen Polizisten saß niemand hier in dem langen, leeren Flur. Kemper stützte seinen Kopf zwischen seinen Händen ab, die Arme auf den Knien, und hoffte sehr, dass sein Chef bald mit dem Vater des Jungen auftauchen würde. Dann könnte er doch noch nach Münster fahren. Er konnte es kaum abwarten, Ella in den Arm zu nehmen. Natürlich tat ihm der Junge leid, aber Kemper hoffte, dass er nur ein paar Prellungen abbekommen hatte. Er war im nassen Graben ja einigermaßen weich gefallen.

Im Krankenwagen war Max bereits wieder zu sich gekommen und hatte über Schmerzen in der Schulter geklagt. Da hatte ihn der Trecker anscheinend erwischt. Max hatte dann heftig zu weinen begonnen, er war nervlich am Ende. Kemper war mit dem weinenden Jungen überfordert. Soweit es die Räumlichkeiten in dem Krankenwagen erlaubten, hielt er ihn im Arm. Doch er musste dann doch grinsen, als der Junge wütend von sich gab: »Dieses Scheiß-Leben will momentan überhaupt nicht mehr in die Spur kommen. Wie kann man denn so viel Pech auf einmal haben?«

»Ja, du musst etwas ganz Besonderes sein, Max. Sieh es mal so, du hast eine Menge erlebt und durchgemacht, aber meistens macht einen so etwas reifer.«

Im Krankenhaus angekommen, hatte man sie dann schnell getrennt, und nun saß Kemper hier herum. Endlich kam eine Ärztin aus der Notaufnahme. Sie sah alt und müde aus, aber sie lächelte beruhigend, als sie ihm mitteilte: »Er hat eine Gehirnerschütterung, und die Schulter ist gebrochen, muss aber nicht operiert werden. Es gibt keine Anzeichen für innere Verletzungen. Das wird wieder. Wir nehmen ihn jetzt auf, und dann bekommt er einen Gipsverband. Morgen oder übermorgen kann er wieder nach Hause. Wo sind seine Eltern?«

Kemper erklärte der Ärztin die besonderen Umstände und bedankte sich. Als er sich gerade setzen wollte und sein Handy hervorholte, sah er Kommissar Schmitt und Eike Schulze Brinkhoff den Gang entlangeilen. Er gab dem Vater sofort Entwarnung.

Der leichenblasse Eike Schulze Brinkhoff stand kurz vor einem Zusammenbruch. »Ich will zu ihm«, sagte er, und den Wunsch erfüllte man ihm.

»Wir müssen nach Münster.« Schmitt hielt sich nicht mit langen Erklärungen auf.

Ja, nach Münster wollte Kemper heute Abend, aber doch nicht mit dem Kommissar im Schlepptau.

Auf dem Weg zum Auto klärte der Kommissar ihn dann auf: »Wir beenden den Fall heute hoffentlich. Dorian Lupu wohnt unter dem Namen Dirk Wolf im *Mövenpick Hotel* in Münster. Das ist ein schicker Komplex am Aasee. Die Kollegen aus Münster sind schon vor Ort und erwischen ihn vielleicht, bevor er seine Siebensachen packt.«

»Woher wissen Sie das?«

Schmitt blieb kurz stehen und sah den jungen Kollegen stirnrunzelnd an. »Ja das ist sehr merkwürdig. Mirela hat es uns am Telefon erzählt. Sie wird es von diesem Breda wissen.«

»Bringt sie sich nicht in Gefahr, wenn sie uns diese Information weitergibt?«

»Das ist ja so merkwürdig daran. Ich hatte den Eindruck, Breda war bei dem Telefonat dabei. Und sie sagte, dass sie in Rumänien bleiben müsse.«

Breda hatte Tee für sie beide bestellt. Die Romafrau, die Mirela die Tür geöffnet hatte, schenkte ihnen ein. Dazu gab es selbst gemachte Honigplätzchen. Mirela erkannte sie wieder. Sie stammten von einem uralten Rezept der Familie aus einer Zeit, als alle Frauen noch lange Röcke und Hüte trugen. Breda spielte den perfekten Gastgeber, doch er schonte sie nicht.

»Du hast unser Kind umgebracht. Unsere Tochter. Ich dachte, du bist hergekommen, um endlich ihr Grab zu besuchen. Und weil ich krank bin. Hat Dorian dich aufgesucht?«

Mirela war für einen Moment lang sprachlos. Sie erzählte ihm, was Dorian in Oelde alles vorgeworfen wurde. Sie erzählte ihm vom Tod ihrer Schwiegertochter, von den Einbrüchen in die Wohnungen und in die Zoos und von der Entführung und den Drohbriefen. Nichts von alledem hatte man Dorian bislang nachweisen können, aber sie war sich ziemlich sicher, dass er der Täter war. Sichtlich empört sagte sie: »Auf diese Weise hat dein feiner Sohn mich hierhergetrieben. Er hat mich mit der Entführung meines Enkels erpresst.«

Als sie mit ihrem Bericht fertig war, schlug Breda die Hände vor das Gesicht. »Oh, mein Gott, was habe ich getan?« Er brauchte eine Zeit lang, um sich zu fassen. Und dann erzählte er von seinem einzigen Sohn Dorian, der sich immer Geschwister gewünscht hatte. »Ich wollte vor meinem Tod reinen Tisch machen, und ich habe ihm vor einiger Zeit alles erzählt. Von uns, von unserer großen Liebe, die in Scherben zerfiel, als du unsere Tochter hast verhungern lassen, während ich mit den Zigeunern auf einer Geschäftsreise war.«

»Ich hatte panische Angst vor unserem Baby. Sie war anders, kein normales Baby. Sie war voller Haare, und ich konnte sie nicht an meine Brust legen. Ich war damals so jung und abergläubisch. Die Hebamme sagte, es sei ein Werwolf. Sie ist direkt nach der Geburt panisch aus dem Haus gerannt und hat mich alleine gelassen. Ich dachte, das Wesen saugt mir mein Blut aus. Ich habe noch versucht, sie mit Ziegenmilch und Wasser zu füttern, aber sie trank kaum etwas. Sie schrie auch wenig, sie lag einfach da, und es gruselte mich. Meine Mutter lag krank im Bett, sie hatte den Tod meines Vaters noch nicht verkraftet, und du warst auch weg. Glaube mir, es gibt keinen Tag, an dem ich mich nicht gräme und verurteile. Deinen Zorn habe ich verdient und deine Schläge auch. Aber ich wollte leben, und so bin ich nach Deutschland geflohen.«

Breda nickte. Seine grünen Augen sahen durch sie hindurch. »Dorian wollte seine Schwester rächen. Er war jeden Tag an ihrem Grab, seitdem er von ihr wusste. Deshalb wollte er dir dein Kind wegnehmen. Dorian ist so. Er glaubt an Ehrenschuld und alttestamentarische Gesetze. Und er ist ein Stratege, der gerne Menschen manipuliert. Auf der anderen Seite ist er klug, gerecht und absolut zuverlässig. Er ist kein schlechter Mensch, aber, wenn es stimmt, was du sagst, muss er die Verantwortung übernehmen. Dann kann ich ihm als Vater nicht helfen.« Sein Brustkorb hob und senkte sich schwer, eine enorme Last drückte darauf.

»Er tötete die Frau meines Sohnes«, sagte Mirela. »Er muss sich geirrt haben. Er hat meinem Enkel die Mutter genommen. Wer tut so etwas?«

Mühselig erhob Breda sich und holte ein Mobiltelefon. »Dorian muss dafür geradestehen. Das alles habe ich nicht vorausgesehen. Ein paar Einbrüche in Deutschland, meinetwegen, das erwartet man doch dort sogar von uns Rumänen.« Er lächelte freudlos. »Aber Mord und Entführung ist nicht tolerierbar. Solche Sachen habe ich ihm nicht beigebracht.«

Er schaute sie an und suchte ihren Blick. »Mirela, ich wollte dich vor meinem Tod noch einmal sehen. Wir sind noch immer verheiratet. Ich habe meinen Sohn nach Oelde geschickt, damit er dich aufsucht. Ich wusste, dass er ein paar Kumpel mitnahm, um das eine oder andere Ding zu drehen, aber von all dem, was deiner Familie geschehen ist, hatte ich keine Ahnung. Ich musste mich einer Operation unterziehen.« Er schwieg und dachte nach. Sichtlich gequält reichte er Mirela schließlich das Telefon. »Ruf in Deutschland an, er ist in einem Hotel namens *Mövenpick* in Münster. Er verwendet gerne den deutschen Namen Dirk Wolf, wenn er im Ausland ist.« Er setzte sich wieder in seinen Lehnstuhl, und eine Träne rann ihm die Wange herunter.

Mirela erinnerte sich daran, wie rechtschaffen, stur und moralisch er sein konnte. Nun opferte er sogar seinen eigenen Sohn der Justiz.

Nach dem Anruf setzte Mirela sich ihrem ersten Mann gegenüber und betrachtete ihn. Er sah noch immer gut aus, auch wenn er natürlich gealtert war. Sie empfand plötzlich keine Furcht mehr vor ihm. Es waren wohl auch eher ihre eigene Schuldzuweisung und ihr schlechtes Gewissen gewesen, vor denen sie eine solche Angst besessen hatte. In Deutschland hatte sie gut verdrängen können, was ihr als junger Mensch widerfahren war. Doch hier in Rumänien, in Deutsch-Weißkirch, lastete diese Bürde schwer auf ihr.

Sie fasste einen Entschluss: »Zeigst du mir ihr Grab?«

»Ja, ich zeige dir ihr Grab. Mirela, kaum bist du hier, bin ich schon wieder ein Kind los.«

Dorian Lupu wurde von den Beamten aus Münster im *Mövenpick Hotel* verhaftet. Er schwamm dort im hauseigenen Schwimmbad gerade ein paar Runden und stellte seinen athletischen Körper zur Schau, als wäre nichts geschehen. Zwei Stunden später und sie hätten vergebens dort nach ihm gesucht. Dorian Lupu wollte an diesem Abend noch die Reise nach Rumänien antreten, seine Tasche war bereits gepackt, der dunkle BMW stand auf dem Hotelparkplatz. Nachts waren alle Autos dunkel.

Der Rumäne ließ sich widerstandslos festnehmen, er wusste, wann er verloren hatte. Schmitt und Kemper fuhren also direkt zum Präsidium nach Münster. Dorian Lupu befand sich in der Behörde am Friesenring. Dort wollte Schmitt ihn noch am Samstagabend vernehmen. Kemper durfte sich freinehmen oder dabei sein.

Er zögerte nur kurz. Er wollte diesen Mann, nach dem sie so lange Tage gefahndet hatten und der einige Geheimnisse aufgerührt hatte, persönlich kennenlernen. Ella musste warten. Und sie tat es, wie sie ihm versicherte. Natürlich müsse er am Finale des Falls teilnehmen. Kemper freute sich. Seine Exfreundin hatte ihm immer eine Szene gemacht, wenn er wegen seines Berufs eine Verabredung hatte absagen müssen.

Er und Schmitt betraten den kargen Raum, in dem Dorian Lupu auf seine Vernehmung wartete. Es war faszinierend, wie gut das Phantombild diesen Mann wiedergegeben hatte. Die Augenpartie, die hohen Wangenknochen und der Mund mit dem schmalen Schnurrbart, sogar das markante Kinn mit dem Grübchen darin, alles war so wie auf dem Bild. Nur die kleine Narbe an der Stirn fehlte auf dem Phantombild.

Lupu lächelte die Beamten großzügig an. »Was werfen Sie mir denn alles vor?«

Schmitt setzte sich hin, Kemper blieb im Hintergrund stehen. Er hatte heute schon genug herumgesessen.

Und er wollte zu dem Rumänen lieber einen gewissen Abstand behalten.

Schmitt kannte solche Berührungsängste nur bei Tieren. Er beugte sich zu Dorian Lupu hinüber. »Zum Ersten werfe ich Ihnen den brutalen Mord an Karin Schulze

Brinkhoff vor. Sie haben einen eigens dafür abgerichteten Rottweiler von einem Holländer namens Bert de Ruiter gekauft, dafür gibt es Zeugen. Die DNA des Hundes haben wir ebenfalls sichergestellt. Zum Zweiten werfe ich Ihnen die Entführung von Max Schulze Brinkhoff vor. Der Junge dürfte dies bestätigen. Darüber hinaus haben Sie bei einem Einbruch eine alte Dame überfallen und getötet.«

Hier hob der Rumäne abwehrend die Hand, und sein Gesicht zog sich zusammen. »Ich habe keine alte Frau getötet, und den Einbruch können Sie mir schwerlich nachweisen.«

»Sie haben die Nerven verloren, als die Frau aufwachte, und haben Sie mit einer Madonnenstatue erschlagen.«

»Ich verliere selten die Nerven, und aus Versehen bringe ich schon mal niemanden um. Das ist nicht mein Stil.«

»Dann war es Ihr Komplize, bei dem wir wahrscheinlich auch die Beute sicherstellen können.«

Jetzt lächelte Dorian Lupu wieder recht überheblich. »Max wird Ihnen erzählen, dass ich einen Komplizen hatte, aber solange Sie den nicht haben, können Sie mir auch nichts beweisen. Ich streite den Einbruch und den Totschlag kategorisch ab.«

Schmitt machte mit seinen Ausführungen unbeirrt weiter. »Sie haben Hausfriedensbruch im Zoo in Münster und in Hamm begangen und andere gefährdet, indem Sie die Gehege beschädigt haben.«

Jetzt lachte der Verdächtige sogar kurz auf. »Wenn Sie mir diese kreative Idee nachweisen können, bitte sehr. Ich bin sehr gespannt. Aber ich streite es ab.« Er lehnte sich zurück und verschränkte die Arme vor der Brust. Allein der Mord an Karin würde ihn für einige Jahre ins Gefängnis bringen.

»Warum haben Sie Karin Schulze Brinkhoff umgebracht?« Schmitt schlug sein Notizbuch mit den Nilpferden auf dem Deckblatt auf, als erwartete er eine längere Erklärung.

»Ich wollte damit Mirela bestrafen. Sagen wir, es war eine Familienangelegenheit, eine Art Blutfehde.«

Schmitt fixierte den Mann. »Sie haben die Schwiegertochter von Mirela umgebracht, Mirela hat nur einen Sohn.«

Jetzt wurde der Rumäne doch noch blass unter seiner gebräunten Haut. »Eike Schulze Brinkhoff ist doch ein Frauenname.«

»Nein, Eike ist in Deutschland ein männlicher und weiblicher Vorname.«

Kemper mischte sich ein. »Sie haben einen Riesenfehler begangen. Aber es ist ja auch viel einfacher, eine wehrlose Frau mit Hundephobie umzubringen als einen kräftigen Landwirt.«

Dorian Lupu wirkte nun ehrlich betroffen. »Das tut mir leid, dass diese Frau unschuldig sterben musste. Ich kannte nur den Namen des Kindes, und Eike war für mich ganz klar ein Frauenname. Ich habe den Hof beobachtet und diese Frau lief dort herum, als wäre sie dort aufgewachsen.«

Kemper wollte ihm sagen, dass der Mord an Eike als Sohn von Mirela auch nicht gerechter oder besser gewesen wäre, doch er sparte sich diesen Einwand. Wer eine Blutfehde als gerecht ansah, mit dem konnte man seiner

Erfahrung nach schlecht über den Sinn von Verbrechen diskutieren. Die waren so verblendet, dass es eine Gehirnwäsche gebraucht hätte.

»Ich möchte einen Anwalt sprechen. Ich werde ihm erzählen, warum ich ein Kind von Mirela töten musste. Aber ich werde es nur meinem Anwalt erzählen.«

Später, als Schmitt und Kemper auf dem Rückweg nach Oelde waren, um ihre Berichte fertigzuschreiben, fragte Kemper, der ebenso wie der Kommissar tief in Gedanken bei dem Fall war: »Was meinen Sie? Gibt es nun ein Happy End für Breda und Mirela? Bleibt sie in Viscri?«

»Nein, sie wird ihren Sohn und Max nicht einfach so verlassen. Nicht, nachdem Karin ermordet worden ist. Aber, wer weiß, eventuell sprechen die beiden sich gerade aus, und Breda ist ja auch schwer krank. Nun hat er seinen Sohn verloren. Ich könnte mir vorstellen, dass Mirela etwas gutmachen will und ihm beisteht. Breda scheint kein schlechter Kerl zu sein, er hat uns seinen Sohn ausgeliefert. Denn nur von ihm kann Mirela gewusst haben, wo sich Dorian Lupu aufhielt.«

Ellas Wohnung lag im Kreuzviertel von Münster, einer begehrten, zentralen Wohngegend. Die Suche nach einem Parkplatz war für Kemper eine Mischung aus Glück und gekonntem Parken geworden. Ellas Wohnung befand sich im dritten Stock eines Altbaus mit den typisch hohen Decken und alten Dielenböden.

Er hatte mit Ella vereinbart, sie am Sonntagmorgen mit frischen Brötchen zu wecken. Aber er hatte nicht wirklich damit gerechnet, dass Ella ihn im Negligé empfangen würde. In solch einem Negligé! Es war cremefarben mit einem hauchzarten Spitzenbesatz am Brustanfang. Dieser Brustansatz war sehr reizvoll, auf den Wölbungen zeigten sich ein paar Sommersprossen. Der leichte Seidenstoff bedeckte so gerade ihre Oberschenkel. Ein wenig verlegen stand sie an der Tür und sagte: »Ich hatte nicht wirklich so früh mit dir gerechnet. Aber ich freue mich. Komm rein.«

Sie hatte die kleine Wohnung sehr gemütlich eingerichtet, das sah Dirk, als er einen Blick vom Flur aus in die Küche und in das Wohnzimmer warf. Ein weiterer Raum war geschlossen, wahrscheinlich das Schlafzimmer.

»Ich ziehe mir schnell etwas an.« Sie sagte das zögerlich, wie eine Frage, und Dirk machte einen Schritt auf sie zu und nahm sie in den Arm. Sie erwiderte die Umarmung, und da war eine Menge Haut und der Duft nach Mandelmilch. Er murmelte verlegen: »Vielleicht sollte ich eher etwas ausziehen.« Er küsste sie und bemerkte kaum, wie sie hinter ihrem Rücken die Tür öffnete und ihn in den Raum zog. Es fühlte sich so gut an, so richtig, und Dirk hob Ella auf die Arme und legte sie ganz vorsichtig auf das Bett, setzte sich daneben und zog zumindest schon mal seine Jacke aus.

Später, als sie an ihrem kleinen Küchentisch saßen und auf die Kreuzkirche blickten, erzählte der junge Polizist die Fakten zum Fall. Und Ella hing an seinen Lippen und schmollte schließlich ein wenig, als er zum Ende kam. »Ihr wisst also nicht, welches Geheimnis Mirela umgibt und warum Karin ermordet worden ist? Was seid ihr für Ermittler?«

»Keiner sagt uns etwas, und Eike, ihr Sohn, weiß nichts. Wenn Mirela zurückkommt, werden wir sie noch mal danach befragen. Es kann aber auch sein, dass es bei der Verhandlung ans Licht kommt, Dorian Lupu wollte alles seinem Anwalt erzählen. Schade, dass wir ihn nicht wegen der anderen Delikte überführen können.«

Ella hielt eine große Tasse Kaffee zwischen ihren Händen und zog die Nase kraus. Auch hier gab es ein paar Sommersprossen zu sehen. »Der bekommt doch für den Mord so viele Jahre, dass es auf die Kleinigkeiten auch nicht mehr ankommt, oder?«

Dirk legte sein Brötchen mit Käse, in das er gerade beißen wollte, wieder zurück auf den Teller. »Das kann man so nicht sagen. Nur der Mord und die Entführung setzen Dorina Lupu in ein anderes Licht. Er wird behaupten, lediglich eine Familienangelegenheit auf alte, rumänische Art geregelt zu haben. Er wird sich reuig zeigen, man habe ihn dazu gedrängt, und die Verantwortung sei ihm aus dem Ruder gelaufen. Die Einbrüche, der Totschlag und die Delikte in den Zoos zeigen jedoch, dass er ein eiskalter, skrupelloser Mensch ist, dem es Spaß macht, andere zu manipulieren. Für das Strafmaß spielt das letztendlich schon eine große Rolle.«

Sie hörte zu und nickte. »Da hast du wohl recht. Leider taugen die Wölfe in den Zoos als Zeugen nicht. Du, ich habe große Lust, in den Zoo zu gehen. Sollen wir nach dem Frühstück einen Ausflug machen?« Sie strahlte über das ganze Gesicht, und er hätte heute allem zugestimmt.

11. KAPITEL

Am Montagmorgen begrüßte Schmitt seinen gut erholten, jungen Kollegen. Kemper durfte heute wegen der vielen Überstunden erst später zum Dienst erscheinen. Draußen regnete und stürmte es, sie waren definitiv im November angekommen, aber der junge Beamte strahlte massiv gute Laune aus, als er um zehn Uhr im Büro seines Chefs erschien.

»Hatten Sie noch ein schönes Wochenende?«, fragte ihn Kommissar Schmitt.

»Ich hatte ein fulminantes Wochenende, das ich in Münster bei Ella Hausner verbracht habe. Wir waren im Zoo und haben uns bestens verstanden. Es gab keine aufgeschnittenen Zäune, keine wilden Tiere, die uns entgegenkamen. Wir haben alle Spitzbuben verhaftet. Na gut, bis auf einen. Chef, neben Mord und Entführung hat der Fall mir auf jeden Fall etwas Gutes zugeführt.«

Als es an der Tür klopfte und Eike Schulze Brinkhoff wie eine Statue im Türrahmen stand, glaubte Schmitt schon, sie hätten sich zu früh gefreut. Der Landwirt machte ein arg betroffenes Gesicht und traute sich kaum herein.

»Was ist passiert, Herr Schulze Brinkhoff? Kommen Sie herein und setzen Sie sich.« Schmitt schob ihm einen Stuhl hin, und der große Mann setzte sich vorne auf die Kante.

»Wie geht es Ihrem Sohn?«, fragte Kemper sofort und machte ein besorgtes Gesicht.

»Max geht es gut, er ist zu Hause, und morgen geht er wieder in die Schule. Es ist nur so. Er hat mir da etwas Merkwürdiges erzählt. Über meine Mutter. Der Entführer hat vor Max behauptet, meine Mutter habe damals in Rumänien jemanden umgebracht. Ich kann mir das kaum vorstellen und wenn, dann war es sicher Notwehr. Kann sie nach so vielen Jahren dafür noch belangt werden?«

Natürlich war diese Nachricht für die beiden Ermittler ein spannender Abschluss des Falls, doch Schmitt blieb realistisch »Nun, grundsätzlich verjährt Mord nie.

»Aber es müsste doch erst mal zu einer Anzeige kommen. Wenn es keinen Kläger gibt und niemand Mirela offen beschuldigt oder einen Mord meldet, würde ich diese Aussage erst mal als üble Nachrede behandeln.«

»Sie ist in Rumänien. Was geschieht, wenn sie dort angeklagt wird? Sie hat gesagt, dass sie noch bleiben muss.«

Kemper beruhigte den Mann. »Ich glaube, sie bleibt noch dort, weil Breda Lupu schwer krank ist. Sie hätte ihnen doch gesagt, wenn sie in Rumänien plötzlich mit einer Anklage rechnen müsste.«

Jetzt verzog sich das Gesicht von Eike Schulze Brinkhoff, und er sagte bitter: »Klar, sie erzählt mir ja sonst immer alles. Ach, übrigens, das Pferd habe ich mir zurückgeholt. Ich lass doch Karins Pferd nicht bei dem Mann, der den Hund abgerichtet hat, der sie zu Tode gebissen hat. Max hatte ja nie viel mit Pferden am Hut, aber er will jetzt Reitunterricht auf der Stute seiner Mutter nehmen, und Klaus Drechsler wird das Tier ebenfalls beschäftigen. Ich wollte mich auch noch bei Ihnen bedanken. War echt gute Arbeit.«

Als sie wieder alleine im Büro waren, klingelte das Telefon.

Schmitt ging dran und hörte nur ein Atmen, dann zögerlich eine Stimme. »Bin ich mit dem Kommissariat verbunden?«

»Ja, Kommissar Schmitt am Apparat. Was kann ich für Sie tun?«

»Ich kann eventuell etwas für Sie tun. Der Mann, nach dem Sie im Fernsehen gesucht haben, also, den habe ich im Tierpark in Hamm gesehen. Ich wohne dort und gehe oft in den Park, bin Rentner. Und da habe ich gesehen, wie der Mann die Wölfe gefüttert hat. Ich dachte, es sei ein neuer Mitarbeiter, der nur seine Arbeitskleidung nicht anhat. Die tragen ja immer so eine Weste, wissen Sie.«

Schmitt zückte einen Stift und setzte sich gerade hin. »Wie ist Ihr Name?«

»Wolfgang Recker.«

»Herr Recker, sind Sie bereit, eine Aussage zu machen und den Mann zu identifizieren?«

Es blieb erst still am anderen Ende, dann sagte der Mann zögerlich. »Aber nur, wenn der mich nicht sieht. Ich habe große Angst vor den Rumänen. Die sind mir zu temperamentvoll.«

Nach dem Gespräch grinste Schmitt breit. »Das lässt doch hoffen, dass wir Dorian Lupu doch noch mehr anlasten können. Was für ein interessanter Fall.« Er rieb sich die Hände und lehnte sich in seinem Stuhl wieder zurück.

Sein junger Kollege feixte: »Chef, Ihre Tierphobie sind Sie doch durch den Fall nun auch losgeworden, oder irre ich mich da?«

»Ja, Sie irren sich. Sie irren sich gewaltig. Nun wechsele ich sogar die Straßenseite, wenn mir jemand mit einem Hund entgegenkommt, der größer als ein Dackel ist. Selbst bei angeleinten Hunden ahne ich, dass sie mir mit ihrer Kraft an die Gurgel springen können. Ich weiß doch nicht, wer dem Hund was beigebracht hat? Welpen, ja, die sind meist noch harmlos. Ich habe mich zwei Wochen lang einfach zusammengerissen. Ich bin froh, dass der mörderische Rottweiler tot ist. Ich bin froh, dass der Wolf aus Oelde verschwunden ist, und ich bin froh, dass ich nun keine Pferdeställe mehr betreten muss, sondern direkt in den Hofladen und nur in den Hofladen gehen kann. Damit Sie es nur wissen.«

Es war kalt, aber die Sonne schien nun von einem fast wolkenlosen Himmel. Sie standen vor dem kleinen Grab auf dem Friedhof hinter der Kirchburg. Die Gräber waren einfach kunterbunt auf einer Wiese verteilt. Das Grab war mit weißen Steinen eingerahmt und besaß auch einen ebensolchen Grabstein. *Mariana Lupu* stand dort mit schnörkeliger Schrift geschrieben, dazu ihre Lebensdaten. Sie war drei Tage alt geworden. Breda und Mirelas Baby war zwei Wochen zu früh gekommen und wäre vielleicht auch trotz Muttermilch gestorben. In Rumänien lag die Kindersterblichkeit noch heute vier Mal höher als in Westeuropa. Aber Mirela gab sich die Schuld – und Breda tat das auch. Das reichte, um sich elend zu fühlen.

»Wir müssen unseren Frieden machen, Mirela. Wer weiß, sie hätte es hier in Viscri mit ihrer Krankheit schwer gehabt. Sie hätte es überall schwer gehabt. Die Hypertrichose ist eine extrem seltene Krankheit. Vielleicht ist ihr ein langer Leidensweg erspart geblieben.«

Mirela liefen die Tränen über ihre Wangen. »Es tut mir so leid, könnte ich doch nur die Zeit zurückdrehen.«

Breda sah starr auf das gepflegte Grab, auf dem auch jetzt im November ein paar Blumen lagen. »Bleibst du ein paar Monate bei mir?«

»Ja.« Sie griff nach seiner Hand.

Sabine Gronover

FALKENMORD

Taschenbuch, 312 Seiten
ISBN 978-3-95441-646-2
15,00 EURO

Schmitt & Kemper unter Greifvögeln

Unweit seiner Volieren wird der Warendorfer Falkner Henry Thomas tot aufgefunden, ermordet mit einer zur Waffe umfunktionierten Greifvogelkralle. Die Kommissare Schmitt und Kemper, gerade mit einem schnöden Fall von Zechprellerei in einem ortsansässigen Hotel beschäftigt, beginnen sofort mit den Ermittlungen und stellen fest: Der flüchtige Hotelgast hatte sich noch vor dem Mord nach dem Falkner erkundigt. Es scheint einen Zusammenhang zwischen den Fällen zu geben.

Im Umfeld des Toten mischen gleich mehrere Exfrauen und eine Exgeliebte mit, und der etwas labile Sohn des Opfers, der am städtischen Theater arbeitet, spielt den Ermittlern immer wieder neue Rollen vor. Je mehr Geheimnisse des Falkners das Ermittlerduo aufdeckt, desto verwirrender wird der Fall.

Als schließlich der kleine Dackel des Hauptkommissars beinahe selbst zum Opfer eines Greifvogels wird, hat Schmitt endgültig die Schnauze voll von falschen Fährten und stellt die richtigen Fragen.

»Mysteriös, geheimnisvoll und dabei mit viel Humor und münsterländischem Flair ...«
(Westfälische Nachrichten zu »Wölfe im Münsterland«)

Sabine Gronover

MAXIPARK

Taschenbuch, 344 Seiten
ISBN 978-3-95441-697-4
15,00 EURO

Tierische Mordermittlung

Auf dem Mittelaltermarkt im Maximilianpark in Hamm wird der Waffenschmied Erik tot aufgefunden, erschlagen mit einer seiner Äxte. Die markerschütternden Schreie des Esels, der an ein Bein des Mordopfers gebunden wurde, schallen über das Gelände, der monumentale Glaselefant ragt als stummer Zeuge des grausamen Geschehens in die Höhe ...

Dieser Fall scheint wieder einmal wie geschaffen, um dem tierphobischen Kommissar Horst Schmitt die Freude am Ermitteln zu verleiden. Zusammen mit seinem Kollegen Kemper bezieht er ein Zelt, um rund um die Uhr am Ort des Geschehens zu sein, doch was vordergründig nach munterem Lagerleben und Alkohol im Dienst klingt, wird schon bald gefährlicher Ernst ...

»*Weil es alles hat, was in einen Krimi gehört:*
einen interessanten Mordfall, spleenige Charaktere,
ein wenig amouröse Verwicklungen, Überraschungsmomente
und sympathische Ermittler. Und weil man sich dem Charme
der westfälischen Landbevölkerung eigentlich nicht entziehen kann ...«

(Leserkanone.de zu »Falkenmord«)